EL TIEMPO VIVIDO

Salvar a Freud

ANDREW NAGORSKI

Salvar a Freud

Una vida en Viena y su huida a Londres

Traducción castellana de
Yolanda Fontal

CRÍTICA
BARCELONA

Primera edición: febrero de 2024

Salvar a Freud. Una vida en Viena y su huida a Londres
Andrew Nagorski

Título original: *Saving Freud. The Rescuers Who Brought Him to Freedom*

Av. Diagonal, 662-664, 08034 Barcelona (España)
Crítica es un sello editorial de Editorial Planeta, S. A.

editorial@ed-critica.es
www.ed-critica.es

ISBN: 978-84-9199-609-5
Depósito legal: B. 21.789-2023
Impresión y encuadernación: Huertas Industrias Gráficas, S. A.
Printed in Spain - Impreso en España

Para Isabel
y, como siempre,
para Krysia

Obedeciendo a una ley irrevocable, la historia niega a los contemporáneos la posibilidad de conocer en sus inicios los grandes movimientos que determinan su época.

STEFAN ZWEIG, *El mundo de ayer*[1]

1
Morir en libertad

El 15 de marzo de 1938, tres días después de que las tropas alemanas hubieran entrado en Austria, unas doscientas cincuenta mil personas recibieron a Adolf Hitler cuando salió al balcón del Hofburg, el palacio imperial de Viena, para anunciar el fin del Estado austriaco independiente. «La provincia oriental más antigua del pueblo alemán será de ahora en adelante el baluarte más joven de la nación alemana», declaró.[1] El *Anschluss*, su tan proclamado sueño de incorporar su país natal al Tercer Reich, ya era una realidad, y la multitud parecía inmensamente feliz. Desde el momento mismo en que las tropas de Hitler habían cruzado la frontera, la mayoría de los austriacos habían respondido con estallidos de júbilo similares.

No todos, sin embargo. Los ocupantes practicaron detenciones masivas de todas aquellas personas catalogadas por la Gestapo como antinazis al tiempo que desencadenaban una oleada de violencia antisemita.[2] Los judíos fueron golpeados y asesinados, saquearon sus tiendas y decenas de ellos se suicidaron. Según el dramaturgo alemán Carl Zuckmayer, que se encontraba en Viena en ese momento, «la ciudad se transformó en una pesadilla pintada por el Bosco. [...] Lo que se desató en Viena fue un torrente de envidia, celos y amargura, una ciega y maligna sed de venganza. [...] Era el aquelarre de las turbas. Todo lo que constituye la dignidad humana quedó enterrado».[3]

Sigmund Freud, refugiado en su viejo apartamento y consultorio de la calle Berggasse 19, había escrito una concisa nota en su diario nada más comenzar la ocupación alemana: *Finis Austriae* («El fin de Austria»).[4] El fundador del psicoanálisis había vivido en la capital austriaca durante todos los años de su vida salvo los cuatro primeros, y en aquel momento, cuando estaba a punto de cumplir ochenta y dos, se veía inmerso en aquella pesadilla. Al ser judío, estaba automáticamente en peligro; como rostro público indiscutible de lo que la mayoría de los funcionarios nazis tachaban de pseudociencia judía, no había forma de saber lo que los nuevos amos tenían reservado para él.

Freud fue un objetivo de inmediato. El mismo día en que Hitler pronunció su discurso, los matones nazis irrumpieron en la vivienda de Freud y en la Internationaler Psychoanalytischer Verlag, la editorial que publicaba las obras de Freud y sus colegas, situada en la misma calle, en Berggasse 7. En el apartamento, la esposa de Freud, Martha, tuvo el aplomo suficiente para descolocar a las «visitas» ejerciendo el papel de amable anfitriona. Cogió el dinero que tenía a mano y preguntó: «¿No quieren servirse, caballeros?».[5] A continuación, Anna, la benjamina de la pareja, llevó a sus «invitados» a otra habitación, sacó de la caja fuerte los 6.000 chelines que contenía, equivalentes a unos 840 dólares, y les entregó también esta suma.

De pronto apareció la adusta figura de Sigmund Freud, que miró a los intrusos sin decir nada. Visiblemente intimidados, se dirigieron a él como *Herr Professor* («señor profesor») y abandonaron el apartamento con el botín después de anunciar que volverían en otro momento.[6] Tras su marcha, Freud preguntó cuánto dinero les habían confiscado. Se tomó con calma la respuesta y comentó irónicamente: «Yo nunca he cobrado tanto por una sola visita».

Sin embargo, aquello no tenía nada de divertido, ni tampoco lo que estaba ocurriendo muy cerca, en la sede de la Internationaler Psychoanalytischer Verlag, adonde había ido el hijo mayor de los Freud, Martin, para destruir cualquier documento que los nazis pudieran utilizar contra su padre. Una docena de matones «harapientos» irrumpieron en el local, según recordaba Martin, apretaron sus rifles contra su estómago y lo retuvieron durante varias horas.

Uno de los hombres sacó ostentosamente un arma y gritó: «¿Por qué no le disparamos y terminamos con él? Deberíamos matarlo ahora mismo».[7]

Durante aquel caótico primer día, los asaltantes no parecían saber muy bien cuál era su misión y no estaba claro de quién recibían órdenes. Pasaron por alto varios documentos que Martin, tras alegar que sufría una dolencia estomacal, consiguió tirar por el inodoro. Al final de la tarde, los nazis se retiraron amenazando con que llevarían a cabo una investigación completa más adelante.

De vuelta en la vivienda, donde Martin se reunió con sus padres y su hermana, la sensación que reinaba no era precisamente de alivio. Anna era quien estaba más abatida: «¿No sería mejor que nos matáramos todos?», le preguntó a su padre.[8] La mordaz respuesta de Freud dejó claro que no tenía la menor intención de plantearse semejante idea: «¿Por qué, porque eso es lo que les gustaría que hiciéramos?», dijo.

Estas circunstancias difíciles, con su incierto desenlace, suscitaban algunas preguntas inquietantes: ¿por qué se había dejado atrapar Freud en aquella situación tan extremadamente peligrosa? ¿Por qué no se había marchado de Viena antes, cuando le habría resultado relativamente fácil hacerlo?

¿Y por qué siguió mostrándose reacio a actuar incluso después de que los asaltantes nazis se hubieran marchado el 15 de marzo de la editorial tras prometer que regresarían pronto? Nada más ser liberado, Martin volvió de inmediato a casa para ver cómo estaban sus padres. «A pesar de esta dura experiencia, no creo que mi padre se planteara aún abandonar Austria», escribió. Más bien, confiaba «en capear el temporal» con la esperanza «de que se restableciera el ritmo normal y a los hombres honrados se les permitiera seguir su camino sin miedo».[9]

Lo irónico era que Freud debería haber estado especialmente capacitado para entender las fuerzas oscuras que empujaban a su mundo al asesinato en masa y la destrucción. En su famoso ensayo de 1930 *El malestar en la cultura* hablaba de la «cruel agresión» del hombre, que también puede manifestarse «espontáneamente, desenmascarando al hombre como una bestia salvaje que no conoce el menor respeto por los seres de su propia especie».[10] Señalaba específicamente lo a menudo que los judíos habían «prestado servicio» a otros al actuar como válvula de escape para esta clase de impulsos primarios.

Durante una vida que abarcó las últimas décadas del Imperio austrohúngaro, la primera guerra mundial y el periodo de entreguerras, Freud no fue ajeno a la agitación política y el antisemitismo, que no era ni mucho menos una tendencia oculta, sino un rasgo habitual en su entorno inmediato. Por un lado, sabía que se trataba de una mezcla inflamable que podía explotar en cualquier momento, amenazándolo a él y a su familia. Pero, por otro, se negaba a admitir la realidad. Sufría un cáncer de mandíbula que había desarrollado como consecuencia de su larga adicción al tabaco y era muy consciente de que se le acababa el tiempo, lo que le llevaba a desear vivir lo que le quedara relativamente en paz, sin los trastornos que conlleva instalarse en otro lugar.

Sin embargo, la combinación de la vejez y la enfermedad no era lo único que lo retenía. Freud sentía un profundo apego por Viena, que había sido un importante centro de la vida cultural, y judía, en Europa durante siglos. La pujante comunidad judía incluía a compositores como Gustav Mahler y Arnold Schönberg, a escritores como Stefan Zweig, Franz Werfel y Joseph Roth, además de físicos, médicos y, por supuesto, muchos de los otros principales psicólogos de la época. Freud conocía a la mayoría de esos personajes, o al menos se había cruzado con ellos.

El centro del universo de Freud era Berggasse 19, donde él y Martha habían criado a seis hijos. Allí también pasaba consulta a sus pacientes, escribía sus ensayos y libros, y se reunía los miércoles por la noche con los miembros de la Asociación Psicoanalítica de Viena. Estaba muy apegado a rituales como los paseos vespertinos por la Ringstrasse y las visitas a los afamados cafés de la ciudad, donde fumaba puros y leía los periódicos. En suma, era un pensador revolucionario que también suscribía el dicho alemán *Ordnung muss sein*, que se podría traducir como «tiene que haber orden». Con la llegada del Tercer Reich, esas palabras habían adquirido un significado mucho más siniestro, pero en la Viena anterior a la guerra podían coexistir con normas sociales bastante tolerantes y con la infatigable exploración por parte de Freud de temas que antes eran tabú.

Viena también era el lugar en el que Freud se había transformado y había dejado de ser, según su propia descripción, un extraño a menudo despreciado por la clase médica para convertirse en el aclamado practicante de su nueva ciencia. Era el rey en su campo, y atraía a discípulos y pacientes de toda Europa y de Estados Unidos. En los años veinte y treinta era el ciudadano más famoso de Viena y su aparición en cualquier lugar llamaba la atención de inmediato.

John Gunther, corresponsal extranjero del *Chicago Daily News*, y más tarde autor de *Inside Europe* y de una serie de historias populares, escribió una novela sobre Viena titulada *La ciudad perdida*. El libro, que se basa libremente en sus experiencias en la capital austriaca a principios de los años treinta, describe una recepción diplomática organizada por la embajada polaca en la que hizo su aparición Freud y demuestra que su estatura ya era mítica.

Un invitado reconoce a la celebridad y exclama: «¡Oh, ahora veremos algo excepcional! ¡Entra Freud!».[11] Gunther escribe a continuación:

> Y, de hecho, nada menos que el doctor Sigmund Freud, con sus brillantes ojos de color violeta, su barba bien recortada, sus aires de tensa e incluso exasperada superioridad, avanzó con gravedad hacia el anfitrión y la anfitriona. El silencio se apoderó de la estancia mientras se abría paso como un barco entre los juncos; los invitados se agolparon para mirar, pero se apartaron hacia atrás por la fuerza de su lento y majestuoso paso. «¡Freud!», susurró la gente. Todos los presentes enmudecieron maravillados.

Esta clase de fama podría haber supuesto la ruina o la salvación de Freud. Una vez completado el *Anschluss*, los jerarcas nazis podrían haber decidido demostrar que ningún judío, por prominente que fuera, estaba a salvo de su ira. O podrían haber calculado que, en esta etapa inicial de triunfos de Hitler, era mejor permitir que Freud saliera de la trampa que, hasta cierto punto, se había tendido a sí mismo. En realidad, cuando se hicieron con el poder aún no habían tomado una decisión firme sobre qué hacer con Freud. Su destino estaba en juego y serían necesarios los esfuerzos concertados de un equipo de rescate para organizar su huida de Viena.

Estos salvadores conformaban una mezcla imposible de personalidades variopintas con orígenes y nacionalidades muy diversos. Lo que tenían en común era su devoción por Freud y sus teorías, y, en el tenso periodo final, su determinación, por encima de todo, de vencer la reticencia de Sigmund a abandonar Viena. Luego, cuando por fin se plegó a la necesidad de hacerlo, se ocuparon de realizar las frenéticas gestiones para convencer a las autoridades nazis de que le dejaran marchar. Y, en un momento en el que a los emigrantes judíos les resultaba cada vez más difícil encontrar un país que los aceptara, se encargaron de convencer al Gobierno británico para que acogiera a Freud y su gran séquito, un total de dieciséis personas, que incluía a familiares, parientes políticos, su médico y la familia de este. Era una operación compleja sin garantías de éxito que solo saldría bien si el equipo de rescate estaba a la altura de las circunstancias.

Los miembros principales de este equipo eran:[12]

Ernest Jones, un médico galés que conoció a Freud en 1908 y aprendió alemán para estudiar sus obras. Jones se convirtió en su más ferviente discípulo en el mundo angloparlante. Fue presidente de la Asociación Psicoanalítica Británica y de la Asociación Psicoanalítica Internacional, que divulgaba las ideas freudianas. Desempeñaría un papel clave a la hora de convencer tanto a Freud para que abandonara Viena como al Gobierno británico para que permitiera que entrara con su grupo.

Anna Freud tenía cinco hermanos mayores, pero fue la que mantuvo una relación personal y profesional más estrecha con su padre, al que cuidó hasta el final de su vida. Durante la mayor parte de ese tiempo, mantuvo lo que llamó una «preciada relación» con Dorothy Tiffany Burlingham, la nieta estadounidense de Charles Tiffany, el fundador de Tiffany & Co. Anna llegó a ser una eminente psicoanalista infantil que aplicaba las teorías de su padre cuando trataba a sus jóvenes pacientes.

William Bullitt, el embajador de Estados Unidos en Francia y antes en la Unión Soviética, fue paciente de Freud en 1926, cuando su matrimonio se estaba desmoronando y posiblemente se planteó suicidarse. Las sesiones no salvaron su matrimonio, pero le ayudaron a afrontar la depresión y dieron pie a una inesperada colaboración entre ambos hombres: la biografía de un estadista al que los dos despreciaban, el presidente Woodrow Wilson.

Marie Bonaparte representaba a la alta sociedad europea. Era sobrina bisnieta de Napoleón y estaba casada con el príncipe Jorge de Grecia y Dinamarca. Aunque mantuvo un largo romance con el primer ministro de Francia, Aristide Briand, comenzó a analizarse con Freud en 1925 para superar su «frigidez» y pronto se convirtió en analista por derecho propio. Al igual que Jones y Bullitt, Bonaparte era gentil.

Max Schur se había especializado en medicina interna, pero ya en sus tiempos de estudiante había sentido fascinación por Freud y él mismo se había analizado. Durante sus estancias en Viena, Marie Bonaparte era su paciente. Intrigada por este «internista de orientación psicoanalítica», Bonaparte le presentó a Freud, quien lo tomó como su médico en 1929. Schur, que era judío como Freud, estaba mucho más alarmado por la inminente amenaza nazi que su paciente. Aunque había hecho todos los preparativos para que su familia emigrara a Estados Unidos, se quedó en Austria para cuidar a Freud hasta su partida y más tarde se aseguró de que recibiera la atención adecuada en Londres.

ANTON SAUERWALD fue un inesperado miembro del grupo de rescate de Freud. Nadie se habría atrevido a pronosticar que un burócrata nazi, al que se asignó la tarea de supervisar la exacción de los bienes de Freud, desempeñaría un papel decisivo en el último capítulo de su vida en Viena, pero eso fue justamente lo que sucedió.

El famoso anciano de Viena tuvo que confiar en todas estas personas, y en otras que les ayudaron, para poder pasar sus últimos quince meses de vida en Londres y cumplir su deseo de «morir en libertad».

Durante los años ochenta y los noventa fui corresponsal jefe de *Newsweek* en Moscú, Roma, Bonn, Berlín y Varsovia. Viena era con frecuencia parte de mi sección. Había visitado por primera vez la ciudad cuando era un adolescente y me encantaba volver allí una y otra vez. Es un lugar lleno de historia, con un arte, una arquitectura, una música y una literatura magníficos, y todavía ofrece muchas de las mismas vistas y diversiones que en la época de Freud.

Es posible recrear sus paseos habituales por la Ringstrasse, la gran avenida en forma de herradura que ordenó construir el emperador de los Habsburgo Francisco José en la segunda mitad del siglo XIX. Rodea el centro de la ciudad, de modo que permite admirar la Ópera Estatal de Viena, el Parlamento, el Ayuntamiento, la Universidad y otros edificios y jardines majestuosos.

Como Freud, uno puede hacer un alto en cualquiera de sus cafés, incluido su favorito, el café Landtmann, que está situado junto al Burgtheater, donde puede sentarse en los bancos de terciopelo o en las sillas Thonet originales de la época imperial mientras contempla los espejos de los años veinte y las exquisitas taraceas de sus paredes de madera. Antes de apreciar plenamente este ambiente de la Belle Époque, descubrí que casi todas las personas con las que quería reunirme en Viena (politólogos, sociólogos, escritores, artistas) proponían que nos viéramos allí. Sin embargo, Viena provoca fuertes sentimientos encontrados a cualquiera que viva en la ciudad durante un tiempo o incluso la visite a menudo. John Gunther la describió como una ciudad «muy seductora, muy opresiva, pero dotada de un encanto enigmático».[13]

Parte de ese encanto lo percibieron incluso las víctimas del periodo nazi. En los primeros días de la ocupación alemana de Polonia, Weronika Kowalska, de dieciséis años, formó parte de un numeroso grupo de adolescentes de Częstochowa que fueron separados abruptamente de sus familias y enviados a Viena para realizar trabajos forzados. Pasaron casi toda la guerra trabajando en una fábrica de Ericsson que producía teléfonos de campaña para el Ejército alemán mientras vivían en unos austeros barracones cercanos. Mucho más tarde, cuando se convirtió en mi suegra y me contó lo que había vivido, Kowalska nunca restó importancia a las penalidades que ella y los demás tuvieron que soportar, pero también recordaba vívidamente los ocasionales destellos que captaba de una ciudad que le parecía completamente deslumbrante.

Las historias que cubrí en mis viajes a Viena solían tener que ver con exploraciones de ese mismo pasado siniestro. Visité con frecuencia al famoso cazador de nazis Simon Wiesenthal, afincado en la capital austriaca, para informar de sus esfuerzos por llevar a los criminales ante la justicia. En los primeros años de la posguerra, muchos austriacos se presentaron con éxito como las primeras víctimas del Tercer Reich, una versión depurada de los hechos reforzada en la imaginación popular por el inmenso éxito de la película *Sonrisas y lágrimas*. Se pasó prácticamente por alto el hecho de que los austriacos figuraron entre los partidarios más fervorosos de Hitler y, como señaló reiteradamente Wiesenthal, estuvieron representados de manera desproporcionada como comandantes y otros funcionarios en los campos de exterminio.

Hasta que el ex secretario general de las Naciones Unidas Kurt Waldheim no se perfiló como candidato principal en las elecciones presidenciales de Austria de 1986, el país no emprendió un muy necesario ajuste de cuentas con su pasado reciente.[14] Waldheim había admitido en las biografías oficiales que había prestado servicio en el frente oriental, pero «olvidó» mencionar su posterior misión en los Balcanes como miembro del personal del general Alexander Löhr, que más tarde sería condenado y ejecutado por los crímenes de guerra que cometió en Yugoslavia. Cuando salieron a la luz las omisiones de Waldheim, la *Schadenfreude* de algunos de mis amigos alemanes fue más que evidente. «Los austriacos han convencido al mundo de que Beethoven era austriaco y Hitler, alemán», bromeaban. (Hitler nació en la Alta Austria, mientras que Beethoven nació en Bonn.)

Mientras informé sobre ello, la reacción de Waldheim a las acusaciones sobre el papel que había desempeñado en la guerra me resultó tan inquietante como lo que pudiera haber hecho cuando era oficial de inteligencia en aquella época. Aprovechando que el Congreso Judío Mundial estaba a la cabeza de quienes lo acusaban de haber cometido crímenes de guerra, recurrió a una retórica antisemita apenas velada para movilizar a sus partidarios, que lo recompensaron con una amarga victoria. La reputación de Austria se había vuelto a empañar, pero una nueva generación de educadores austriacos aprovechó la controversia para intentar introducir en las escuelas y en los foros públicos programas más honestos sobre la historia.

He seguido regresando a Viena siempre que he podido. Creo que la ciudad provoca una fuerte atracción, que su encanto es difícil de resistir, no importa qué sombras siga proyectando. Tal vez por esta razón, el apego que Freud sentía por ella me resulta totalmente comprensible, pese a sus emociones cada vez más fracturadas, una ambivalencia que mantuvo hasta sumirse en su último sueño en Londres.

2

Laboratorio del apocalipsis

Durante el periodo final de su existencia, que se prolongó desde la última parte del siglo XIX y los inicios del XX hasta el cataclismo de la primera guerra mundial, el Imperio austrohúngaro fue el hogar de cincuenta millones de personas que representaban a por lo menos nueve nacionalidades principales y a numerosas minorías. Viena era la deslumbrante capital imperial de todos ellos, aunque los Habsburgo concedieron a sus diversos súbditos y regiones una autonomía limitada pero notable, lo que les permitió establecer muchas de sus propias normas mientras comerciaban y viajaban libremente. En líneas generales, parecía una fórmula para alcanzar el éxito político y económico.

No obstante, también dependía de la voluntad intrínseca de los gobernantes y los súbditos tolerar las ambigüedades, contradicciones y tensiones propias de un acuerdo multicultural y multinacional relativamente ilustrado. Esto era especialmente cierto en el caso del grupo algo amorfo de personas que se identificaban como austriacos y no simplemente como alemanes que vivían en Viena o en otro lugar.

Dorothy Thompson, la famosa corresponsal estadounidense que informó desde Viena, Berlín y el resto de Europa central en los años veinte y treinta, señaló con precisión lo que eso significaba en la práctica: «Siempre que un hombre pensaba desde el punto de vista nacional en el viejo imperio, se veía a sí mismo como húngaro, polaco, checo, italiano, croata o alemán. Cuando se consideraba austriaco, pensaba en algo muy diferente: la lealtad a un monarca, cierto estilo de vida, una cultura curiosa compuesta por muchos elementos antagónicos y complementarios».[1]

Aunque Sigmund Freud rara vez pensaba en sí mismo en términos de identidad nacional, encaja casi a la perfección con esta descripción de un austriaco. Dependiendo de la perspectiva y los prejuicios del observador, sus raíces judías podían ser «antagónicas» o «complementarias». En cualquier caso, esto no cambiaba el hecho de que era producto de un imperio que agonizaba y, aun así, siguió siendo vibrante hasta la primera guerra mundial y el posterior Tratado de Versalles que decretó su desaparición. La personalidad, el ímpetu y las contradicciones de Freud se forjaron en la época de la «Viena dorada». Esta fue la ciudad que moldeó su *Weltanschauung*, su visión del mundo, y el lugar que se negó a abandonar hasta que casi ya era demasiado tarde.

Muy apropiadamente, Viena a veces podía parecer esquizofrénica: por un lado, exhibía sus deslumbrantes muestras de alta cultura, su vigor artístico y sus logros científicos; por otro, también tenía su lado oscuro, con sus sórdidos albergues para personas sin hogar, su miseria y la extendida prostitución, junto con las intrigas políticas y la agitación que florecían inevitablemente en semejantes condiciones. Podía parecer el culmen de la sofisticación cosmopolita o un rincón provinciano asfixiante con sus formas burocráticas y conservadoras. Esta división definía a grandes rasgos lo que se podría llamar la Viena de Freud y la Viena de Hitler.

Aunque el futuro gobernante del Tercer Reich solo pasó unos cinco años en la capital austriaca, constituirían un capítulo decisivo de su joven vida. No es exagerado decir que Viena marcó tanto a Freud como a Hitler. Ni tampoco exageraba Karl Kraus, un popular escritor de principios de siglo y editor de la revista *Die Fackel* («La antorcha»), cuando declaró: «Viena es el laboratorio del apocalipsis».[2]

También fue el laboratorio en el que Freud inventó el término *psicoanálisis* y desarrolló las teorías y prácticas que, en buena medida, todavía lo definen hoy. Del mismo modo que Copérnico y Darwin sorprendieron a sus contemporáneos con sus asombrosos descubrimientos, Freud impresionó a los suyos con lo que el biógrafo Peter Gay ha llamado «su retrato del hombre, el animal insaciable impulsado y arrastrado por deseos y aversiones no respetables y en gran parte inconscientes».[3] Con su especial énfasis en el papel de la sexualidad infantil, los recuerdos reprimidos, los sueños, las fantasías y el narcisismo, ofrecía lo que parecía ser una desconcertante incursión en el territorio subconsciente de la mente humana, hasta entonces inexplorado.

Sin embargo, Freud afirmó audazmente: «El psicoanálisis simplifica la vida. El psicoanálisis facilita el hilo que conduce al hombre fuera del laberinto».[4] Acuñó nuevos conceptos y explicó cómo interactuaban: el ello, impulsado por instintos inherentes; el ego, que trata de controlar los instintos para evitar lo que denominó «displacer»; el superego, conformado por el influjo de los padres y otras influencias tempranas en el desarrollo de una persona que se extienden hasta la edad adulta.[5] Explicaba que la tarea del psicoanalista consistía en descubrir las razones, a menudo profundamente enterradas, del comportamiento y las neurosis de un paciente.

Freud no nació en Viena; de hecho, expresaría con frecuencia sentimientos diametralmente opuestos sobre el lugar que sería su hogar durante casi toda su vida. Nació el 6 de mayo de 1856 en la ciudad morava de Freiberg, a 282 kilómetros al noreste de Viena.[6] (En la actualidad se llama Příbor y se encuentra en la República Checa.) Su padre, Jacob Freud, era un comerciante de lana de cuarenta años que se había casado dos veces antes de contraer matrimonio en 1855 con Amalia Nathansohn, a la que doblaba la edad. Para entonces ya tenía dos hijos mayores de su primer matrimonio y un nieto de un año. Sigmund era técnicamente tío del nieto, pero jugaban juntos como si fueran hermanos.

Amalia sentía predilección por su primer hijo, al que llamaba *mein goldener Sigi* («mi Sigi de oro»), pero no tendría mucho tiempo para mimarlo. Pronto dio a luz a un segundo hijo, que murió a los siete meses, y más tarde a cinco hijas, a las que siguió otro niño. La familia tenía dificultades económicas y, como recordaría Sigmund más tarde, su padre «siempre confiaba esperanzado en que ocurriera algo».[7] Viena era un imán para muchos judíos del imperio que aspiraban a mejorar su suerte, y Jacob se trasladó allí con su familia cuando Sigmund tenía casi cuatro años. Se instalaron en el barrio de Leopoldstadt, donde había una fuerte presencia de judíos. Sin embargo, al principio no tuvo allí mucho más éxito como comerciante y el nombre de la familia se vio empañado por un escándalo relacionado con uno de los hermanos de Jacob, a quien encarcelaron por traficar con rublos falsos.

No es de extrañar que Sigmund, que se convertiría en un escritor prolífico, tuviera pocas ganas de explayarse sobre las tribulaciones de su familia en Viena. «Entonces vinieron largos años duros; creo que no hubo en ellos nada que merezca la pena recordar», señaló lacónicamente.[8] Y añadió sobre el muchacho que había abandonado un pueblo mayoritariamente católico de menos de cinco mil habitantes, rodeado de bosques y prados, para mudarse a la capital en expansión de un imperio multicultural: «Nunca me sentí muy cómodo en la ciudad».[9]

Esta incomodidad no hizo sino reforzar los hermosos recuerdos que Sigmund afirmaba tener de los primeros años de su vida. También lo hizo su primer viaje de regreso a Freiberg a la edad de dieciséis años. Se hospedó con la familia Fluss, unos amigos de sus padres, y enseguida trabó amistad con el hijo, Emil, y se encaprichó brevemente de la hija, Gisela, que era un año más joven. A su regreso a Viena, Freud le escribió a Emil diciéndole que la ciudad le disgustaba y quejándose del «abominable campanario» de la catedral de San Esteban, además de insistir en que solo le levantaba el ánimo viajar a otro lugar.[10]

Algunos de estos sentimientos perduraron en él incluso después de haber logrado fama y, hasta cierto punto, fortuna. En 1931, cuando el alcalde de Příbor descubrió una placa de bronce en el lugar donde había nacido Freud setenta y cinco años antes, el homenajeado se puso poético en su carta de agradecimiento. «En lo más profundo de mí, soterrado, todavía vive ese niño feliz de Freiberg, el primogénito de una madre joven, que recibió las primeras impresiones indelebles de ese aire, de ese suelo», escribió.[11] No se trataba de una carta meramente formal; expresaba la idílica visión que albergaba de sus primeros años.

Pese a sus frecuentes quejas sobre la ciudad, Freud prosperó allí. Viena atrajo a judíos que, a diferencia de muchos de sus correligionarios en pequeñas ciudades y pueblos, se asimilaron rápidamente. Durante el reinado del emperador Francisco José, que ascendió al trono en 1848 —el año en el que las revoluciones populares desafiaron a antiguos regímenes de todo el continente—, Austria suprimió los impuestos especiales con los que gravaba a los judíos y eliminó otras restricciones, como qué clase de trabajos podían ejercer o la prohibición de que los hogares judíos emplearan a sirvientes gentiles.[12] En 1867 se concedió a los judíos la ciudadanía plena. Aunque el antisemitismo no desapareció, los judíos de Viena, que representaban en torno al 10 % de la población de la ciudad en 1880, destacaban en las artes, la ciencia, la medicina, el sector editorial y otros campos.[13] A los judíos con talento como Freud, que alcanzaron la mayoría de edad allí, Viena les brindaba enormes oportunidades.

Freud hablaba con orgullo del *Gymnasium*, la escuela secundaria: «Fui el primero de mi clase durante siete años; disfruté de privilegios especiales y rara vez tuve que presentarme a los exámenes».[14] Su padre le dejó decidir qué estudios y qué carrera cursar. En ese momento no tenía ningún interés en ser médico. Influido por un compañero de clase mayor que más tarde se convertiría en político, decidió que quería «estudiar Derecho como él y participar en actividades sociales».[15] En palabras de Freud, en aquel momento esa carrera parecía una aspiración razonable, ya que «todo escolar judío diligente llevaba en su cartera de colegial una cartera ministerial».[16] Sin embargo, también estaba fascinado con las teorías de Charles Darwin y, después de asistir a una conferencia de un popular profesor sobre el mundo natural, decidió estudiar Medicina.

Cuando Freud se matriculó en la Universidad de Viena en 1873, se encontró de repente con «decepciones considerables»,[17] fruto de prejuicios generalizados. «Sobre todo, me di cuenta de que esperaban de mí que me sintiera inferior y extranjero por ser judío», recordaba, y añadía que se negó «rotundamente» a hacerlo: «Nunca he podido entender por qué debería sentirme avergonzado de mi origen o, como la gente empezaba a decir, de "mi raza"».

Freud pudo proseguir con éxito sus estudios, pero creía que aquellos primeros encontronazos con el antisemitismo le habían enseñado una valiosa lección. «Me familiaricé con el destino de encontrarme en la oposición... Así se sentaron las bases de cierta independencia de juicio», escribió en *Presentación autobiográfica.*

Esta independencia incluía su rechazo a negar sus orígenes judíos. «Mis padres eran judíos y yo he seguido siendo judío», escribió. Sin embargo, no era ni religioso ni practicante. Según su hermana Anna, «creció desprovisto de toda creencia en Dios. No tenía necesidad de ello».[18] Recordaba que el lema de su padre Jacob era «pensar moralmente y actuar éticamente»,[19] pero ninguno de sus hermanos recibió ninguna formación religiosa. No obstante, Jacob guardaba una Biblia familiar y escribió en ella el nombre de Sigmund cuando nació (no así los de los hijos que tuvo después).[20] Al igual que Amalia, mostraba abiertamente su predilección por su talentoso primogénito.

Sigmund tenía poca paciencia con aquellos judíos ultraortodoxos cuya apariencia y comportamiento contrastaban tanto con los suyos. En una carta que escribió a su amigo de Freiberg Emil Fluss, describía lo «intolerable»[21] que le había resultado la compañía de una familia en el tren de regreso a Viena. El padre era un «viejo judío sumamente honorable», escribió sarcásticamente, que hablaba de religión con su «hijo insolente y prometedor». Concluía diciendo que el muchacho «era la clase de madera con la que el destino talla al embaucador cuando llega el momento oportuno: taimado, embustero, alentado por sus queridos parientes a creer que posee talento, pero sin principios ni una visión de la vida». Como señalaba Peter Gay, «un acosador de judíos profesional difícilmente podría haberlo expresado con más contundencia».[22]

No era raro que los judíos laicos y prósperos de Viena, o de Berlín para el caso, estuvieran molestos con sus hermanos abiertamente religiosos y visiblemente no asimilados, la mayoría de los cuales provenían de enclaves judíos más tradicionales del este de Europa. Estos judíos seculares habían dedicado muchas energías a encajar en la sociedad austriaca y alemana, y los últimos años del siglo XIX parecían brindarles la oportunidad de hacerlo más plenamente que nunca. Arthur Schnitzler, el popular dramaturgo y novelista judío austriaco de esa época, escribió: «En aquellos días, en el periodo tardío de florecimiento del liberalismo, el antisemitismo existía, igual que ha existido siempre, como una emoción en los numerosos corazones predispuestos a él y como una idea con grandes posibilidades de desarrollo, pero no desempeñaba un papel importante política o socialmente. Ni siquiera se había inventado todavía la palabra».[23]

Sin embargo, aunque el joven Freud compartía con muchos judíos seculares la condescendencia hacia los recién llegados de regiones más «atrasadas», no era nada ambivalente con el antisemitismo de los demás. Cuando tenía doce años, su padre le contó un incidente perturbador.[24] Un gentil le había tirado de un manotazo el sombrero de piel al barro mientras le ordenaba: «¡Sal de la acera, judío!». Sigmund le preguntó a su padre cómo había reaccionado. «Me metí en la cuneta y recogí el sombrero», respondió. Horrorizado y decepcionado, el joven Freud decidió que nunca se dejaría humillar de ese modo.

A medida que crecía, el joven Sigmund reconocía que, pese al antisemitismo, tenía razones para aspirar alto. Viena le ofrecía el escenario perfecto para perseguir sus metas, y su madre le había inculcado la autoconfianza necesaria para alcanzarlas. «Un hombre que haya sido el favorito indiscutible de su madre mantiene de por vida una actitud de conquistador, esa confianza en el triunfo que a menudo induce al éxito real», escribiría más tarde.[25]

En el verano de 1875, Freud visitó a sus hermanastros en Mánchester, Inglaterra.[26] Había estado estudiando la literatura británica durante años, tratando obsesivamente de empaparse de la atmósfera de aquella tierra extranjera que estimulaba su imaginación. En una carta escrita dos años antes a su amigo Eduard Silberstein, le decía, solo medio en broma, que iba a contraer la «enfermedad inglesa». Durante las siete semanas que estuvo con su hermanastro Emmanuel y su familia, que lo acogieron calurosamente, se volvió aún más anglófilo.

Sigmund quedó impresionado por la «sobria laboriosidad» de los ingleses, junto con «su sensible sentido de la justicia» y un compromiso con la tolerancia mucho mayor que el que había experimentado en Viena, como demostraba el hecho de que el primer ministro Benjamin Disraeli fuera judío. Parte de esa tolerancia se la debió de contagiar Emmanuel, quien le convenció para que suavizara su severa opinión sobre el manso comportamiento de su padre cuando le humilló el gentil que le tiró el sombrero al barro.

A su regreso a Viena, Sigmund le escribió a Silberstein: «Preferiría vivir allí que aquí, a pesar de la lluvia, la niebla, el alcoholismo y el conservadurismo. Muchas peculiaridades del carácter inglés y del país, que a otros continentales podrían resultarles intolerables, encajan muy bien con mi propia naturaleza». Y añadía: «Quién sabe, mi querido amigo, si después de que termine mis estudios un viento favorable no me llevará a Inglaterra y me permitirá ejercer allí mi profesión». Haría falta casi toda una vida para que esa profecía se cumpliera, pero ya se plantó la semilla durante aquella primera visita.

Al cabo de un año, uno de los profesores de Freud le eligió para que viajara a Trieste a fin de participar en un proyecto de investigación en el laboratorio de la estación experimental de biología marina de la universidad de esta ciudad.[27] Su tarea consistiría en verificar la afirmación del científico polaco Simone de Syrski de que había localizado las gónadas de las anguilas y, con ello, había resuelto el misterio de cómo se reproducían. Freud diseccionó más de cuatrocientas anguilas antes de dar con las pruebas que estaba buscando: rastros de los testículos que indicaban que Syrski no se equivocaba. Era muy apropiado que uno de los primeros logros de un estudiante que más tarde sería famoso por sus teorías sobre los recuerdos sexuales reprimidos tuviera que ver con localizar los esquivos órganos reproductores de las anguilas.

Cualquier joven que visitara una ciudad portuaria del Adriático como Trieste en aquella época se habría percatado también de sus demás atractivos, y Freud no fue una excepción. Al escribir de nuevo a Silberstein, mencionaba a las «diosas italianas» que encontraba en sus paseos por la ciudad, pero guardó las distancias. «Como no está permitido diseccionar humanos, no tengo nada que ver con ellas», escribió, en un intento de restar importancia a su timidez. La distancia entre su conducta privada y sus audaces teorías psicológicas futuras ya era evidente.

A su regreso a Viena, Freud se refugió en el laboratorio del fisiólogo Ernst Brücke, donde halló «reposo y plena satisfacción», según sus propias palabras, estudiando el sistema nervioso.[28] Admitió ser «decididamente negligente» con sus estudios, interrumpidos por un año de servicio militar obligatorio, y no aprobó los exámenes del doctorado hasta 1881. Por fin parecía dispuesto a iniciar una carrera que le permitiera ascender lentamente en el escalafón académico. Y así fue hasta una tarde de abril de 1882, cuando regresó a casa del laboratorio y conoció a Martha Bernays, una joven visita de veintiún años, delgada y atractiva, procedente del norte de Alemania. Este encuentro cambiaría radicalmente su trayectoria vital.

El encuentro entre Sigmund y Martha aquel día no fue tan fruto de la casualidad como podría parecer.[29] Aunque ella vivía con su madre viuda en Wandsbek, cerca de Hamburgo, la familia había residido anteriormente en Viena y su hermano mayor, Eli Bernays, estaba comprometido con la hermana de Sigmund, Anna. Cuando Martha y su hermana menor, Minna, volvieron a Viena de visita, fueron a ver a los Freud a su apartamento. Como Sigmund todavía vivía allí, lo lógico era que se encontraran. Según sus propias y efusivas palabras, Sigmund se sintió atraído por Martha desde el momento en que la vio y se propuso de inmediato cortejarla. Dos meses más tarde, ya estaban comprometidos y de camino a un matrimonio que tendría seis hijos y duraría cincuenta y tres años, hasta la muerte de Freud.

En muchos sentidos, eran una pareja improbable. Martha, que era cinco años menor que Sigmund, había nacido en el seno de una prominente familia judía ortodoxa. Su abuelo, Isaac Bernays, había sido el rabino principal de Hamburgo y se había opuesto enérgicamente al movimiento reformista judío. Tanto los padres de Martha como los de Sigmund eran comerciantes, pero ella creció en un hogar donde la religión se practicaba de una forma mucho más estricta. Cuando el padre de Martha murió en 1879, su madre se mostró aún más decidida a mantener esas normas. Sigmund tenía poca paciencia con lo que calificaba de «tontas supersticiones»[30] de Martha, fruto de su educación religiosa. Por miedo a contrariar tanto a su madre como a su hermano, muy devotos, al principio ella mantuvo el compromiso en secreto.

Sin embargo, el mayor obstáculo para la boda eran sus magras finanzas. Al ser viuda, la madre de Martha no podía ayudarles mucho y Sigmund no estaba en condiciones de asumir las responsabilidades que conllevaba casarse y, presumiblemente, tener hijos. Mientras estudiaba, Freud había dependido de la modesta ayuda de su padre y de las pequeñas subvenciones y honorarios que cobraba por sus publicaciones, pero no habría tenido suficiente para vivir de no ser por los ocasionales donativos disfrazados de «préstamos» del médico Josef Breuer, su mentor, que trató a Freud como su protegido y más tarde sería considerado su precursor en lo que se conocería como el campo del psicoanálisis. Al estar soltero y vivir todavía en la casa familiar, podía arreglárselas con ese goteo irregular de fondos, pero como cabeza de familia sería imposible.

Pese a que apreciaba mucho el trabajo de Freud en su laboratorio, el fisiólogo Ernst Brücke ya había previsto este problema poco antes de que Sigmund conociera a Martha. Había «corregido la imprevisión de mi padre aconsejándome encarecidamente que, en vista de mi mala situación económica, abandonara mi carrera teórica», recordaba Freud.[31] Al principio, ignoró el consejo, pero cuando conoció a Martha lo reconsideró. Dejó su trabajo en el laboratorio de Brücke y aceptó un puesto de médico residente en el Hospital General. No tenía planeado quedarse allí mucho tiempo, pero necesitaba adquirir la experiencia clínica necesaria para poder abrir una consulta privada. Esta le brindaría la posibilidad de ganarse bien la vida, que era lo que la pareja necesitaba para poder casarse.

Ese día no llegaría hasta cuatro años más tarde. Durante su larga separación, interrumpida solo por visitas muy ocasionales a la casa de Martha en la costa del Báltico y la de Sigmund en el Danubio, la pareja se escribía casi a diario. Sigmund escribió más de novecientas cartas, que ofrecen información sobre la relación y su personalidad, a menudo voluble.[32] En las fotografías y los dibujos, Freud aparece siempre como una persona adusta y muy seria, que es la imagen que ha prevalecido en la cultura popular. Sin embargo, en esas misivas da la impresión de ser un romántico casi desenfrenado, un joven que se deja llevar por la primera relación verdaderamente apasionada, aunque casta, de su vida. Se dirigía a Martha con expresiones como «mi dulce princesa», «mi querido tesoro» y «bella amada, dulce amor», todas ellas forman parte de una serie de sus saludos afectuosos.

Se comprometieron en Viena el 17 de junio de 1882 y al día siguiente Martha viajó de regreso a Wandsbek. El 19 de junio Sigmund le escribió una efusiva carta en la que le describía sus sentimientos encontrados: «Sabía que solo después de que te marcharas comprendería la magnitud de mi felicidad y, ¡ay!, también el alcance de mi pérdida... Debe de ser cierto. Martha es mía, la dulce niña de la que todo el mundo habla con admiración, quien pese a toda mi resistencia cautivó mi corazón desde nuestro primer encuentro, la niña a la que temía cortejar y que vino a mí con magnánima confianza, la que fortaleció la fe en mi propia valía».

Sigmund buscaba a alguien que, como su madre, apoyara de forma inequívoca cualquier iniciativa que emprendiera, una cantinela recurrente en sus cartas posteriores. «Es obra tuya que me haya convertido en un hombre seguro de sí mismo y valeroso», escribió. Tampoco dejó duda de ser abiertamente posesivo con Martha desde un principio: «De ahora en adelante no eres sino un huésped de tu familia, como una joya que hubiese empeñado y que recuperaré en cuanto sea rico».

En aquellos primeros días de su compromiso hizo un esfuerzo por parecer conciliador sobre las diferencias entre ellos, en especial la religión. Aludiendo a sus padres y sus abuelos, escribió: «Aunque lo que hacía felices a los viejos judíos ya no nos ofrezca ningún refugio, algo del fondo, de la esencia de ese judaísmo lleno de sentido y vitalista, no faltará en nuestro hogar».

Sin embargo, también podía mostrarse irritable, casi de una forma despiadada. Al principio, Martha se mostraba reacia a escribirle en *sabbat* y, si lo hacía, trataba de ocultárselo a su madre y a su hermano. Sigmund reaccionaba airadamente a esta clase de concesiones. «Si no puedes quererme lo suficiente para renunciar a tu familia, me perderás, arruinarás mi vida y no conseguirás gran cosa de tu familia», declaraba.[33]

A pesar de aquellos arrebatos ocasionales, la correspondencia de la pareja revelaba su creciente apego mutuo, cómo ambos aguardaban ansiosamente ese día aún lejano en el que podrían unirse y poner fin a su separación. Sigmund lo expresó citando *Noche de Reyes*, de Shakespeare:

> Los viajes terminan cuando los amantes se juntan, como sabe cualquier hijo de un hombre sabio.

Al mismo tiempo, no ocultaba sus «viejas costumbres», sobre todo cuando se trataba del papel que esperaba que desempeñara Martha en el matrimonio. Consideraba «una idea muy poco realista la de enviar a las mujeres a luchar por la existencia de la misma manera que los hombres». Haría cuanto fuera preciso para mantener a Martha alejada de esa lucha «en la sosegada e imperturbable actividad» del hogar. Aunque reconocía que las mujeres estaban adquiriendo nuevos derechos, insistía en que «la posición de la mujer no puede ser diferente de la que es: ser una novia adorada en la juventud y una amada esposa en la madurez».

Martha aceptaba de buena gana esta opinión, pero dirigía la casa y la consulta con mano segura, encargándose de toda la logística y ejerciendo de administradora. Y sabía cómo maniobrar para conseguir lo que quería cuando le convenía. Freud logró dejar su trabajo en el hospital para abrir una consulta privada en la primavera de 1886, y por fin pudieron planear la boda. Esto podría haber provocado un conflicto importante: Martha no quería decepcionar a su madre, que esperaba una ceremonia ortodoxa, pero sabía que a Sigmund le horrorizaba la idea.

Martha demostró ser una hábil diplomática al señalar que aunque Alemania no exigía que las bodas fueran religiosas, Austria sí, por lo que, si se limitaban a celebrar una ceremonia civil en Wandsbek, su matrimonio no tendría validez legal cuando regresaran a Viena. Sigmund se resignó de mala gana ante lo inevitable, aunque Martha se aseguró de que la boda judía, oficiada el 14 de septiembre de 1886 en casa de su madre, fuera discreta. Se celebró durante el día, con lo que no era necesario vestir de etiqueta, y Martha limitó el número de amigos que podían asistir. No obstante, fue la ceremonia religiosa que su familia ansiaba desesperadamente.

Sigmund hablaba abiertamente en sus cartas de sus aspiraciones y a veces podía parecer ambivalente. Cuando llevaban un año comprometidos, fingió que le era indiferente lograr o no cierta fama. «Nunca he sido de los que no pueden soportar la idea de verse arrebatados por la muerte antes de haber grabado su nombre en una roca entre las olas», escribió. Era un ejemplo clásico de que «quien se excusa se acusa». Cuando hilaba frases como «con todo el trabajo acumulado e ir en busca de dinero, posición y reputación, apenas me queda tiempo para escribirte unas líneas cariñosas», no estaba expresando su enfado por esa búsqueda. En realidad, decía una cosa, pero quería decir lo contrario. En un momento de sinceridad, escribió: «Es preciso que hablen de uno».

Cuando se acercaba la fecha de la boda, Freud le refirió con visible orgullo una conversación que había mantenido con Breuer, el médico que era como un padrino para él: «Me dijo que había descubierto que, tras la aparente timidez, se ocultaba en mí un ser humano extremadamente audaz e intrépido. Yo siempre lo he creído así, pero nunca se lo había contado a nadie». Y, en un tono aún más grandilocuente, añadía: «A menudo me parecía que había heredado todo el arrojo y toda la pasión con que nuestros antepasados defendieron su templo y que sería capaz de sacrificar con gusto mi vida a cambio de un gran momento en la historia».

Sin embargo, Freud no tuvo nada claro durante mucho tiempo dónde y cómo podía buscar ese momento. En 1884, dos años antes de su boda, le escribió a Martha que uno de sus profesores le había comentado las dificultades que entrañaba emprender una carrera en Viena y se había ofrecido a ayudarle facilitándole contactos en Buenos Aires o Madrid, donde podría ser más fácil. Freud le dijo que no se oponía a la idea de emigrar, pero que primero quería intentarlo en Viena. «Tengo capacidad de trabajo y me retiene aquí algo más que el apego por estos hermosos edificios», explicaba.

La cuestión más fundamental era qué especialidad debía elegir, cómo podía destacar en el campo de la medicina.[34] Mientras aún trabajaba en el Hospital General, continuó siendo un lector voraz y estaba fascinado por los mitos incas sobre las propiedades curativas de la hoja de coca y por las crónicas posteriores de viajeros europeos a América del Sur que se hacían eco de esas afirmaciones. Por ejemplo, en 1801 el explorador alemán Alexander von Humboldt explicó que los mensajeros indios de Perú sobrevivían a base de lima y coca, que inhibían el apetito al tiempo que les aportaban fuerza y resistencia. No obstante, fue el sufrimiento de Ernst von Fleischl-Marxow, un colega cercano del laboratorio, lo que impulsó a Freud a experimentar directamente con la cocaína. Pronto se convencería de que no solo había encontrado la salvación para su amigo, sino también un camino que lo llevaría a la gloria.

Fleischl-Marxow se había cortado el pulgar mientras diseccionaba un cadáver; en lugar de quedarse en una simple molestia, la herida se le infectó gravemente, lo que obligó a amputarle el pulgar y derivó en una creciente adicción a la morfina. Al ver que tal sustancia le estaba destruyendo física y emocionalmente, Freud se ofreció a tratarlo con cocaína. Para entonces Fleischl-Marxow estaba más que dispuesto a probar cualquier cosa, y los resultados iniciales de la «terapia con cocaína» parecían casi milagrosos. En realidad, estaba sustituyendo una sustancia adictiva por otra. Freud no se percató en aquel momento de los peligros que entrañaba lo que describió como la «droga mágica» en «Über Coca» («Sobre la cocaína»), su primer artículo científico importante, que esperaba que contribuyese a lanzar su carrera.

Como parte de su experimentación, Freud probó la cocaína en numerosas ocasiones y describió la rapidez con la que «se experimenta una euforia repentina y una sensación de ligereza». Estaba tan entusiasmado por los resultados que incluso envió pequeñas dosis a Martha y la instó a probarla. Sin embargo, el estado de Fleischl-Marxow se deterioró rápidamente y se volvió adicto a la cocaína sin haber logrado deshabituarse de la morfina. La combinación de las dos poderosas drogas provocó, en palabras de Freud después de tener que acudir corriendo a su apartamento una noche, un episodio de «*delirium tremens* con serpientes blancas reptando por su piel». Tras años de agonía, Fleischl-Marxow murió en 1891 a la edad de cuarenta y cinco años sin haber superado sus adicciones.

Durante el periodo en el que todavía depositaba grandes esperanzas en el potencial de la cocaína como una droga maravillosa, Freud también exploró otras vías de sanación. Entre octubre de 1885 y febrero de 1886 estudió y trabajó en París, gracias a la ayuda de una modesta beca de viaje, con el célebre neurólogo y patólogo Jean-Martin Charcot, cuyas clases en la Salpêtrière, un hospital universitario de la Sorbona, y sus exploraciones de pacientes, acompañadas de comentarios con los que adiestraba a sus discípulos, causaron una profunda impresión a Freud. El 24 de noviembre le escribió a Martha: «Charcot, que es uno de los mejores médicos y un hombre cuyo sentido común raya en la genialidad, está desbaratando todos mis objetivos y opiniones. A veces salgo de sus clases como de Notre Dame, con una idea completamente nueva de la perfección».

Freud quedó especialmente impresionado por las explicaciones de Charcot sobre la histeria y su uso de la hipnosis para curar esa dolencia. Como había ocurrido con sus teorías anteriores sobre la cocaína, seguía buscando tratamientos innovadores y estuvo encantado cuando Charcot le dijo que le gustaría que tradujera algunos de sus escritos al alemán. El médico no tardaría en invitarle a las cenas que organizaba en su casa. «Ahora soy el único extranjero en casa de Charcot», informó con orgullo a Martha, aunque también le confesó su temor a que su francés no estuviera a la altura de dichas ocasiones. Para calmarse, recurrió a su droga favorita. En otra carta expresaba su preocupación por que «la pequeña dosis de cocaína» que había tomado le hubiera desatado la lengua.

Ya fuera por la cocaína o por los estímulos de su entorno, Freud parecía inusualmente emocionado y jovial en muchas de sus cartas desde París. Tras conocer a la hija de Charcot en una de sus fiestas, se la describió así a Martha: «Bajita, bastante metida en carnes y guarda un parecido casi ridículo con su gran padre, por lo que resulta tan interesante que uno no se pregunta si es guapa o no. Tiene unos veinte años y es muy natural y amable». Y, en un tono casi burlón, añadía: «Ahora supón que yo no estuviera ya enamorado y fuese una especie de aventurero; sería muy tentador cortejarla, pues no hay nada más poderoso que una joven con los rasgos del hombre al que uno admira».

Pese a estar muy emocionado por haber accedido al círculo social de Charcot, Freud tenía dificultades para ordenar sus sentimientos sobre París. Como en el caso de Viena, podía expresar opiniones completamente contradictorias. «¡Qué ciudad tan mágica es este París!», escribió, refiriéndose a las obras que veía en la Comédie-Française y en otros teatros parisinos, y maravillado con las actuaciones de Sarah Bernhardt. También le fascinaban las colecciones de antigüedades del Louvre, sobre todo las estatuas griegas y romanas. En una misiva a la hermana de Martha, Minna, con quien también se carteaba a menudo, escribió que se encontraba bajo «el pleno impacto» de París, pero señalaba que la ciudad era como «una esfinge enorme y emperifollada, que se zampa a cualquier extranjero incapaz de resolver sus acertijos». En cuanto a los parisinos, los veía del siguiente modo: «Una especie distinta a la nuestra; mi impresión es que están todos poseídos por mil demonios... No creo que conozcan el significado de la vergüenza o del miedo». Y concluía: «París no es más que un largo y confuso sueño, y estaré encantado de despertarme».

Su estancia en la capital francesa le había hecho apreciar Viena más que nunca. Y, pese a sus comentarios burlones sobre posibles romances alternativos, le aseguró a Martha que solo podía imaginar su futuro con ella. Todavía desde París, le recordó el primer cumplido que le había dedicado, cuando le dijo: «De tus labios caen rosas y perlas, como si fueras la princesa de un cuento de hadas». Y añadía que por eso era su «princesita». Tanto Sigmund como Martha estaban más que preparados para iniciar una vida juntos.

En muchos aspectos, Viena estuvo a la altura de las expectativas de la joven pareja. Entre 1887 y 1895, Martha dio a luz a sus seis hijos. En 1891, se instalaron en la calle Berggasse 19, donde estaría su hogar y la consulta de Sigmund hasta que partieron a Londres en 1938.[35] Como recordaba Martin, el hijo mayor: «Mi madre gobernaba la casa con gran bondad y con una firmeza igualmente grande. Creía en la puntualidad en todo, algo entonces desconocido en la pausada Viena».[36] En 1896, Minna, cuyo prometido, el experto en sánscrito Ignaz Schönberg, había muerto de tuberculosis una década antes, se mudó de forma permanente con ellos, con lo que se amplió aún más la familia.[37]

Sin embargo, en lo que respectaba a su desarrollo profesional, Sigmund se sentía a menudo frustrado. A su regreso de París, presentó ponencias y dio charlas basadas en lo que había aprendido con Charcot sobre el tratamiento de pacientes con enfermedades nerviosas. Una de las primeras presentaciones ante la Sociedad de Medicina tuvo «una mala acogida», señaló.[38] Cuando sacó a colación el tema de la histeria masculina, un cirujano ya entrado en años lo acusó de decir «estupideces», argumentando que la histeria era por definición una enfermedad femenina. «¿Cómo puede ser histérico un hombre?», preguntó. A pesar de haber recabado elogios en otras ocasiones, «la impresión de que las altas autoridades habían rechazado mis innovaciones se mantenía inquebrantable», escribió Freud.

Las «innovaciones» de Freud, como su uso precoz de la cocaína y los experimentos con electroterapia, tampoco acabaron cumpliendo sus propias expectativas. Como a Charcot, le fascinaban las posibilidades de la hipnosis y utilizaba cada vez más la «sugestión hipnótica» con sus pacientes. En el verano de 1889 visitó la ciudad francesa de Nancy con la esperanza de aprender más de sus médicos y poder perfeccionar su técnica, pero no tardaría mucho en empezar a dudar también de la eficacia de la hipnosis. «Así pues, abandoné la hipnosis y tan solo conservé la práctica de requerir del paciente que se recostara en un diván mientras yo me sentaba detrás de él, viéndolo, pero sin que él me viera», recordaba.[39]

En la última década del siglo XIX y los primeros años del XX, Freud adoptó un enfoque mucho más claro, y descubrió o introdujo muchos de los conceptos que llegarían a definir el análisis freudiano. Había debatido durante años casos de histeria con Josef Breuer, sobre todo el de la paciente de este último identificada como «Anna O.» y publicaron juntos *Estudios sobre la histeria* en 1895. Aunque Breuer había utilizado la hipnosis con su paciente, fue el uso de la «cura del habla» lo que impulsó una mejora de su estado mental, profundamente perturbado. Hasta 1896 no se le ocurriría a Freud un término mejor para designar este proceso: psicoanálisis.[40] Un año después, cuando estaba cada vez más convencido de que los recuerdos sexuales reprimidos eran la causa de la mayoría de las neurosis, también enunció la idea del complejo de Edipo, que postulaba que los niños se sienten atraídos sexualmente por sus madres y consideran rivales a sus padres.

Retrospectivamente, la obra que catapultó de forma más espectacular a Freud a la estratosfera de la fama fue *La interpretación de los sueños*, publicada en noviembre de 1899, aunque el editor la fechó en 1900 para que coincidiera con los albores del nuevo siglo.[41] Aun así, no tuvo el éxito inmediato que Freud había esperado. Durante los seis primeros años desde su publicación, solo se vendieron 351 ejemplares. Freud se quejaba de que apenas era «reseñada en las publicaciones técnicas».[42]

La insistencia de Freud en las fantasías y los recuerdos sexuales reprimidos no era del agrado de todos y contribuyó a su ruptura con Breuer después de que hubieran escrito juntos el estudio sobre la histeria. Más de diez años después, en 1907, Breuer escribió a un colega suizo: «La inmersión teórica y práctica [de Freud] en lo sexual no es de mi gusto».[43] También exponía otra queja, que daba a entender hasta qué punto se habían distanciado. «Freud es un hombre dado a las formulaciones absolutas y exclusivas. Se trata de una necesidad psíquica, que, en mi opinión, deriva en una generalización excesiva», añadía Breuer.

A lo largo de buena parte de este periodo, el amigo más íntimo de Freud, aunque principalmente a distancia, fue Wilhelm Fliess, un otorrinolaringólogo de Berlín.[44] Fliess había conocido a Freud en 1887, cuando asistió a una de sus conferencias sobre neurología en Viena. Por entonces, Freud acababa de empezar a explorar las teorías que lo harían famoso más adelante, aunque algunas de ellas fueron tildadas de excéntricas al principio. Entretanto, Fliess propuso sus propias teorías, especialmente sobre la sexualidad, que le valieron la reputación de ser aún más excéntrico que Freud y que, con el tiempo, acabarían siendo desacreditadas en su mayoría. Argumentaba que la nariz era el órgano dominante, que influía en la salud y la conducta humanas, y que tanto los hombres como las mujeres estaban sometidos a ciclos sexuales biorrítmicos de veintitrés y veintiocho días, respectivamente. Cuando se conocieron en Viena, Freud se mostró encantado por el interés de Fliess en su obra y, tras su regreso a Berlín, le escribió que albergaba la esperanza de que pudieran proseguir con la relación, ya que le había causado «una profunda impresión».

En su extensa correspondencia, Freud no dejaba duda alguna de que buscaba un público receptivo a sus ideas, alguien que aplaudiera y estimulara sus esfuerzos. Fliess estaba más que dispuesto a complacerle y le brindaba un aliento constante. «Tú eres el único Otro, el *alter*», le dijo Freud en 1894. También compartía con él detalles de su vida personal, como la preocupación por su afección cardiaca y sus relaciones con Martha. Tras el nacimiento de su quinto hijo en 1893, le confió que Martha quizá se tomaría un descanso de un año, ya que, según sus propias palabras, estaban «viviendo en la abstinencia». Su sexto y último hijo, Anna, nacería dos años después.

Los dos hombres no tenían inhibiciones a la hora de hablar de casi cualquier idea que se les pasara por la cabeza. En 1896, Freud le dijo a Fliess: «Me has enseñado que detrás de toda locura popular se esconde una pizca de verdad». Sin embargo, su relación se deterioró cuando Freud empezó a admitir que su «Otro» era propenso a formular teorías estrafalarias que eran incompatibles con las suyas, más lógicas. Freud ya no veía a Fliess como un digno evaluador de sus obras e ideas. En 1901, le espetó sin rodeos: «Has llegado al límite de tu perspicacia».

Todo ello contribuyó a que Freud tuviera la sensación de estar solo y a la deriva. Al describir el periodo posterior a su ruptura con Breuer, escribió: «No tenía seguidores. Estaba completamente aislado. En Viena me rehuían y en el extranjero no me conocía nadie».[45] Exageraba un poco, pero no mucho.

Freud era muy consciente de su condición de judío, al igual que muchos de sus contemporáneos, que también se consideraban seculares y asimilados. «No era posible, sobre todo para un judío con una vida pública, ignorar el hecho de serlo. Nadie lo hacía, ni los gentiles, ni mucho menos los judíos», declaró el popular escritor Arthur Schnitzler.[46] Pero Schnitzler, que era seis años más joven que Freud, recordaba que «apenas» notó antisemitismo durante sus años escolares, aunque eso cambió cuando comenzó sus estudios en la Universidad de Viena. Pese a su éxito literario posterior, «cierta separación entre gentiles y judíos en grupos que no se mantenían estrictamente separados [...] se podía apreciar siempre y en todas partes».[47]

Se trataba de la clásica ambivalencia vienesa, que incorporaba muchas de las contradicciones de la ciudad en esa época. Amos Elon, el periodista y escritor israelí nacido en Viena, describió la capital austriaca a finales del siglo XIX como «un ejemplo de intensa creatividad gracias a la diversidad cultural».[48] En cuanto a la cuestión específica del antisemitismo, explicaba: «Al menos hasta principios de los años noventa del siglo XIX, cuando un antisemitismo especialmente fanático se propagó por las calles y universidades de Viena, la situación de los judíos también estaba mejorando continuamente».

Cuando Freud se encontró cara a cara con el antisemitismo, se negó a dejarse intimidar. Mientras viajaba en tren por Alemania a finales de 1883, abrió una ventana de su compartimento para respirar aire fresco, y varios de los presentes comenzaron a gritarle que la cerrara, como todas las demás. «¡Es un sucio judío!», intervino un pasajero, mientras otro se dirigió directamente a él: «Nosotros, los cristianos, tenemos consideración por los demás, mientras que ustedes harían bien en pensar menos en sí mismos», seguido de toda una retahíla de frases encantadoras.[49] El pasajero también anunció que iba a trepar por los asientos para darle una lección. Freud le habló a Martha del incidente en una carta: «Hace solo un año me habría quedado sin habla por la turbación, pero ahora soy diferente; no me asustó lo más mínimo aquella gente». Retó al pasajero más beligerante a enfrentarse a él. «Yo estaba bastante dispuesto a matarlo, pero él no dio un paso al frente», continuaba Freud.

Durante unas vacaciones de verano fuera de Viena en 1900, dos de los hijos de Freud, Martin y Oliver, estaban pescando en un bote de remos en un lago cuando un grupo de hombres que pasaban por allí comenzaron a insultarlos y amenazarlos.[50] Llamaron a los muchachos «israelitas» y los acusaron de robar pescado, lo que no era cierto, ya que, como señaló Martin, se trataba de un lugar público. Le contaron a su padre lo que había ocurrido y esa misma tarde volvieron a cruzar los tres el lago remando. Esta vez se había congregado una multitud aún mayor, incluidas mujeres. Mientras amarraban el bote, les gritaron más insultos antisemitas. Unos diez hombres armados con bastones y paraguas, a los que jaleaban las mujeres que estaban detrás de ellos, parecían dispuestos a pelear.

Freud saltó del bote y avanzó directamente hacia el grupo. Cuando Martin le siguió, Freud le ordenó bruscamente que retrocediera. Hasta entonces, «mi afable padre solo me había hablado en un tono amable», recordaba Martin. Por eso su rudeza le sobresaltó mucho y le causó aún más desconcierto que el comité de bienvenida. «Mientras tanto, mi padre cargó blandiendo su bastón contra la multitud hostil, que se hizo a un lado y pronto se dispersó, dejando libre el paso», continuaba Martin. Pese a estar muy impresionado por esta demostración de coraje, a Martin le sorprendió aún más el hecho de que la situación no «le afectara lo más mínimo». Hasta donde él sabía, su padre nunca le mencionó a nadie más lo que sucedió aquel día.

Puede que el instinto de Freud de tomarse este incidente con calma se debiera en parte a la educación que había recibido de niño: el antisemitismo parecía entonces menos frecuente y, sin duda, menos ponzoñoso de lo que sería poco después. Muchos judíos, sobre todo en Viena, donde tantos habían prosperado, restaban importancia a cualquier evidencia de que la situación estaba cobrando un cariz peligroso. Según Adolf Dessauer, un escritor judío que era siete años mayor que Freud, el antisemitismo vienés no era más que «una moda pasajera, un estado de ánimo, una broma».[51]

Lo cierto es que muchas de las tendencias que comenzaron a aflorar en los años ochenta del siglo XIX y se aceleraron en los noventa no tenían nada de divertido.

Entre los judíos que acabaron en Viena procedentes de otras partes del Imperio austrohúngaro figuraba Theodor Herzl, un contemporáneo de Freud que había nacido en Budapest y que se trasladó a la capital en 1878, donde se matriculó en la Universidad de Viena para estudiar Derecho.[52] Herzl parecía el prototipo de judío asimilado que aspiraba a hacerse un nombre, primero como abogado y después como periodista y dramaturgo. Tenía un don para los idiomas y leía en alemán, francés, italiano e inglés, pero apreciaba especialmente la cultura alemana. Declaraba que todo «estudiante vienés era wagneriano, incluso antes de escuchar un solo compás de su música». En ese momento no había nada que indicara que acabaría convirtiéndose en el visionario fundador del sionismo moderno, el movimiento que impulsaría la creación de Israel mucho después de su muerte a los cuarenta y cuatro años en 1904.

Durante su época de estudiante, Herzl se unió a Albia, una de las fraternidades que defendía ideas nacionalistas alemanas y promovía costumbres como los duelos. Estaba orgulloso de que le hubieran aceptado en sus filas junto con un pequeño grupo de judíos a los que consideraban suficientemente alemanes en su actitud. Arthur Schnitzler recordaba ver a Herzl «con su gorra azul de estudiante y su bastón negro con la empuñadura de marfil y las letras F. V. C. [abreviatura de las palabras latinas que significan "florecer, vivir, crecer"] grabadas en él, desfilando al mismo paso que sus hermanos de fraternidad».[53]

Sin embargo, fue en esta época cuando las fraternidades estudiantiles se volvieron cada vez más antisemitas y la presencia de judíos era motivo de vergüenza. Especialmente embarazoso era que algunos de esos judíos resultaran ser mejores duelistas que los gentiles contra los que se enfrentaban. Herzl se había batido en un breve duelo y se había defendido bien, ya que tanto él como su oponente terminaron con cortes en la cara, algo que se consideraba varonil. En 1882, las fraternidades resolvieron ese problema con la aprobación del llamado Manifiesto de Waidhofen. Su lenguaje era tan revelador como su contenido:

> Todo hijo de madre judía, todo ser humano por cuyas venas fluya sangre judía, carece desde el día de su nacimiento de honor y de todas las emociones más refinadas. No puede diferenciar entre lo sucio y lo limpio. Es éticamente subhumano. Por tanto, las relaciones amistosas con un judío son deshonrosas; se ha de evitar cualquier asociación con ellos. Es imposible insultar a un judío; por tanto, un judío no puede exigir una satisfacción por cualquier insulto sufrido.[54]

En otras palabras, no solo había que excluir totalmente a los judíos; los miembros de la fraternidad tampoco podían ni debían aceptar los retos de los judíos para batirse en duelo.

En un acto en conmemoración de Richard Wagner, fallecido el 13 de febrero de 1883, un orador de Albia ensalzó el pangermanismo «ario» y el «antisemitismo wagneriano», una descripción plenamente justificada de la animosidad del compositor hacia los judíos. Aunque fue expulsado de la universidad, Herzl escribió a la fraternidad: «No deseo seguir siendo miembro». En lugar de aceptar su renuncia, sus «hermanos» lo borraron formalmente de la lista; querían dejar claro que la decisión de expulsarlo había sido de la fraternidad.

Aun así, estas experiencias personales con el antisemitismo en Viena no bastaron para que Herzl desechara la idea de que la asimilación seguía siendo el mejor camino para que la situación de los judíos mejorara. Solo cambiaría de opinión tras aceptar el puesto de corresponsal en París para el periódico vienés *Neue Freie Presse*. El punto de inflexión fue la detención y el juicio en 1894 del capitán judío del Ejército francés Alfred Dreyfus, acusado en falso de alta traición. La oleada de antisemitismo que se desató en Francia lo convenció de que los judíos tenían que buscar la salvación en un Estado judío y lo impulsó a poner en marcha el movimiento sionista.

Al poco tiempo de regresar a Viena, Herzl vivió durante dos años en la misma calle que Freud, en Berggasse 6, por lo que prácticamente fueron vecinos. Nunca se conocieron, pero Freud estaba al tanto de las actividades de Herlz. En 1897 vio la obra teatral de Herzl *El nuevo gueto*, que desencadenó uno de sus sueños, y más tarde comenzaron a cartearse.[55] Sin embargo, a diferencia de Herzl, Freud solía evitar la política.

Sin embargo, el mundo de la política, y el vitriolo antisemita, eran difíciles de eludir. Karl Kraus, el editor de *Die Fackel*, quien nació judío, se convirtió al catolicismo y también acabó renunciando a esta fe, proclamó: «El psicoanálisis es la última enfermedad judía... Hurgan en nuestros sueños como si fueran nuestros bolsillos».[56] Fue un anticipo de la acusación (y una cantinela habitual más tarde por parte de los nazis) de que Freud había inventado una «ciencia judía».

No obstante, la mayor amenaza para los judíos de Viena en los años noventa fue el rápido ascenso de Karl Lueger, un talentoso político municipal conocido como «Karl el Guapo».[57] Cuando entró en política en los años setenta era liberal y, después, demócrata. No tardó en descubrir el atractivo de la retórica antisemita y, en 1891, fundó el Partido Social Cristiano. Se presentaba a sí mismo como el adalid de la gente corriente y era un furibundo defensor del catolicismo austriaco. «¡Estos judíos nos están robando todo lo que consideramos sagrado! ¡La patria! ¡La nacionalidad! ¡Y, por último, también nuestras propiedades!», declaraba.[58]

Cuando su partido ganó las elecciones municipales en 1895 y votó a Lueger como alcalde, el emperador Francisco José se negó a ratificar su elección por considerarle un peligroso incendiario. El único indicio de que Freud, básicamente apolítico, estaba siguiendo estos acontecimientos fue que celebró el veto de Francisco José concediéndose «una ración extra de puros ese día».[59]

Pero en 1897, cuando el Ayuntamiento votó por él por cuarta vez, el emperador cedió y Lueger permaneció en el cargo hasta su muerte en 1910. Como alcalde, acrecentó su popularidad supervisando la construcción de nuevos edificios públicos y la modernización de las infraestructuras de la ciudad, incluida la introducción de una red de tranvías sumamente eficiente. George Clare, que nació en Viena en 1920 en el seno de una familia judía y escapó a Gran Bretaña en 1938, reconocía en su libro *Last Waltz in Vienna* que Lueger «se convirtió en el burgomaestre más querido y también más eficaz que había tenido nunca la ciudad».[60]

Entre los judíos vieneses que crecieron en la Viena de Lueger había una tendencia común a minimizar la importancia de su antisemitismo. El novelista Stefan Zweig escribió que «su administración se mantuvo impecablemente justa y modélicamente democrática; los judíos, que habían temblado de miedo ante la victoria del partido antisemita, siguieron disfrutando de los mismos derechos y merecían la misma consideración de antes».[61] Lueger seguía tratando con judíos y se cita a menudo que dijo: «Yo decido quién es judío».[62] Victor Adler, el fundador judío del Partido Socialdemócrata Obrero, rival del de Lueger, ejemplificaba la predisposición de muchos judíos austriacos a restar importancia a las muestras públicas de antisemitismo. Durante una intervención en el Congreso de la Internacional Socialista en 1899, afirmó que Austria, aun siendo a menudo propensa a la injusticia, era «incapaz de perpetrar actos de opresión. [...] La indolencia suaviza el despotismo».[63]

La idea de que Austria nunca iba a aplicar políticas realmente draconianas estaba muy arraigada en la psique de los judíos vieneses de esa generación, la de Freud. Su hijo Martin recordaba vívidamente un incidente que debería haber servido de advertencia. Martin iba caminando con su tía Dolfi, Adolfine, la hermana menor de Sigmund, cuando pasaron junto a un individuo. Según cuenta, se trataba de «un hombre corriente, probablemente un gentil, quien, hasta donde yo sabía, no había reparado en nosotros».[64] Sin embargo, Dolfi agarró del brazo a Martin «aterrorizada» y susurró: «¿Has oído a ese hombre? Me ha llamado sucia judía apestosa y ha dicho que es hora de que nos maten a todos».

Martin atribuyó su alarma a «una fobia patológica o a la estupidez de Dolfi». Él y sus amigos se sentían «totalmente felices y seguros» en Viena entre gentiles, y añadía: «Resulta extraño que mientras ninguno de nosotros, profesores, abogados y personas con educación, teníamos ni idea de la tragedia que destruiría a los hijos de la raza judía, una solterona adorable pero bastante boba previera, o pareciera prever, ese futuro».

Dolfi sería una de los millones de víctimas de esa tragedia al acabar en Theresienstadt donde, el 29 de septiembre de 1942, murió de inanición.[65] Muchos judíos prominentes fallecieron durante el Holocausto en ese «campo gueto» situado cerca de Praga o fueron enviados a otros campos como Treblinka y Auschwitz.

3

¡Un celta de Gales!

Durante la primera década del nuevo siglo, Freud se percató de que su aislamiento estaba tocando a su fin. Sus colegas de la Facultad de Medicina le habían propuesto en 1897 para ocupar una cátedra como *Professor Extraordinarius*.[1] En palabras de Freud, el título era importante tanto para el ejercicio de su profesión como para su posición académica, ya que elevaba «al médico en nuestra sociedad a la categoría de un semidiós para los pacientes».[2] La aprobación definitiva y la firma del emperador en el decreto que haría realidad el deseo de Freud no llegarían hasta 1902.

Ese fue el mismo año en que comenzó a celebrar sus reuniones de los miércoles por la noche en Berggasse 19, que atraían a un número pequeño pero creciente de médicos, casi todos ellos judíos al principio.[3] En 1908, se presentaron como la Asociación Psicoanalítica de Viena. Freud también observó y celebró otras señales de que su situación estaba mejorando. «Obviamente, he adquirido buena reputación y ahora mis más tímidos admiradores me saludan desde lejos por la calle», escribió en una de sus últimas cartas a Fliess.[4] El interés por el psicoanálisis se extendía ya mucho más allá de Viena, lo que brindaba a Freud nuevas posibilidades de divulgar sus ideas. Iba a convertirse en un hombre del que «se hablaba», como le había escrito a Martha en una carta mientras estaban comprometidos.

Al mismo tiempo que Freud se mostraba cada más seguro de haber tomado el sendero correcto, llegaba a Viena un adolescente de Linz, la capital de la Alta Austria, que también esperaba encontrar su camino hacia el éxito. Sin embargo, Adolf Hitler no encontró allí nada de eso. Es casi imposible exagerar la magnitud de las consecuencias que esto tendría.

Hitler afirmaba alegremente en *Mi lucha* que las tareas escolares le habían resultado «ridículamente fáciles»,[5] pero su rendimiento fue muy bajo y abandonó del todo los estudios en 1905, a los dieciséis años. Su severo y autoritario padre quería que siguiera su ejemplo y prosiguiera con su educación para labrarse una carrera en la Administración pública, pero había muerto dos años antes. Su sobreprotectora madre había dado a luz a seis hijos, de los que solo habían sobrevivido Adolf y su hermana menor, Paula, pero no tenía ni la voluntad ni la capacidad para empujar a su hijo en una dirección que a este nunca le interesó. En su lugar, Hitler le dijo al jefe de correos del barrio que su plan era «convertirse en un gran artista».[6]

En la siempre febril imaginación de Hitler, esta transformación tendría lugar en Viena. Durante su primera visita a la ciudad en 1906, a los diecisiete años, quedó cautivado por lo que vio. «Podía estar parado durante horas frente a la Ópera o contemplando el Parlamento; toda la Ringstrasse me parecía un hechizo salido de *Las mil y una noches*», recordaba en *Mi lucha*, la perorata autobiográfica que escribió mientras cumplía condena por encabezar el fallido golpe de Estado de la cervecería de Múnich perpetrado por el incipiente Partido Nazi en noviembre de 1923. Convencido de que, junto con la pintura, su talento para el dibujo se había «desarrollado asombrosamente», se interesó cada vez más por la arquitectura. También fue a la Ópera a ver a Gustav Mahler dirigir *Tristán e Isolda*, y *El holandés errante*, de Richard Wagner; el hecho de que Mahler fuera judío no rebajó su entusiasmo.[7]

A su regreso a Linz, les comunicó a su madre y a su único amigo cercano, August Kubizek, que había decidido estudiar en la Academia de Bellas Artes de Viena. Kubizek escribió en sus memorias sobre su amistad con el joven

Hitler que «Viena le atraía. Esta ciudad albergaba mil posibilidades para un joven entusiasta como Adolf, oportunidades que podían llevarle a las cumbres más sublimes o las profundidades más sombrías. Una ciudad magnífica y al mismo tiempo cruel, que todo lo prometía y todo lo negaba, eso era Viena».[8]

Hitler regresó a Viena en septiembre de 1907 para presentarse a las pruebas de acceso, plenamente confiado en que las superaría y se matricularía casi de inmediato. Para el primer paso de este proceso presentó una recopilación de dibujos que reunieron los requisitos para que pudiera presentarse al examen principal.[9]

Los días 1 y 2 de octubre compitieron 113 candidatos en dos sesiones de tres horas en las que tuvieron que demostrar sus habilidades artísticas realizando dibujos sobre temáticas específicas. Los de Hitler fueron considerados «insatisfactorios», lo que significaba que no era uno de los veintiocho candidatos admitidos. La posibilidad de suspender ni siquiera se le había pasado por la cabeza. «Estaba tan seguro de que iba a aprobar que cuando recibí el suspenso fue como si cayera sobre mí un rayo del cielo», escribió. *A posteriori*, se ha especulado con que podría haber culpado a los profesores judíos de su fracaso, pero lo cierto es que ninguno de sus examinadores era judío.

El revés a las ambiciones de Hitler, junto con la muerte de su madre a causa de un cáncer de mama el 21 de diciembre de 1907, cambió por completo su manera de ver las cosas. A principios de 1908 regresó a Viena, esta vez con la vaga esperanza de convertirse de algún modo en un artista aclamado mientras alimentaba un creciente sentimiento de rencor hacia la cosmopolita capital y hacia casi todo lo que representaba. Los cinco años siguientes en Viena fueron «el periodo más triste de mi vida», escribió. En palabras de su amigo Kubizek, exploró «las profundidades más sombrías» de la ciudad en lugar de aprovechar sus muchas oportunidades.

Hitler se quejaba de sus escasos recursos, aludiendo probablemente a la pequeña herencia que se había llevado de

 Linz, y llamaba al hambre su «fiel guardaespaldas». Sin embargo, aparte de pintar cuadros de Viena del tamaño de una tarjeta postal, que vendía uno de sus compañeros, y de aceptar algunos trabajos esporádicos, hizo poco para mejorar su suerte.[10] Vivía en albergues para hombres, en habitaciones alquiladas y, en el otoño de 1909, que fue especialmente difícil, a veces se vestía bien abrigado para pasar la noche fuera, donde pudiera.

Kubizek, que había ido a Viena para estudiar música, compartió alojamiento con Hitler durante parte de este periodo. Aunque su relato no siempre resulta fiable, es probable que dijera la verdad cuando escribió que Hitler sufrió «una profunda depresión» durante sus primeros tiempos en Viena. «Yo tenía la impresión de que Adolf estaba desequilibrado. Montaba en cólera por cualquier cosa», escribió Kubizek.

Entre las principales preocupaciones de Hitler figuraban los barrios de prostitutas de la ciudad. Instó a Kubizek a que le acompañara a hacer un recorrido por «el pozo de iniquidad», cada vez más enfadado por las prostitutas que se exhibían en escaparates. «Me parecía bastante normal que Adolf se apartara con asco y repugnancia de estas y otras aberraciones sexuales de la gran ciudad, que se abstuviera de masturbarse, algo a lo que sucumbían habitualmente los jóvenes», recordaba su amigo. Y añadía que, ya fuera por miedo a las infecciones o por repulsión en general, Hitler mantuvo un «estricto ascetismo monacal» durante toda su estancia en Viena.

Según el propio Hitler, los años que pasó en la capital moldearon sus opiniones sobre la raza, la etnicidad, el nacionalismo y la política. Describió este periodo como «la escuela más dura de mi vida» y explicó que Viena le abrió los ojos «a dos amenazas de las que apenas conocía el nombre y cuya tremenda importancia para la existencia del pueblo alemán no entendía: el marxismo y el judaísmo».

Viena era el laboratorio perfecto para estudiar «la cuestión social», como él la llamaba. Criticaba «la dudosa magia del crisol de nacionalidades» y se quejaba de que se estuviera convirtiendo en «una ciudad no alemana» y en una «babel de lenguas». Al ser del interior de Austria, no haber aprendido idiomas extranjeros y poseer pocas habilidades prácticas, rebosaba resentimiento. «Me repugnaba el conglomerado de razas que me mostraba la capital; me repugnaba la mezcla de checos, polacos, húngaros, rutenos, serbios y croatas, y, en todas partes, el eterno bacilo de la humanidad, judíos y más judíos. La gigantesca ciudad me parecía la encarnación de la profanación racial», escribió.

Al tiempo que deploraba la «eslavización general de Austria», se sentía especialmente atraído por quienes atacaban a los judíos por considerarlos fuente de todos los males. Recordaba cuánto le habían impresionado los panfletos de Hans Goldzier, de cuyas diatribas antisemitas se haría eco más tarde. Goldzier llamaba a los judíos «una plaga, seres humanos degenerados, malvados y nocivos».[11] El panfletista fue un personaje menor que desapareció rápidamente de escena, como señaló Hitler con cierta tristeza en *Mi lucha*, pero el futuro dictador también se inspiraría en el alcalde Karl Lueger, el político más popular de Viena. «Hoy, más que nunca, considero a este hombre el mejor alemán de todos los tiempos», escribió.

Para el joven Hitler, Lueger fue uno de los hombres que le enseñó el valor del antisemitismo, ajeno, al parecer, al hecho de que el alcalde explotaba cínicamente esta cuestión pero su retórica inflamatoria no se reflejaba necesariamente en sus actos. Tal y como lo veía Hitler, las palabras del alcalde se debían entender en un sentido literal, y él se las tomaba muy en serio. Explicaba que, como consecuencia de sus experiencias en Viena, «había dejado de ser un cosmopolita pusilánime» y se había convertido «en un antisemita». En su opinión, demostraba cuánto había madurado. «Había llegado a esta ciudad cuando todavía era un adolescente y me marchaba convertido en un hombre taciturno y serio», escribió.

Al igual que ignoraba los esfuerzos de Lueger por hallar un equilibrio entre su hostil oratoria antisemita y sus acciones más conciliadoras, Hitler también prestaba poca atención a quienes trataban de conciliar su lealtad a Austria y Alemania. En su opinión, aquí la ambivalencia vienesa no tenía cabida. Durante los últimos días del Imperio austrohúngaro, admiraba especialmente a Georg von Schönerer, el combativo líder del movimiento pangermánico, que era también un ferviente antisemita austriaco.

Hitler explicaba en la primera página de *Mi lucha* el destino que este movimiento le reservaba a su tierra natal: «La Austria alemana debe volver a la gran madre patria alemana [...]. A una misma sangre corresponde un solo Reich». Mucho antes de que tuviera la oportunidad de hacerse con el poder, ya tenía el *Anschluss* en el punto de mira.

Aunque Freud recibía cada vez más reconocimiento por su novedoso tratamiento de los pacientes, por sus numerosos escritos y conferencias y por las reuniones de los miércoles por la noche en su casa, seguía aferrándose a sus rutinas y rituales diarios. Se levantaba a las siete y se preparaba meticulosamente para recibir a sus pacientes a partir de las ocho. Su hijo Martin afirmaba que no era en absoluto vanidoso, solo «se limitaba a acatar sin rechistar la tradición médica profundamente arraigada de que un doctor debe ir bien arreglado, por lo que jamás llevaba un cabello fuera de su sitio ni en la cabeza ni en el mentón».[12] La visita diaria al barbero, quien también lo afeitaba a domicilio, garantizaba este resultado. «Su ropa, rígidamente convencional, estaba confeccionada con los mejores materiales y cortada a la perfección», añadía Martin.

Gran parte del día ya estaba planificado: el almuerzo era a la una, seguido de pequeñas variaciones en el horario de la tarde dependiendo de si recibía más pacientes o visitas, escribía o salía a pasear por la ciudad antes o después de una cena tardía, a la que seguía una partida de cartas de vez en cuando, más lectura, escritura o revisión; después se iba a la cama a la una de la madrugada. Los sábados daba clases en la universidad de cinco a siete y después solía jugar otra partida de cartas con sus amigos.

Los domingos visitaba a su madre, Amalia, que había enviudado en 1896. Sus progenitores les habían inculcado a él y a sus seis hermanos una firme creencia en la importancia de la familia. Anna, la segunda de los hijos, recordaba que Sigmund se acercó a su padre a una edad temprana con la Biblia en la mano y, refiriéndose al hecho de que era el mayor y Alexander el más pequeño, con cinco hermanas en medio, le dijo: «Nuestra familia es como este libro: las dos cubiertas duras son los chicos y las páginas de en medio son las cinco hermanas».[13]

Sigmund siguió visitando regularmente a su madre hasta que esta murió en 1930 a la edad de noventa y cinco años. Su hermana Anna señaló que fue «llorada por sus siete hijos, dieciocho nietos y catorce bisnietos».

A Freud le encantaban las rutinas fijas y las largas vacaciones estivales cuidadosamente planeadas en entornos alpinos como Berchtesgaden, el lugar de vacaciones bávaro que más tarde se volvería tristemente célebre por convertirse en el refugio de Hitler, o en ciudades balnearias austriacas como Bad Aussee y Bad Gastein. Martha se ocupaba de toda la logística de estas estancias, como hacía en Viena. «Nunca pasaba por alto ningún detalle y cambiaba su papel normal de ama de casa corriente y práctica por el frío genio organizador y calculador de un alto mando del Estado Mayor prusiano», escribió Martin.

Las vacaciones incluían casi siempre excursiones para buscar setas comestibles (a nadie le preocupaba coger alguna venenosa, recordaba Martin, porque su padre les «había enseñado mucho sobre los hongos»), el senderismo y la natación. Freud participaba en todas esas actividades y optaba por el estilo braza cuando nadaba para poder mantener su cuidada barba fuera del agua. Cuando el patriarca estaba ocupado escribiendo, los niños solían estar fuera solos.

En otros viajes, Freud cultivó su interés por las antigüedades. Visitó Atenas con su hermano Alejandro en 1904 y viajó ampliamente por Italia en varias ocasiones. Durante su gira por la Toscana en 1896, se maravilló de sus tesoros artísticos y también confesó que a veces se sentía como el típico turista sobrepasado por todo lo que le rodea. «La sensación en cuanto llegamos a Florencia es que la ciudad te oprime y abruma. A lo largo de la calle hay media docena de monumentos; los recuerdos históricos son tan abundantes que no es posible distinguirlos unos de otros. Los florentinos arman un gran alboroto: gritan, hacen restallar látigos, vociferan en medio de la calle; en suma, es insoportable», escribió.[14]

Freud nunca ocultó sus muchas aversiones. Cuando sus hermanas eran pequeñas, su madre alquiló un piano para que pudieran tomar clases, pero, según Anna, la mayor de las hijas, «a Sigmund les molestaban tanto nuestras escalas y ejercicios de dedos que amenazó con marcharse de casa si continuábamos». Como resultado, el piano no tardó en desaparecer y, cuando Sigmund se casó con Martha y tuvieron sus propios hijos, este pilar de tantos hogares vieneses también fue prohibido. A Freud tampoco le gustaban las bicicletas, hablar por teléfono y algunos alimentos, como el pollo y la coliflor.[15]

Martin recordaba que su padre se quejaba con frecuencia de la ciudad. En 1900, Freud escribió a Fliess: «Detesto Viena con un odio positivamente personal. [...] Adquiero nuevas fuerzas cada vez que aparto los pies del suelo de esta ciudad que es mi hogar». No obstante, Martin concluía que este sentimiento de su padre no era ni «profundo ni real». Pese a todas sus quejas de que solo disfrutaba de las excursiones por las montañas o el campo, Freud estaba profundamente apegado a la capital. «Mi opinión personal es que mi padre a veces odiaba Viena y otras veces amaba la vieja ciudad, y, que en general, le tenía afecto», escribió Martin. Y señalaba que muchos habitantes de grandes urbes como Londres o Nueva York mantenían de por vida una relación de amor y odio con su entorno, por lo que su padre no era una excepción.

El 6 de mayo de 1906, Freud cumplió cincuenta años y tenía buenas razones para creer que su vida era muy productiva y satisfactoria, pero, como de costumbre, tendía a darle vueltas a su propia mortalidad, hablaba de sí mismo como de un anciano y le preocupaba quién continuaría con sus enseñanzas cuando ya no estuviera. Mientras atraía cada vez a más seguidores, agasajando a los asiduos de los miércoles por la noche con café solo, pasteles, puros y cigarrillos, junto con sus habituales comentarios para poner fin a cada discusión, no estaba seguro de si encontraría al candidato adecuado. Sus relaciones personales con sus mentores y colegas (Breuer, Fliess y otros) habían derivado con frecuencia de la admiración mutua a la decepción. Y, aunque cada vez estaba más seguro de su papel como fundador del psicoanálisis, seguía teniendo dudas sobre su futuro.

En aquellos primeros tiempos, Freud se veía a sí mismo como un «pescador de hombres»,[16] alguien que siempre estaba en busca de personas que no solo aceptaran el psicoanálisis, sino que también difundieran su evangelio. Estaba contento con su grupo habitual de prosélitos que se reunían los miércoles en su apartamento de Viena, pero también quería echar las redes en otros lugares. No tardaría en fijar su atención y depositar sus esperanzas en Zúrich, primero casi por accidente y luego a propósito. Era un estanque que parecía estar rebosante de peces dispuestos a picar.

Algunos de los trabajos más avanzados en psicología se estaban llevando a cabo en el Burghölzli, el hospital psiquiátrico de la Universidad de Zúrich que dirigía el profesor Eugen Bleuler, un famoso psiquiatra que más tarde introduciría términos novedosos como *esquizofrenia* y *autismo*.[17] Bleuler y, en particular, su joven ayudante Carl Gustav Jung se interesaron pronto por el trabajo y los métodos de Freud. A Jung, hijo de un pastor protestante suizo, le habían atormentado sueños turbadores cuando era niño, por lo que se mostró especialmente receptivo al leer *La interpretación de los sueños*, de Freud. A petición de Bleuler, informó al personal acerca del libro y de los trabajos de Freud sobre la histeria, y pronto incorporó algunas de sus teorías a sus propios escritos sobre la demencia y otros temas.

En el prefacio a su ensayo *Psicología de la demencia precoz*, fechado en julio de 1906, Jung reconocía con efusividad la influencia de Freud. «Incluso una mirada superficial a mi trabajo mostrará lo mucho que estoy en deuda con los brillantes descubrimientos de Freud», escribió.[18] Aunque expresaba su admiración por los escritos del creador del psicoanálisis, añadía que eso no suponía la «sumisión incondicional a un dogma» o la incapacidad para mantener «un juicio independiente». Señalaba que, en particular, su alabanza no significaba que atribuyera «al trauma sexual infantil la importancia exclusiva» que al parecer le otorgaba Freud.[19] No obstante, Jung calificaba todas estas objeciones «de insignificantes comparadas con los principios psicológicos cuyo descubrimiento es el mayor mérito de Freud».

Jung le escribió directamente y le expresó un entusiasmo similar por su obra, aunque volvió a señalar que no estaba de acuerdo en todo, no solo en lo relativo al papel del desarrollo sexual temprano; tampoco estaba de acuerdo con la eficacia de los «resultados terapéuticos» del psicoanálisis. No obstante, no dejaba ninguna duda de que le apoyaba frente a los muchos detractores que se apresuraban a desestimar sus hallazgos.

Freud estaba inmensamente agradecido por el respaldo de Jung e insistió en que no buscaba exclusivamente el elogio. «Siempre he sido consciente de mi falibilidad», escribió. En otra ocasión añadió que no quería ser un «un objeto de culto». Sin embargo, sus intercambios iniciales indicaban que ambos hombres estaban palpablemente entusiasmados con su floreciente relación. Freud, tras expresar su rechazo a lo que llamaba irónicamente las «eminencias» de la psiquiatría de la vieja escuela, declaró: «El futuro nos pertenece a nosotros y a nuestras opiniones, y los hombres más jóvenes, probablemente en todas partes, nos apoyan activamente». Ya estaba tratando a Jung como su colega.

A principios de 1907, Jung y su esposa Emma viajaron a Viena en compañía de un joven colega de Zúrich para conocer a Freud. Cuando el domingo 3 de marzo acudió a Berggasse 19, los dos hombres hablaron durante trece horas y ni siquiera interrumpieron su debate sobre el psicoanálisis mientras cenaban con Martha y los niños.[20] Martin Freud, que en ese momento tenía diecisiete años, recordaba vívidamente la impresión que le causó el invitado, quien evitó mantener una «conversación cortés» normal para seguir dirigiéndose directamente a su anfitrión mientras ignoraba a todos los demás en la mesa. Jung «era el único que hablaba y mi padre le escuchaba con indisimulado deleite», escribió.

Aunque no entendía mucho de la conversación entre su padre y el invitado, a Martin le impresionó «su vitalidad, su vivacidad, su capacidad para proyectar su personalidad» y «su imponente presencia».[21] Jung solo tenía treinta y un años en ese momento, veinte menos que Freud, y su aspecto era, en muchos sentidos, lo opuesto. «Era muy alto y ancho de espaldas, y de pie parecía más un soldado que un hombre de ciencia y medicina. Su cabeza era puramente teutónica, con un mentón prominente, un pequeño bigote, ojos azules y el cabello fino y muy corto», continuaba Martin.

En otras palabras, Jung se parecía mucho al gentil prototípico y, concretamente, a uno joven y vibrante. A juicio de Freud, esto era bueno. Había comprendido muy pronto que tenía que evitar dar argumentos a quienes querían tachar al psicoanálisis de una «ciencia judía», desarrollada y difundida solo por judíos, no únicamente en Viena, sino también en otros lugares.

En una carta que le escribió al regresar a Suiza, Jung afirmaba que su visita a Viena había mejorado la comprensión que tenía de la «amplia concepción de la sexualidad» de Freud. De hecho, toda la visita fue para él «un acontecimiento de primordial importancia». Freud le respondió igual de efusivo, diciendo: «Usted me ha inspirado confianza en el futuro». Y, sin dejar lugar a que se malinterpretara la importancia de esta afirmación, añadía: «Ahora me doy cuenta de que soy tan reemplazable como cualquiera y que no podía esperar a nadie mejor que usted, ahora que le he llegado a conocer, para continuar y completar mi obra». Freud imaginaba a Jung como su príncipe heredero, un título que tenía muchas razones para creer que el joven aceptaría.

Eso no significaba que Freud estuviera desanimando a los nuevos seguidores judíos, más bien todo lo contrario. Podía hacerlo con mayor confianza precisamente porque ahora un gentil iba a ser prominente en su movimiento. Ese año recibió a otros dos visitantes de Zúrich, Max Eitingon y Karl Abraham, que habían trabajado con Bleuler y Jung, y Freud también les brindó una calurosa bienvenida. Eitingon, que había nacido en Rusia en el seno de una familia judía, era todavía un estudiante de medicina en Zúrich, mientras que Abraham, un judío alemán, ya era un psiquiatra reconocido. Después de instalarse en Berlín, ambos desempeñarían un papel destacado en el desarrollo no solo del movimiento psicoanalítico alemán, sino también del internacional.

Abraham, el mayor de los dos, había pasado tres años en Zúrich. No estaba tan entusiasmado como Freud con la idea de designar a Jung príncipe heredero *de facto* y sentía mucha menos admiración por su fuerte personalidad. Freud le explicó a Abraham por qué creía que Jung, al ser gentil, era muy adecuado para desempeñar esta función. «Después de todo, nuestros camaradas arios nos son totalmente indispensables; de otro modo, el psicoanálisis sería víctima del antisemitismo.» Y apreciaba especialmente el hecho de que Jung, como hijo de un pastor, pudiera encontrar el camino que le conduciría a él «solo con grandes resistencias internas». El mensaje era que los cristianos estaban menos inclinados por naturaleza a aceptar el psicoanálisis que los judíos. Como lo expresó en una carta posterior a Abraham, «nosotros, los judíos, lo tenemos más fácil porque carecemos del elemento místico».

En vista de la larga tradición y las múltiples formas de misticismo judío, esta afirmación era más que discutible, pero Freud se estaba refiriendo a los judíos seculares como él, que se sentían muy alejados del «elemento místico» que está en la base del cristianismo.

Freud transmitió un mensaje similar a Sándor Ferenczi, quien viajó desde Budapest para visitarlo por primera vez a principios de 1908 y pronto se convirtió en un amigo y colega cercano en el movimiento psicoanalítico. Aunque inicialmente Ferenczi se había mostrado escéptico sobre la teoría de los sueños de Freud, no tardó en convertirse en un entusiasta de sus enseñanzas. A Freud le gustó tanto en aquella primera visita que lo invitó a unirse a su familia durante las vacaciones de ese verano en Berchtesgaden.

Todo eso significaba que el rebaño de discípulos de Freud iba creciendo, pero, al igual que los asistentes a las reuniones semanales de los miércoles en su apartamento, y al igual que Eitingon y Abraham, Ferenczi era judío. A Freud no le importaba; de hecho, se sentía más cómodo con judíos, que compartían muchas de sus premisas y experiencias. No obstante, eso hacía que, como explicó a Abraham, fuera importante «no descuidar a los arios, que son fundamentalmente ajenos a mí».

Freud creía que, de momento, estos problemas se podían solventar otorgando a Jung un papel de liderazgo. En vista del inminente enfrentamiento entre estas dos personalidades dominantes, más tarde se revelaría como un gran error de cálculo. Sin embargo, aunque la decisión de Freud de reclutar a un gentil para proteger al movimiento de la marea de antisemitismo acabaría en fracaso, resultó ser una estrategia ganadora a la hora de salvarse a sí mismo y a su familia.

Freud aún no tenía ni idea de que iba a necesitar un grupo de rescate ni de que estaría compuesto en su mayoría por gentiles. Para entonces, su relación con Jung había terminado, pero otro gentil, que llegó a Freud a través de este, interpretaría el papel protagonista.

Entra en escena Ernest Jones.

En septiembre de 1907, pocos meses después de su visita a Viena, Jung asistió al Primer Congreso Internacional de Psiquiatría y Neurología en Ámsterdam, donde hizo un descubrimiento sobre el que se apresuró a escribir a Freud: «Y ahora una gran sorpresa: entre los ingleses había un joven de Londres, el doctor Jones (¡un celta de Gales!), que conoce muy bien sus escritos y trabaja él mismo con el psicoanálisis. Probablemente le visitará a usted más adelante. Es muy inteligente y podría hacer mucho bien».[22]

El tiempo demostraría que no exageraba. Nacido en 1879 en Gales, Ernest Jones ya había demostrado que era un hombre con talento, ambicioso, con una confianza en sí mismo que rayaba en la arrogancia y propenso a meterse en situaciones aparentemente comprometidas.[23] Cuando solo tenía dieciséis años, se matriculó en la Universidad de Gales del Sur para estudiar Medicina. Tras definirse a sí mismo como una persona «emocionalmente precoz», declaró: «Tuve el placer de encontrarme entre iguales en vez de entre niños». Jones nunca dejó que la diferencia de edad o de altura (solo medía 1,65 metros) con la mayoría del resto de los estudiantes le molestara.

Al final de su primer año de estudios en 1896, Jones y un compañero de clase viajaron a Londres para lo que describió como seis semanas de «formación intensiva» en el University Tutorial College, en Red Lion Square. Fue su primer contacto con la capital o con una ciudad importante. Estaba encantado con todo, desde el «humor *cockney*» hasta el profesorado, que incluía a H. G. Wells, quien enseñó biología antes de hacerse famoso como escritor, y a Paul Barbier, el profesor francés «salido directamente del Segundo Imperio, con su sombrero de copa y todo»; también estaba encantado con la hija de este, Marie, a quien Jones describió como la beldad de la universidad. «Al final de las seis semanas, nos sentíamos londinenses», declaró.

Tras otros dos años en Cardiff, Jones regresó a Londres para recibir formación clínica en el University College Hospital. A los veintiún años se licenció en Medicina y no tardó en hacer prácticas en cirugía, oftalmología, ginecología, pediatría y neurología, que le interesaba especialmente. Obtuvo unas calificaciones excelentes en el examen de licenciatura, y consiguió una beca y dos medallas de oro. Jones se tomó con calma aquellos primeros triunfos académicos y profesionales, y más tarde confesó que solo alimentaban su «complejo de omnipotencia».

Al escribir sobre sus primeros años, a Jones también le gustaba alardear de sus otras actividades. «Tampoco ignoré al sexo opuesto durante todo este tiempo. Cuando he oído desde entonces decir a pacientes solitarios y tímidos lo difícil que es conocer en Londres a alguien del sexo opuesto, mis propias experiencias me han confirmado que su dificultad era subjetiva, ya que no puedo creer que las chicas de Londres se hayan vuelto más tímidas en el transcurso del presente siglo», afirmaba.[24] En 1919, Joan Riviere, que se analizó con Jones y más tarde fue ella misma psicoanalista y traductora de Freud, escribió en una carta que el galés era «irresistible para las mujeres, en cuyo terreno se adentraba».[25]

Aunque Jones era un hombre muy prometedor, listo para embarcarse en una exitosa carrera médica, también podía parecer un alborotador. En sus tiempos de estudiante, participó en el tipo de gamberradas que acababan provocando problemas con la ley. En mayo de 1899, cuando las tropas británicas partían para la segunda guerra bóer, formó parte de una ruidosa turba que intentó asaltar un café, aunque ni siquiera estaba seguro de qué era lo que intentaban conseguir. Tras ser arrestado por la policía, pasó la noche entre rejas. Cuando un amigo se presentó en la comisaría y pidió que soltaran al que llamó «hombrecillo», alegando que era muy delicado, un policía respondió: «Sí, delicado de narices; hicieron falta tres hombres para sujetarlo».

Jones pasó por diferentes puestos de trabajo en sus primeros años ejerciendo la medicina.[26] A principios de 1903, fue contratado por un año como médico residente en el Hospital Infantil de Bethnal Green, pero lo despidieron antes de tiempo por haber abandonado su puesto sin un permiso oficial. Según Jones, había ido corriendo a ver a su novia galesa cuando sufrió una apendicitis, y sus «enemigos» en el hospital fueron implacables y exigieron su renuncia. En realidad, ya se había ausentado sin permiso en dos ocasiones anteriores. Cuando después solicitó otros puestos prestigiosos en hospitales, fue rechazado repetidas veces. Finalmente consiguió trabajo como asistente clínico en un par de hospitales más modestos y amplió sus ingresos dando clases particulares a estudiantes que se preparaban para los exámenes de Medicina.

Entre sus otros trabajos a tiempo parcial se incluyó la supervisión de lo que llamó «escuelas de deficientes mentales» para el Consejo del Condado de Londres y amplió sus estudios asistiendo a cursos de salud pública. Como parte de su formación, trabajó en el barrio judío del East End londinense. «Me proporcionó mucha información sobre las costumbres y modos de vida extranjeros», escribió. También le facilitaría más adelante relacionarse con el entorno profesional de Freud, mayoritariamente judío.

Según Jones, su interés por la psiquiatría, que comenzó en 1902, lo despertaron las visitas dominicales a un amigo que trabajaba como residente en un manicomio cerca de Londres. Los dos hombres hablaban habitualmente de las aflicciones de los pacientes ingresados. En 1905, cuando Freud publicó un artículo sobre Dora, el seudónimo de Ida Bauer, una joven de dieciocho años que padecía lo que él diagnosticó como histeria cuando la trató en 1900, Jones se interesó mucho por el caso y los métodos utilizados por Freud para tratarla. «Salí con la profunda impresión de que había un hombre en Viena que escuchaba con atención cada palabra que le decían sus pacientes. Yo estaba tratando de hacer eso mismo, pero nunca había oído hablar de alguien más que lo hiciera», recordaba Jones.

Estaba tan interesado en los escritos de Freud, en su mayoría aún sin traducir, y en lo que consideraba un enfoque revolucionario, que estudió con un profesor para mejorar su alemán. Cuanto más leía, más impresionado estaba. «Para Freud, los comentarios más casuales de los pacientes eran realmente hechos, datos que se debían analizar seriamente y considerar con la misma atención que prestan el geólogo, el biólogo y el químico a los datos aportados por sus respectivas especialidades», afirmaba, y señalaba que contrastaba mucho con la actitud de la mayoría de los médicos británicos. «Era un hombre seriamente interesado en investigar la mente», añadía.

Jones no tardó en llegar a la conclusión de que quería seguir un camino similar, pero al mismo tiempo se vio involucrado en un escándalo que a punto estuvo de costarle su carrera. A principios de 1906, mientras llevaba a cabo una investigación sobre los niños y «el mecanismo del habla», escribió: «Pasé por la experiencia más desagradable de mi vida». Tras realizar una prueba de lenguaje en una escuela para «deficientes mentales», fue acusado por dos niñas de comportamiento indecente, concretamente de exhibicionismo. Para su «asombro y horror», la maestra de las niñas creyó la versión de estas.

La prensa exageró la historia e insistió en que Jones era un médico experimentado con «una posición muy considerable».[27] A continuación se presentaron dos policías con una orden judicial y el inspector principal declaró, con lo que Jones llamó un toque teatral: «Doctor, hay dos formas de salir de esta habitación, por la puerta y por la ventana. Espero que usted elija la puerta». Antes de que lo trasladaran a la celda de la comisaría de la policía local donde pasó la noche, le permitieron llamar a su padre, quien se puso en contacto con un buen abogado. A la mañana siguiente fue puesto en libertad bajo fianza y tuvo que abrirse paso entre la multitud allí congregada. Mientras lo hacía, oyó a un obrero decir: «Puede cortarse su maldita garganta».

Tras cuatro vistas judiciales en las que se repitieron las acusaciones, que Jones negó reiteradamente, el magistrado desestimó el caso. Brenda Maddox señalaba en su biografía de Jones que tenía buenas razones para hacerlo, ya que sabía «que ningún tribunal iba a condenarle basándose en el testimonio de niños poco fiables mentalmente». Jones sostenía en su autobiografía que las niñas debían de haber estado involucradas en alguna escena sexual. «Me estaban convirtiendo en un chivo expiatorio por su sentimiento de culpa», afirmaba.

The Lancet, la prestigiosa publicación médica, le felicitó por «su completa exoneración de las infames y totalmente increíbles acusaciones en su contra en relación con sus visitas oficiales a las escuelas para niños deficientes». Sin embargo, ni la absolución ni esta clase de muestras de apoyo pudieron disipar del todo la sombra de duda que arrojó el caso.

Pese al daño causado a su reputación, Jones siguió disfrutando de un éxito considerable en los círculos sociales e intelectuales de Londres. David Eder, médico, sionista y socialista comprometido, introdujo a Jones en la Fabian Society y le presentó a sus famosos miembros, incluidos George Bernard Shaw, Sidney Webb y H. G. Wells, que ya no enseñaba biología.[28] Eder también le presentó a Louise Dorothea Kann, o Loe, como la llamaba todo el mundo, una acaudalada judía holandesa que se convertiría en la pareja de Jones durante los siete años siguientes.[29] Jones señaló que era «tan hermosa como rica» y que mantenía una red de contactos internacionales interesante. Poco después de que se conocieran en 1906, le pidió ayuda a Jones para agasajar a una delegación visitante de la Duma, el Parlamento ruso. Recordaba que le causaron «una impresión decepcionantemente poco revolucionaria».

Para Jones, que ya pensaba en términos freudianos, Kann era más que una amante: era un objeto de fascinación debido a «sus extraordinarias cualidades y sus hechos aún más extraordinarios». En palabras de Jones, «su peculiar tipo de constitución psiconeurótica se manifestaba principalmente mediante el desarrollo de varios rasgos de carácter en un grado mucho más alto, y también mejor, de lo que se encuentra entre los llamados normales». Como padecía problemas renales, tomaba morfina dos veces al día. Todo ello contribuía a su incertidumbre sobre el futuro y probablemente al hecho de que no pareciera interesada en el matrimonio.

A finales de 1906, Jones comenzó a practicar el psicoanálisis y su primer paciente fue la hermana de un colega. Al año siguiente no solo asistió a la conferencia de Ámsterdam en la que conoció a Jung, sino que se matriculó en Múnich en un curso especial de posgrado en psiquiatría de un mes de duración. Como mencionó con orgullo, su alemán había «avanzado lo suficiente para hacerlo posible». Otra razón por la que pudo asistir fue porque Kann ayudó a sufragar sus gastos.[30]

En el camino de regreso a Inglaterra en noviembre de 1907, Jones fue a Zúrich para volver a ver a Jung y visitar el Burghölzli, donde este trabajaba. En una carta a Freud, Jung describió a su visitante como «un joven extremadamente dotado y activo», que había pasado allí cinco días principalmente para hablar con él de las investigaciones de Freud, ya que estaba convencido de «la necesidad teórica de sus puntos de vista».[31] Jung predijo que Jones sería «un firme partidario» de la causa psicoanalista e informó de que había propuesto convocar «un congreso de seguidores freudianos» en Innsbruck o Salzburgo en la primavera siguiente.

Freud estaba encantado con la noticia. «Un congreso en Salzburgo en la primavera de 1908 me haría sentir muy orgulloso», respondió. Hizo caso omiso de la preferencia de Jung por Innsbruck como sede y eligió Salzburgo. En cuanto al joven que había sido el primero en proponer la idea, puede que Freud no percibiera de inmediato su potencial como líder del movimiento, pero estaba bien dispuesto hacia él. «Su inglés me atrae por su nacionalidad», afirmó, sin tener en cuenta los orígenes galeses de Jones. «Creo que una vez que los ingleses se hayan familiarizado con nuestras ideas, nunca las abandonarán», añadió. En cambio, tenía «menos confianza» en el francés.

Mientras Jones iba logrando la aceptación de Jung y Freud, también se vio envuelto en otro escándalo en Londres a principios de 1908. Era asistente en el Hospital de Enfermedades Nerviosas del West End de Harry Campbell, quien le habló de una niña de diez años que tenía una «parálisis histérica del brazo izquierdo», en palabras de Jones.[32] Campbell estaba al tanto del interés de Jones por Freud y lo desafió a encontrar una base sexual para la parálisis. Después de que conociera a la niña, ella les dijo a algunos de sus amigos que él había hablado de temas sexuales con ella y también se enteraron los padres. En aquella época, se consideraba una noticia impactante. Según Jones, Campbell era «demasiado débil o estaba demasiado asustado» para defenderlo y le pidieron que dimitiera.

Jones llegó a la conclusión de que esta última debacle hacía que «se desvaneciera toda esperanza» de proseguir con su carrera en Londres. Al enterarse de que la Universidad de Toronto estaba planeando abrir una clínica psiquiátrica y buscaba un director, solicitó el puesto, «atraído por la oportunidad de comenzar de nuevo en algún otro país de habla inglesa». Sin embargo, no tenía intención de renunciar del todo a Londres: todavía confiaba en poder regresar cuando el recuerdo de sus problemas allí hubiera desaparecido.

Tras ser aceptado para el puesto de Toronto, Jones retrasó su partida lo suficiente para asistir a la conferencia de Salzburgo que había propuesto y hacer otros viajes por el continente. En el encuentro celebrado a finales de abril, Jones y Freud se conocieron por primera vez. Un desconcertado Jones mencionó que su ya famoso interlocutor se presentó diciendo «Freud, Viena», como si hubiera alguna duda de que era de allí.[33] Durante esta primera conversación, Freud le preguntó a Jones por el origen de su interés por el psicoanálisis y añadió que Jung lo había descrito como «muy inteligente».

La tarde siguiente, Freud habló a los participantes de uno de sus pacientes especialmente obsesivos, al que atormentaba un recuerdo de su adiestramiento militar que no podía borrar de su mente. Según el paciente, al que se conocería como «el hombre de las ratas»,[34] oyó a un capitán describir un castigo espantoso para cualquiera que cometiera algún delito: se ataba al hombre y se le colocaba un cubo invertido lleno de ratas hambrientas bajo sus nalgas, lo que las impelía a abrirse paso royendo hasta penetrar en su ano. Jones recordaba que Freud hizo todo un alarde de sus «facultades intelectuales» al hablar del caso sin recurrir a notas durante tres horas. En ese momento propuso dejarlo porque ya llevaba demasiado tiempo, pero todo el mundo le rogó que continuara, lo que hizo durante otra hora más.

Terminó a medianoche. «Nunca he sido más ajeno al paso del tiempo», observó Jones.

A principios de mayo, Jones viajó a Viena acompañado de Abraham Brill, un psiquiatra estadounidense nacido en Galitzia al que había conocido en Zúrich. Freud los invitó a asistir a la reunión ordinaria que celebraba los miércoles la Asociación Psicoanalítica de Viena en su apartamento. Jung había menospreciado a los seguidores de Freud que acudían describiéndolos como «un grupo de bohemios y degenerados»,[35] y Jones escribió posteriormente que su actitud era fruto del antisemitismo, ya que todos los asiduos eran judíos. Sin embargo, a Jones tampoco le impresionó el grupo. «Eran claramente de clase media, y carecían de los modales sociales y la distinción a la que estaba acostumbrado en Londres. En cambio, eran más cultos y educados», escribió.[36]

Mientras Jones partía con sentimientos encontrados sobre Viena, Freud también expresó cierta perplejidad sobre él. En una carta a Jung, le dijo: «Jones es sin duda un hombre muy interesante y válido, pero me provoca una sensación que casi iba a llamar de singularidad racial». Y añadía de forma un tanto enigmática: «Es un fanático y no come lo suficiente. [...] Casi me recuerda al flaco y hambriento Casio». En otra carta que escribió a Jung un par de meses después, volvía al tema de su singularidad. «Es un celta y, por tanto, no muy accesible para nosotros, teutones y hombres mediterráneos.»

Jones y Brill fueron a Budapest, donde Ferenczi les mostró los monumentos de la ciudad, y luego Brill regresó a Estados Unidos mientras Jones viajaba a Múnich, donde exploró los castillos, los lagos, los bosques y las montañas de sus alrededores. Era su manera de relajarse antes de su viaje a través del Atlántico a finales de agosto. «Partía hacia un nuevo mundo cargado de ideas nuevas», escribió. Esas ideas todavía estaban muy ligadas a Freud y Jung, y pronto se volverían a encontrar en ese nuevo mundo.

 A su llegada a Toronto, Jones se mostró profundamente agradecido por la oportunidad de iniciar lo que denominó «un nuevo comienzo en la vida». El 28 de septiembre le escribió a Freud: «Bueno, aquí estoy, recién llegado a mi nuevo país, que hasta el momento me gusta mucho».[37] Con su habitual energía, enseguida aceptó una serie de trabajos y asumió diversas responsabilidades. Fue patólogo en el Hospital General, director de una clínica psiquiátrica que todavía estaba en la fase de planificación, impartió clases, escribió artículos y, sobre todo, buscó la manera de difundir las ideas de Freud tanto en Canadá como en Estados Unidos, país que visitó a menudo.

Su admiración inicial por su nuevo hogar no le impidió ver lo que calificó de provincianismo.[38] Al referirse al trabajo del profesor Charles Clarke, «un excelente tipo canadiense», que era su jefe y principal defensor, Jones señaló que sus esfuerzos para poner en marcha la nueva clínica y, por tanto, elevar la enseñanza y la práctica de la psiquiatría se enfrentaban a obstáculos formidables. «Tuvo que lidiar con las autoridades, cuya única opinión sobre los enfermos mentales consistía en que eran una molestia costosa, y quienes colgarían tranquilamente a un asesino por muy loco que estuviera», escribió.

En cuanto a los estudiantes a los que enseñaba en la universidad, Jones expresó su consternación por el «deplorable analfabetismo de sus trabajos escritos» y por «la frecuencia con la que escribían de una manera que en Inglaterra se asociaría con la clase servil». No obstante, reconocía que admiraba los «tenaces esfuerzos» de muchos de sus alumnos, que procedían de zonas rurales, se empleaban a fondo para dominar disciplinas nuevas y en verano trabajaban de camareros o jornaleros para costearse los gastos.

Lo más significativo es que Jones abrió una próspera consulta privada de psicoanálisis, con pacientes que acudían desde diversas partes de Canadá e incluso desde Estados Unidos. El joven galés estaba muy solicitado.[39] En diciembre lo invitaron a Boston, donde se reunían con frecuencia para debatir los nuevos avances en sus distintas disciplinas luminarias como Morton Prince, el neurólogo formado en Harvard y editor del *Journal of Abnormal Psychology*, James Jackson Putnam, de la Escuela de Medicina de Harvard y el Hospital General de Massachusetts, y el filósofo y psicólogo William James, hermano del novelista Henry James.

Jones le escribió después a Freud que fue «sumamente bien recibido» y que, en cuanto a sus teorías, «se mostraban favorables y estaban muy interesados, sobre todo en la parte sexual». No obstante, también le advertía de que este interés no se extendía más allá de Boston. Se quejaba de la poca calidad de muchos neurólogos y psicólogos estadounidenses, a los que les «importaba principalmente ganar dinero». Y añadía: «Aquí se ven los problemas propios de la raza anglosajona y se deben conocer muy bien los tipos de corrientes y prejuicios para combatirlos con el mayor éxito». Freud le respondió elogiándolo por «realizar un gran trabajo» al difundir sus enseñanzas y reconociendo que Jones ya se había erigido en su emisario *de facto* tanto en Canadá como en Estados Unidos.

Pero Jones sabía que debía tener cuidado con cómo hablaba de «la parte sexual» de su causa. Temía que pudieran considerarlo «un chiflado» y ser «proscrito como un neurasténico sexual» si solo escribía artículos sobre temas sexuales e informó a Freud: «Así que voy a diluir mis artículos sexuales alternándolos con artículos sobre otros temas». También debía tener cuidado cuando se trataba de desafiar las normas locales. Por esta razón, siempre se refería a Kann como su esposa, aunque todavía no estaban casados. Llegó a ser algo tan habitual que incluso hablaba de «mi esposa y yo» en algunas de sus cartas a Freud, que sabía la verdad.

Poco después de que Jones se hubiera instalado en su nuevo hogar y su nuevo papel, Freud recibió una invitación de la Universidad Clark, con sede en Worcester, Massachusetts, que celebraba su vigésimo aniversario. El plan era que impartiera cinco conferencias sobre el psicoanálisis, que estaba suscitando cada vez más controversia e interés. Freud dudó al principio si aceptar la invitación, pero, cuando sus anfitriones le ofrecieron una bolsa de viaje más generosa, decidió emprender en septiembre de 1909 el que sería su primer y único viaje a Estados Unidos. Jung también estaba invitado y Freud convenció fácilmente a Ferenczi, que se encontraba en Budapest, para que se uniera a ellos. El trío cruzó el océano en el transatlántico de lujo alemán *George Washington* y durante los ocho días que duró la travesía desde Bremen se analizaron recíprocamente los sueños.

«Conferencia reúne a sabios», proclamó un titular del *Worcester Telegram*.[40] Freud expuso en alemán sus teorías y métodos, incluidas sus ideas sobre los efectos de la represión sexual. G. Stanley Hall, el rector de Clark que los había invitado, concedió títulos honoríficos a Freud y Jung. Freud lo describió con gratitud como el «primer reconocimiento oficial» a sus esfuerzos. Sus conferencias en Worcester «parecían la materialización de un sueño increíble. El psicoanálisis ya no era una ilusión; se había convertido en una parte valiosa de la realidad», escribió en su autobiografía.[41]

En contraste con el resentimiento que a menudo sentía por la clase médica europea, allí se vio «recibido por los mejores como un igual», explicaría más tarde. Le conmovió especialmente su encuentro con William James, que había ido a Boston para verlo. Cuando salieron a pasear juntos, el famoso filósofo, que tenía setenta y siete años en ese momento, se detuvo de pronto, le entregó su cartera a Freud y le explicó que había sufrido una angina de pecho y que esa dolencia acabaría pronto con él. «Murió a causa de dicha enfermedad un año más tarde; y siempre he deseado poder ser tan valiente como él ante la inminencia de la muerte», señaló Freud. Resultaría ser una declaración profética.

En una carta que Freud envió a Jung antes del viaje le decía que, al principio de su carrera, había previsto probar durante dos meses en Viena. «Si no resultaba satisfactorio

—añadía—, planeaba ir a Estados Unidos en busca de una existencia que posteriormente le pediría compartir a mi prometida en Hamburgo.»[42] Tal cosa parecía indicar que no estaba predispuesto a detestar Estados Unidos. Sin embargo, cuando finalmente visitó el país, desarrolló una fuerte aversión por él que duraría el resto de su vida, pese al éxito de sus conferencias y a todas las alabanzas que recibió allí.

Jones recordaba que Freud reconocía la magnitud de los logros del país al tiempo que expresaba su oprobio. «Sí, Estados Unidos es gigantesco, pero un error gigantesco», declaró.[43] Esta actitud desempeñaría más adelante un papel considerable en su visión del liderazgo estadounidense en el mundo; también hizo que, cuando llegó el momento de huir de Viena en 1938, nunca se planteara hacerlo a Estados Unidos.

Freud no solo llegó a ver la Universidad Clark. Cuando él, Jung y Ferenczi llegaron a Nueva York, Abraham Brill, que se había marchado de Austria-Hungría cuando era un adolescente, hizo de anfitrión y guía, y les mostró la ciudad. Jones viajó desde Toronto para unirse a ellos allí. También fueron a ver las cataratas del Niágara. Tras las conferencias en la Universidad Clark, el neurólogo de Harvard James Jackson Putnam acogió al grupo en su campamento en los Adirondacks, donde instaló a Freud, Jung y Ferenczi en una cabaña de madera llamada Chatterbox («charlatán»).[44]

Freud acumuló una letanía de quejas durante el viaje. Estaba convencido de que la abundante comida estadounidense había dañado su sistema digestivo y aún estaba más irritado por los largos trayectos que a veces tenía que recorrer para llegar a un baño. Al igual que a muchos europeos continentales con un buen conocimiento del inglés británico, la pronunciación estadounidense le resultaba difícil de entender y le comentó a Jung que los estadounidenses ni siquiera parecían entenderse entre ellos mismos. Durante su estancia en Putnam's Shanty, que era como se llamaba el campamento, todo el mundo se dirigía a los demás por su nombre de pila, algo que habría sido inaudito en Austria, y se pedía a los visitantes que jugaran a juegos de mesa. En las cataratas del Niágara, un guía invitó a Freud a ir delante de otro grupo, diciendo: «Dejen pasar primero al anciano». Como en ese momento solo tenía cincuenta y tres años, esto no mejoró su estado de ánimo.

Según Jones, Freud estaba «claramente descontento», aunque creía que sus quejas sobre la dieta estadounidense no eran más que un pretexto para su malestar general. «Imagino que la aversión tenía algo que ver con la sensación de que el éxito comercial dominaba los valores de Estados Unidos y que la erudición, la investigación y la profunda reflexión, todo lo que él representaba, eran menospreciadas», escribió.

A su regreso a casa, Freud le comunicó a su hija Mathilde en una carta su sensación de alivio. «Me siento muy contento de estar lejos [de Estados Unidos] y aún más de no vivir allí. [...] Pero fue extremadamente interesante y probablemente muy significativo para nuestra causa. Puede decirse que, en general, fue un gran éxito.»[45]

Durante su estancia en Toronto, Jones trabajó duro como siempre para continuar con ese éxito. En una reunión en Washington en mayo de 1910, él y Putnam fundaron la Asociación Psicopatológica Estadounidense.[46] Su primer presidente fue Morton Prince, editor del *Journal of Abnormal Psychology*, que se convertiría en la publicación oficial del grupo. Era una prueba más de que Jones se había relacionado con las personas adecuadas para promover lo que llamaban «nuestra causa». Freud no dejó duda de su aprecio por los esfuerzos de su discípulo y le escribió sin demora para expresarle de nuevo su convicción de que era «el ayudante más hábil, poderoso y entregado que el psicoanálisis podría haber encontrado en el Nuevo Mundo».[47]

A principios de 1911, Jones volvió a verse inmerso en lo que llamó un «problema personal muy grave».[48] Una mujer a la que describió como «una histérica severa» lo había acusado de mantener relaciones sexuales con ella, lo denunció al rector de la universidad, amenazó con emprender acciones legales y, según le dijo en una carta a Putnam, intentó dispararle. Jones trató de calmar a la denunciante y admitió haberle pagado «neciamente» 500 dólares para intentar evitar otro escándalo, una suma astronómica en aquella época que sin duda aportó Kann. El galés afirmaba que, animada por «algunos médicos con opiniones dudosas», la mujer insistió en sus acusaciones, pero sir Alexander Falconer, el rector de la universidad, se negó a creerla y no tardó en ser enviada a un sanatorio.

Jones había vuelto a escapar por los pelos. Sin embargo, Freud mantuvo su confianza en él y trató el episodio como una confirmación más de su concepto de «transferencia», según el cual un paciente redirige sus sentimientos por otra persona hacia su terapeuta. En sus primeros tiempos, cuando todavía estaba experimentando con la hipnosis, Freud se había sentido avergonzado cuando un paciente lo abrazó con entusiasmo durante el tratamiento.[49] Mucho más tarde, le explicó a Jung: «Ser calumniados y abrasados por el amor con el que operamos, esos son los riesgos de nuestra profesión, a la que sin duda no vamos a renunciar por ello».[50]

Sin embargo, este último incidente no mejoró la reputación de Jones ante el profesor Charles Clarke, su principal mecenas en Toronto, que había sido nombrado decano de la Facultad de Medicina de la universidad. El apoyo de Clarke al galés ya había comenzado a flaquear con anterioridad.[51] Al oír rumores de que Jones y Kann no estaban casados, como había supuesto, se enfrentó a Jones, quien admitió la verdad. También circulaban muchos otros rumores sobre Jones y su supuesta defensa del libertinaje sexual, con la implicación de que tal actitud reflejaba las intenciones ocultas del psicoanálisis.

Esta clase de contratiempos pasaron factura a Jones y aún más a Kann, que nunca había sido feliz en Toronto. Jones le contó a Freud que la morfina que Kann tomaba para su «dolor casi constante» le estaba amargando la vida y que se sentía preocupada por la reputación de Jones a pesar de «no creer» en su trabajo.[52] Lo supiera Kann o no, no ayudaba que Jones estuviera teniendo una aventura con su joven sirvienta al mismo tiempo. Finalmente, Jones y Kann tomaron la decisión de irse a Viena; el plan era que Kann se sometiera a tratamiento con Freud antes de su regreso a Londres.

Freud lamentó que Jones se marchara de América del Norte cuando aún quedaba tanto por hacer en aquella región, pero aceptó la decisión con elegancia. «Ha conquistado usted América, por así decirlo, en no más de dos años», escribió. Y se alegró de saber que Jones tenía previsto volver a Inglaterra: «Espero que haga lo mismo por su madre patria».

Y así sería. En 1913, fundó la Asociación Psicoanalítica de Londres y asumió un papel cada vez más prominente en el movimiento internacional. Mientras se sometía a terapia con Freud, Kann abandonó a Jones por otro hombre, un poeta estadounidense que, irónicamente, se llamaba Herbert Jones, cuyo padre también se estaba tratando con Freud.[53] Mientras tanto, el galés Jones retomó la aventura que había comenzado en Toronto con la sirvienta de Kann. También decidió psicoanalizarse y viajó a Budapest para que Ferenczi pudiera ser su terapeuta.[54] Es probable que se sintiera demasiado involucrado con Freud de muchas otras maneras para pedirle que asumiera ese papel, sobre todo porque estaba tratando a Kann. No obstante, Freud le ofreció a Ferenczi su consejo: «Sea estricto y tierno con él».[55]

Pese a todas las tensiones inherentes a sus estrechas relaciones profesionales y personales, Freud y Jones se habían convertido en un equipo. Permanecerían juntos hasta el final de la vida de Freud e incluso más allá, cuando Jones escribió la primera biografía importante de su mentor.

4

Una larga noche polar

En octubre de 1909, de vuelta a su rutina en Viena tras el viaje a Estados Unidos, Freud «se hallaba en condiciones de poder esperar una carrera de reconocimiento y fama con la que nunca había contado en su vida», escribió Jones.[1] Aunque aún cabía encontrar «incomprensión, críticas, oposición e incluso insultos, [...] estaba en la plenitud de sus capacidades y deseoso de emplearlas al máximo».

Freud seguía atrayendo a nuevos seguidores, incluidos algunos que llegarían a ser colegas de por vida. En un congreso psicoanalítico celebrado en Weimar en 1911, conoció a la escritora ruso-germana Lou Andreas-Salomé,[2] que había nacido en San Petersburgo, estudiado en la Universidad de Zúrich y más tarde se había afincado en Alemania. Tenía solo cinco años menos que Freud y seguía siendo una presencia glamurosa en la conferencia, a la que asistió como compañera del psicoanalista sueco Poul Bjerre. Mujer de extraordinaria belleza en su juventud, se había relacionado con personajes ilustres como el filósofo Friedrich Nietzsche y el poeta Rainer Maria Rilke, quienes también se convertirían en los temas de sus libros. El hecho de estar casada con Friedrich Carl Andreas, un orientalista de la Universidad de Gotinga, no le impidió atraer a un impresionante desfile de amantes.

Intrigada por Freud, después de la conferencia de Weimar estudió diligentemente sus obras y no tardó en escribirle para decirle que deseaba pasar algunos meses en Viena estudiando psicoanálisis. Durante su estancia allí en el otoño de 1912, asistió a las reuniones de los miércoles por la noche en casa de Freud y lo conquistó por completo. La describió como «una mujer de peligrosa inteligencia» y la valoraba como colega y amiga, «una musa», según dijo en una ocasión, sin que existiera ningún componente amoroso en su relación. «Sus intereses son, en realidad, de naturaleza puramente intelectual. Es una mujer de mucha valía», añadía Freud. Según Jones, «Freud admiraba mucho su carácter noble y sereno, que consideraba muy superior al suyo, y ella, por su parte, apreciaba plenamente los logros de Freud».[3]

Jones concluía que aquellos fueron los «últimos años felices»[4] de Freud, interrumpidos por el estallido de las hostilidades, primero entre Austria y Serbia tras el asesinato el 28 de junio de 1914 en Sarajevo del archiduque Francisco Fernando, heredero del trono de los Habsburgo, y después por la conflagración en la que acabarían envueltas todas las grandes potencias europeas. «La primera guerra mundial puso fin para nosotros,y para tantos otros, a un periodo de libertad, prosperidad y seguridad», recordaba Martin Freud.[5] Había sido «una edad de oro» que desapareció para siempre.

No obstante, eso no significaba que los años inmediatamente anteriores a la guerra hubieran sido fáciles para su padre o para su movimiento. En el Segundo Congreso de la Asociación Psicoanalítica Internacional celebrado en Núremberg en marzo de 1910, Freud tuvo que convencer a sus molestos colegas de Viena de que había tomado la decisión correcta al respaldar la elección de Jung para ocupar la presidencia del grupo. «La mayoría de ustedes son judíos y, por tanto, incapaces de conseguir amigos para la nueva enseñanza. Los judíos deben contentarse con el modesto papel de preparar el terreno», les dijo sin andarse por las ramas.[6] Unos meses más tarde, advertiría a Ferenczi en Budapest de que no debía ignorar las contribuciones de Jung a la causa. «Estoy más convencido que nunca de que es el hombre del futuro», escribió.[7]

Para aliviar los sentimientos heridos de sus colegas vieneses, Freud cedió a Alfred Adler, uno de los descontentos más visibles, el papel de líder del grupo de los miércoles que se reunía en su casa. En una carta a Jones, afirmaba que estaba teniendo un resultado muy beneficioso. «Están todos llenos de nuevas esperanzas y prometen trabajar. Yo me retiro a un segundo plano, como corresponde a un anciano caballero (¡no más cumplidos, lo suplico!)», declaró.[8] Era una forma irónica de decir que había reorganizado la alineación mientras seguía orquestando cada movimiento.

Sin embargo, estas maniobras no acallaron el descontento crónico que reinaba en su círculo de Viena ni apaciguaron a algunos de los que seguían molestos por haberse visto relegados a papeles secundarios en el movimiento. El 19 de junio de 1910 le escribió a Jung: «Ya sabe lo celosos que están todos aquí y en otros lugares de su posición privilegiada conmigo (ocurre lo mismo con Ferenczi; me refiero a que su cercanía a mí es igualmente envidiada), y creo que tengo derecho a pensar que lo que se dice contra usted se está diciendo, como resultado, contra mí».[9]

Freud no tardó en arrepentirse de haber elegido a Adler para presidir el grupo de Viena, ya que resultó ser una persona irritable con escasas dotes para ayudar a calmar las tensiones. «Con Adler las cosas van muy mal», le dijo Freud a Jung en diciembre.[10] Estaba igual de molesto con las teorías de Adler, que minimizaban el papel de la sexualidad y el subconsciente para atribuir más importancia a la biología, pues predecía que perjudicarían al psicoanálisis. En una carta posterior a Jung, Freud escribió: «Recientemente expresó la opinión de que la motivación incluso para el coito no era exclusivamente sexual, sino que también incluía el deseo del individuo de parecer masculino a sí mismo».[11] Y proseguía diciendo que esta clase de razonamientos imposibilitarían entender los sentimientos de los neuróticos.

En junio de 1911, la ruptura ya era casi total. «Por fin me he librado de Adler», se jactó ante Jung.[12] Adler abandonó las reuniones de los miércoles por la noche y se llevó consigo a unos pocos seguidores. No fue una casualidad que esta primera gran escisión en el movimiento psicoanalítico la provocara la intransigente insistencia de Freud en el papel primordial de la sexualidad a la hora de determinar el comportamiento humano, algo que también había contribuido a su ruptura anterior con Breuer.

La insistencia de Freud en el sexo le convirtió en un blanco fácil para los ataques personales. Moses Allen Starr, un neurólogo estadounidense que había trabajado brevemente con él en Viena al principio de su carrera, criticó el 4 de abril de 1912 las teorías de Freud ante sus colegas en una reunión de la Sección Neurológica de la Academia de Medicina en Nueva York. Según *The New York Times*, Starr reprobó la idea de que «la vida psicológica de los seres humanos se basa en el impulso sexual» y procedió a describir a Freud como un producto de su entorno, supuestamente sórdido. «Viena no es una ciudad particularmente moral. Freud no era un hombre que viviera en un plano moral especialmente elevado. No era un reprimido. No era un asceta [...]. Su teoría científica es en buena medida el resultado de su entorno y de la peculiar vida que lleva», declaró.[13]

Freud siempre consideró que esta clase de ataques contra su persona, que afloraban con cierta regularidad, estaban totalmente fuera de lugar. En una carta que escribió a James Putnam en Boston le dijo que eran totalmente injustos porque se consideraba «un ser humano muy moral».[14] Y le explicaba que estaba hablando de moral social, no sexual, y que se enorgullecía de no actuar mal ni hacer nada «malo o malicioso» nunca, de no hacer sufrir nunca a los demás ni aprovecharse de ellos.

Pero Freud tenía opiniones muy firmes sobre lo que él veía como un puritanismo hipócrita y anticuado de Estados Unidos o cualquier otra sociedad. «La moral sexual, tal y como ha sido definida por la sociedad y en su forma más extrema por la estadounidense, me parece despreciable. Soy partidario de una vida sexual infinitamente más libre, aunque yo, por mi parte, haya hecho muy poco uso de esa libertad. Solo en la medida en que me consideré con derecho a ello», afirmaba.[15] La última parte de esa declaración ejemplificaba el contraste entre sus teorías radicales y su estilo de vida conservador. No obstante, serían sus enseñanzas, y no su estilo de vida, lo que provocaría los conflictos más graves en el seno de su movimiento.

Jung le había trasladado a Freud ya desde el comienzo mismo de su relación que él también albergaba dudas acerca de sus teorías sobre la sexualidad humana. Aun así, ambos hombres estaban deseando restar importancia a sus diferencias y se elogiaban mutuamente sus logros. Freud se sentía muy cómodo confiando en su príncipe heredero suizo, cosa que era evidente en sus cartas, que tendían a desviarse de los asuntos profesionales a los temas personales. También contenían más de un toque irreverente sobre el flujo constante de pacientes que acudían a ver a Freud atraídos por su creciente fama. El 1 de octubre de 1910, tras regresar de uno de sus viajes a Italia, escribió: «Hoy he reanudado la práctica y he visto de nuevo a mi primer grupo de chalados. Ahora debo transformar la energía nerviosa obtenida durante mis vacaciones en dinero para llenar mi cartera vacía».

Aun así, ya en aquellos primeros días se apreciaba una tensión subyacente en la relación entre Freud y Jung. Este conocía los estrechos lazos entre Freud y Wilhelm Fliess, el otorrinolaringólogo de Berlín, y el abrupto final de aquella amistad, de modo que le aseguró a Freud que no iba a suceder «nada parecido a lo de Fliess». En la misma carta del 11 de marzo de 1909, añadía: «Salvo en los momentos de enamoramiento, mi afecto es duradero y fiable». Como Freud estaba al tanto de la fama de mujeriego de Jung, no se le debió escapar esta alusión.

Aunque Jung se esforzaba por convencer a Freud de su lealtad, podía tardar en responder a sus cartas, lo que causaba la impresión de que a menudo tenía prioridades más apremiantes. Poco antes de presidir las reuniones de la Asociación Psicoanalítica Internacional en Núremberg entre el 30 y el 31 de marzo de 1910, Jung regresó a Estados Unidos para ocuparse de lo que describió como un «grave conflicto de deberes». La madre de su paciente Joseph Medill McCormick, el heredero de la acaudalada familia que controlaba el *Chicago Tribune*, le informó de que había sufrido una crisis debido a su alcoholismo y necesitaba urgentemente su ayuda.[16] «¡No se enfade conmigo por mis travesuras! Ya sabrá por mi esposa que estoy de camino a Estados Unidos», le escribió a Freud desde París el 9 de marzo. Su intento de quitarle importancia a este viaje de última hora, que le permitiría ocuparse de McCormick y de «algunas otras cosas más», revelaba su temor a la reacción de Freud. Le informaba de que su esposa Emma estaba ayudando con los preparativos de Núremberg, que solo se quedaría una semana en Estados Unidos y que volvería a tiempo para los actos.

Un par de miembros destacados del grupo de Zúrich ya habían declinado la invitación para asistir y a Freud le preocupaba que Jung tampoco lograra acudir. «¿Qué pasará si los de Zúrich me abandonan?», preguntó. Pero Emma se mantuvo en contacto con él para informarle del programa y le aseguró que su marido estaría de vuelta como había prometido. De hecho, Jung llegó a Núremberg en tren a las cinco de la madrugada del primer día de la conferencia, lo que le permitió cumplir con todas sus obligaciones. Un aliviado Freud le escribió a Jones, que seguía en Toronto, que la conferencia fue un «éxito» a la altura de sus expectativas.

Freud nunca se había abierto del todo a Jung, a pesar de su creciente cooperación.[17] Durante su viaje a Estados Unidos, habían hablado de algunos de sus sueños y de algunos asuntos personales «delicados», según Jung, pero Sigmund rechazó su oferta de analizarlo más a fondo. «Mi querido muchacho, no puedo poner en peligro mi autoridad», le dijo al joven.[18] Jung le escribiría un par de meses más tarde: «Es una pesada suerte verse obligado a trabajar codo con codo con el creador».[19]

Freud se mostraba mucho menos reticente en sus conversaciones con Emma, a quien había conocido cuando los Jung lo habían visitado en Viena. Le gustaba mucho y admiraba lo protectora que era con su marido, a pesar de sus aventuras con otras mujeres. Le dijo que sus hijos eran su «única alegría verdadera»[20] y algo bastante desconcertante: que su matrimonio con Martha estaba «amortizado». Puede que al decir esto estuviera aludiendo a que gran parte de la pasión inicial se había desvanecido o puede que esta fuera su manera de sugerirle a Emma que los problemas de su matrimonio distaban mucho de ser excepcionales.

Emma, por su parte, intuía que, pese a la admiración mutua que se profesaban su marido y Freud, ya había problemas en la relación. Con lo que describió como «franqueza descarada»,[21] le preguntó a Freud por qué parecía tener tanta prisa por ungir a su marido como su sucesor. Señalaba que Freud seguía siendo un hombre vigoroso que debía disfrutar de su «fama y éxito bien merecidos». Aunque estaba encantada de que su marido fuera el príncipe heredero, no veía ninguna razón para que Freud diera marcha atrás en aquel momento. Entendía intuitivamente que el fundador podría llegar a estar molesto con su presunto delfín, aunque lo hubiera invitado a asumir ese papel. Freud comprendía y apreciaba sus esfuerzos por suavizar las incipientes tensiones entre él y Jung, y la llamaba «solucionadora de problemas».[22]

Ambos hombres estaban muy interesados en las sociedades primitivas y la mitología. Y su «afición por lo prehistórico»,[23] en palabras del propio Freud, ayudaba a explicar su fascinación por la arqueología y por los objetos de arte, que coleccionó durante toda su vida. También explicaba por qué escribió en este periodo *Tótem y tabú*, una recopilación de ensayos sobre temas como el tabú del incesto, el animismo y la magia. Freud creía que todo ello establecía conexiones entre el pensamiento de pueblos anteriores y los neuróticos modernos, destacando una vez más el papel primordial de la sexualidad humana.

Pese a tener intereses en común, venían de ámbitos diferentes. En 1902, Jung había escrito en la Universidad de Basilea una tesis titulada *Acerca de la psicología y patología de los llamados fenómenos ocultos*.[24] Una vez que comenzó a colaborar con Freud, no dejó ninguna duda de que no se trataba de un interés pasajero. «El ocultismo es otro campo que tendremos que conquistar», afirmaba.[25] También mencionaba su fascinación por la astrología, «que parece indispensable para una correcta comprensión de la mitología».

Freud intentó ser comprensivo al principio. «Soy consciente de que sus inclinaciones más íntimas le impulsan al estudio de lo oculto. [...] No puedo discutir eso: siempre está bien ir a donde le llevan a uno sus impulsos», le escribió a Jung el 12 de mayo de 1911. Sin embargo, le advertía de que sería acusado de misticismo. Para Freud, la palabra *misticismo* era un término peyorativo, que aludía a menudo a creencias cristianas u otros credos religiosos irracionales.

Jones, que al principio se sintió impresionado por Jung, dictó más tarde un veredicto sobre él que reflejaba la opinión que Freud se fue formando a medida que se deterioraba su relación. Jones escribió que, en conversaciones privadas, Jung se le había revelado «como un hombre con profundas tendencias místicas que impedían tener una visión clara de una actitud científica en general o psicoanalítica en particular; la superestructura era brillante y talentosa, pero la base era insegura».[26] O, como lo expresaría en pocas palabras, Jung tenía una «mente confusa».[27]

La base para todos, según Freud, era siempre la sexualidad, lo que significaba aceptar su idea de que la libido, el impulso sexual, era el principal determinante del comportamiento humano y las neurosis. Jung no estaba nada convencido a ese respecto, aunque al principio trató de aplacar a Freud diciendo, por ejemplo, que lo oculto debe ser entendido «con la ayuda de la teoría de la libido». Sin embargo, Jung hablaba cada vez más en sus conferencias y escritos de factores externos distintos a la sexualidad y concedía menos importancia a la represión subconsciente. Estaba sentando las bases para lanzar su marca de psicología analítica como alternativa al psicoanálisis freudiano.

Además de los frecuentes desaires que ambos hombres creían detectar por parte del otro, los conflictos incipientes más importantes no tardarían en verse reflejados en su correspondencia. Freud cambió la forma de dirigirse a Jung y empezó a utilizar *Lieber Herr Doktor* («querido doctor»), más formal, en lugar de la anterior *Lieber Freund* («querido amigo»), y se quejó abiertamente a otros colegas de las tendencias «regresivas» de Jung.[28] Este último creía que Freud parecía claramente malhumorado y le escribió, por ejemplo, el 22 de diciembre de 1912: «En cuanto a su reproche de que hago un mal uso del psicoanálisis para mantener a mis alumnos en una situación de dependencia infantil y que por ello soy responsable de su comportamiento infantil...». Freud le escribió a Jones que Jung parecía «haber perdido el juicio» y que se estaba «comportando como un loco».[29]

Aunque Freud intentó retrasar una ruptura formal, la relación tenía los días contados. A finales de 1913, le escribió a Karl Abraham, quien se encontraba en Berlín, que estaba «furioso» con Jung y lo acusó de «estupidez emocional». El 20 de abril de 1914 Jung renunció a la presidencia de la Asociación Psicoanalítica Internacional. En verano, Freud volvió a explayarse con Abraham: «De modo que por fin nos hemos quitado de encima al brutal santo Jung y sus loros devotos». Poco después, sus ataques contra su antiguo príncipe heredero se volvieron aún más virulentos y acusó a Jung de «mentiras, brutalidad y condescendencia antisemítica» hacia él.

Los expertos siguen debatiendo a fecha de hoy si se podría calificar a Jung de antisemita pese a su temprana colaboración con Freud.[30] Cuando este le preguntó directamente la primera vez que se vieron si era antisemita, Jung respondió: «¡No, no, nada de antisemitismo!».[31] Sin embargo, Jung simpatizaba con movimientos políticos de extrema derecha. Durante una visita a Berlín en 1937, vio a Hitler y Mussolini pasar revista a las tropas en un desfile y le impresionó el extravagante dictador italiano, quien, según él, «tenía cierto estilo, cierto aspecto de hombre original con buen gusto en algunos asuntos».[32]

La actitud de Jung hacia Hitler era más ambivalente, pero seguía exponiéndolo a la acusación de que simpatizaba con los nazis, algo que él negaba con vehemencia. Durante un viaje a Estados Unidos en 1936, intentó adelantarse a sus detractores haciendo hincapié en que su visión era la de un «suizo neutral». «Desprecio de lleno la política, por lo que no soy ni bolchevique, ni nacionalsocialista, ni antisemita», declaró.[33] Sin embargo, la sombra de sospecha que se cernía sobre él por su supuesto antisemitismo y sus opiniones sobre los nazis difícilmente podría haber coexistido con seguir vinculado a Freud y sus colegas, en su mayoría judíos.

Curiosamente, todo ello hizo que fuera una suerte que Jung y Freud se distanciaran mucho antes del ascenso de Hitler, lo que permitió a Jones convertirse en el gentil más prominente del movimiento psicoanalítico. Aunque no había tenido prácticamente ningún contacto con judíos hasta que emprendió su carrera como médico, el galés estaba orgulloso de que le hubieran aceptado tanto Freud como sus seguidores judíos. «Casi se olvidaban de mi origen gentil y compartían libremente conmigo sus característicos chistes, sus anécdotas, sus puntos de vista y su visión. Los conocía con una intimidad a la que pocos gentiles deben haber accedido», recordaba.[34]

No obstante, Jones admitía abiertamente que esto no lo convertía en un experto en judaísmo, ya que solo conocía a judíos no religiosos. «Nunca he tenido la oportunidad de conocer a un judío que poseyera creencias religiosas y mucho menos ortodoxas», escribió. Los judíos practicantes no se alistaban en el ejército psicoanalítico de Freud.

La ruptura entre Freud y Jung causó mucho revuelo en la pequeña comunidad de especialistas de varios países, pero pasó prácticamente inadvertida para el público en general. Un conflicto mucho más grave estaba a punto de afectar a casi toda Europa y de arrastrar después también a Estados Unidos. No era de extrañar que la chispa de la primera guerra mundial, el asesinato del archiduque Francisco Fernando y su esposa Sofía perpetrado por un nacionalista serbobosnio, prendiera en los Balcanes, la zona más turbulenta del debilitado Imperio austrohúngaro. Mientras, en la capital de los Habsburgo, Freud, al igual que muchos otros compatriotas, no comprendió al principio la magnitud de la tragedia que se estaba gestando rápidamente en el verano de 1914.

Era consecuencia de la reticencia de Freud a admitir que su entorno, y todas las suposiciones asociadas sobre el mundo en el que había crecido, corrían un grave peligro. Según su hijo Martin, toda la familia aceptaba la monarquía de los Habsburgo: «Los hijos de Freud éramos todos unos firmes patriotas y nos encantaba escuchar o ver todo lo que sucedía en la corte imperial».[35] Recordaba cómo se emocionaban cada vez que veían un *Hofwagen*, un carruaje real. «Podíamos reconocer con precisión la importancia del pasajero por el color de las altas ruedas y el ángulo con el que el cochero espléndidamente uniformado sostenía el látigo.»

Su madre, Martha, que había pasado los primeros ocho años de su vida en Hamburgo, nunca perdió el acento del norte de Alemania, ni tampoco, según Martin, «sus sentimientos de patriótica devoción por la familia imperial alemana».[36] Dado que Austria-Hungría era aliada de Alemania, no había ningún problema para conciliar las lealtades de Sigmund y Martha. De adolescente, Freud había seguido las guerras de Prusia que condujeron a la unificación de Alemania y a su victoria sobre Francia en 1871. Su hermana Anna recordaba que Sigmund colgó grandes mapas en su habitación y clavaba alfileres en ellos para señalar los movimientos de los ejércitos rivales. «Podía escuchar cada noche la conversación entre padre e hijo sobre el estado de la guerra», señalaba.[37]

Tras el asesinato de Sarajevo, Freud no fue capaz de comprender la rapidez con la que se estaban descontrolando los acontecimientos. El 23 de julio, Austria, con el respaldo del káiser alemán Guillermo II, dio un ultimátum a Serbia, que incluía la exigencia de eliminar a elementos «subversivos» que constituían «una amenaza permanente para la paz de la monarquía», a sabiendas de que el Gobierno serbio la iba a rechazar.[38] Sin embargo, el 26 de julio, Freud le escribió a su colega alemán Abraham, que apoyaba esta medida. «Quizá por primera vez en treinta años me siento austriaco y me gustaría dar solo una vez más una oportunidad a este imperio poco prometedor.»[39] Y añadía con optimismo: «Si la guerra se mantiene localizada en los Balcanes, no será demasiado mala».

El 28 de julio Austria declaró la guerra a Serbia. Al día siguiente, Freud le dijo a su hermano Alexander: «Creo que ninguna gran potencia provocará una guerra general». El 2 de agosto le escribió a Abraham en Berlín que, aun cuando esa predicción resultara errónea, apoyaría a su bando con todo su corazón si no supiera que Inglaterra estaba «en el lado equivocado». Dos días más tarde, las tropas alemanas invadieron Bélgica y luego entraron en Francia, donde lucharon contra las tropas francesas y británicas. A las Potencias Centrales, Alemania y Austria-Hungría, se sumaron pronto Turquía y Bulgaria, enfrentadas en una guerra cada vez mayor a la Triple Entente formada por Gran Bretaña, Francia y Rusia. Italia se proclamó neutral al principio de la contienda, pero declaró la guerra a Austria-Hungría en 1915. Era la «guerra general» que Freud había afirmado que se evitaría.

Sin embargo, se animó con los triunfos militares iniciales de Alemania y Austria, que reavivaron la sensación de que había unidad en el mundo germanoparlante. En septiembre, viajó a Hamburgo para ver a su hija Sophie, que había dado a luz a su primer nieto. En una carta a Abraham, le explicaba que ya había visitado la ciudad antes, pero que era la primera vez que no se sentía «como si estuviera en una ciudad extranjera».

Freud era proclive a creer las primeras predicciones optimistas de victoria de las autoridades austriacas y alemanas, aunque no estaba ansioso por ver a sus hijos alistarse. Martin, el mayor, había servido unos meses en la Artillería Montada Imperial en 1910 y 1911, hasta que se rompió una pierna en un accidente de esquí, y enseguida se ofreció voluntario para reincorporarse cuando comenzó la guerra. Su antiguo regimiento lo acogió como oficial subalterno. Su padre lo felicitó y le exhortó a cuidar de su salud. «Francamente, en lo que a ti respecta, lo que más temo son las epidemias, que ahora pueden afectarte muy fácilmente, más que las balas del enemigo. No es cobardía protegerse todo lo posible de las epidemias», escribió.[40]

A medida que los combates se intensificaban, Freud comenzó a preocuparse también por las balas. El 20 de diciembre de 1914 instó a Martin en otra carta a no correr riesgos innecesarios. «Sigo creyendo que ves la guerra como una especie de excursión deportiva», escribió, y añadía que él y Martha iban a pasar unas Navidades «tristes y tranquilas». Martin señalaba que las cartas de su padre eran «estrictamente prácticas», carentes de cualquier expresión de sentimientos. Sin embargo, transmitían su preocupación. También el hecho de que la única vez que habló con Martin por teléfono, un aparato que detestaba, fue cuando este pasó por Viena durante la guerra pero no tuvo tiempo de ver a sus padres.[41]

Saber que su hijo seguía aferrándose a una idea romántica de la guerra acentuaba la preocupación de Freud. Las experiencias de Martin en el conflicto, que diferían radicalmente de las de millones de otros soldados empantanados en la asesina guerra de trincheras, no ayudaban a que cambiara de opinión. «Lo cierto es que estaba disfrutando de la época más feliz de mi vida», escribió. Durante las victorias austriacas a principios de 1915, Martin cabalgó en patrulla en un «magnífico alazán», cumpliendo, al parecer, un sueño de la infancia. En ese sueño,[42] «me veía montado en un magnífico corcel de guerra cabalgando hacia una ciudad liberada donde me recibían con flores y besos las doncellas liberadas, todas ellas muy bellas», recordaba en su autobiografía. «La realidad resultó ser aún más pintoresca y las muchachas más encantadoras: y yo estaba totalmente feliz.» Luchó en los frentes ruso e italiano, y le concedieron siete medallas al valor.[43]

El sueño no podía durar para siempre y Martin recibió un disparo en el muslo en 1918. Poco antes de que cesaran las hostilidades ese mismo año, fue capturado por los británicos en Italia y acabó en un campo de prisioneros de guerra italiano para oficiales. Se describió a sí mismo como «una de las víctimas de la caída de un imperio antiguo» y no fue liberado hasta agosto de 1919. Al igual que su padre, estaba decepcionado por el desenlace de la guerra y con el ánimo hundido, pero no podía quejarse de las condiciones durante su cautiverio. Comentaba que regresó a Viena «algo rechoncho como resultado de una dieta a base de espaguetis y *risotto*».[44]

Los otros dos hijos de Freud también participaron en la guerra.[45] Se alistaron un poco más tarde que Martin y tuvieron la suerte de salir ilesos. Oliver, el segundo hijo, era un ingeniero asignado a un regimiento de ferrocarril, mientras que Ernst, el hijo menor, pasó dos años en el frente italiano antes de contraer la tuberculosis y sufrir una úlcera duodenal, por lo que lo licenciaron justo antes de que terminara la guerra. Comparados con tantas otras familias, los Freud fueron extraordinariamente afortunados.

La guerra no solo dividió Europa, también al movimiento psicoanalítico, de forma manera bastante desigual. Con la excepción de Jones, que estaba en Londres, los demás lugartenientes de Freud vivían en ciudades como Berlín y Budapest, lo que significaba que, al igual que él, apoyaban a las Potencias Centrales. La Asociación Psicoanalítica Internacional tenía previsto celebrar un congreso en septiembre de 1914 en Dresde, pero la guerra desbarató los planes; varias de las personas que iban a participar fueron llamadas a filas como médicos del Ejército.[46] Hasta septiembre de 1918 no se celebraría otro congreso, esta vez en Budapest, pero solo con participantes de las Potencias Centrales y de la neutral Holanda, lo que hizo que no fuera tan internacional.

Aunque se suspendió el correo directo entre los dos bandos, Jones y Freud consiguieron mantener viva la correspondencia a través de amigos de países neutrales como Suiza, Holanda, Suecia y, al principio, Italia.[47] Ya desde el comienzo del conflicto, sus cartas reflejaban sus diferentes puntos de vista sobre la guerra. El 3 de agosto de 1914, Jones escribió: «Tenemos prejuicios contra Alemania [...]. Austria es impopular por meter a todos en problemas, pero su actitud hacia el pueblo eslavo se entiende bastante bien. Sin embargo, aquí nadie duda de que Alemania y Austria serán derrotadas; tienen todas las de perder».[48]

En ese momento, Freud esperaba confiado la victoria de su bando y, según Jones, proclamó: «Toda mi libido pertenece a Austria-Hungría».[49] Sus habituales tendencias anglófilas quedaron repentinamente reprimidas. Se quejó a Abraham de la «increíble arrogancia» de los británicos y de que las predicciones de Jones sobre la guerra demostraban que era un «verdadero anglo», lo que no pretendía ser un cumplido.[50]

Sin embargo, ni Freud ni Jones estaban dispuestos a permitir que la guerra destruyera sus vínculos personales y profesionales. El 3 de octubre de 1914, Freud informó de que había regresado de visitar a Abraham en Berlín. «¡No podemos considerarlo a usted un enemigo!», le dijo a Jones. El galés acogió con satisfacción estas palabras. «Me complace saber que nuestro círculo ha decidido no considerarme un enemigo. Yo tampoco tengo ninguna dificultad en separar la amistad personal de la rivalidad nacional», le respondió.

No obstante, persistía soterrada una fuerte tensión. El 22 de octubre de 1914, Freud advirtió a Jones de los peligros de creer en la propaganda británica. «A pesar de lo que lea en los periódicos, no olvide que ahora se miente mucho. No estamos padeciendo ninguna restricción, ninguna epidemia, y los ánimos son muy buenos», le escribió. Jones respondió que podía leer los periódicos alemanes, lo que le ayudaba a comprender que las crónicas británicas eran a menudo «muy exageradas». Aludiendo a la desinformación del bando contrario, añadía: «¡A cambio le pido que crea que el Banco de Inglaterra no ha sido destruido por las bombas, que Egipto y la India no se han rebelado y que nuestras costas no han sido bombardeadas por la flota alemana!».

Ninguno de los dos se dejó influir por los ocasionales comentarios del otro, pero Freud no tardó demasiado en empezar a reexaminar su propia visión de la guerra y en reconocer que sus consecuencias serían devastadoras para ambas partes. El 25 de noviembre de 1914 le escribió a Lou Andreas-Salomé: «La humanidad también superará esta guerra, pero estoy seguro de que yo y mis contemporáneos no volveremos a ver un mundo alegre. Es demasiado vil».[51] También se daba cuenta de que todo el mundo había sido demasiado optimista sobre su duración. «Es una larga noche polar y hay que esperar a que vuelva a salir el sol», le escribió a Abraham.[52]

En su ensayo de 1915 titulado *Consideraciones de actualidad sobre la guerra y la muerte*, Freud expresaba su profunda decepción por la escalada de brutalidad de la contienda. «No solo es más sangrienta y destructiva que cualquier guerra pasada, debido al enorme perfeccionamiento de las armas ofensivas y defensivas, sino que es al menos tan cruel, encarnizada e implacable como cualquiera otra que la haya precedido», declaró.[53] Afirmaba que el conflicto ignoraba todas las nociones del derecho internacional, así como la distinción entre civiles y combatientes o las «prerrogativas de los heridos y del servicio médico», y añadía: «Arrasa con furia ciega todo cuanto se interpone en su camino, como si después de ella no hubiera ni futuro ni paz entre los hombres».

Condenaba el «fenómeno casi increíble» de que las «naciones civilizadas» se vuelvan unas contra otras «con odio y aversión». Como señalaba, «esperábamos que las grandes naciones de raza blanca en las que ha recaído el liderazgo del mundo [...] lograran descubrir otra forma de resolver los malentendidos y los conflictos de intereses». En su lugar, la guerra está destruyendo «todos los lazos comunes entre los pueblos combatientes y amenaza con dejar un legado de amargura que imposibilitará el restablecimiento de esos vínculos durante mucho tiempo».

Cuando se consideran de forma aislada, estas declaraciones parecen extraordinariamente proféticas, lo que sugiere que Freud ya estaba previendo las consecuencias a largo plazo del conflicto, no con todo detalle, pero al menos en líneas generales. También sugieren que estaba centrado en las fuerzas destructivas desatadas a su alrededor, absorto en tratar de entender los combates que causaban estragos en el continente, pero eso solo era verdad hasta cierto punto.

Freud no podía ignorar la cascada de sucesos catastróficos, especialmente desde que afectaron a sus hijos y a casi todos los demás a su alrededor.[54] Sin embargo, le dijo a Abraham en 1918 que lo que más quería era no llamar la atención y centrarse en el psicoanálisis. Al comienzo de la guerra se suspendieron brevemente las sesiones del miércoles por la noche en su casa, pero las reanudaron a principios del invierno, cada tres semanas y con un grupo de participantes mucho más reducido. Entre 1915 y 1917, Freud dio en la Universidad de Viena tres series de conferencias introductorias sobre el psicoanálisis que atrajeron a un gran número de asistentes.[55] También siguió escribiendo regularmente, explorando las variaciones de las neurosis y redactando obras como *Duelo y melancolía*, que también reflejaba su estado de ánimo. Como le explicó a Ferenczi, «estoy trabajando con aire taciturno, pero de forma constante».[56]

En 1917, se sintió decepcionado cuando, contrariamente a los rumores, no ganó el Premio Nobel,[57] un reconocimiento que había anhelado, pero Freud no iba a dejar que nada debilitara su compromiso con sus inquietudes de toda la vida. Jones estaba maravillado de su capacidad para mantenerse concentrado en sus intereses, pese a los titulares diarios sobre las últimas noticias de los campos de batalla. «Echaba un vistazo al periódico, lo apartaba a un lado con un despreciativo *scheusslich* ("horrible") y seguía con su trabajo», escribió su discípulo galés.[58]

Esta autodisciplina permitía a Freud seguir siendo muy productivo sin importar lo que estuviera sucediendo a su alrededor, pero también revelaba por qué pudieron cogerle por sorpresa acontecimientos posteriores, cuando el «legado de amargura» que había predicho dio su fruto envenenado.

Jones admiraba la capacidad de Freud para no prestar mucha atención a las noticias sobre la guerra y centrarse en su trabajo habitual, pero se sentía incapaz de seguir su ejemplo. «O carecía de la fortaleza mental necesaria, o bien tenía demasiada conciencia social para dedicarle toda mi atención, lo que en esas circunstancias habría sido sin duda lo más útil», escribió.[59] Explicó que le parecía que la guerra le distraía demasiado, pues seguía con avidez los partes diarios del frente y leía con frecuencia sobre estrategia militar e historia.

Jones tenía treinta y cinco años cuando comenzó la guerra, y estaba «libre y sin ataduras», según sus propias palabras, ya que él y Kann se habían separado en 1913.[60] Aunque tenía dudas sobre cuál era la mejor manera de usar sus habilidades, sintió la necesidad de ofrecerse voluntario para el servicio militar. «"Inglaterra te necesita" ejercía un hechizo potente», señaló. Como padecía artritis reumatoide y al tribunal médico «aparentemente no le impresionó mi físico», recordaba Jones, fue rechazado dos veces por razones médicas. Además, como le escribió a Freud, «la Oficina de Guerra decidió que era más útil para el Ejército en mi trabajo actual que prestando servicio hospitalario en Francia».[61]

Y estaba en lo cierto. La consulta de Jones prosperaba, atendiendo principalmente a oficiales que padecían «alguna forma de neurosis de guerra». En esa época, el trastorno por estrés postraumático (TEPT) era una dolencia desconocida e incluso el concepto de neurosis era visto con recelo. Los militares solían considerar que quienes mostraban síntomas como la depresión y las fobias estaban fingiendo o, a lo sumo, eran víctimas de una conmoción cerebral. Como consecuencia, Jones tuvo que pelear constantemente con los tribunales médicos del Ejército a fin de poder disponer del tiempo suficiente para someter a los pacientes a su largo tratamiento psicoanalítico.

«Las situaciones eran a menudo extremadamente patéticas», escribió Jones. Después de tratar a un oficial de inteligencia militar «que estaba paralizado por la depresión y por una abrumadora sensación de inferioridad», creyó estar haciendo progresos, pero, antes de que pudiera completar el tratamiento, el oficial fue trasladado y no le ofrecieron un seguimiento. Al cabo de un par de meses, encontraron su cuerpo aplastado en las vías, donde se había tumbado mientras se acercaba un tren expreso. Jones hizo hincapié en que esta fue la única vez que supo que uno de sus antiguos pacientes se había suicidado. Sin embargo, le dijo lacónicamente a Freud en una carta: «Los casos de *shock* en la guerra son muy interesantes».

Freud, preocupado por las oportunidades perdidas durante la contienda, escribió: «El periodo de florecimiento de nuestra ciencia se ha visto violentamente interrumpido»,[62] pero Jones estaba convencido de que la guerra también planteaba nuevos desafíos que podían fortalecer su causa. «Si hay alguna vez forma de que el mundo se salve de estas pesadillas, seguramente será el psicoanálisis el que señale el camino», le escribió a Freud el 15 de diciembre de 1914.[63] O como dijo W. H. R. Rivers, otro psiquiatra británico que también trabajó con oficiales del Ejército durante la guerra: «El destino parece habernos brindado en este momento una oportunidad sin precedentes de comprobar la veracidad de la teoría del inconsciente de Freud, ya que tiene que ver con la producción de los trastornos nerviosos mentales y funcionales».[64]

Por mucho que dijera que estaba distraído, Jones mantuvo su ritmo frenético habitual y consiguió escribir algunos artículos científicos después de pasarse desde la mañana hasta la noche atendiendo pacientes. Aunque la Asociación Psicoanalítica de Londres que había fundado en 1913 estuvo prácticamente inactiva en este periodo, algunos de sus miembros se reunieron informalmente de vez en cuando.

Al igual que Freud, que había analizado al famoso compositor Gustav Mahler en 1910 para ayudarlo a superar los problemas de impotencia con su esposa Alma, diecinueve años más joven que él, Jones conoció a celebridades de otros campos.[65] El que más le intrigaba era el escritor D. H. Lawrence, así como su esposa alemana Frieda.[66] «Ambos se veían impelidos por demonios traviesos a incitarse mutuamente al frenesí. Cuando esto culminaba en una orgía sádica, volvía a haber paz por un tiempo, aunque no siempre era así», recordaba Jones.

A Jones le impresionaba la manera en que Lawrence «dominaba cada empresa con su entusiasta firmeza, su personalidad vital, demasiado vital, y su penetrante inteligencia». Sin embargo, cuando el escritor le habló de mudarse a Estados Unidos para crear una comunidad utópica e instó a Jones a unirse a él, el galés tildó sus ideas de «claramente disparatadas». Como psicólogo, llegó a la conclusión de que Lawrence era una persona con un «desequilibrio evidente». También podría haber señalado que las novelas de Lawrence, especialmente *Hijos y amantes*, se prestaban muy bien al análisis freudiano.[67]

Las cartas de Jones a Freud sobre sus actividades levantaban el ánimo de su mentor en Viena. «Solo puedo aplaudir su determinación de proteger la bandera del psicoanálisis», le escribió Freud.[68] También se alegró cuando Jones le informó en febrero de 1917 de que se había casado con Morfydd Owen. «Es galesa, joven (veintitrés), muy bonita, inteligente y musical», escribió.[69] En realidad, Owen era un prodigio que ya estaba cosechando elogios como pianista, cantante y compositora; en 1918, se convirtió en profesora asociada en la Real Academia de Música. Según Freud, Jones le había asegurado que era una «persona reformada». Tal cosa significaba que se estaba instalando en una rutina doméstica que reducía las probabilidades de generar escándalos en el futuro.

No obstante, la esposa era propensa a la depresión y el matrimonio tuvo problemas desde el principio. En su autobiografía, Jones fue cauto al describirla. «Singularmente madura, y con una inequívoca integridad del alma en todo lo que concierne a su arte, la evolución mental de Morfydd no se había producido de forma uniforme en todas las direcciones», escribió.[70] Mientras la pareja estaba de vacaciones en el sur de Gales en agosto de 1918, se puso muy enferma y un médico local tuvo que operarla de urgencia de lo que parecía apendicitis. Jones solicitó toda la ayuda médica que pudo, pero Morfydd murió el 7 de septiembre. Pese a las dificultades de su breve matrimonio, Jones estaba genuinamente desolado. «Es un golpe muy duro para mí y, aunque estoy intentando empezar a trabajar de nuevo, me siento muy abrumado por dentro», le escribió a Freud.

En todo caso, esta tragedia unió aún más a ambos hombres, a pesar de la guerra que los mantenía separados. «Tenía la esperanza de que hubiera encontrado una felicidad duradera. Lamento muchísimo que no haya sido así, porque los años de separación han hecho poco por cambiar mis sentimientos por usted», respondió Freud.

Después de que los dos bandos firmaran el 11 de noviembre de 1918 el armisticio que puso fin a la primera guerra mundial, Jones le aseguró a Freud que estaba intentando recuperarse de su pérdida. El galés, que acogió con satisfacción el hecho de que pudieran volver a comunicarse directamente sin tener que enviar sus cartas a través de terceros países, le escribió el 7 de diciembre: «Ya ve que puedo mirar hacia delante en la vida, aunque he pasado por un infierno estos últimos meses».[71] Señalaba que acababa de leer el ensayo de Freud «sobre el dolor y la melancolía», que le había parecido especialmente apropiado y que le había causado «una gran impresión».

Sus cartas posteriores también destilaban melancolía. «Mañana, día de Año Nuevo, tendré cuarenta años y la mayor felicidad de la vida ya ha pasado para siempre. Sin embargo, no tema que pierda la pasión por el trabajo, pues encuentro que merece la pena hacerlo», escribió el 31 de diciembre.[72] Freud, por su parte, se encontraba en la rara posición de tener que reconocer que, a diferencia de Jones, se había equivocado en sus estimaciones del conflicto que acababa de terminar. «Admito que todas sus predicciones sobre la guerra y sus consecuencias se han hecho realidad», le escribió.[73]

Jones cumplió su promesa de no perder la pasión por su trabajo. Estuvo ocupado creando la nueva International

 Psychoanalytic Press en Londres, además de una librería para vender sus libros y otras publicaciones.[74] Estaba convencido de la necesidad de traducir al inglés más obras de Freud y de otros autores germanoparlantes, lo que les permitiría llegar a un público más amplio en Gran Bretaña y Estados Unidos.

Jones estaba ansioso por contratar a una secretaria bilingüe que le ayudara con esta tarea.[75] Un miembro del círculo íntimo de Freud le sugirió a Katharina (Kitty) Jokl, que, como el creador del psicoanálisis, había crecido en una familia judía morava que se había mudado a Viena.[76] Fue a la misma escuela que las hijas de Freud y más tarde se doctoró en la Universidad de Zúrich; trabajó en el consulado de Austria en Ginebra y en un hotel en Zúrich. En mayo de 1919, cuando Jones le escribió para ofrecerle el trabajo en Londres, tenía veintisiete años, estaba soltera y era virgen. Al principio dudó, pero Jones no cejó y viajó a Suiza ese verano. Cuando se conocieron en Zúrich, Jones tardó solo tres días en proponerle matrimonio y Jokl aceptó de inmediato. Su mundano pretendiente había hecho uso de todo el poder de sus encantos románticos. «¿Vivía antes de conocerte?», le preguntó en una carta después de marcharse a Viena.

Su matrimonio posterior fue longevo y tuvo cuatro hijos. Jones se refería a Kitty como «mi esposa secretaria». Este apelativo no tenía nada de denigrante: era su manera de reconocer lo importante que era el papel que desempeñaba en su vida profesional y personal.

Finalmente, ambas vertientes de la vida de Jones estaban en sintonía, lo que le permitió cumplir su promesa de dedicar todas sus energías al movimiento freudiano. En 1919, restableció la Asociación Psicoanalítica de Londres con un nuevo nombre, Asociación Psicoanalítica Británica, y en 1920 fue elegido presidente de la Asociación Psicoanalítica Internacional, un cargo que había ocupado Jung.[77] El congreso del grupo celebrado en La Haya ese año atrajo a 62 miembros y a 57 invitados de las potencias vencedoras y derrotadas, lo que generaba una sensación de reunión.

Allí Freud dio más detalles acerca de sus teorías sobre los sueños. Jones también fundó ese mismo año el *International Journal of Psychoanalysis*, que editó hasta 1939.

«Tanto en Alemania como en los países de Europa occidental la guerra había estimulado el interés por el psicoanálisis», señalaba Freud, volviendo a reconocer dicha realidad más tarde que Jones.[78] Le reconocía al galés el mérito de haber aprovechado al máximo esas condiciones más favorables y haber generado un nuevo comienzo para su movimiento.

Jones, a su vez, atribuía a Freud su nuevo comienzo personal. «Para mí es evidente que le debo mi carrera, mi medio de vida, mi posición y mi capacidad para la felicidad en el matrimonio, en definitiva, todo, a usted y al trabajo que ha realizado», declaraba.[79] Jones añadía que cualquier contribución que él pudiera haber hecho al movimiento no «reparaba» la deuda que creía tener con Freud. Estas muestras de gratitud no eran hiperbólicas, sino totalmente sinceras.

Tras la primera guerra mundial y las condiciones de paz enunciadas en el Tratado de Versalles firmado el 28 de junio de 1919, el Imperio austrohúngaro desapareció del mapa de Europa. Viena ya no era la capital de cincuenta millones de personas de numerosas nacionalidades; el nuevo Estado austriaco poseía una población de 6,5 millones de habitantes y tan solo una parte de su territorio anterior. Se calcula que las bajas de las fuerzas armadas austro-húngaras ascendían a alrededor de 1,2 millones de hombres, con cientos de miles de personas desaparecidas y dadas por muertas, todo ello al servicio de una causa perdida.[80]

H. V. Kaltenborn, un periodista estadounidense que pronto se convertiría en un famoso comentarista de radio, informó de las duras condiciones en la ciudad, cuyos niños hambrientos, como la población en general, dependían de la ayuda alimentaria estadounidense. La hiperinflación se disparó aún más rápidamente que en Alemania, lo que acabó con los ahorros de la gente, y la moral no podía estar más baja. «Viena me parecía la ciudad más triste de Europa, quizá porque había sido la más alegre», escribió.[81]

Dorothy Thompson, otra estrella mediática en alza de Estados Unidos, vivía por aquella época en Viena. Recordaba que hasta entonces había asociado Viena con los «valses de Strauss, el barroco español, los interiores damasquinados [...], una corte suntuosa», pero en ese momento se encontraba en una «ciudad del terror», llena de refugiados, soldados que regresaban y «gente bien pasando hambre con elegancia en salones Biedermeier».[82]

Una tarde, mientras paseaba con su esposa junto al Danubio, Kaltenborn escuchó gritos. Al enterarse de que un hombre había saltado al agua, preguntó: «¿No podemos intentar salvarlo?». Alguien respondió en voz baja: «¡Oh, no, ha saltado a propósito! Si un hombre quiere quitarse la vida estos días, tiene todo el derecho a salirse con la suya». Kaltenborn concluía sombríamente que «esa era la filosofía de la Viena de posguerra».

Freud y su familia no se libraron de las consecuencias económicas del conflicto. Martin recordaba que, cuando regresó a la ciudad después de ser liberado del campo de prisioneros de guerra italiano en agosto de 1919, descubrió que la inflación se había llevado toda la paga militar que había estado ahorrando durante la guerra.[83] Sus miles de coronas, la moneda austriaca en esa época, «no bastaban ni para pagar las suelas nuevas de un par de zapatos de civil», escribió. Su padre también había perdido sus ahorros.

Sin embargo, Freud consiguió «restablecer sus finanzas», en palabras de Martin. Su hijo podía ofrecerle asesoramiento legal y otra clase de consejos prácticos, pero su verdadero salvador resultaría ser Jones, quien aprovechó sus contactos a ambos lados del Atlántico para enviar a Freud pacientes británicos y estadounidenses que deseaban fervientemente que los tratara.[84] Le pagaban por sus servicios en divisas, dos guineas o diez dólares la hora, una buena suma en aquellos tiempos de pobreza. Como todas las sesiones eran en inglés, Freud tomó más clases del idioma para mejorar sus habilidades.

Jones también valoraba a sus pacientes del extranjero. Cuando sus ingresos y los de Freud aumentaron, abrió cuentas para ambos, y otra para International Psychoanalytic Press, en una banca privada con sede en Ámsterdam. Esto les permitía eludir algunos de los impuestos que habrían tenido que pagar en casa. A Freud le preocupaba especialmente poder ahorrar suficiente dinero y que este no estuviera sujeto a los impuestos de sucesión una vez que se fuera.

En palabras de Martin, poco a poco, «la reconstrucción de lo que quedaba de Austria permitió a la gente despertar de una pesadilla de caos y disolución, comenzar, al menos, un modo de vida aceptable, si no seguro».[85] En el caso de Freud, resultaría ser más que aceptable.

No obstante, la situación general en Europa siguió siendo extremadamente precaria. Jones afirmaba en su autobiografía que sabía desde un principio dónde residía el mayor peligro. «Nunca dudé de mi convicción de que Alemania se levantaría de nuevo, reagruparía sus fuerzas y nos atacaría una vez más con la esperanza de sorprendernos en un estado de falta de preparación complaciente. Y eso fue lo que ocurrió. Para nosotros, la Gran Guerra por fin había terminado; en el caso de los alemanes, habían peleado el primer asalto», escribió.[86]

Es difícil juzgar si se trataba de una descripción exacta de su punto de vista en aquel momento o de una invención *a posteriori*, pero si esa fue realmente su conclusión al finalizar la primera guerra mundial, no cabe duda de que era clarividente.

5

Vestal

Al comienzo de la época de entreguerras, solo un miembro del círculo íntimo de Sigmund Freud, Ernest Jones, estaba claramente situado para formar parte de su futuro grupo de rescate. A decir verdad, en ese momento ni Jones ni nadie tenía la menor idea de que sería necesaria una operación para rescatarlo. Nadie podía imaginar la magnitud de la amenaza que se cernía sobre él y sobre todos los judíos de Europa, y siguió siendo así durante buena parte de los años veinte e incluso más allá. Sin embargo, en el caso de Freud, en aquella década también entrarían en su vida casi todos los personajes clave que más tarde aunarían fuerzas con Jones para salvar al fundador del psicoanálisis. De hecho, estaban tomando posiciones para los papeles que interpretarían en aquel drama.

Los recién llegados que estaban a punto de salir a escena eran William Bullitt, un periodista y diplomático estadounidense; Marie Bonaparte, la sobrina bisnieta de Napoleón; y Max Schur, un médico vienés que se encargaría de cuidar de Freud durante la última década de su vida. Y, además, se produjo la emergencia y florecimiento de la hija menor de Freud, Anna, que pronto desempeñaría un papel fundamental en su vida personal y profesional.

En el verano de 1914, Anna, a diferencia de sus cinco hermanos mayores, seguía viviendo con sus padres y su tía Minna en la calle Berggasse 19 de Viena.[1] Tenía dieciocho años y se preparaba para ser maestra. Tras presentarse al examen de magisterio en junio, partió de viaje para ver a los parientes de Freud en Mánchester en la que sería su primera visita a Inglaterra. En muchos aspectos, estaba siguiendo los pasos de su padre cuando hizo su primera visita a Gran Bretaña a los diecinueve años y él estaba encantado de ver que lo hacía.

No obstante, Freud también estaba preocupado por el viaje de Anna. Aunque zarpó de Hamburgo con rumbo a Inglaterra a mediados de julio, en un momento en el que las tensiones escalaban con rapidez entre Austria-Hungría y Serbia tras el asesinato del archiduque Francisco Fernando, no era la perspectiva de una guerra lo que inquietaba a su padre. Al fin y al cabo, no era capaz de reconocer las señales que alertaban de que estaba a punto de estallar una gran conflagración y que cabía la posibilidad de que su hija se quedara atrapada en el bando contrario. Lo que realmente le preocupaba era su posible vulnerabilidad, al ser una joven inocente, a las proposiciones de un hombre que casi le doblaba la edad y estaba deseando ser su anfitrión: Ernest Jones.

Cuando Anna llegó a Southampton, Jones la recibió con un gran ramo de flores y se convirtió en su guía por Inglaterra. Como escribió Anna en un homenaje a Jones en 1979, más de dos décadas después de su muerte, este le mostró las «bellezas de Inglaterra que amaba», la llevó en un «inolvidable viaje en barco por el río Támesis» y «aprovechó cada oportunidad» para corregir y mejorar su inglés.[2] Anna seguía recordando vívidamente lo «halagada e impresionada» que se sintió por todas las atenciones que Jones le prodigó, aunque no «sin la sospecha latente» de que estaba más interesado en su padre que en ella misma.

Sus sospechas aumentaron cuando le advirtieron de que Jones, cuya relación con Loe Kann había terminado, podría intentar convertirla en su nueva conquista. De hecho, Kann, a la que Freud había tratado en Viena, se había mantenido al tanto de los chismorreos de Londres y le informó de las intenciones de Jones. La carta posterior de Freud a Anna estaba repleta de las previsibles advertencias propias de un padre protector: «Sé de muy buena fuente que el doctor Jones tiene serias intenciones de cortejarte. Esta es la primera vez en tu joven vida y no pienso otorgarte la libertad de elección de que disfrutaron tus dos hermanas. Como resulta que has vivido más cerca de nosotros que ellas, me gustaría creer que te resultaría más difícil tomar esa decisión para toda la vida sin nuestro consentimiento, en este caso el mío. Nuestro deseo es que no te cases ni te comprometas mientras seas tan joven e inexperta».[3]

Freud le escribió a Jones un mensaje similar, aunque formulado entre muestras de agradecimiento «por su amabilidad» con su joven hija.[4] Tras señalar que Jones no la conocía bien, la describió como la «más dotada y competente» de sus hijos, ansiosa por aprender sobre el mundo, para a continuación afirmar sin rodeos: «No pretende ser tratada como una mujer, dista mucho de tener deseos sexuales y más bien rechaza a los hombres». Por si quedaba alguna duda del significado de sus palabras, Freud mencionaba «un claro acuerdo» entre ella y él de que ni siquiera iba a considerar el matrimonio durante al menos dos o tres años más. «No creo que vaya a romper el trato», declaró.

Algunas mujeres encontraban a Jones irresistible, pero ese no fue el caso de Anna. No fueron simplemente las advertencias de su padre las que desbarataron cualquier esperanza que Jones pudiera albergar de mantener un romance: la joven visitante siempre se mostraba cortés y agradecida por su compañía y ayuda, pero nunca respondió sentimentalmente. Freud no tardaría en darse cuenta de que no tenía motivos para preocuparse. Jones, por su parte, le aseguró a Freud que respetaba sus inquietudes, aunque no pudo resistirse a añadir un comentario mordaz: «Tiene un carácter hermoso y seguramente será una mujer extraordinaria más adelante, siempre que su represión sexual no le cause daño. Naturalmente, está tremendamente unida a usted y es uno de esos casos excepcionales en los que el padre real se corresponde con la imago paterna», escribió.[5]

Aunque Anna nunca albergó ideas románticas sobre Jones, este le escribió mucho más tarde, en 1953, para que quedara constancia de sus sentimientos. Según Jones, el padre de Anna estaba convencido de que su interés por ella aquel verano era más práctico que romántico, ya que creía que el galés solo buscaba sustituir rápidamente a su expareja, Loe Kann. «Parece haber olvidado la existencia del instinto sexual, porque yo la encontré a usted (y todavía lo hago) muy atractiva», escribió.[6] Al estar asentado en un matrimonio largo y aparentemente feliz, se apresuró a añadir: «En cualquier caso, siempre la he querido y de una manera bastante honesta».

Cuando estalló la primera guerra mundial, Anna seguía en Inglaterra, pero estaba deseando reunirse con sus padres en Viena, tanto como ellos tenerla de vuelta. Jones le escribió a Freud que, de ser necesario, él podría «llevarla hasta la frontera austriaca» porque había «varias maneras de hacerlo».[7] Más tarde reconoció haber sobrevalorado neciamente sus capacidades. No obstante, el embajador austriaco en Londres la tomó bajo su protección y viajó con ella hasta Viena a través de Gibraltar y Génova, un periplo tortuoso que duró diez días. El 26 de agosto, Freud le escribió a su hijo Martin una nota exultante sobre su regreso: «Está muy bien y se comportó con valentía».[8]

Aunque Jones no acompañó a Anna en ningún trayecto del viaje, sí había ayudado con algunos de los preparativos preliminares. En octubre, Freud le escribió en una carta: «Todavía no he tenido la oportunidad en estos tiempos aciagos que nos empobrecen tanto en ideales como en bienes materiales de darle a usted las gracias por la manera hábil y oportuna de enviarme de regreso a mi pequeña hija y por toda la amistad implícita».[9] Para entonces, ya se habían disipado las tensiones que pudieran haber existido antes entre ambos hombres por los supuestos planes de Jones para Anna.

Como sucede a menudo con el hijo más pequeño, Anna deleitaba especialmente a su padre. Tras su nacimiento el 3 de diciembre de 1895, Freud escribió a Fliess, su principal interlocutor en ese momento, para informarle de la nueva incorporación a la familia. «Ha llegado hoy a las 3.15 durante mis horas de consulta y parece una mujercita bonita y completa».[10] A partir de entonces la llamaría «Annerl», un diminutivo que se podría traducir como «pequeña Anna».

Durante sus primeros años, Freud la mencionaba a menudo en sus cartas, que revelaban lo mucho que disfrutaba de una personalidad que florecía con rapidez. Decía que era «deliciosamente descarada» y que estaba «positivamente embellecida por la picardía».[11] En otra carta[12] contaba que Anna se había quejado recientemente de que Mathilde, su hermana mayor, se había comido todas las manzanas y había propuesto como solución abrir el vientre de Mathilde. Se había inspirado en el cuento del lobo que se come seis de los siete cabritillos a los que había dejado solos su madre; cuando la cabra regresa, se entera de lo ocurrido por el más joven de la camada, el cabritillo que se había escondido, y salva a los demás abriendo el vientre del lobo. «Se está convirtiendo en una niña encantadora», concluía Freud. El hecho de que la llegada de Anna coincidiera con un aumento de la demanda de sus servicios le levantó aún más el ánimo. «Nos gusta pensar que el bebé ha traído una duplicación del trabajo», le escribió a Fliess.

Aunque Anna compartía muchos de los bonitos recuerdos de sus hermanos, como las excursiones a buscar setas con su padre y otras salidas familiares, también se acordaba vívidamente de momentos en los que los demás no la habían llevado con ellos: por ejemplo, cuando se perdió una visita al circo porque estaba resfriada o cuando sus cinco hermanos salieron en barco sin ella «porque el barco estaba lleno o yo era "demasiado pequeña"». No obstante, en aquella ocasión, Freud, que había observado su partida, puso especial cuidado en elogiarla por tomárselo tan bien. «Eso me hizo tan feliz que nada más importaba», diría.

Anna compartía habitación con su hermana Sophie, la quinta de los hijos y dos años mayor que ella, y ambas competían por la atención de sus padres. Las fuentes coinciden en que Sophie era claramente la favorita de su madre, Martha, que administraba la casa y educaba a los niños con severa autoridad. Anna recordaba que su hermana estuvo muy enferma y con una fiebre muy alta a los siete u ocho años, y que mientras deliraba no dejaba de repetir: «Quiero a mi mamá, no es tu mamá, quiero a mi mamá».

El hecho de que todo el mundo, incluido su padre, considerara a Sophie la más atractiva de las hermanas no hacía sino agudizar la sensación que tenía Anna de vivir a su sombra, lo que alentaba su tendencia a soñar despierta y crear su propio mundo de fantasía. En la escuela tenía pocos amigos, pero con frecuencia daba muestras de su imaginación e intelecto. En un trabajo en el que los alumnos debían describir dónde vivían, Anna escribió que su habitación tenía «tres paredes» y afirmó que la cuarta pared era Sophie.[13]

Cuando las dos niñas crecieron, Freud las instó a ser más comprensivas entre sí y animó expresamente a Anna a ser «generosa» con Sophie. Señaló que «el amor y el odio no son muy diferentes». Sin embargo, Anna intensificó la lucha por el cariño de su padre y le escribía a diario cada vez que estaba fuera. También predecía explícitamente que, como su hermana mayor, Mathilde, ya estaba casada y era probable que Sophie siguiera su ejemplo, ella era la que pronto sería su «única hija». La víspera de la boda de Sophie en enero de 1913, Anna confesó que, aunque no estaba «bien decirlo», se sentía aliviada por que su hermana fuera a comenzar una nueva vida en otro lugar, ya que eso pondría fin a las riñas entre ellas. Añadía que le gustaba Sophie y que la admiraba, pero insistía en que la separación sería buena para ellas.

Incluso después de que Sophie se casara con el fotógrafo Max Halberstadt, que pronto realizaría los retratos más famosos de su suegro, y se mudara en 1913 a Hamburgo, la ciudad natal de este, se la seguía considerando la hija más glamurosa de Freud. Cuando un año más tarde, al comienzo de la primera guerra mundial, Sophie dio a luz al primer nieto de Freud, Ernst, el orgulloso abuelo viajó a Hamburgo para conocerlo. Le escribió a Karl Abraham, que estaba en Berlín, entusiasmado por el «encantador hombrecito, que se ríe de forma tan cautivadora cuando se le presta atención; es una criatura decente y civilizada, lo que es doblemente valioso en estos tiempos de bestialidad desatada».[14] Sophie dio a luz a otro hijo, Heinz, más conocido como Heinele, a finales de 1918.

Entonces sobrevino la tragedia, y dos veces. Sophie, que solo tenía veintiséis años, murió el 25 de enero de 1920 víctima de la epidemia de gripe española que se extendió por el continente. En una carta a Ferenczi, Freud intentó parecer filosófico, pero su desesperación era más que evidente. «La muerte, por dolorosa que sea, no afecta a mi actitud frente a la vida. He estado preparado durante años para sufrir la pérdida de nuestros hijos varones, pero le ha tocado a nuestra hija. Como ateo confeso, no tengo a quién acusar y me doy cuenta de que no existe ningún lugar en el que pueda presentar una queja», escribió.[15]

Freud se encariñó aún más con Heinele cuando este pasó varios meses en Viena a la edad de cuatro años, encandilando a todos los miembros de su extensa familia que lo cuidaban. Freud lo describió como el «niño más despierto de su edad» en una carta a Ferenczi.[16] Pero el hijo de Sophie también era enfermizo y, como añadía su preocupado abuelo, «flaco y frágil, todo ojos, pelo y huesos». A pesar de los esfuerzos por salvarlo, murió de tuberculosis miliar en junio de ese año. «Me estoy tomando esta pérdida muy mal. Creo que nunca he experimentado nada más duro», admitió Freud.[17] Sumado a la pérdida de Sophie, significaba que «todo había perdido su valor».

Anna también estaba conmovida y deprimida por la pérdida de su hermana y su sobrino, pero aquellas tragedias hicieron que estuviera más unida a Freud que nunca. Mathilde, la otra hermana que quedaba, seguía viviendo con su marido en Viena, pero había sido la primera en abandonar la casa de sus padres. Martin había regresado de la guerra y formado su propia familia en Viena, mientras que los otros dos hermanos se habían mudado a Berlín. Oliver encontró trabajo como ingeniero civil y Ernst era un exitoso arquitecto e interiorista, y más tarde diseñó consultorios donde practicar el psicoanálisis en las casas de varios clientes que formaban parte del movimiento de su padre.[18]

Anna decidió pronto que quería ser maestra, a pesar de que solía aburrirse en la escuela.[19] Al mismo tiempo, estaba muy interesada en aprender de su padre. Encaramada en una pequeña escalera de biblioteca, escuchaba los debates en las reuniones de los miércoles de la Asociación Psicoanalítica de Viena. Cuando tenía unos catorce años, iba caminando con Freud por una zona elegante de la ciudad cerca del Prater, un gran parque público, y su padre le dijo: «¿Ves esas casas con sus hermosas fachadas? Las cosas no son necesariamente tan hermosas detrás de ellas. Y lo mismo ocurre con los seres humanos».[20]

Al igual que su padre, quería llegar a dominar idiomas extranjeros. Estudió inglés y francés en la escuela, y aprovechó sus vacaciones en Italia para aprender un poco de italiano; más tarde también se unió a las clases particulares de su padre con un profesor de inglés. Tenía muchas ganas de viajar y se sintió decepcionada cuando le dijeron que era demasiado joven para acompañar a su padre en su visita a Estados Unidos en 1909 para impartir una serie de conferencias sobre psicoanálisis en la Universidad Clark. Era una lectora voraz de las novelas de Karl May, el popularísimo escritor alemán que inventaba historias de aventuras en el salvaje Oeste estadounidense. También estaba muy interesada en los relatos de Rudyard Kipling sobre la India.

Tras su regreso de Inglaterra, Anna ejerció durante dos años como maestra en prácticas en una escuela primaria de Viena y luego ya como maestra titular hasta 1920.[21] Una antigua alumna describió más tarde la impresión que causó: «Un día los niños nos quedamos electrizados: nos presentaron a una mujer joven, esbelta, con el cabello oscuro y unos ojos interesantes, y se hizo cargo de inmediato de la dirección de la clase. [...] Era una figura tan maravillosa y sencilla que en ese momento la amé profundamente».[22]

Y Anna parecía amar la enseñanza. «En aquellos días, por supuesto, éramos todos más formales entre nosotros, pero recuerdo lo que nos divertimos, mucha diversión. Todavía tenía que estudiar los sueños, pero me encantaba escuchar a los niños hablar de los suyos: lo que querían ser de mayores y cómo querían vivir; sus fantasías», le dijo al famoso psiquiatra infantil y autor estadounidense Robert Coles décadas más tarde.[23] Le fascinaba cuando los niños cerraban los ojos y describían las imágenes que estaban viendo. Y añadía que los cinco años que pasó enseñando tuvieron una importancia crítica para su desarrollo: «Me brindaron la oportunidad de conocer a niños normales antes de empezar a ver niños que tenían problemas por una u otra razón».

Mientras era maestra empezó ya a explorar la clase de temas que interesaban a su padre. Gracias a él pudo acompañar a los jóvenes psiquiatras Heinz Hartmann y Paul Schilder durante sus visitas en la Clínica Psiquiátrica del Hospital General de Viena. Recordaba que aquellas experiencias fueron «sumamente instructivas»: «Escuchábamos embelesados las revelaciones hechas por los pacientes, sus sueños, sus delirios, sus sistemas fantásticos, que el especialista en análisis que nos acompañaba encajaba en un esquema».[24]

Y, lo que es más importante, su padre se convirtió en su analista en 1918 y lo seguiría siendo durante tres años. Como señalaba Coles en su biografía de Anna, publicada en 1992, «esta clase de acuerdo, entre un padre psicoanalista y un hijo de cualquier edad, es ahora impensable».[25] No obstante, también mencionaba que se trataba de los primeros tiempos del psicoanálisis, cuando aún no se habían establecido o entendido muchos de los procedimientos y normas. Tampoco se habían precisado los requisitos exigidos a los psicoanalistas novatos. Obtenían la mayor parte de su formación de quien los analizaba. «Fuimos entrenados por nuestros analistas personales», explicaba Anna.[26] En su caso, por su padre.

Durante su análisis, Anna escribió poesía, algo que hizo a menudo de niña, pero no con la misma intensidad reveladora. Una estrofa de muestra:

Solo cuando mi mente estaba más profundamente agitada,
Cuando luchaba contra fuerzas desenfrenadas y oscuras,
Pude, sola en mi necesidad, sentir con temor
Que cada poeta canta únicamente su propia pena.[27]

Aunque Freud desaconsejó más tarde a otros practicar el psicoanálisis con sus propios hijos, creía que su tratamiento con Anna había tenido éxito. Sin duda, aceleró el fortalecimiento de sus vínculos personales y profesionales. Freud no solo discutía sus ideas y escritos con ella, también la llevó a algunos de sus viajes de trabajo, en especial a La Haya para el Congreso Psicoanalítico Internacional de 1920. En 1922, Anna escribió un artículo titulado «Beating Fantasies and Daydreams», que expuso a modo de conferencia en la Asociación Psicoanalítica de Viena; con ello satisfizo el requisito para ascender de observadora a miembro de pleno derecho del grupo de los miércoles por la noche. También comenzó a atender pacientes, iniciando su carrera como psicoanalista infantil.[28]

Cualquier arrepentimiento que Anna pudiera sentir por haber abandonado su trabajo de maestra por el psicoanálisis se vio compensado por su absorción en el movimiento que su padre había puesto en marcha. «Por aquel entonces estábamos todos en Viena tan emocionados, tan llenos de energía... Era como si se pudiera explorar un continente completamente nuevo, y nosotros éramos los exploradores y teníamos la oportunidad de cambiar las cosas, de volver de ese continente, se podría decir, con lo que habíamos aprendido y ofrecérselo al mundo, a personas que no habían estado allí», recordaba.[29]

Freud estaba encantado de ver a su hija menor «floreciente y con buen ánimo». «Solo deseo que encuentre pronto una razón para cambiar su apego a su viejo padre por otro más duradero», le dijo a Max Eitingon, que residía en Berlín.[30] No obstante, en esto Freud era muy poco convincente. En 1921, mientras Anna estaba de viaje para ver a Eitingon en Berlín y a los hijos de su hermana Sophie en Hamburgo, reconoció lo conflictivos que eran sus propios sentimientos acerca del futuro de Anna. «¡Si realmente se fuera, me sentiría tan desposeído como ahora y como lo estaría si tuviera que dejar de fumar!», escribió.[31] En otras palabras, era tan adicto a Anna como a sus cigarros. Y ella estaba tan unida a él como él lo estaba a ella.

A principios de 1923, otro acontecimiento permitiría que se estrecharan aún más los lazos entre padre e hija: el deterioro de la salud de Freud. Siempre le había preocupado la fortaleza de su corazón, pero el verdadero problema estaba en su mandíbula por culpa de aquellos cigarros a los que se negaba a renunciar. Cuando consultó a Marcus Hajek, un médico al que conocía desde hacía mucho tiempo, sobre un tumor que tenía en la mandíbula derecha y el paladar, Hajek lo atribuyó al tabaco y le dijo que fuera a su clínica para que se lo extirpara. Sería una «operación muy leve», le dijo Hajek, aunque acompañó estas palabras un tanto tranquilizadoras con la afirmación: «Nadie puede esperar vivir eternamente».[32] Es posible que Freud sospechara que no le estaban contando toda la verdad, pero, tras algunas dudas, acudió a la clínica el 20 de abril sin decírselo ni a Martha ni a Anna.

A la madre y la hija les tomó por sorpresa cuando recibieron un mensaje de la clínica pidiéndoles que llevaran algunas cosas porque Freud iba a pasar la noche allí. Según la biografía de Jones, todas las habitaciones de la clínica estaban ocupadas en ese momento, por lo que relegaron a Freud a una cama improvisada en una pequeña estancia que tuvo que compartir con otro paciente, a quien describió como un enano. Martha y Anna acudieron apresuradamente y se encontraron a Freud sentado en una silla de cocina en el Departamento de Consultas Externas «con la ropa cubierta de sangre». Como dijo lacónicamente Jones, «la operación no había salido como se esperaba».

Después de que Martha y Anna fueran enviadas a casa a la hora del almuerzo, cuando no se permitían la visitas, Freud empezó a sangrar otra vez profusamente. Incapaz de hablar, tocó el timbre para pedir ayuda, pero no funcionaba. El enano corrió en busca de auxilio y contuvieron la hemorragia. «Es posible que su acto salvara la vida de Freud», concluía Jones. Al enterarse de lo ocurrido, Anna insistió en pasar la noche junto a su padre para cuidar de él mientras lidiaba con el dolor. Al día siguiente le permitieron ir a casa, pero solo sería la primera de una larga serie de operaciones, treinta y tres en total, a las que tendría que someterse durante el resto de su vida. Hajek y Felix Deutsch, el médico personal de Freud en aquella época, se dieron cuenta de que el tumor extirpado era maligno, pero no compartieron esta información ni con el paciente ni con su familia.

Freud ansiaba creer que se encontraba mejor de lo que realmente estaba, a pesar de que ya le habían informado de que iba a necesitar otra cirugía después de las vacaciones de verano. En una carta a Andreas-Salomé fechada el 10 de mayo, afirmaba que el pronóstico era bueno, pero añadía en un tono más sombrío: «Uno comprende que esto no significa más que una leve atenuación del suspense que se va a cernir en los próximos años».[33]

El suspense siguió a Freud y Anna a Roma, adonde escaparon en busca de un poco de alivio. Anna recordaba que arrojaron monedas a la Fontana di Trevi «con la esperanza de volver, algo que, debido a su inminente operación, era muy incierto».[34] En ese viaje asumió dos de los papeles clave que desempeñaría durante el resto de la vida de su padre, el de su mejor compañera y, en la práctica, el de enfermera personal. Cuando tuvo otra hemorragia, la gestionó muy bien. Freud escribió desde la capital italiana a Andreas-Salomé: «Me he dado cuenta aquí por primera vez de lo buena compañía que es mi pequeña hija».[35]

Como consecuencia de las operaciones de mandíbula posteriores, tuvo que empezar a usar una prótesis muy incómoda, que era extremadamente difícil de poner o quitar, y a veces dolorosa.[36] En el hogar, solo Anna dominaba el arte de hacerlo, y también limpiaba regularmente el aparato, al que Freud se refería como el «monstruo».[37] Ni Martha ni Minna intentaron encargarse de esas difíciles tareas.

El papel cada vez más prominente de Anna en casi todos los aspectos de la vida de Freud provocó sentimientos encontrados en las dos mujeres mayores que vivían con ellos y dio pie a una reconfiguración de las relaciones en el hogar. Desde que se había mudado con su hermana y su cuñado en 1896, Minna había ocupado un lugar especial en la vida de

Freud, lo que era evidente para cualquiera que pasara algo de tiempo en Berggasse 19, y Anna estaba invadiendo el que en buena medida había sido el dominio de su tía.

Paula Fichtl fue la última en llegar a la casa cuando la contrataron como doncella en 1929; tenía entonces veintisiete años y sería el ama de llaves de los Freud, primero en Viena y más tarde en Londres, hasta la muerte de Anna en 1982. Las entrevistas que concedió al periodista alemán Detlef Berthelsen, quien prometió no publicar nada de lo que dijo mientras Anna estuviera viva, permiten hacerse una valiosa idea de las relaciones entre las tres mujeres de la casa.[38]

Las primeras impresiones de la nueva doncella sobre la organización en Berggasse 19 fueron que todo era «muy serio, muy estricto», y le preocupaba no encajar. Comentó que Martha era una «mujer muy tranquila, una verdadera ama de casa», que controlaba todo de cerca. En cambio, Minna hablaba alto, parecía decidida y «bastante posesiva», se supone que de Freud, con quien hablaba largo y tendido de su trabajo, de libros y otros asuntos intelectuales. «No había libro que no hubiera leído, incluso extranjeros», declaró Paula. Todo ello contrastaba con Martha, que se centraba, básicamente, en los aspectos prácticos de la administración de su complejo hogar, que también incluía los consultorios y los despachos de su marido y de Anna, y normalmente se mantenía al margen en los debates sobre psicoanálisis.

Martha y Sigmund compartieron a lo largo de todo su matrimonio dos camas de madera que juntaban para formar una cama doble. No obstante, Fichtl describió su matrimonio como «tranquilo, apacible, pero no necesariamente feliz». El hecho de que ella hubiera llegado cuando la pareja ya era mayor sin duda influyó en sus percepciones; obviamente, no conoció los primeros años, cuando su afecto mutuo era mucho más evidente. Tampoco estaba al tanto (o no hizo ninguna mención) del rumor de que Minna y Freud podrían haber sido al principio algo más que compañeros intelectuales.

Mucho después de la muerte de Freud, Carl Jung, su antiguo colega devenido en un resentido rival, afirmó que Minna le había confiado que ella y su cuñado habían tenido una aventura y que ella se sentía culpable.[39] Pero incluso Frank McLynn, que escribió una importante biografía de Jung, admite que la «idea de un romance entre Freud y Minna Bernays resulta muy poco creíble, lo que no significa que la historia no pudiera ser cierta».[40]

Freud viajó con Minna en varias ocasiones, incluso a Italia y a otros destinos, y a menudo lo acompañaba en sus paseos por Viena. Martha se unía a ellos habitualmente en las vacaciones familiares, pero solía eludir los demás viajes. No obstante, la mayoría de sus biógrafos descartan la idea de que Freud hubiera tenido una aventura con Minna en algún momento. Max Eastman, un prominente editor izquierdista de Estados Unidos que visitó a Freud en 1926, insistía en que estaba muy equivocado quien creyera que sus puntos de vista revolucionarios sobre la mente humana se traducían en un estilo de vida radical. En el ámbito personal, «Freud era un mojigato y un puritano, un fanático monógamo, nada sexual por naturaleza, y tan "casto" en su manera de hablar y su conducta que "no habría desentonado en la típica sala de un club"», escribió.[41]

Aunque su comportamiento parecía impecable, Freud despertaba celos en casa. A Fichtl le sorprendió el hecho de que ambas hermanas respondieran a «*Frau Professor Freud*», el apelativo normal para la esposa de un profesor. La doncella señaló claramente que la «verdadera *Frau Professor*» no estaba nada contenta con esta confusión, aunque no hay ningún indicio de que Martha planteara alguna vez esta clase de temas. Era mucho más probable que Minna mostrara sus sentimientos. En cierta ocasión, Fichtl se quejó a Anna de su tía: «Siempre está muy enojada conmigo, como si no pudiera hacer nada bien». Anna le respondió que no se preocupara y le explicó que Minna estaba «celosa» porque Freud siempre trataba muy bien a la joven doncella.

Estos sentimientos se llevaban gestando desde hacía mucho tiempo. En diciembre de 1925, Anna había presentado un informe a la Asociación Psicoanalítica de Viena sobre «Los celos y el deseo de masculinidad».[42] No es muy difícil concluir que pudo inspirarse en parte en sus observaciones domésticas. Cuando Anna pasó a ser la principal compañera de Freud durante sus paseos por Viena y sus viajes a otros lugares, al tiempo que también se convertía en su principal interlocutora intelectual en el hogar, fue inevitable que Minna se sintiera relegada. Freud todavía jugaba con ella al *tarok*, su juego de cartas favorito, y seguían hablando de libros e ideas, pero, aunque él continuó mostrando respeto por su inteligencia y su juicio, el orden jerárquico había cambiado.

Martha también podía acabar siendo víctima de la amplia competencia por la atención de Freud. Cuando en 1929 Anna se enteró de que su padre estaba planeando una estancia de dos semanas en el sanatorio Tegel, en Berlín, ya tenía la agenda llena de citas con los pacientes para esos días, lo que dejaba el puesto vacante para Martha. En una carta a Andreas-Salomé, con quien había entablado una amistad casi tan estrecha como la de su padre, Anna admitía: «Al principio mamá deseaba ir en mi lugar, pero yo no quería en absoluto que ella fuera con él».[43] En otras palabras, estaba decidida a proteger su lugar junto a su padre incluso frente a su madre. Anna reorganizó su agenda para poder acompañarlo en ese viaje, dejando atrás a Martha.

Aparte de atraer un flujo constante de niños a su consultorio en Berggasse 19, Anna asumió otras funciones en el movimiento psicoanalítico. Cuando unos acólitos de Freud fundaron un instituto de formación en Viena en 1924, Anna se convirtió en su secretaria.[44] Ansiaba especialmente ofrecer formación psicoanalítica a maestros de niños pequeños, lo que hizo que participara en casi todas las actividades principales del instituto. Tras las primeras operaciones de Freud, actuó como su enviada en los encuentros anuales de la Asociación Psicoanalítica Internacional, donde también asumió el título oficial de secretaria. En el congreso de Bad Homburg, cerca de Frankfurt, en 1925, leyó el artículo de su padre «Algunas consecuencias psíquicas de la distinción anatómica entre los sexos».

Freud se alegró mucho cuando Abraham le escribió más tarde: «La noticia de que la señorita Anna iba a leer un artículo suyo provocó un aplauso espontáneo al comienzo del congreso que me gustaría que usted mismo hubiera podido escuchar. La manera extremadamente clara que tiene de hablar hizo justicia a su contenido».[45]

Estas reacciones hacían que Freud se sintiera seguro a la hora de poder confiar a su hija más misiones de este tipo, ya que cada vez era más reacio a viajar o se sentía incapaz de hacerlo. Cuando la ciudad de Frankfurt le concedió el Premio Goethe en 1930, escribió a los organizadores para expresarles su gratitud y explicarles que su salud no le iba a permitir asistir a la celebración y que iría Anna en su lugar. «La audiencia no se perderá nada. Mi hija es más agradable a la vista que yo», afirmaba.[46] Después le contó a Jones cómo le había representado y concluyó con el siguiente comentario: «Su importancia para mí no podría ser mayor».[47]

En 1927, Anna reunió las conferencias que impartió en el instituto de formación para publicarlas en su primer libro, *Introduction to the Technique of Child Analysis*.[48] Esta sería una de las primeras salvas en una larga disputa con Melanie Klein, una rival en el mismo campo, vienesa y de más edad, que era muy crítica con las técnicas y las teorías de Anna. Klein sostenía que el complejo de Edipo aparecía en los niños a una edad más temprana de lo que creía Anna y la trataba despectivamente como una recién llegada al psicoanálisis infantil.[49] Anna, a su vez, menospreciaba la propensión de Klein a ver cada acto de un niño en términos simbólicos y argumentaba que a veces eran igual de probables las «explicaciones inocuas».

Aunque a Anna todavía se la conocía principalmente por ser la hija de Freud, ya se estaba erigiendo en una autoridad por derecho propio. El hecho de que, mientras su padre siguiera desarrollando el psicoanálisis, ahora ella centrara muchos de los debates ponía de relieve lo rápido que estaba creciendo su reputación.

A finales de 1925, cuando todavía estaba empezando a asumir un papel mayor, Anna tenía una opinión ambivalente sobre sus muchas responsabilidades. En una carta a Andreas-Salomé, escribió: «Siento que ahora llevo una doble carga, sobre todo porque se me exige hacer las tareas de un hombre en la sociedad vienesa, en su programa de formación, en las negociaciones, en situaciones complicadas, incluso a la hora de conseguir dinero (de momento)».[50]

Sus menciones a las «tareas de un hombre» ponía de manifiesto su aceptación tácita de las normas sociales de la época, aunque su propio papel profesional equivaliera a una refutación *de facto* de estas. Al tiempo que se declaraba satisfecha «por estar adquiriendo cierta independencia a los ojos de otras personas (no de papá)», afirmaba que todavía preferiría «dar y servir a adquirir y exigir».

Estas afirmaciones ponían de relieve lo mucho que quería seguir sirviendo a su padre; a su juicio, todas las demás consideraciones eran secundarias. Le reconoció a Eitingon que a veces se sentía celosa de las jóvenes que acudían a recibir tratamiento con su padre.[51] Y no tenía el más mínimo interés en posibles pretendientes. Después de que en enero de 1924 la visitara uno de ellos, Hans Lampl,[52] que había ido a la escuela con su hermano Martin y que más tarde estudió Medicina en la Universidad de Viena y asistió a las conferencias de Freud, le escribió a Andreas-Salomé que podía ser amigable con él, pero que no era «apta para el matrimonio».[53]

Marie Bonaparte, que comenzó a analizarse con Freud en 1925, llegó muy pronto a la conclusión de que Anna era una «vestal»,[54] una virgen obsesionada con su padre. Como analista de su hija, Freud ya lo sabía y mencionó sus preocupaciones a ese respecto a algunas de las personas con las que intercambiaba correspondencia. En una carta a Andreas-Salomé a finales de 1927, elogió a Anna calificándola de «espléndida e intelectualmente independiente», pero señaló que no tenía ninguna «vida sexual». Y se preguntaba qué haría «sin su padre» cuando él ya no estuviera.[55]

Para Anna, la principal recompensa por toda la dedicación a su padre fue que, en palabras del ama de llaves Paula Fichtl, se convirtió en la «legítima princesa heredera».[56] Como el cáncer de Freud y las sucesivas operaciones solían confinarlo durante largos periodos a lo que llamaba solo medio en broma «arresto domiciliario»,[57] desempeñó este papel a la perfección. Aunque esto incluía brindarle unos cuidados personales que debieron de ser difíciles en muchas ocasiones, sobre todo después de la última cirugía, Anna no tuvo reparos en hacerlo. Todo lo que hacía la mantenía cerca de su padre y de su obra. «No se pueden pedir las uvas pasas sin el bollo que las rodea. Así lo entiendo yo», explicó.[58]

A pesar de las preocupaciones de su padre, Anna no estaba condenada a la soledad cuando él muriera. En 1925 apareció una persona nueva con la que mantuvo, según ella, una larga y «preciada relación», primero en Viena y después en Londres.[59] Como esa persona era una mujer, el matrimonio no era una opción. No obstante, a todos los efectos prácticos se convirtieron en una pareja. Freud y la mayoría de los miembros de su círculo estaban convencidos de que Anna no tenía ninguna vida sexual, pero siempre ha persistido la duda de si esta relación podría refutar dicha suposición.

Dorothy Burlingham era cuatro años mayor que Anna, estadounidense y, para los estándares de Viena en los años veinte, inmensamente rica. Era la nieta de Charles Tiffany, el renombrado joyero que fundó Tiffany & Co., y la hija menor de su hijo Louis Comfort Tiffany, el igualmente famoso diseñador de una amplia gama de creaciones de vidrio.

Dorothy se había distanciado de su marido, Robert Burlingham, un cirujano con talento que luchaba contra la depresión maniaca, quien acabaría perdiendo su consulta privada y más tarde se suicidaría. Ello hizo que estuviera preocupada por su propia salud mental, así como por la de sus cuatro hijos, sobre todo la del mayor. Tras conocer el trabajo que Anna llevaba a cabo con niños e interesada en la posibilidad de someterse ella misma a psicoanálisis, decidió llevarlos a Europa sin tan siquiera informar a Robert al principio. Fue una ruptura, con él y también con su vida en Estados Unidos, que duraría para siempre, aunque Robert viajó a Europa para visitarlos. A pesar de sus expectativas iniciales de no quedarse en el Viejo Continente más de un año, se convirtió en una expatriada permanente. También fue una ruptura que posicionó a Dorothy para desempeñar un papel de apoyo a Anna y al resto del grupo de rescate de Freud en 1938.

Tras una breve estancia en Ginebra, Dorothy fue a ver a Anna y le pidió que aceptara como paciente a Bob, su hijo mayor, que padecía un trastorno psicosomático.[60] Cuando Anna accedió, Dorothy y los niños se mudaron a Viena. Anna también enroló a Theodor Reik, el colega y amigo de Freud, para que ejerciera como analista de Dorothy. Reik le dedicaba seis horas a la semana. Anna no tardaría en estar ocupada con toda la familia, analizando también a los demás niños y ayudando en su educación. En palabras de su amiga Eva Rosenfeld, «Dorothy y sus hijos llegaron como extranjeros, y la mente y el corazón de Anna se convirtieron en su hogar».[61]

Dorothy y Anna daban largos paseos por los bosques de Viena y otros lugares de la periferia de la ciudad mientras hablaban sobre los niños y los demás intereses que tenían en común. Estas salidas, a las que a veces se unía Sigmund Freud, resultaban más fáciles gracias a que Dorothy poseía un Ford modelo T, un lujo poco común por entonces en la capital austriaca. Freud observó irónicamente que Anna estaba ganando un buen dinero tratando a «niños estadounidenses traviesos».[62] Añadió que la madre, a quien más tarde aceptó como paciente en sustitución de Reik, era una mujer «bastante agradable», a la que también diagnosticó «neurosis histérica u obsesiva, con miedo».[63]

En 1927, Anna y Dorothy fueron de vacaciones a Italia en el que sería el primero de los muchos viajes que realizarían juntas.[64] Según le explicó Anna a su padre, habían desarrollado rápidamente la «más agradable y pura de las camaraderías».[65] Dorothy también se ganó en 1928 las simpatías del viejo Freud al regalarle un chow chow, que enseguida se convirtió en su *grosser Liebling* («gran favorito»), según Fichtl.[66] Todo ello a pesar de que su esposa, Martha, nunca compartió su entusiasmo y el de Anna por las mascotas. Anna ya tenía un perro, un alsaciano llamado Wolf que se había unido a la familia unos tres años antes.

No obstante, al principio Anna tenía con Dorothy un conflicto emocional mayor de lo que le dijo a su padre. En una carta a Eitingon sobre sus sesiones con los niños, le confesó que tenía «pensamientos» que acompañaban su trabajo pero no tenían «un lugar adecuado en él».[67] Y añadía a modo de explicación: «Creo que a veces no solo quiero conseguir que estén sanos, sino también, a un mismo tiempo, tenerlos o al menos tener algo de ellos para mí». Tras afirmar que era tan solo un deseo «temporal», declaraba: «Con la madre de los niños no es muy diferente». A ello le seguía una admisión aún más directa de que estaba «muy avergonzada de todas estas cosas, sobre todo delante de papá», y por eso no le decía «nada al respecto».

Según Robert Coles, que conoció a Anna cuando era mucho mayor, su «compleja» relación con Dorothy era difícil de entender si no se tenía la oportunidad de hablar con ambas mujeres. «No creo, sin embargo, que haga falta ser un genio de la psiquiatría para darse cuenta de que a Anna Freud le resultaba mucho más fácil y atractivo acercarse emocionalmente a las mujeres que a los hombres, y que su relación con la señora Burlingham y sus hijos, en un principio profesional, se volvió de naturaleza familiar de un modo que sin duda hoy causaría sorpresa entre los comités de admisión de los institutos psicoanalíticos», escribió.[68]

Freud estaba completamente de acuerdo en que el carácter de sus lazos era familiar y no mostraba ninguna reserva al respecto. «Nuestra simbiosis con una familia estadounidense (sin marido), a cuyos niños mi hija está educando analíticamente con mano firme, es cada vez más fuerte», escribió en una carta en enero de 1929.[69] El hecho de que la «amiga estadounidense» de Anna, como todo el mundo la conocía, se mudara en esa época a Berggasse 19, dos pisos encima de los dos apartamentos adyacentes del entresuelo donde vivían y trabajaban los Freud, facilitó aún más esa simbiosis.[70] Dorothy realizó amplias reformas que le permitieron vivir allí cómodamente con sus hijos y el servicio. También instaló una línea telefónica directa entre su dormitorio y el de Anna.

Dorothy seguía estando profundamente preocupada y a ratos incluso sopesaba si debía regresar a Estados Unidos con Robert. Era propensa a los «estados de ánimo sombríos mientras revivía las aflicciones de la infancia en los análisis», escribió su nieto y biógrafo Michael Burlingham.[71] Freud intentó fortalecer su confianza en sí misma para que pudiera liberarse de estos pensamientos. Al mismo tiempo, las vidas de Dorothy y Anna se iban entrelazando cada vez más. En 1930, compraron una pequeña granja a menos de una hora en coche de Berggasse, y repararon y amueblaron una casita de campo llamada Hochroterd («tierra roja alta»), que estaba situada en la ladera de una colina. Freud mencionó con aprobación que sería un lugar perfecto para realizar escapadas de fin de semana.

Las sesiones de Dorothy con Freud se transformaron en una formación en análisis, el primer paso en su preparación para una carrera como psicoanalista y educadora infantil siguiendo los pasos de Anna. El hecho de que Dorothy tuviera que criar a cuatro hijos hizo que llegara al psicoanálisis «por el camino difícil», en palabras de Anna.[72] Sin embargo, debido a los desafíos que afrontaba como madre, nunca criticaba «a las madres de sus pacientes por quejarse o incluso desmoronarse por la inevitable presión». En 1932, Dorothy escribió un artículo titulado «Child Analysis and the Mother», lo que le permitió convertirse en miembro de la Asociación Psicoanalítica de Viena.[73] Dos años más tarde, comenzó a tratar a pacientes.

Las vidas personales y profesionales de Anna y Dorothy se entrecruzaban ya en todas partes. Dorothy tenía dos hermanas mayores que eran gemelas y, en una carta muy posterior que escribió a Anna, reflexionaba sobre la propensión de las personas que tienen hermanos gemelos a inventarse un gemelo, alguien que «representa un ideal de sí mismo, su superego».[74] Concluía que ellas dos mantenían esa clase de amistad, una «amistad ideal». Anna se sentía muy contenta de estar de acuerdo.

A finales de 1926, Anna, Dorothy y una amiga llamada Eva Rosenfeld comenzaron a hacer planes para abrir una pequeña escuela donde pudieran crear el tipo de ambiente que consideraban más propicio para fomentar el enfoque analítico que defendían.[75] La idea consistía en matricular a los hijos de Dorothy y Eva, junto con otros niños de la escuela de Eva y unos pocos de otras familias, algunos de ellos con padres analistas o extranjeros que habían ido a Viena para recibir tratamiento. Muchos de los alumnos también se psicoanalizaban, en la mayoría de los casos con Anna.

Eva Rosenfeld ofreció el jardín trasero de su casa, situada en el barrio vienés de Hietzing, para ubicar allí la nueva escuela, que abrió sus puertas en 1927. Dorothy financió la construcción del edificio, de madera noruega de dos plantas, que era lo suficientemente grande para acoger a los quince alumnos que, de promedio, estaban matriculados. Además de seguir analizando a varios de los niños, Anna enseñaba Inglés. También contrataron a profesores a tiempo parcial para que impartieran materias como Latín y Matemáticas. Entre ellos, hubo dos jóvenes que serían clave para la escuela y que más tarde se convertirían en famosos psicoanalistas infantiles por derecho propio.

Rosenfeld fue la responsable de llevar a Peter Blos, quien ejerció como director de la escuela y profesor de Biología. Eva había vivido antes en Karlsruhe, donde creció Blos. Este, a su vez, reclutó a Erik Homburger, un antiguo compañero de escuela de la misma ciudad alemana, que más tarde se haría llamar Erik Erikson, para que enseñara

Arte (su especialidad), Historia y Literatura Alemana. Se animaba a todos los profesores a que exploraran una amplia variedad de temas con sus alumnos, y los que escogía Erikson eran inusuales para la época, como las culturas nativas americana y vikinga, e iban acompañados de tareas de escritura y dibujo. Rosenfeld declaró que los hijos de Dorothy se beneficiaban especialmente del énfasis en el arte debido a su «interés superior [...] por el dibujo, la pintura y todas las cosas visuales», todo ello del dominio de Erikson. También comenzó pronto a analizarse con Anna, lo que constituiría el primer paso en su carrera en este campo.

Según Peter Heller, el hijo de un fabricante de chocolate que fue uno de los alumnos y posteriormente escribió sobre la escuela y sus métodos, «Anna Freud me impresionó de inmediato al parecerme una adulta hermosa e interesante que inspiraba respeto. [...] No era uno de esos adultos tontos, sino natural en sus maneras, y en su presencia uno se sentía casi libre sin ser alentado o provocado a ser travieso».[76] Anna entendía que el niño pudiera sentirse atraído por ella, pero Heller también señalaba: «La impresión de distancia puritana persistía; así como la sospecha de que ella, que podía comprender a otras personas, tenía escasa idea de la relación que mantenían con ella o no era muy capaz de orientar esa relación».[77] Y añadía que exudaba una «santidad de solterona» y «no era muy amigable con la sexualidad».[78]

Muchos de sus colegas de la Asociación Psicoanalítica de Viena compartían esta impresión. En una reunión, Eduard Hitschmann, que se había incorporado al grupo en sus primeros tiempos y había visto a Anna ir asumiendo un papel cada vez más prominente, aprovechó la ausencia del padre y la hija para trazar el contraste entre ambos.[79] Señaló la silla vacía de Anna y dijo sarcásticamente: «Freud se sentaba ahí y nos enseñaba las pulsiones; ahora ahí se sienta Anna y nos enseña las defensas».[80]

Aunque las tres mujeres que habían fundado la escuela, Anna, Dorothy y Eva, al principio estuvieron satisfechas en general con el trabajo de Blos y Erikson, Anna llegó a la conclusión de que sus formas eran demasiado despreocupadas. «Lo único que conocen es la compulsión o la liberación de la compulsión, y esta última provoca el caos», se quejó a Eva en 1929.[81] Dorothy afirmaba que sus hijos no estaban recibiendo un buen servicio en la escuela, ya que no se les preparaba para las prácticas educativas más rígidas empleadas en otros lugares. Heller detectó, al menos *a posteriori*, «cierta hostilidad hacia las maneras masculinas y hacia los hombres» en esa crítica.[82]

La escuela cerró en 1932, el mismo año en el que Eva se mudó a Berlín y en el que algunas de las familias estadounidenses con hijos regresaron a su país. Es posible que los desacuerdos sobre los métodos de Blos y Erikson contribuyeran a ello, pero los dos hombres consideraban que el experimento había sido un gran éxito. Anna tenía sentimientos encontrados, pero conservó una buena relación con Erikson, quien continuó progresando en su formación psicoanalítica con ella. A veces a él le molestaba la costumbre que tenía Anna de tejer durante las sesiones, pero un día esta lo desarmó al entregarle un jersey de punto azul para su primer hijo.[83] (A Freud le gustaba burlarse de Anna cuando la veía tejer y coser: «Si un día el psicoanálisis deja de existir, puedes ser costurera en Tel Aviv».)[84]

Erikson describió esta época en Viena como un periodo de «gran esperanza, promesas y experimentación. [...] Estábamos empezando a aprender cómo practicar el psicoanálisis».[85] Siempre se sintió agradecido con Anna y con otros miembros del círculo de su padre, quien lo «acogió» y le «abrió la puerta al trabajo de toda una vida».[86] Creía estar participando en algo semejante a los «tiempos paulinos del cristianismo».

Erikson se quedó en Viena el tiempo suficiente para asistir a algunos cursos en la universidad y ser elegido miembro del Instituto Psicoanalítico de Viena en 1933. Ese fue también el año en el que Hitler llegó al poder en Alemania, lo que impulsó a Erikson a mudarse con su familia a Estados Unidos. Recordaba que, cuando le comunicó a

Anna su decisión, «no le agradó», ya que eso significaba otra pérdida para su muy unida comunidad. «No hacía falta ser un genio de la política para imaginar lo que iba a ocurrir en Austria y en el resto de Europa.»[87]

Sin embargo, Anna, y sobre todo su padre, no tenían ninguna intención de seguir su ejemplo. Como dijo Erikson, la edad y la enfermedad de Freud le hicieron querer creer que no era necesario dar un paso tan drástico. «Había visto tantas cosas en su vida que supongo que pensó que Hitler también pasaría» y sería seguro quedarse en Viena. «Y si él no pensaba en irse, ella tampoco», añadía.[88]

6
Un hombre de mundo

William Bullitt le explicó a su viejo amigo y compañero de Filadelfia, George Biddle, que decidió buscar ayuda después de haber estado a punto de caerse del caballo. Era un jinete muy experimentado, pero se le había soltado el pie del estribo y por poco no salió volando. «¿Me imaginas a mí cayéndome de un caballo?», le preguntó a Biddle.[1] Y añadió: «Luego me di cuenta de que quería caerme del caballo. Aterrador». Tras especular un poco sobre cuál fue la motivación subconsciente, declaró: «Por suerte, había leído mucho sobre el psicoanálisis. [...] Y sabía, George, que solo había un hombre al que ir a ver: Freud».

Según Biddle, Bullitt también le habló de su primer encuentro con Freud en 1925, cuando apareció sin avisar en Berggasse 19.[2] Cuando le dijeron que Freud no se encontraba bien y no aceptaba nuevos pacientes, se presentó y dejó su tarjeta. Freud, evidentemente, lo había escuchado todo desde el piso de arriba y bajó a saludarlo. Le explicó que había oído hablar de él y que estaría encantado de hacer una excepción y aceptarle si estaba interesado en mantener una asociación a largo plazo. Este sería el comienzo de una relación que duraría hasta la muerte de Freud, y Bullitt también desempeñaría un papel decisivo en su rescate.

A los dos hombres, el ya renombrado psiquiatra y el futuro diplomático de alto rango estadounidense, les unía no solo el psicoanálisis, sino también un odio compartido hacia el presidente Woodrow Wilson y el Tratado de Versalles. En el caso de Bullitt, se debía a su frustrada ambición juvenil de desempeñar un papel importante en la configuración de la paz; en el de Freud, era el resultado de su convicción de que el presidente estadounidense, debido a su arrogancia e ignorancia, había perdido el control de un proceso que hacía caso omiso de su grandilocuente retórica anterior sobre un orden de posguerra justo, lo que permitía a los vengativos vencedores castigar injustificadamente a los perdedores, sobre todo a Austria.

Bullitt era una de las tres únicas personas que disfrutaban del privilegio de poder dirigirse a Freud solo por su apellido, sin tener que anteponer «*Herr Doktor*» o «*Herr Professor*».[3] (Las otras dos eran el escritor británico H. G. Wells y la cantante de cabaret y actriz francesa Yvette Guilbert, una amiga de la familia.) El vínculo entre ellos resultó ser extraordinariamente fuerte, a pesar de que Bullitt era treinta y cinco años más joven que Freud. Como sucedió con los demás miembros del futuro grupo de rescate, esos lazos se vieron sometidos a una última prueba de resistencia en 1938.

A Bullitt se le recuerda hoy principalmente por los cargos diplomáticos que ejerció en los años treinta. Cuando el presidente Franklin D. Roosevelt reconoció oficialmente a la Unión Soviética en 1933, Bullitt se convirtió en el primer embajador norteamericano en Moscú. Su siguiente puesto, como embajador en Francia, coincidió con las primeras conquistas de Hitler, incluido el *Anschluss*, la incorporación de Austria al Tercer Reich que pondría a Freud en peligro inminente. En ambos destinos, se vio en medio de la agitación desencadenada por el auge de dos poderes totalitarios.

Bullitt parecía la persona idónea para afrontar los desafíos que planteaban esos cargos. George Kennan, quien trabajó a sus órdenes cuando era un joven empleado en la embajada en Moscú antes de destacar como diplomático e historiador, escribió que Bullitt «era encantador, brillante, culto, imaginativo, un hombre de mundo capaz de estar a la altura intelectual de cualquier persona».[4]

Kennan veía a Bullitt «como un miembro de aquel extraordinario grupo de jóvenes estadounidenses [...] para los que la primera guerra mundial fue la gran experiencia electrizante de sus vidas. Era una generación sorprendente, llena de talento y exuberancia».[5] En sus filas figuraron, entre otros, las celebridades literarias Ernest Hemingway y F. Scott Fitzgerald, el compositor y letrista Cole Porter, y el propagandista comunista estadounidense John Reed, y todos ellos se cruzaron con Bullitt.

Sin embargo, *a posteriori*, Kennan también detectó otras cualidades menos atractivas en el jefe al que admiraba, y llegó a afirmar: «Siempre pensé que llevaba dentro las semillas de su propia desgracia».[6] En uno de sus primeros encuentros con Bullitt cuando este se dirigía a Moscú para abrir allí la nueva embajada, Kennan percibió «una pronta susceptibilidad, un gran egocentrismo y orgullo, y cierta libertad peligrosa». Y añadía: «La libertad de un hombre que, como él mismo me confesó en aquella ocasión, nunca había subordinado su vida a las necesidades de ningún otro ser humano».

Expresado en términos actuales, Bullitt creció rodeado de privilegios, con la sensación natural de tener derecho a todo que se inculcaba desde la cuna a las clases altas de la época. Nacido en 1891, fue criado por unos padres que eran pilares de la ciudad vieja de Filadelfia, el centro histórico de la población donde vivían familias acaudaladas como la suya, cuyos orígenes se remontaban a antes de la Revolución estadounidense.

Por parte de padre descendía de Joseph Boulet, un hugonote francés que llegó a Maryland en 1637 y se cambió el apellido por el de Bullitt.[7] Su progenie y sus parientes políticos incluyeron a algunas de las familias más famosas de la historia del país. Cuando Bullitt se postuló sin éxito para ser alcalde de Filadelfia en 1943, la revista *Time* escribió: «Su árbol genealógico está adornado con el padre de George Washington, la hermana de Patrick Henry, la propia Pocahontas». Su padre, William Christian Bullitt, fue un abogado que amasó su fortuna gracias a los ferrocarriles y al carbón, pues gestionaba las lucrativas entregas de carbón de Pensilvania a la Armada de Estados Unidos y otras, y también a compañías navieras transatlánticas.

Su madre, Louisa Gross Horwitz, era descendiente de judíos europeos que se convirtieron al cristianismo en el Nuevo Mundo. Joseph Horwitz, el primero que cruzó el Atlántico, llegó en torno a 1710, se unió a la Iglesia episcopal y fue médico. Otros antepasados destacaron como doctores, profesores y escritores. Louisa se aseguró de que sus dos hijos recibieran la educación adecuada, hablaba en francés con William y su hermano, y le animó a dominar también el alemán. Se llevó con ella a William durante sus excursiones veraniegas a Europa, que incluían visitas a su abuela en París y a una tía en Roma, y lo familiarizó con la historia europea desde una edad temprana.

Las ambiciones de Bullitt fueron evidentes desde un principio. «Voy a ser abogado, gobernador, secretario de Estado y presidente», declaró.[8] No cumpliría todos esos objetivos, pero en otros muchos aspectos sí llegaría muy lejos. En De Lancey, una escuela privada de Filadelfia, impresionó a sus compañeros con su energía aparentemente inagotable. «Bill Bullitt tiene tiempo para estudiar, actuar, jugar al béisbol y escribir versos románticos. ¿Cómo lo consigue?», destacaba la revista de la escuela.[9] Tampoco se acobardaba con facilidad. Cuando un profesor lo acusó de hacer trampas en su clase de Alemán, Bullitt lo llamó «maldito mentiroso»,[10] a lo que siguió una queja del padre a la escuela que se saldó con el despido del profesor.

En Yale,[11] donde se matriculó en 1908, Bullitt no se tomó la molestia de cursar las asignaturas más difíciles y prefirió seguir sin esfuerzo las clases de Alemán de nivel inicial e intermedio, al tiempo que también lo hacía con las clases de Inglés, dando frecuentes muestras de su ingenio y sofisticación. Pero no era un vago. Fue capitán del equipo de debate, miembro del consejo editorial de *News*, fundador del satírico Mince Pie Club junto con Cole Porter, que iba un curso por delante, y presidente de la Asociación de

Teatro de Yale. Por todo ello, sus compañeros le eligieron como el miembro más brillante de su clase.

La personalidad que Bullitt desplegaba en el campus, a menudo deslumbrante, no le impidió sufrir una especie de colapso al final de su penúltimo año, caracterizado por un dolor intestinal agudo y problemas de audición y vista.[12] En el Hospital de la Universidad de Pensilvania en Filadelfia, los médicos que lo examinaron estaban desconcertados con los síntomas, pero lo suficientemente alarmados para concluir que podrían quedarle solo unos meses de vida. Bullitt se tomó un año sabático y pasó algún tiempo en California y Europa, se sometió a una apendicectomía en Filadelfia y, haciendo caso omiso de las indicaciones de ceñirse a una dieta blanda a base de espinacas y leche, optó por la langosta y el champán. Tras sentirse mejor, regresó a Yale para licenciarse con honores en 1913.

Bullitt asistió en Yale a un curso de psicología impartido por Roswell Angier,[13] quien se había incorporado al cuerpo docente en 1906. Antes de eso, Angier había estudiado en Friburgo y en Berlín, donde trabajó como asistente en el laboratorio de fisiología de la Universidad de Berlín. Basándose en las experiencias que había adquirido en Alemania, introdujo a sus alumnos en las ideas del psicoanálisis freudiano. Bullitt estaba tan interesado que se planteó brevemente convertir la psicología en su principal campo de estudio y de trabajo. No está claro si ya estaba intentando averiguar si sus propias dolencias, un tanto misteriosas, eran en parte psicosomáticas, pero sería la primera etapa de un viaje que lo llevaría más tarde hasta Freud en Viena.

Bullitt se matriculó en la Facultad de Derecho de Harvard para hacer realidad su predicción de la infancia de que sería abogado,[14] pero allí estaba inquieto, sufría nuevos problemas digestivos y se enfurecía a menudo por la forma en que algunos profesores ridiculizaban a los estudiantes de primer año como él para poner a prueba su valía intelectual. Tras la muerte de su padre en marzo de 1914, Bullitt abandonó los estudios y puso sus miras en una nueva trayectoria profesional que lo llevaría al periodismo y la diplomacia.

Bullitt ayudó a su madre a recuperarse de la pérdida de su marido acompañándola en un viaje a Rusia y Alemania en el fatídico verano de 1914.[15] Cuando Austria-Hungría declaró la guerra a Serbia el 28 de julio, hecho que marcó el inicio de la primera guerra mundial, se encontraban en Moscú. Desde el hotel Nacional, en el que se alojaban, oyeron a la multitud gritar y cantar *Dios salve al zar*, el himno imperial. El carácter trascendental de aquellos acontecimientos emocionó al joven visitante estadounidense. «Era lo suficientemente ingenuo para creer [...] que iba a parar la guerra», recordaría más tarde.

Bullitt y su madre comprendieron que era hora de salir de Rusia, pero no tenían ninguna prisa por marcharse de Europa. Desde su habitación en el hotel Adlon, de Berlín, observaron a las tropas alemanas marchar el día en que se declaró la guerra. En Londres, Bullitt, que tuvo la previsión de viajar a Europa con una carta en la que *The New York Times* se interesaba por sus informaciones, intentó sin éxito obtener una acreditación como corresponsal de guerra. También partió a toda prisa a París para recuperar las joyas familiares de su abuela, que había muerto recientemente.

A su regreso a Filadelfia, sus contactos familiares le ayudaron a conseguir un trabajo como periodista principiante en *The Public Ledger*, el principal diario de la ciudad.[16] Escribió reportajes sobre toda clase de temas, desde asesinatos y redadas relacionadas con apuestas ilegales hasta el suicidio de un joven que no pudo permitirse el par de zapatos de vestir que necesitaba para acompañar a su novia al desfile de Pascua. También empezó a escribir sobre la guerra en las páginas de opinión, lo que le valió rápidos ascensos.

A finales de 1915, Bullitt fue el único representante de un periódico de Filadelfia al que invitaron a cubrir una quijotesca misión de paz en Europa organizada por el magnate del automóvil Henry Ford.[17] Aunque Bullitt había tenido recientemente su propia y grandiosa visión sobre la resolución del conflicto, sus crónicas desde el *Oscar II*, un barco sueco fletado por Ford, estaban llenas de descripciones mordaces que deleitaban a los lectores de sus artículos en todo el país. «El *Oscar* cabeceaba de forma increíble y cuando los peregrinos que van a parar la guerra se congregaron para el servicio de la tarde [...] no parecían capaces de detener nada que no fuera una pelea entre mascotas pomerania», escribió.

Aunque expresó su genuina admiración por las buenas intenciones de Ford e incluso lo comparó con Cristo, también se burló sin piedad de él y de sus seguidores por creer que podían «sacar a los muchachos de las trincheras» con declaraciones vagas, sin propuestas concretas y sin conocer la historia europea. «El señor Ford era el más tierno entre los tiernos y el más ambiguo entre los ambiguos; un niño encantador», escribió. La expedición de Ford resultó ser un fiasco, pero un regalo caído del cielo para Bullitt, que se había transformado en el escritor estrella de *The Public Ledger*.

La vida personal de Bullitt también parecía cada vez más prometedora. En marzo de 1916 se casó con Ernesta Drinker, aparentemente la pareja perfecta para él.[18] Su familia tenía profundas raíces cuáqueras en la colonia de William Penn y su padre era el rector de la Universidad de Lehigh. Aunque nunca se licenció, estudió en la Sorbona y en Radcliffe, y su impresionante belleza atrajo a un sinfín de pretendientes. Según su hermana menor, Catherine, rechazó cincuenta propuestas de matrimonio antes de dejar de contarlas. «Fuera cual fuera la forma en que mi hermana volviera la cabeza con aquel cuello largo, rezumaba encanto. He visto a hombres quedarse sin aliento mirando a Ernesta», escribió Catherine.[19]

La recién casada estaba fascinada con la energía y el afán de aventura de su marido. Su luna de miel consistió en un viaje a Alemania y Austria-Hungría, lo que también sirvió para que Bullitt pudiera informar sobre la guerra desde la perspectiva de las Potencias Centrales.[20] Estados Unidos todavía no había entrado en la guerra y Bullitt estaba decidido a aprovechar al máximo sus contactos y sus conocimientos del idioma alemán. Ernesta también tenía la intención de informar: escribió un diario del viaje que publicó más adelante e investigó el papel de las mujeres en la mano de obra en tiempos de guerra, todo ello pese a los esfuerzos iniciales de sus anfitriones alemanes por mantenerla ocupada yendo de compras.

Las anotaciones de Ernesta en su diario no solo constituían una crónica valiosa de su viaje, también demostraban que era una escritora vivaz con un irónico sentido del humor. Antes de que Estados Unidos entrara en la guerra en 1917, muchos estadounidenses no estaban convencidos de que uno de los bandos tuviera el monopolio de la virtud y no era en absoluto sencillo atribuir la culpa por el inicio del conflicto. Bullitt sentía bastante simpatía por los alemanes, otra cosa que tenía en común con Freud ya antes de que se conocieran. La pareja llegó «llena de compasión». Estaban dispuestos, «sobre todo Billy, a entender a Alemania. Billy decía que podía ver perfectamente su punto de vista», escribió Ernesta el 14 de mayo de 1916.[21]

Sin embargo, Billy, como le llamaba Ernesta, perdió pronto «parte de su tolerancia». Mientras viajaban en tren, un inspector militar ignoró las cartas que llevaba Bullitt de un diplomático alemán que respondía por ellos y revisó todo su equipaje. Confiscó libros, papel de carta, tarjetas de visita e incluso lápices. «Billy sobrellevó aquellas pérdidas con fortaleza, pero, cuando colocaron entre las demás cosas sus once botes de loción capilar, su hombría se vino abajo», recordaba, reprendiendo a su marido por ser tan vanidoso con su pelo castaño ondulado, del que perdería gran parte a una edad relativamente temprana.

Más en serio mencionaba que Bullitt se estaba formando una opinión cada vez más crítica de sus anfitriones y de la conducta de estos en la guerra. «Billy dice que los alemanes son las personas más morales del mundo a la hora de tratar con los alemanes y las más inmorales en su trato con el resto del mundo», escribió. No obstante, estaba disfrutando muchísimo del viaje; tuvo la oportunidad de entrevistar a altos funcionarios e industriales, e incluso convenció al Ejército alemán para que le permitiera visitar el frente oriental, un viaje que calificó de un gran éxito. «Voló en un avión sobre las líneas rusas y les dispararon, y se lo pasó estupendamente», apuntó Ernesta.

Para conocer el punto de vista de los aliados austrohúngaros de Alemania, Bullitt visitó Viena y Budapest. Aunque en esa ocasión no conoció a Freud, se empapó cuanto pudo del mundo en el que este vivía. Walter Lippmann, un editor de *The New Republic* que más tarde se convertiría en un famoso columnista, le describió elogiosamente como el «más incisivo de los corresponsales estadounidenses».[22]

Los jefes de Bullitt en *The Public Ledger* ya se habían percatado de ello: en noviembre de 1916 lo llamaron para encabezar la corresponsalía en Washington. La gran noticia entonces era la posibilidad cada vez mayor de que Estados Unidos entrara en la guerra y él estaba muy bien preparado para hacerse cargo de ella. A comienzos de 1917 todo parecía seguir su curso, hasta que el 21 de marzo Ernesta dio a luz a un niño que no sobrevivió. Dos días más tarde, Bullitt le escribió a Lippmann, con quien había entablado amistad, que la muerte de su hijo había «destrozado emocionalmente» a Ernesta.[23] Sin hacer ningún comentario sobre su propio estado mental, escribió: «Hoy lo hemos enterrado».

Bullitt ya había demostrado antes de mudarse a Washington su afán por ser algo más que un observador de la política y los asuntos internacionales: quería ser un protagonista, alguien que participara directamente en las decisiones políticas. A su regreso del viaje a Alemania y Austria-Hungría le escribió a Frank L. Polk, un alto funcionario del Departamento de Estado, el 20 de octubre de 1916: «Tengo mucha información que no puedo publicar [...] que podría interesarle».[24] Como indica esta nota, no solo parecía dispuesto a compartir con la Administración Wilson la información extraoficial obtenida en sus viajes por Europa, sino que estaba deseando hacerlo.

Prácticamente nada más instalarse en Washington, entabló una estrecha relación con Edward M. House, el asesor más cercano a Wilson, a quien entrevistó en febrero de 1917. Al coronel House, como se conocía al texano aunque nunca había estado en el Ejército, le impresionaron los artículos de Bullitt acerca de los asuntos europeos y estaba encantado de recibir sus informes, sobre todo los relacionados con la política interior alemana.[25] En uno de ellos, Bullitt predecía que el fracaso de la última ofensiva germana permitiría a los liberales alemanes tomar más tarde el poder y que estarían dispuestos a trazar un nuevo rumbo si podían convencerse «de la buena fe del liberalismo estadounidense». Ya estaba dando por sentado que Estados Unidos entraría pronto en la guerra y que después ayudaría a establecer las condiciones de la paz.

A principios de abril, cuando Estados Unidos se involucró en la contienda, Bullitt conoció brevemente a Wilson. Aprovechó la ocasión para elogiar profusamente al presidente por su discurso en una sesión conjunta del Congreso. «Se ha convertido en el líder de todos los que en el mundo quieren una paz verdadera», le dijo. Su entusiasmo era genuino, una señal de que en aquel momento creía que Wilson era realmente un regalo de Estados Unidos al mundo, lo que haría que su posterior decepción fuera aún más profunda.

Bullitt, que por entonces tenía veintiséis años, estaba todavía en edad militar, pero, como le escribió a House el 5 de julio, «los desafortunados resultados de una operación de apendicitis hacen que me resulte imposible cumplir con el servicio militar». El propósito de la carta era convencer a House para que le consiguiera un trabajo como asistente presidencial. No tuvo éxito, pero el coronel facilitó que fuera nombrado secretario de Estado adjunto en diciembre. Su transición del periodismo a la diplomacia había terminado.

Bullitt centró de inmediato gran parte de su atención en Rusia, el país que había visitado por primera vez con su madre. Los bolcheviques, con Vladímir Lenin a la cabeza, habían tomado el poder en noviembre de 1917 y habían prometido cumplir su promesa de poner fin a la participación rusa en la guerra. El 3 de marzo de 1918, con el Tratado de Brest-Litovsk, firmaron la paz con las Potencias Centrales, lo que supuso el desmembramiento del Imperio ruso y también indignó a las potencias occidentales que seguían luchando. La Administración Wilson se preguntaba cómo debía evaluar a los bolcheviques y la guerra civil que su revolución había provocado en toda Rusia, y qué debía hacer al respecto.

El 8 de enero de 1918, Wilson pronunció su famoso discurso ante el Congreso, en el que explicó los catorce puntos que había previsto como base para un tratado de paz cuando terminara la guerra.[26] El sexto punto incluía la «evacuación de todo el territorio ruso y la resolución de todas las cuestiones que afectan a Rusia, de modo que se garantice la mejor y más libre cooperación de las demás naciones del mundo». Aunque el decimotercer punto proponía la creación de una Polonia independiente, lo que implicaba que Moscú no mantendría el control de todo su antiguo imperio, Wilson advirtió a los aliados de que el trato dispensado a Rusia sería «la prueba de fuego de la buena voluntad» de estos.

Pese a este lenguaje conciliador, Washington estaba profundamente dividido sobre Rusia. En noviembre de 1917, el secretario de Estado Robert Lansing escribió un memorando en el que exponía su sombría visión de los acontecimientos en dicho país. «El "terror" ruso superará con creces en brutalidad y destrucción de vidas y propiedades al terror de la Revolución francesa», escribió.[27] Tras describir al país como una «caldera en ebullición de anarquía y violencia», concluía: «No puedo concebir una calamidad más espantosa para un pueblo que la que parece estar a punto de ocurrir en Rusia».

El mal presentimiento de Lansing resultaría plenamente justificado, pero muchos estadounidenses, sobre todo los jóvenes izquierdistas, lo veían de otro modo. Aclamaban a los revolucionarios como héroes que liberarían a Rusia, y después a toda la humanidad, de la opresión capitalista. El defensor más destacado de esta visión era John Reed, un periodista de la publicación izquierdista *The Masses*, que había informado sobre los conflictos laborales en Estados Unidos, la Revolución mexicana y la guerra en Europa. Junto con su esposa, la también escritora izquierdista Louise Bryant, viajó para cubrir la Revolución rusa y envió crónicas entusiastas que servirían de base para su libro *Diez días que estremecieron al mundo*, que fue enormemente popular. Participó de forma activa en los acontecimientos que cubrió y se codeó con Lenin, León Trotski y otros líderes bolcheviques mientras trabajaba directamente para ellos.

Bullitt seguía con avidez las aventuras de Reed y compartía su convicción de que Estados Unidos cometería un grave error si tomaba partido en contra de los bolcheviques en la guerra civil. En una carta a House del 3 de febrero de 1918, instaba a reconocer al nuevo régimen bolchevique, y más tarde aprobó un memorando sobre la situación en Rusia que le había pedido a Reed.

Bullitt se dio cuenta de que podían acusar a Reed de sedición por su apoyo al comunismo y por su ferviente oposición a la participación estadounidense en la guerra, de modo que trató de poner cierta distancia. «Ojalá pudiera ver Rusia con una mirada tan sencilla como Reed», dijo, aludiendo a que el «maremágnum de informes contradictorios» acerca de los bolcheviques le impedía llegar a conclusiones claras sobre la naturaleza de los nuevos gobernantes. Bullitt propuso el nombramiento de un grupo de trabajo compuesto por «hombres de profunda sabiduría y liberalidad» para resolver estas cuestiones.[28]

Un grupo formado por 150 expertos llevaba participando desde el otoño de 1917 en una iniciativa conocida como The Inquiry; se les había encomendado la tarea de recopilar información y escribir informes confidenciales a fin de preparar las negociaciones de paz después de la guerra.[29] El 4 de diciembre de 1918, el presidente Wilson zarpó hacia

Francia en el *USS George Washington* con veintitrés miembros de The Inquiry en su delegación, formada por 113 personas, junto con asesores y negociadores de la Casa Blanca. Cabía esperar que Bullitt, un miembro de veintisiete años de la Comisión Estadounidense para Negociar la Paz, trabajara discretamente en un segundo plano durante el viaje, pero no fue el caso.

Cuatro días después de comenzar la travesía por el Atlántico, aprovechó que estaba sentado al lado de Wilson en el cine del barco antes de la proyección de una película. Sin mostrar la menor señal de timidez, como era propio de él, hizo un llamamiento al presidente para que reuniera a su delegación y «les explicara el espíritu con el que abordaba la conferencia y, en la medida de lo posible, las políticas que pretendía aplicar». Mencionó que no conocían «sus intenciones» y que tal cosa provocaba un escepticismo generalizado entre la delegación, lo que podría tener un «efecto fatal» en su intervención en las conversaciones de paz en París, sobre todo a la hora de tratar con los británicos y los franceses. En suma, necesitaban claridad sobre su misión.

Aunque Bullitt recordaba que Wilson se sorprendió al escuchar esta franca valoración, el presidente respondió muy bien. Al día siguiente, convocó al personal de la comisión y los informó con todo detalle. Explicó por qué creía que si la paz no se establecía «de conformidad con los más altos principios de la justicia», sería destruida «por los pueblos del mundo en menos de una generación», y argumentó que Alemania no debería verse encadenada a «facturas ilimitadas por el coste de toda la guerra». También explicó su visión de una Sociedad de Naciones cuyo objetivo principal fuera evitar futuros conflictos. Insistió en que la pregunta clave que quería que los estadounidenses se siguieran formulando sobre cada solución propuesta era: «¿Es justa?».

Para Bullitt, fue un momento profundamente satisfactorio. Wilson no solo le había dado las gracias por su sugerencia, sino que obró en consecuencia y después tuvo una actuación impecable. «Nunca he visto al presidente con un ánimo más abierto y encantador. Rebosaba calidez y afabilidad», recordaba.

El 18 de febrero de 1919, el secretario de Estado Lansing envió a Bullitt a Rusia «en beneficio de los comisarios plenipotenciarios estadounidenses para negociar la paz».[30] Tras celebrar consultas con el secretario del primer ministro David Lloyd George, Bullitt estaba convencido de contar con el apoyo de Washington y Londres para negociar un acuerdo con los bolcheviques. En Moscú se reunió con Lenin, quien pareció aceptar la mayoría de las condiciones en las que había insistido Lloyd George, siempre que las potencias occidentales las ultimaran rápidamente. El joven y eufórico emisario estadounidense esperaba ser aclamado por fraguar un gran avance diplomático.

Nada más regresar a París el 25 de marzo, Bullitt descubrió algo muy diferente. Se empezó a filtrar la noticia de sus negociaciones y *The Times* de Londres tachó la idea de «acuerdo vergonzoso con los bolcheviques». Lloyd George afirmó en el Parlamento que ignoraba la misión de Bullitt. Pese a las súplicas urgentes de este, Wilson nunca accedió a verlo y enseguida cayó enfermo.

De pronto le repudiaban, se había convertido en alguien casi tóxico. El hecho de que hubiera ido a Rusia con el respaldo de los Gobiernos de Estados Unidos y Gran Bretaña fue convenientemente ignorado. Como respuesta a la negativa de Lloyd George a reconocer que estaba plenamente informado de su misión, Bullitt declaró: «Fue un caso más que flagrante de engaño a la población, quizá el más atrevido que he conocido». Sin embargo, la mayor decepción de Bullitt fue con Wilson. La admiración inicial por el presidente estadounidense dio paso a una sensación de traición personal. El plazo límite propuesto por Lenin para aceptar las condiciones de la paz con su Gobierno venció sin que se hubiera emprendido acción alguna.

Además de por el fracaso de su misión en Rusia, Bullitt estaba consternado por el anteproyecto de las condiciones de paz que pronto se convertiría en el Tratado de Versalles. Advirtió de que las medidas punitivas contra Alemania y la forma en que se iba a dividir el Imperio austrohúngaro aseguraban la continuación del conflicto. «Esto no es un tratado de paz; puedo ver al menos once guerras en él», declaró.

El 17 de mayo presentó su dimisión como miembro de la delegación estadounidense, lo que aparentemente puso fin a su meteórica carrera diplomática. En una carta a Wilson, declaró que «era una de los millones de personas que confiaban plena e incondicionalmente en su liderazgo» para lograr una «paz permanente». En cambio, «nuestro Gobierno ha dado ahora su consentimiento para sumir a los pueblos sufrientes del mundo en nuevas opresiones, subyugaciones y desmembramientos, a un nuevo siglo de guerras». Y «ni siquiera se ha comprendido» a Rusia.[31]

La decepción de Bullitt fue tan absoluta que prometió oponerse a que Estados Unidos ratificara el tratado o participara en la Sociedad de Naciones, el proyecto favorito de Wilson que se suponía que iba a compensar todos los fracasos del proceso de paz. El 12 de septiembre de 1919, Bullitt fue llamado a declarar ante el Comité de Relaciones Exteriores del Senado de Estados Unidos y desacreditó a Wilson al revelar que incluso el secretario de Estado Lansing consideraba «pésimas muchas partes del tratado», incluidos los planes para la Sociedad de Naciones.[32] La declaración enfureció a Wilson.

Todo este episodio explicaría también por qué Bullitt aprovechó más adelante la oportunidad de aliarse con Freud para elaborar una fervorosa crítica de la actuación de Wilson.

No fue la política lo que llevó a Bullitt hasta Freud, sino los problemas personales. A su regreso de París, se mudó a Nueva York, donde empezó a trabajar editando guiones para películas mudas en la Paramount-Famous-Lasky Corporation, que más tarde cambiaría su nombre por Paramount Pictures.[33] Su matrimonio con Ernesta Drinker se desmoronó en 1921, aunque no se divorciaron hasta 1923. El hecho de haber perdido un hijo fue sin duda un factor, pero también había otros focos de tensión de carácter sexual.

Bullitt publicó en 1926 una novela, *It's Not Done*, en la que el personaje principal es John Corsey, su inconfundible *alter ego*, un director de periódico en una ciudad que se parece a Filadelfia. Corsey se casa con una hermosa mujer de la alta sociedad, como Ernesta, quien insiste en que tengan habitaciones separadas y lo mantiene alejado de su cama todo lo posible. «Solo los campesinos duermen en la misma cama», afirma.[34] Al escuchar los problemas de Corsey, su médico, que es también su mejor amigo, no puede entender por qué no la deja. «Odio una barbaridad a las mujeres frígidas y virtuosas. Mueren muchos más hombres por culpa de las virtudes de sus esposas que por culpa de sus adulterios», le dice el médico.

Corsey afirma que aún ama a su esposa, pero que está dividido entre ella y un antiguo amor, una sensual escultora francesa sorprendentemente liberada para lo que era habitual en esa época. El médico le expone su improvisado análisis, con connotaciones muy freudianas. «Nunca vas a sentirte bien a menos que te cases con una chica que tu madre apruebe. Y querrás que sea una virgen ninfómana. Por desgracia, no existen», le dice.

El personaje de la escultora francesa estaba inspirado en Louise Bryant, la viuda de John Reed. Este había muerto en Moscú en 1920, al parecer de gripe o de tifus. En 1921, Bryant le ofreció a Bullitt el libro de Reed *Diez días que estremecieron al mundo* con la esperanza de que la Paramount se lo quedara.[35] No fue así, pero Bullitt se interesó de inmediato por la mujer que había compartido tantas experiencias con Reed y escribió su propio libro, *Six Red Months in Russia*.

Bullitt profesaba por Reed una veneración que casi rayaba en la idolatría, y puede que esa fuera una de las razones por las que se sentía atraído por Bryant; otra era su fuerte contraste con Ernesta. Ya había estado casada dos veces y era famosa por su estilo de vida y sus ideas políticas radicales, y había mantenido una aventura sin ocultarla con el dramaturgo Eugene O'Neill.[36] La muerte de Reed hizo que fuera aún más proclive a soltarse. «La única manera de aguantar es volverse totalmente imprudente y vivir cada día como si no fuera a volver a amanecer», le escribió a un amigo, el pintor Andrew Dasburg.[37] Como su matrimonio estaba roto, Bullitt entendía este sentimiento.

Por aquel entonces Bryant era una reportera de éxito que trabajaba para la cadena de publicaciones de Hearst, y seguía escribiendo sobre los bolcheviques y viajando por Europa para contar otras historias.[38] Según Mary Dearborn, una de las biógrafas de Bryant, Bullitt «la seguía por Europa como un cachorro»[39] mientras esperaba a que se formalizara su divorcio. Cuando ella empezó a trabajar para el Servicio Internacional de Noticias en Constantinopla, él alquiló una villa histórica en el Bósforo para ellos dos.[40]

Bullitt quería casarse con Bryant. Ella lo rechazó al principio, pero, cuando se quedó embarazada en 1923, aceptó y renunció a su trabajo en el Servicio Internacional de Noticias. Se casaron el 5 de diciembre y su hija Anne nació el 24 de febrero de 1924. Bullitt, que había sufrido la pérdida del hijo que tuvo con Ernesta, estaba encantado. Y también Bryant, a quien un amigo describió como cautivada por el «éxtasis de la maternidad».[41]

Bryant había hecho creer a Bullitt que solo tenía veintinueve años cuando se casaron, pero, en realidad, tenía treinta y ocho, seis más que él, y era consciente de que esta podría ser su última oportunidad de experimentar dicho «éxtasis».[42] Muchos de sus amigos pensaban que, pese a sus ideas políticas radicales, también agradeció la oportunidad de dejarse mimar por su nuevo marido rico. Durante algún tiempo, se establecieron en París, el hogar de tantos emigrados estadounidenses, entre ellos Hemingway y Fitzgerald. Bullitt jugaba al tenis e iba al hipódromo con Hemingway, quien lo mencionó en una carta a Fitzgerald como un «gran judío de Yale y colega novelista», haciendo referencia a las lejanas raíces judías de Bullitt por parte de madre e ignorando su educación episcopaliana.[43]

Bullitt disfrutó de una fama momentánea con *It's Not Done* poco después de que llegara al mercado el *El gran Gatsby*, de Fitzgerald; se lo dedicó a Louise, que le había animado a acabarlo. Al principio, las ventas de Bullitt, que ascendieron a ciento cincuenta mil ejemplares en varias impresiones, eclipsaron a las de Fitzgerald, con una primera tirada de veinte mil.[44] El libro de Bullitt era una crítica intencionada de las pretensiones de la alta sociedad estadounidense, a la que ridiculizaba al tiempo que provocaba a sus lectores. («¡Dios, qué noche! —le dice la escultora francesa a su amante una noche apática—. Desagradable como un cuerpo caliente con el que has estado demasiado tiempo en la cama.»)[45]

El segundo matrimonio de Bullitt terminó pronto. Bryant no dejó ninguna duda de que John Reed había sido su gran amor y que su vida en aquel momento, con todas las comodidades que le proporcionaba la riqueza de Bullitt, resultaba decepcionante después de todas sus aventuras anteriores. Entre los extranjeros en París, el alcohol corría en abundancia y pronto estaba bebiendo no solo socialmente. Charmion von Wiegand, una pintora estadounidense hija de otro famoso corresponsal de Hearst, recordaba haber visitado la casa de Bullitt en París y haberle oído decir a Bryant: «Llevo una vida inútil».[46]

En 1925, cuando conoció a Freud, Bullitt buscaba ayuda para afrontar su matrimonio y su desesperación cada vez mayor, que según algunas fuentes incluía pensamientos suicidas.[47] Kitty Cannell, una amiga de Louise, afirmaba que tenía problemas de impotencia: «Cualquiera que lea su novela sabrá que la carga es que su primera esposa le volvió impotente».[48]

Tal vez fuera cierto, pero más o menos por la misma época tuvo una aventura con Eleanor *Cissy* Patterson, la nieta del propietario del *Chicago Tribune*, que se convertiría en una importante editora y directora por derecho propio. Eleanor le escribió a una amiga diciendo un tanto avergonzada que era una «vieja tonta» por enamorarse de Bullitt en la Riviera a pesar de ser diez años mayor que él, pero añadía de forma desafiante: «Nunca pensé que en este mundo hubiera alguien tan fascinante para mí como ese hombre».[49]

En 1928, cuando su matrimonio estaba a punto de romperse, Louise empezó una relación con Gwen Le Gallienne, una escultora inglesa.[50] En el proceso que desembocó en su divorcio en 1930, Bullitt mencionó esta aventura lésbica, junto con la afición de Louise por la bebida, como las razones de la ruptura, y le concedieron la custodia única de su hija Anne. Además, Louise padecía la enfermedad de Dercum, una rara dolencia que genera numerosos tumores de tejido graso dolorosos conocidos como lipomas; murió en 1936 a los cincuenta años.

Bullitt solía afirmar que la motivación original para conocer a Freud fue conseguir ayuda para su mujer y que intentó en vano convencerla para que accediera al tratamiento. Louise lo acompañó de vez en cuando a Viena, pero Freud lo trató a él, no a ella, a pesar de la ofuscación de Bullitt sobre cuál de ellos era el paciente. Según el escritor Vincent Sheean, otro amigo de ella, al regresar una noche al hotel Imperial de Viena, Louise se encontró con que Bullitt había apilado todos los muebles de la habitación en la puerta para intentar impedir que ella entrara. «Una escena embarazosa entre muchas», señaló Sheean.[51] Louise afirmaba que hubo otras veces en que pudo ver que él estaba «realmente enfermo y desesperado».[52]

Freud fue capaz de ayudar a Bullitt a recuperar su equilibrio emocional, pero no pudo salvar su matrimonio.

El 4 de mayo de 1930, Freud viajó a Berlín para hacerse una nueva prótesis.[53] Bullitt lo visitó y le impresionó lo deprimido que se sentía. «Dijo en tono sombrío que no le quedaba mucho tiempo de vida y que su muerte no tendría importancia ni para él ni para nadie más, porque había escrito todo lo que deseaba escribir y su mente estaba vacía», informó el estadounidense.[54]

Freud le preguntó a Bullitt en qué estaba trabajando y este le respondió que el proyecto que tenía entre manos era un libro sobre el Tratado de Versalles, que contendría «estudios de Clemenceau, Orlando, Lloyd George, Lenin y Woodrow Wilson», personajes a quienes había conocido «personalmente». Para su sorpresa, «los ojos de Freud se iluminaron» y le dijo que le gustaría colaborar con él en la redacción del capítulo sobre Wilson.

A Bullitt al principio le divirtió la propuesta, que consideró «encantadora, pero extravagante». Había previsto un libro dirigido a expertos en política exterior y creía que, si Freud escribía sobre Wilson, tendría un público potencial enorme. «Todo hombre culto querría leerlo», concluía Bullitt. Y sería un error colosal «enterrar en un capítulo de mi libro las palabras de Freud sobre Wilson», ya que «la parte sería mayor que el todo». En resumen, el libro tendría que centrarse por completo en Wilson; eso si la oferta de Freud iba en serio.

Freud le aseguró a Bullitt que hablaba completamente en serio. Le explicó que había estado interesado por el presidente estadounidense desde que supo que Wilson había nacido en 1856, el mismo año que él. Freud rara vez ignoraba esta clase de coincidencias. Además, le gustaba la idea de escribir un ensayo sobre una figura pública contemporánea, cuya vida y obra se podían examinar de cerca. Bullitt reuniría la documentación y los testimonios de las personas que habían trabajado con Wilson, y los compartiría con Freud, quien aportaría gran parte del análisis. Esto les permitiría escribir una biografía psicoanalítica.

Casi una década antes, Freud se había negado a comentar un libro sobre Wilson escrito por uno de los resentidos expublicistas del presidente, insistiendo en que «el psicoanálisis no se debería utilizar nunca como un arma en las polémicas literarias y políticas».[55] Y añadía que su propia «antipatía profunda» por Wilson era razón de más para evitar incurrir en esa práctica. Cuando él y Bullitt tramaron la idea de escribir su propio libro, dejó a un lado todas esas reservas.

En 1919, John Maynard Keynes, un delegado británico en la Conferencia de Paz de París, escribió un breve libro, titulado *Las consecuencias económicas de la paz*, en el que se hacía eco de las acusaciones de Bullitt de que Wilson había abandonado sus principios al aceptar las duras condiciones del Tratado de Versalles. En dicho ensayo, el famoso economista también invitaba prácticamente a Freud a analizar la actuación de Wilson y sugería que cualquier análisis político convencional sería insuficiente. «En términos de psicología médica, sugerir al presidente que el Tratado era un abandono de sus promesas era tocar en lo vivo un complejo freudiano. No era materia discutible, y los instintos subconscientes conspiraban todos para evitar nuevas exploraciones», escribió Keynes.[56]

El proyecto avanzó de manera irregular, aunque Bullitt trabajó con su energía habitual recopilando documentos y testimonios que compartió con Freud. En 1932 ya tenían un manuscrito completo, pero Freud agregó textos con los que Bullitt no estaba de acuerdo, incluidas sus teorías acerca de temas como las opiniones del cristianismo sobre la bisexualidad, y el trabajo se estancó.[57] Mientras tanto, Bullitt retomó la política y la diplomacia, lo que culminó en su nombramiento como embajador de Estados Unidos en Moscú.

Tendrían que pasar años antes de que Bullitt y Freud intentaran resolver sus diferencias, pero volvieron a posponer la publicación del libro debido a su descripción, muy crítica, de Edith Wilson, la segunda esposa y viuda del presidente, que seguía viva. Al final, *Thomas Woodrow Wilson: A Psychological Study* fue publicado justo antes de la muerte de Bullitt en 1967, casi tres décadas después de que hubiera fallecido Freud en Londres.

Wilson es mostrado como un hombre que está firmemente convencido de su propósito divino, alguien que «en su inconsciente era Dios y Cristo».[58] Creía que solo importaban las «nobles intenciones», lo que significaba que «carecía de motivos para reducir su ignorancia aprendiendo de los hechos». Tras citar el comentario burlón del primer ministro de Francia Georges Clemenceau de que Wilson se considerada «otro Jesucristo venido a la tierra para reformar a los hombres», los autores (lo más plausible es que en este caso fuera Freud) escribieron: «Es probable que Clemenceau no supiera nada sobre el psicoanálisis, pero la identificación inconsciente de Wilson con el Salvador se había vuelto tan obvia que obligaba a reconocer su existencia incluso a aquellos que nunca habían estudiado los estratos psíquicos más profundos».

En concreto, la capitulación de Wilson ante las punitivas condiciones de paz de Clemenceau demostraba que el líder estadounidense «había adoptado las armas de la feminidad». Y los autores proseguían: «Su ofrecimiento era el gesto de una mujer que dice: "Me someto totalmente a sus deseos, sea amable"». Añadían que Wilson mostró aún más la debilidad de su carácter al tratar a Edith, su segunda esposa, como una «madre sustituta».

Cuando por fin se publicó el libro, hasta algunos detractores de Wilson estaban molestos por el uso del psicoanálisis como arma política, justo lo que Freud había advertido anteriormente. La reputación de los autores apenas mejoró con el libro, que recibió críticas en su mayoría negativas y no fue en absoluto el éxito de ventas que Bullitt había predicho. A muchos lectores les sorprendió que Freud hubiera accedido a participar en el proyecto.

Parte de la explicación se encuentra en la aversión visceral de Freud a Estados Unidos, no solo a Wilson, que se remontaba a su única visita al país en 1909. Max Eastman, el director de *The Masses* que lo visitó en Viena en 1926, quería saber por qué tenía opiniones tan firmes sobre el tema.[59] Pese a su admiración por Freud y sus logros, a Eastman le molestaba el «complejo de superioridad europea» de Freud y su «actitud arrogante hacia la cultura estadounidense», que era evidente de inmediato.

—¿Qué le hace odiar tanto a Estados Unidos?, le preguntó el visitante.

—¿Odiar a Estados Unidos? —respondió Freud—. No odio a Estados Unidos, lo lamento. —Y añadió entre risas—: Lamento que Colón los descubriera.

Entusiasmado con el tema, continuó en un tono cada vez más jocoso, aunque usando el humor para quitar hierro a sus comentarios y no ofender a su invitado. «Estados Unidos es un mal experimento realizado por la Providencia. Creo que debe de haber sido la Providencia. Yo, al menos, odiaría que me hicieran responsable», dijo.

Eastman, según señaló, no era un nacionalista susceptible y se rio con él, y, según él mismo admitió, «más bien le animó». Cuando le preguntó a Freud a qué se oponía, su anfitrión mencionó «la mojigatería, la hipocresía» y afirmó que los estadounidenses demostraban no tener «ningún pensamiento independiente». Instó a su visitante a escribir un libro con el título *The Miscarriage of American Civilization*, que «contaría la verdad sobre toda la terrible catástrofe» y haría a Eastman «inmortal».

Para Bullitt, el libro sobre Wilson era una forma de ajustar cuentas personales; para Freud, era eso y algo más: se trataba de una forma de ajustar cuentas con el político y con su país. Irónicamente, serviría para que Freud entablara una estrecha relación con un prominente diplomático estadounidense que le ayudaría en su momento de mayor peligro.

7

Ningún pudor

Marie Bonaparte lo tenía todo a su favor: uno de los apellidos más famosos de la historia de Europa (era sobrina bisnieta de Napoleón), un título regio gracias a su matrimonio, riqueza heredada y un desfile de amantes de los que el más famoso fue Aristide Briand, quien desempeñó el cargo de primer ministro de Francia durante once mandatos y en 1926 fue galardonado, junto con el ministro de Exteriores de Alemania Gustav Stresemann, con el Premio Nobel de la Paz.[1] Después de que Freud empezara a tratarla de «frigidez» en 1925, también se convirtió muy pronto en una consumada psicoanalista por derecho propio y una autora prolífica en su nuevo campo, además de un miembro del círculo íntimo del gran maestro, uno de sus discípulos más devotos y uno de sus futuros rescatadores.

Sin embargo, como señalaba Ernest Jones, convertirse en un miembro de la alta sociedad europea podría haber supuesto un enorme impedimento en sus aspiraciones de tener una carrera seria. De haberse limitado a vivir de acuerdo con las expectativas de su época, se habría contentado con ejercer el papel de regia anfitriona, rodeada únicamente de ricos y famosos, sin imponerse retos profesionales e intelectuales.

«Marie Bonaparte emprendió una carrera científica con desventajas sociales tan graves como las del típico poeta hambriento en una buhardilla; que tales desventajas fueran las opuestas es irrelevante para sus efectos. Habría que buscar mucho en la historia para encontrar a una persona que haya tenido éxito en semejantes circunstancias», afirmaba

 Jones.[2] Y añadía que aún era más extraordinario que «tuviera éxito no abandonando un mundo por otro, sino brillando en ambos. Fue un triunfo de su personalidad». En otras palabras, Marie estaba cómoda entre los personajes de la alta sociedad y entre los hombres y mujeres que se dedicaban a desarrollar el psicoanálisis.

Lo más significativo es que se sentía muy a gusto con Freud, y él con ella. La rapidez con la que se transformó de paciente en leal confidente es evidente en las primeras conversaciones, la correspondencia y los recuerdos. Bonaparte escribía acerca de las sensaciones que tuvo después de su primer encuentro con Freud en Berggasse 19: «La impresión que causó en mí superó todo lo esperado. Primero, su gran amabilidad, combinada con tanto poder. Se percibe en él "simpatía" por toda la humanidad, a la que ha sabido comprender y de la que no somos más que un fragmento imperceptible».[3]

En muy poco tiempo, Freud también se había formado una opinión igual de positiva de ella. «Mire, solo la conozco desde hace tres semanas y le cuento a usted más que a otras personas después de dos años», declaró.[4]

Durante las celebraciones de su septuagésimo cumpleaños el 6 de mayo de 1926, Freud compartió sus opiniones con ella sobre una amplia gama de temas, incluidas las reacciones de su familia a la avalancha de homenajes públicos con motivo del aniversario. «Mi esposa, que es bastante ambiciosa, se ha mostrado muy satisfecha con todo ello. Anna, en cambio, comparte mi opinión de que es embarazoso estar expuesto a los elogios», le informó en una carta fechada el 10 de mayo.[5] Sin embargo, su sensación de satisfacción, aunque atemperada, era evidente. «El mundo ha mostrado cierto respeto por mi trabajo, pero hasta ahora solo han aceptado el análisis los analistas», concluía.

En el pasaje más revelador de su carta, Freud, un judío ateo, se abría a Bonaparte, una gentil, sobre los elogios recibidos por parte de organizaciones judías. «Las asociaciones judías de Viena y la Universidad de Jerusalén (de la que soy miembro del consejo de administración), en suma, los judíos en general me han celebrado como a un héroe nacional, aunque el único servicio que he prestado a la causa judía se limita al hecho de que nunca he negado mi judaísmo», escribía.

Todo ello daba fe de la intimidad que hubo entre ellos, algo que duraría hasta el final de la vida de Freud. Desde 1929 hasta su muerte en 1939, Sigmund llevó una especie de diario en el que escribió breves anotaciones sobre los principales acontecimientos de su vida.[6] Aparte de a los miembros de su familia, la persona a la que mencionaba con más frecuencia era Bonaparte, «mi princesa», como la llamaba cariñosamente.

Para los extraños, la vida de Marie fue glamurosa desde el principio. Su bisabuelo, Luciano Bonaparte, fue hermano de Napoleón y desempeñó un papel clave en el golpe del 18 de brumario (9 de noviembre de 1799).[7] Luciano era un mujeriego y, al parecer, le transmitió este hábito a su hijo Pedro, el abuelo de Marie. Incluso para las laxas normas de la época, Pedro era conocido por acostarse con sirvientas y campesinas. Más importante aún, no podía presumir de ninguno de los logros políticos de su primo Napoleón III, que se convirtió en emperador de Francia en 1852. Esto podría explicar su comportamiento a menudo errático y arriesgado. En 1870, cuando el Segundo Imperio de su primo comenzaba a desmoronarse, denunció a los republicanos que presionaban para conseguir un nuevo orden más liberal y mató a tiros a un periodista republicano que había ido a desafiarlo a un duelo. Fue absuelto del crimen, pero su esposa y sus hijos, incluido el padre de Marie, Roland, vivieron tiempos difíciles.

Marie nació en 1882, un año después de que su abuelo muriera en compañía de una de sus sirvientas, que también había sido su amante. Para entonces, la situación de la familia había mejorado gracias a las astutas maniobras de su abuela, que era hija de un trabajador sin educación pero una «mujer verdaderamente fálica», según la describió Marie más tarde. La abuela aprovechó la fama de la familia y arregló el matrimonio de su hijo Roland con Marie-Félix Blanc, la hija de un jugador cuyas ganancias y visión para los negocios lo habían catapultado del anonimato a poseer una vasta fortuna, incluida la propiedad del casino de Montecarlo. Marie, por tanto, nació entre riquezas, pero también sufrió una tragedia temprana: poco después de dar a luz, su madre tuvo una embolia y murió.

Marie fue criada por su padre, a quien intentaba complacer constantemente; por su abuela, que insistía en llevar una vida austera pese a la nueva fortuna de la familia, y por varios sirvientes. Se enteró pronto de lo que le había ocurrido a su madre y de los rumores sin fundamento pero inquietantes de que la muerte de la rica heredera podría no haber sido accidental, sino el resultado de un complot de su padre para apoderarse de su riqueza. Marie recordaría más tarde: «El conflicto entre mi ardiente amor por mi adorado padre y el deslumbrante horror que me inspiraban aquellos crímenes imaginarios ya laceraba las profundidades de mi joven corazón».

Marie se convenció de que ella también podría morir pronto, ya que era como su madre, «soñadora y poética» y con un «alma musical», según la imagen que se había formado de su progenitora. A los cuatro años tuvo un tipo leve de tuberculosis. Mientras yacía enferma en la cama, escuchó a uno de los adultos decir: «Es como su pobre madre». Posteriormente, su abuela y su padre trataron de protegerla de la enfermedad manteniéndola alejada de los niños de su edad, por lo que prácticamente no entabló ninguna amistad fuera del hogar. Esta crianza excesivamente protectora fue también una consecuencia del temor de su abuela a que personas de fuera intentaran de algún modo beneficiarse de la riqueza de la familia.

Al ser una Bonaparte, Marie no era ajena a las historias de violencia y pronto se sintió fascinada por las noticias de los anarquistas y los lanzadores de bombas de su época. Entre sus fijaciones infantiles figuraba Jack el Destripador, a quien describió como un «superasesino y un superanarquista». Ya adulta, también defendería la causa de Caryl Chessman, un secuestrador, violador y ladrón convicto estadounidense que murió en la cámara de gas de la prisión de San Quintín en 1960.

Roland, su padre, estaba decidido a darle una buena educación, incluidas clases de inglés y alemán desde una edad muy temprana, pero su objetivo, como el de la abuela, era prepararla para un matrimonio que se tradujera en más riqueza y prestigio. Tenía poco interés en su desarrollo intelectual y era emocionalmente distante, ajeno en gran medida a los esfuerzos de Marie por ganarse su aprobación. Su hija quería formar parte de la vida de su padre y recordaba amargamente lo consternada que se sintió cuando, en un excepcional día de nieve en París, rechazó su petición de dar con él un paseo en trineo. Consiguió ir a la inauguración de la Torre Eiffel y a la Exposición Universal de 1889, pero no a la recepción celebrada en su casa para la ocasión, a la que deseaba asistir desesperadamente.

En la lista de invitados figuraba Thomas Edison, y Marie estaba deseando ver su máquina parlante, también conocida como fonógrafo. En honor al famoso estadounidense, la fiesta también incluyó lo que se anunció como indios americanos, aunque es más que probable que fueran tan auténticos como sus trajes. Para una niña con una gran imaginación, no podía haber nada más emocionante. Sin embargo, su padre se opuso rotundamente a que se le permitiera bajar brevemente a la recepción. «¡Oh, papá, cruel papá!», le escribió más tarde. Se quejó de que ella no era una «mujer corriente» y añadió sin rodeos: «Soy la verdadera hija de tu cerebro. Me interesa la ciencia como a ti».

Mucho después de la muerte de su padre en 1924, Marie encontró un lote de cartas que le había escrito en 1893, mientras visitaba Estados Unidos. Había anotado la fecha de la recepción de las cartas en los sobres, pero nunca las había abierto. Era evidente que los mensajes que le enviaba su solitaria hija de diez años desde París no le interesaban.

En términos actuales, Marie fue escolarizada en casa. Fue educada por adultos mientras vivía entre adultos. Las dos figuras dominantes en su vida continuaron haciendo muy pocas concesiones a sus sentimientos. Cuando tenía unos ocho años, su abuela la reprendió por dar un respingo al oír disparos de cañón durante la regata de Dieppe. «¿Cómo te atreves? Un Bonaparte no debe temer a los cañones», le dijo. Ya desde una edad temprana, su padre la sermoneaba con severidad sobre la necesidad de ahorrar dinero, aunque la familia tenía más que suficiente para disfrutar de una cómoda vida de clase alta gracias a la riqueza que había heredado de su esposa.

La principal vía para dar rienda suelta a sus emociones era escribir: Marie describió el proceso de sumergir la pluma en la tinta y luego deslizarla por el papel como un «placer físico». De niña llenó cuadernos y en su adolescencia empezó lo que llamó una «revista mensual», un preludio de su prolífica producción posterior. También descubrió la ópera y el teatro, y quedó fascinada pero desconcertada por la producción de la Comédie-Française de *Edipo rey*, que vio varias veces en 1896. Casualmente, Freud utilizó por primera vez el término *psicoanálisis* en un texto impreso ese mismo año, aunque aún no había desarrollado su teoría del complejo de Edipo.

Cuando maduró, le dijeron en términos inequívocos que no podía esperar el mismo trato que sus compañeros. Recibió clases de los excelentes profesores que enseñaban en el Lycée Racine, una escuela secundaria para niñas, y le aseguraron que era tan buena estudiante como los mejores de sus aulas. Sin embargo, cuando llegó el momento de inscribirse para el examen final que posibilitaba a los alumnos el acceso a la universidad, su abuela la informó de que no se le permitiría presentarse. La razón aparente: en una época republicana, el nombre de Bonaparte era una gran responsabilidad y los examinadores podían suspenderle simplemente por ser quien era. Según su abuela, le estaba ahorrando «humillaciones y decepciones innecesarias».

Marie comprendió de inmediato que se trataba de una excusa para justificar una decisión que su abuela y su padre ya habían tomado desde el principio: se le permitiría estudiar, pero solo hasta cierto punto. No negaba que su apellido, su posición social y su riqueza hubieran podido perjudicarla, pero la verdadera razón era la «maldición» de su sexo. «Porque si fuera un niño, no me habríais impedido presentarme al examen a pesar de mi nombre, como hizo una vez papá, quien, después de todo, ¡no suspendió!», declaró.

Marie creía que sufrió durante mucho tiempo esa «maldición». Años más tarde escribiría: «En la cultura creada por los hombres, las mujeres no tienen la posición, la libertad, la felicidad que deberían tener; me siento una oprimida».

Como la mayoría de las adolescentes, Marie también tuvo sus primeros flirteos, pero, en su caso, uno de ellos no tardó en reforzar la idea de que era particularmente vulnerable a la explotación. El hombre que pronto le demostró ese peligro fue Antoine Leandri, el segundo secretario de su padre. Marie rememoraba más tarde lo ingenua que había sido al creer que sus insinuaciones estaban motivadas por la pasión. Era el «secretario corso, con el cabello negro, los ojos azules, la barba en punta. Yo tenía dieciséis años y él tenía treinta y ocho. Yo era fea y él era guapo», escribió, airada por lo que sucedió después, subrayando claramente el contraste entre ambos.

Leandri estaba casado y su esposa formaba parte de su séquito, pero Marie le creyó cuando exclamó: «¡La virgen me vuelve loco!». Él, por su parte, le pidió que le enviara un mechón de pelo junto con una nota en la que expresara su amor por él, a lo que ella accedió con gusto escribiendo «de Marie, que lo ama apasionadamente y nunca lo olvidará». Todo ello proporcionó a Leandri la munición que necesitaba para chantajear a su padre. Aunque no se había acostado con él, la revelación de su «aventura» habría torpedeado sus posibilidades de contraer matrimonio con un miembro de la alta sociedad. Para consternación de Marie y de la familia, Leandri no cejó en sus amenazas hasta que finalmente le pagaron 100.000 francos en efectivo. Marie no se molestó por la suma, pero la experiencia supuso un duro despertar y agravó muchas de sus inseguridades. Cuando los pretendientes empezaron a llamar a su puerta, ella se sintió «asqueada por toda esta codicia, especialmente cuando pretende ser amor».

Su distante padre tampoco era una fuente de consuelo. Marie recordaba que en una ocasión, mientras intentaba ansiosamente casarla, le dijo fríamente: «Si te viera en un burdel, seguro que no te elegiría». Sin embargo, cuando su padre organizó un baile para ella poco antes de cumplir los diecisiete años y se engalanó de forma adecuada para la ocasión, se dio cuenta de que distaba mucho de ser un patito feo. «Soy hermosa por primera vez», escribió. Pero, después de la muerte de su abuela en 1905, su padre se volvió aún más retraído y hosco, y, al mismo tiempo, se mostraba visiblemente nervioso cada vez que Marie salía de casa. No fue a un baile fuera de su hogar hasta que tuvo casi veinticinco años.

En el verano de 1907, el padre de Marie ofreció un almuerzo al rey Jorge I de Grecia, que era hijo del rey Cristián IX de Dinamarca.[8] Al igual que le sucedía a gran parte de la realeza europea, la dinastía familiar traspasaba las fronteras nacionales, y el segundo hijo del rey Jorge, el príncipe Jorge de Grecia y Dinamarca, había crecido en ambos países. El monarca le sugirió a su complacido anfitrión que acogería con satisfacción un enlace entre su hijo y Marie. Pese a sus recelos iniciales, a Marie su pretendiente le pareció un «gigante guapo», alto, delgado, rubio y alguien que por encima de todo parecía «muy amable, muy amable». El príncipe aumentó aún más sus opciones al declarar que deseaba que mantuvieran sus bienes por separado, liberando con ello a Marie y a su padre de la preocupación de que pretendiera beneficiarse de su riqueza.

Tras veintiocho días de cortejo, Marie aceptó la propuesta. Celebraron una ceremonia civil en París y, el 12 de diciembre de 1907, una lujosa boda por el rito ortodoxo griego en la catedral de Atenas. Sin embargo, la noche de bodas no tuvo nada de triunfal. Recordaba que su marido le arrebató la virginidad «en un acto breve y brutal», y luego se disculpó. «Detesto esto tanto como tú, pero tenemos que hacerlo si queremos tener hijos», le dijo. Poco después Marie le dio un hijo y después una hija, pero esto solo sirvió para aumentar la distancia entre ellos. La nueva princesa de Grecia y Dinamarca pasaba la mayor parte del tiempo en París e, incluso cuando el príncipe se unía a ella allí, estaban muy distanciados emocionalmente.

Al observar los estrechos vínculos entre Jorge y su tío favorito, Marie llegó a la conclusión de que la aparente falta de interés de este por su vida sexual tenía una causa más profunda. Aunque no vio nada que sugiriera que Jorge hubiera tenido alguna vez una relación homosexual, describió su cuerpo como «contrario a los cuerpos femeninos». «Tu cuerpo, como tu alma —añadió—, entregados al hombre, castos pero ardientemente fijos en un Amigo.» En otras palabras, lo supiera o no, se sentía más atraído por los hombres que por las mujeres. Marie escribió más tarde: «Éramos de razas diferentes, no solo por la tez y el color del cabello, sino por las reverberaciones de la mente y el corazón».

Marie no tardó mucho en buscar la compañía de otros hombres que fueran más sensibles a sus reverberaciones. Mientras Europa se precipitaba hacia la primera guerra mundial, escribió: «Para una mujer, los únicos acontecimientos son los del corazón: una lágrima, un beso. [...] ¿Qué me importa si caen imperios? Besó mis labios esta tarde». No especificaba a quién tenía en la mente. Y señalaba: «Otros han venido y se han ido», aludiendo a una sucesión de aventuras breves, en su mayoría frustrantes sexualmente.

El 18 de marzo de 1913, el rey Jorge I, su suegro, fue asesinado en Tesalónica, pero a ella le preocupaba más su vida privada que esta clase de acontecimientos históricos, aun cuando afectaban directamente a su familia. «Mi marido. Me aburre, me tiene encadenada, pero es el único hombre que me amará hasta la muerte», escribió. A pesar de su incompatibilidad emocional, sabía que él nunca la dejaría. Su conclusión: «La opresión del matrimonio es una enfermedad universal aunque necesaria», pero añadía: «Me atrevo a creer que hay más viudas liberadas que desconsoladas».

Marie escribió que tuvo «dos grandes pasiones» en su vida.[9] La primera fue Aristide Briand, de quien decía: «Por edad y autoridad podría haber sido mi padre». Briand ocupó en repetidas ocasiones el cargo de primer ministro de Francia entre 1909 y 1929, además de un número récord de otros puestos en el gabinete. Se conocieron en 1913 cuando Marie organizó un almuerzo para Rudyard Kipling. En aquella ocasión, se sintió más fascinada por Briand, que ya tenía cincuenta y un años y había sido primer ministro cuatro veces, que por el legendario escritor. La larga relación amorosa que siguió no fue exclusiva para ninguna de las dos partes.

Mientras Briand mantenía una relación con María, se seguía viendo con su amante Berthe Cerny, que estaba al tanto de su lealtad dividida. «¡Hombres! ¡Les enseñas a peinarse y a sostener un tenedor, y luego te engañan con altezas reales!», se quejaba. Tampoco Marie había cortado con Albert Reverdin, un joven cirujano de Ginebra o «el otro amante», como lo llamaba. Y además estaba el amante al que llamaba simplemente X en sus cuadernos, un famoso médico casado con una de sus amigas que la ayudó a hacer frente al deterioro de la salud de su padre. Él, y no Reverdin, parecía ser la segunda «gran pasión» de su vida, aunque no era fácil llevar la cuenta de estas.

Apasionada o no, todas las aventuras de Marie parecen haberse visto menoscabadas por su «frigidez»:[10] su incapacidad para alcanzar orgasmos. En 1924 publicó un amplio artículo sobre el tema en la revista *Bruxelles Médical* con el seudónimo de A. E. Narjani. En él señalaba que «las mujeres frígidas se consuelan de su desdicha pensando que su aflicción afecta a todo el sexo femenino». En un pasaje claramente autobiográfico, describía la angustia por la que pasan estas mujeres: «Al principio de su vida sexual suelen culpar de esta deficiencia a su pareja, a la que acusan de apresurarse demasiado y no saber cómo hacerlo, pero estas mujeres pueden cambiar de amantes una y otra vez, incluso pueden encontrar a alguien con quien el acto dure una hora; es en vano. Acaban comprendiendo que la deficiencia está en ellas mismas».

En el mismo artículo, Marie defendía la idea de que a las mujeres como ella podía salvarlas una operación ideada por el profesor Josef Halban.[11] El cirujano vienés experimentaba con el desplazamiento del clítoris más cerca de la abertura de la vagina, lo que se suponía que aumentaba las posibilidades de que una mujer tuviera orgasmos. Informaba de que había operado con éxito a cinco mujeres; fuera cierto o no, el afán de Marie por creer esas afirmaciones indicaba que estaba pensando en someterse a una operación similar.

Mucho antes de recurrir a esta medida desesperada, Marie conoció a René Laforgue, quien había comenzado a ejercer como psiquiatra en su Alsacia natal y, en 1923, se trasladó a París para cubrir un puesto en una clínica psiquiátrica.[12] Para entonces ya llevaba una década siguiendo los escritos de Freud y había empezado a cartearse directamente con él. Marie también había comenzado a leer las obras de Freud y pronto estaba frecuentando a Laforgue. Cuando le pidió al psicoanalista que escribiera a Freud para solicitarle su ayuda, Laforgue accedió.

El 9 de abril de 1925 le escribió a Freud: «La dama en cuestión sufre una neurosis obsesiva bastante acusada, que, aunque no ha menoscabado su inteligencia, sí ha perturbado algo el equilibrio general de su psique». No era más que una forma educada de decir que Marie era el tipo de mujer inteligente pero neurótica que sería la candidata perfecta para él. Laforgue concluía diciendo que Marie estaba planeando ir a Viena con la esperanza de que Freud pudiera «iniciar un tratamiento psicoanalítico con ella».

Freud respondió con prontitud, diciendo que no conocía a la mujer, pero que estaba dispuesto a aceptarla para analizarla si él podía garantizar «la seriedad de sus intenciones y su valía personal». Mencionaba algunas limitaciones de tiempo y también insistía en que tendrían que comunicarse en alemán o en inglés porque su francés estaba bastante oxidado. Como Marie hablaba ambos idiomas, esto no era un obstáculo.

En su correspondencia posterior, Laforgue le explicó que Marie tenía un «complejo de virilidad marcado y también muchas dificultades en su vida», lo que hacía que estuviera deseando someterse a un análisis intensivo durante entre seis semanas y dos meses, «preferiblemente dos veces al día». Y añadía que, además de afrontar su problema, esperaba aprender sobre el psicoanálisis. Freud protestó diciendo que no podía dedicar tanto tiempo a una persona, sobre todo cuando esta no tenía un objetivo «didáctico o terapéutico» claro. Sin embargo, después de que Marie le escribiera directamente en alemán para exponer su caso, aceptó verla en Viena. El 30 de septiembre de 1925 escribió a Laforgue desde el hotel Bristol, su domicilio habitual en la capital austriaca, para decirle que esa tarde había conocido a Freud.

Según Marie, había ido a ver a Freud en Viena con la esperanza de encontrar el «pene y la normalidad orgiástica». Vistas en función de ese objetivo, las consultas resultaron ser un fracaso, como pondría de manifiesto su decisión, tras más de un año de terapia, de probar con la cirugía de clítoris sobre la que había escrito anteriormente. El profesor Halban realizó la breve operación, que, como cabía esperar, tampoco pudo resolver el problema. No le ocultó lo que había hecho a Freud, a quien confesó que fue una estupidez por su parte haber intentado una solución tan rápida.

No obstante, aunque Marie seguía frustrada por su incapacidad para disfrutar al máximo del sexo, no estaba en absoluto decepcionada con sus sesiones con Freud. Desde el momento en que se conocieron, quedó impresionada por él y enseguida empezó a llamarlo «mi gran maestro Freud».

Como escribió Peter Gay, el biógrafo del padre del psicoanálisis, Marie demostró ser su «prosélito más notable en la década de los veinte».[13] Ella admitía abiertamente que siempre había buscado la aprobación de figuras paternas y que Freud resultó ser la figura paterna definitiva, merecedora de todos los superlativos. «¡Qué ser maravilloso y único, como el mundo no ha visto en mucho tiempo y no volverá a ver! La grandeza de su carácter iguala a la de su pensamiento, y el contacto diario con dicha mente es el acontecimiento más importante de mi vida», escribió.

Freud, que al principio había visto con recelo las exigencias de tiempo de Marie y no estaba muy seguro de cómo podía ser alguien que pertenecía a la realeza, se sentía igual de impresionado con ella. Martin Freud la llamó la «mejor y más querida amiga de los últimos años de mi padre». Creía que se habían dado cuenta enseguida de que eran espíritus afines: «Porque tenía la mayoría de las principales características de mi padre: su valor, su sinceridad, su bondad y amabilidad, y su devoción por la verdad científica». Y añadía: «En este sentido, la semejanza de carácter era sorprendente».

En cuanto empezó a tratar a Marie, a Freud le sorprendió que no tuviera «ningún pudor». La princesa, como la llamaba, hablaba abiertamente de sus aventuras y fantasías amorosas sin escatimar ningún tipo de detalles.

También estaba ansiosa por explorar su infancia y le mostró cinco cuadernos que había llenado con sus pensamientos entre los siete y los diez años, y que después había olvidado hasta que los descubrió entre las pertenencias de su padre tras la muerte de este en 1924. «El enigma de estos pequeños cuadernos fue una de las razones que me impulsó [...] a buscar analizarme con Freud», declaró.

Escritos en un inglés que todavía estaba aprendiendo, contenían frases como estas: «Estoy triste, Es porque estoy triste, ¿Pobre de mí? No, muy triste, nunca estuve... ¡Estoy muy triste! ¡Oh! Papá, consuélame trabajaré lo haré... ¡Ay! ¡Mi pierna! ¡Me duele mucho!».[14]

Freud la ayudó a ver que estos cuadernos mostraban que debió de ser testigo a una edad temprana de la «escena primaria», probablemente entre su niñera y el amante de esta, lo que explicaría su familiaridad con la anatomía masculina. En una carta a Laforgue tras sus primeras sesiones con Freud, Marie escribió: «El análisis es lo más "apasionante" que he hecho». Después de la muerte de Freud, publicó *Five Copy Books*, en el que añadía los comentarios de Freud y los suyos propios sobre el contenido. Según la teoría que Freud compartió con ella, la comprensión de Marie de los hombres derivaba del hecho de que era «bisexual» por naturaleza, lo que significaba que había un fuerte componente masculino en ella. Es probable que esto no fuera ninguna sorpresa para Marie, ya que Laforgue había afirmado anteriormente que su frigidez, combinada con la homosexualidad latente de su marido, indicaba que albergaba sentimientos similares sobre su propio sexo. «Nadie la entiende mejor que yo», le dijo Freud.

Impresionado como estaba por la franqueza de Marie sobre cualquier aspecto de su vida personal, Freud se sentía más libre para hablar de sí mismo de lo que era habitual con sus pacientes. Sin embargo, señaló que en el ámbito privado era «un pequeño burgués», con una visión y un estilo de vida mucho más convencionales que los de ella. Como ejemplos mencionó que no querría que uno de sus hijos se divorciara o que una de sus hijas tuviera una aventura. La otra divergencia que no evitó resaltar fue los años que los separaban. Le habló de su cáncer de mandíbula y de cómo a su edad había «algunas cosas» que ya no funcionaban. Se estaba refiriendo al hecho de que, aunque todavía dormía en la misma cama que su esposa Martha, para entonces su vida sexual probablemente ya formaba parte del pasado.

Freud trataba a Marie como a una amiga cercana y una colega, casi como si fuera otra hija, pero la advirtió de que no se volviera demasiado dependiente emocionalmente de él. Marie lloró y declaró que lo amaba. «¡Oír eso a los setenta!», respondió Freud, visiblemente complacido por la cordialidad que existía entre ellos.

Al volver la vista atrás mucho más tarde, Marie llegó a entender el papel de Freud como el de una figura paterna. «Toda mi vida tuve que dar importancia solo a la opinión, la aprobación y el amor de unos pocos padres escogidos cada vez con mayor exigencia, y el último de ellos fue mi gran maestro Freud», escribió.[15]

Marie no solo siguió pasando cada vez más tiempo en Viena para someterse a nuevas sesiones con Freud, también experimentó una transformación de paciente a estudiante del psicoanálisis, hasta ir convirtiéndose poco a poco en una profesional de la nueva ciencia. «Bajo la guía de mi padre, la princesa convirtió el psicoanálisis en uno de sus intereses principales en la vida», escribió Martin Freud.[16]

Martin se encariñó especialmente con Marie y le dedicó una novela que escribió sobre sus experiencias combatiendo en el bando austriaco durante la primera guerra mundial.[17] Marie, al parecer, incluso se ganó a Martha Freud, que normalmente mantenía las distancias con el círculo de pacientes y colaboradores de su marido. «La señora Freud me dijo lo mucho que la había sorprendido y conmocionado el trabajo de su marido, ya que trataba la sexualidad muy libremente. Fue casi a propósito que no lo tomara en consideración», recordaba.[18] Fue un caso excepcional en el que Martha le abrió su corazón a alguien ajeno a la familia inmediata. Como Freud le dijo a Marie, «mi esposa es muy burguesa».

El maestro y la princesa compartían mucho más que intereses puramente profesionales, incluida la fascinación por el tipo de estatuillas egipcias, griegas y romanas que decoraban el estudio de Freud, algunas de las cuales le había ayudado a encontrar Marie. También estaba la adoración por sus mascotas. «Influido por la princesa, Sigmund Freud se aficionó a los perros», escribió Martin. Ambos sentían predilección por los chow chows y Marie escribió un libro titulado *Topsy* acerca del profundo apego que sentía por su perro, que se llamaba así, y con sus reflexiones sobre la vida y la muerte. Esta, también, era una obra de psicoanálisis. Casi al final de su vida, Freud demostró su devoción por esta raza y por su princesa traduciendo con Anna el libro al alemán.

Las consultas y la creciente amistad con Freud también afectaron a las demás relaciones de Marie.[19] Cuando regresó a

 París desde Viena a finales de 1925, volvió a ver a X y retomó su aventura amorosa, pero seguía estando frustrada por su frigidez. Todavía se sentía atraída por él, pero no estaba dispuesta a aceptar los consejos que le daba sobre su vida. Mientras ella se encontraba en Viena, él había intentado convencerla para que renunciara a su intento de convertirse en una practicante de la ciencia de Freud. «Sería ridículo que tú, que no eres médico sino una mujer de la alta sociedad, te dedicaras al psicoanálisis», le dijo. Marie anotó este comentario en su cuaderno y escribió desafiante: «Adquiriré la técnica analítica».

Su marido, el príncipe Jorge, que se sentía más alejado que nunca de Marie, también trató de convencerla en vano de que abandonara su obsesión por Freud y el psicoanálisis. Su hijo Pedro, y sobre todo su hija Eugenia, que luchaba contra la pleuresía y otras enfermedades, también se quejaban de sus frecuentes ausencias.

La dedicación de Marie al psicoanálisis no fue lo único que la mantuvo alejada de su familia. También había un hombre nuevo en su vida, Rudolph Loewenstein, un médico nacido en Polonia que estudió en Suiza y en Berlín y luego enseñó psicoanálisis en París. Este amante era dieciséis años más joven que ella y enseguida lo apodó «el León». Sin embargo, aunque compartían la pasión por las enseñanzas de Freud, la suya propia no duró demasiado. Por mucho que lo intentara con él, con X o con otros, «el trabajo es fácil y el placer sexual difícil», declaró.

Cuando estaba de vuelta en París, Marie seguía interpretando su papel de mujer de la alta sociedad, relacionándose con personas ricas y famosas. Poco después de que Charles Lindbergh cruzara en solitario el Atlántico y aterrizara cerca de París el 21 de mayo de 1927, conoció al famoso aviador de veinticinco años cuya hazaña se había ganado la admiración no solo de sus compatriotas, sino también de gente de todas partes. Sin embargo, en lugar de reflexionar sobre el significado de su logro, los pensamientos de Marie se centraron en la pregunta de si todavía era virgen.

Marie pasó a ocupar un lugar cada vez más importante en el círculo íntimo de Freud y a ser cada vez más activa en la difusión de sus enseñanzas en Francia. Asistía a las reuniones de analistas que se celebraban los miércoles por la noche en el apartamento de Freud en Viena no solo como oyente, sino también como participante. El 24 de noviembre de 1926 intervino en la presentación oficial de la Asociación Psicoanalítica de París.[20] El primer presidente fue Laforgue, y el secretario-tesorero, Loewenstein. Ella fue uno de los miembros fundadores, y colaboraba y patrocinaba su publicación, una revista francesa de psicoanálisis. A petición de Marie, la portada contenía la frase «bajo el alto patrocinio del profesor Sigm. Freud».

También se encargó de las traducciones de las obras de Freud, una tarea siempre difícil y complicada, y dio sus propias charlas sobre algunas de ellas. Al mismo tiempo, siguió escribiendo ensayos sobre el psicoanálisis. Y, mientras ella seguía abriéndose a Freud, él también le hacía más confidencias a ella. Cuando Marie inició una discusión sobre la mente inconsciente, él le describió un sueño recurrente que no había logrado entender. En él, se quedaba parado frente a una cervecería al aire libre, pero, al no ser capaz de entrar por la puerta, se veía obligado a dar la vuelta. Más adelante se dio cuenta de que había estado parado frente a una puerta similar durante una visita a Padua. Según le explicó a Marie, tenía el mismo sueño cada vez que estaba bloqueado por algún problema que no podía resolver en ese momento.

Ya fuera en Viena o en París, Marie era un «diablo de energía»,[21] como la llamaba Freud. El entusiasmo que la mujer sentía por su nueva vocación era aparentemente inagotable. En 1929, cuando la editorial de Freud estaba a punto de quebrar, la salvó de la bancarrota y siguió brindándole un apoyo financiero esencial durante los difíciles momentos económicos posteriores.[22] Acudió a reuniones de la Asociación Psicoanalítica Internacional y, en el septuagésimo quinto cumpleaños de Freud, impartió una conferencia sobre él en la Sorbona, a la que asistieron unas quinientas personas.

Al mismo tiempo, nada, ni siquiera las persistentes complicaciones de la operación de clítoris que obligaron a Halban a realizar una nueva cirugía y una histerectomía, la impidió seguir teniendo aventuras, aunque hacer el amor fuera doloroso. Continuó con su larga relación con X o «el Amigo», como también lo llamaba, y a veces se iba de vacaciones con él y con su esposa, que debía saber que Marie era algo más que una amiga y compañera de viaje. No obstante, era Marie quien parecía ser la celosa en este trío. Según dijo: «Su esposa, dos veces a la semana; yo, tres veces».

No había nada en el ámbito sexual que escapara a su consideración. Cuando tenía poco más de veinte años, su hijo Pedro también se había psicoanalizado y tuvo sentimientos claramente encontrados sobre las frecuentes ausencias de su madre. Al hablar de estos sentimientos con ella en abril de 1932, declaró: «Si yo pasara una noche contigo, podría curarme». Como era habitual, Marie consultó de inmediato a Freud y admitió que ella también había sopesado brevemente esa posibilidad. Freud la advirtió de que las secuelas del incesto podrían ser «más graves de lo que tendemos a estimar; a la transgresión le siguen sentimientos de culpabilidad contra uno, que está bastante indefenso».[23]

Naturalmente, Marie estuvo de acuerdo. Es muy probable que ya hubiera descartado la idea de cometer incesto antes de consultar a Freud; según escribió, un día después de que Pedro le confiara sus pensamientos acerca de pasar una noche con ella, cualquier tentación que pudiera haber tenido de acceder «se extinguió en brazos del Amigo». También habría sido impropio de ella ignorar el consejo de Freud en este caso, tal vez una de las escasas ocasiones en que la advirtió amablemente sobre los peligros de actuar dejándose llevar por los instintos.

Freud y su real discípula no estaban de acuerdo en todo. Su disputa más grave tuvo que ver con el rastro documental que Freud había dejado con Wilhelm Fliess, el otorrinolaringólogo de Berlín que había sido uno de sus primeros y, según dijo, «íntimos» amigos.[24] Su amistad había terminado a principios de siglo y Fliess había muerto en 1928, pero a finales de 1936 Marie recibió una noticia sorprendente: la viuda de Fliess le había vendido a Reinhold Stahl, un librero de Berlín, la abundante correspondencia que su marido había mantenido con Freud, además de algunos manuscritos. Eso significaba que aún existían unos documentos que para Freud eran muy privados, y que estaban a la venta. El librero se había puesto en contacto con Marie y la había informado de que tenía a alguien interesado en Estados Unidos, pero que prefería que la colección permaneciera en Europa. Cuando Marie examinó una carta para verificar su autenticidad, reconoció de inmediato la letra de Freud.

Freud no había guardado su propia correspondencia y se ofreció a compartir con Marie el coste que Stahl pedía por la colección: 12.000 francos, el equivalente a 500 dólares. Según le explicó a esta, las cartas eran lo «más íntimas que se pueda imaginar» y en ellas hablaba de todo, desde sus primeros reveses profesionales hasta cómo, después del nacimiento de su quinto hijo, él y Martha se habían abstenido de mantener relaciones sexuales durante un año para que ella pudiera tomarse un descanso antes de dar a luz a Anna, que sería la última de sus hijos. Le dijo que no quería que «ninguna de ellas llegara a ser conocida por la llamada posteridad». Su objetivo era hacerse con ellas y destruirlas.

Sin embargo, Stahl tenía otros planes, y también Marie. «Las cartas y los manuscritos me fueron ofrecidos a condición de que no los revendiera a ningún precio a la familia Freud, directa o indirectamente, por temor a la destrucción de un material que es muy importante para la historia del psicoanálisis», le escribió a Freud. Aunque Marie no se cerraba a discutir sobre cómo se debían gestionar, incluida la posibilidad de bloquear el acceso a ellas durante cierto tiempo tras la muerte de Freud, añadió: «Tengo una curiosa aversión a la idea de destruir sus cartas y manuscritos».

Anticipándose a sus objeciones, Marie combinó la adulación con la razón para convencerlo de que tenía razón. «Usted mismo, querido padre, quizá no es consciente de toda su grandeza. Usted pertenece a la historia del pensamiento humano, lo mismo que Platón, digamos, o

Goethe», le escribió. Y le aseguraba que nada en las cartas «podría degradarle». Señalaba que cualquier defecto que pudieran revelar solo ayudaría a presentarlo como un ser humano más completo: «Usted mismo, querido padre, ha escrito en sus bellas obras en contra de la idealización a toda costa de los grandes hombres».

Marie guardó las cartas en una caja fuerte en el banco Rothschild, en Viena, pero la llegada del *Anschluss* hizo que se las llevara a París, donde sobrevivieron a la mayor parte de la guerra depositadas en la legación danesa. Finalmente, en 1945 se envió la colección a Londres. Seis años antes de su muerte, al parecer Freud reconoció que la decisión de Marie de salvar las cartas era la correcta y nunca le guardó ningún rencor por haberlo desafiado en este asunto.

En cuanto a Marie, no había duda de que la motivaba su completa devoción a Freud. Después de haber resuelto la cuestión de la correspondencia de Fliess, le escribió a su maestro: «La mayor felicidad de mi vida es haberle conocido, haber sido contemporánea suya». Marie se había mostrado muy decidida a la hora de salvar la correspondencia, pero pronto demostraría estar aún más centrada en salvar al hombre.

8
Dolor violento

En 1915, Max Schur tenía solo dieciocho años y acababa de comenzar los estudios de Medicina en la Universidad de Viena cuando una prima suya que no podía volver a su casa en Ginebra por culpa de la guerra le convenció para que fuera con ella a las charlas de Freud.[1] La serie de conferencias que este impartió los sábados por la tarde durante los años académicos de 1915-1916 y 1916-1917 se publicaron tiempo después con el título de *Conferencias de introducción al psicoanálisis*, una recopilación que llegaría a convertirse en un manual básico de la nueva ciencia. Sin embargo, Schur recordaba que en aquel momento la mayoría de los asistentes a las clases de los sábados eran «alumnos de Freud, "intelectuales" y curiosos». Entre ellos solo figuraban unos pocos estudiantes de Medicina como Schur: con toda probabilidad, a consecuencia de las opiniones todavía claramente encontradas entre los docentes de la Facultad de Medicina sobre las enseñanzas de Freud.

Los estudiantes de Medicina tenían que conseguir la firma de Freud en su «Índice», el registro de los cursos, para acreditar su asistencia. La primera vez que Schur acudió, le impactó la forma en que Freud intercambiaba algunas palabras con cada estudiante y cómo le estrechó la mano. «Lo más impresionante era la mirada penetrante que acompañaba al apretón de manos. Poco imaginaba en aquel momento que trece años más tarde llegaría a ser el médico personal de Freud», escribió. Tampoco podría haber imaginado entonces que acabaría encargándose de cuidar de él durante la última década de su vida, lo que le convirtió en un miembro vital del grupo de rescate de Freud, en el que, aparte de Anna y el resto de su familia, era el único judío.

En aquella primera conferencia y en las posteriores durante aquel periodo, a las que Schur asistió sin falta, quedó fascinado con las intervenciones de Freud. Hablaba sin recurrir a notas, pero apenas había que editar lo que decía al ponerlo por escrito después. Schur confesó que en aquel momento le resultaba difícil comprender todo lo que decía Freud, pero le impresionó la «total armonía entre el contenido y la forma de comunicarlo que creaba el impacto», y el «profundo silencio» de los asistentes durante las dos horas que duraba su disertación. «No es fácil explicar por qué era una experiencia tan única e inolvidable», escribió, pero sin duda lo fue.

Schur se especializó en medicina interna, no en psicología, pero se analizó en 1924 para intentar entenderse mejor a sí mismo y para comprender los conceptos sobre los que hablaba Freud. Tres años más tarde, un colega mayor le pidió que extrajera una muestra de sangre a una de sus pacientes, Marie Bonaparte, que se encontraba en Viena en una de sus frecuentes visitas. Ese encuentro le abrió la puerta a una relación totalmente nueva con Freud.[2]

Schur recordaba que Bonaparte «se sorprendió gratamente de conocer a un internista con orientación psicoanalítica». Cuando se puso muy enferma durante otra visita a Viena en 1928, Schur la trató varias semanas, velando en todo momento por su recuperación. Del mismo modo que le había impresionado su interés por la psicología, Marie se convenció de que era un médico sumamente competente con un atractivo toque personal. Y creía que Freud necesitaba a una persona como él para hacerse cargo de su cuidado, que fue lo que ocurrió.

A Freud le trataban varios médicos y especialistas, pero durante años no había contratado a un médico personal que pudiera supervisar y coordinar todos los aspectos de su complicada atención médica. Bonaparte sostenía que era una vacante que había que cubrir y le recomendó encarecidamente a Schur. A su juicio, era la persona idónea para el puesto.

Schur estaba más que dispuesto a aceptar el trabajo, pero se dio cuenta de que a Freud podría parecerle demasiado joven e inexperto, ya que solo tenía treinta y un años.[3] Aunque el hecho de haber asistido a todas las conferencias de Freud mejoraba sus opciones, todavía no había acabado de analizarse. Para el potencial paciente era importante que su médico personal, si iba a tener uno, poseyera más que un conocimiento superficial de su visión y sus enseñanzas. Schur señaló que la dinámica de esta relación entre un médico joven y una «imponente figura paterna como era él» sería extremadamente delicada.

Bonaparte le convenció y Freud accedió a probarlo. En su primer encuentro a finales de 1928, Freud tranquilizó de inmediato a Schur elogiando la forma en que había gestionado el tratamiento de Marie. «No hubo ninguna condescendencia en aquella reunión entre el maestro sabio y un joven doctor más de cuarenta años menor que él», recordaba Schur.[4] Sin embargo, antes de proceder a hablar de su historial médico, Freud estableció las normas básicas de su relación.

En primer lugar, insistió en que Schur tenía que decirle siempre toda la verdad sobre su estado de salud, ya que había tenido «algunas experiencias desafortunadas con sus predecesores». Freud estaba aludiendo a que en 1923, cuando le extirparon un tumor en la mandíbula, se enfadó con Felix Deutsch, su médico personal en ese momento, por no haberle dicho desde el principio que era maligno, algo que Deutsch supo de inmediato. Más adelante, intentó justificar esta decisión argumentando que Freud estaba «insuficientemente preparado» para enfrentarse a un diagnóstico de cáncer en aquel momento.[5] Según Schur, Deutsch «tenía, al parecer, la impresión de que Freud estaba pensando en el suicidio», lo que no era cierto. Como el paciente ya no confiaba en su médico, Freud y Deutsch se separaron.

Helene, la esposa de Deutsch, recordaba que «Freud estaba enojado» porque creía que su marido había «subestimado su fortaleza».[6] Tampoco le apaciguó Jones, con quien Deutsch había compartido este «secreto mortal», según dijo el galés.[7] Cuando Jones admitió más tarde que Deutsch le había hablado a él y a algunos otros de su diagnóstico mientras se lo ocultaba al paciente, Freud, «con los ojos inyectados», preguntó: «¿Con qué derecho?».[8] El que esta confesión no hiciera descarrilar su amistad da fe de la fortaleza del vínculo entre Freud y Jones.

Freud quedó satisfecho cuando Schur le aseguró que siempre sería sincero con él. Sin embargo, tenía otra gran preocupación que motivó la segunda condición previa para aceptar a Schur: «Prométame otra cosa: que, cuando llegue el momento, no permitirá que sufra innecesariamente».[9] Según Schur, lo dijo «con la máxima sencillez, sin rastro de patetismo, pero también con absoluta determinación». Como experimentaba dolor regularmente debido a las numerosas operaciones de mandíbula y las constantes dificultades con la prótesis, Freud quería una garantía de que Schur cumpliría su deseo de poner fin a su vida cuando se volviera insoportable. Los dos hombres se estrecharon la mano para sellar el acuerdo.

Según Jones, «Schur era la elección perfecta como médico. Establecía una relación excelente con el paciente, y su consideración, su infatigable paciencia y su abundancia de recursos eran insuperables».[10] La sintonía era buena en ambos sentidos. «En el mínimo tiempo posible, [Freud] se mostró dispuesto a entablar una relación entre paciente y médico basada en el respeto mutuo y la confianza», señalaba Schur.[11]

Igualmente importante fue que el nuevo médico de Freud se ganó enseguida la confianza y el respeto del resto de la familia, sobre todo de Anna, que era quien principalmente cuidaba de su padre a diario. «Él y Anna formaban una pareja ideal de guardianes encargados de velar por el enfermo y aliviar sus muchas molestias», escribió Jones.

Solo hubo una pequeña fricción al principio de esta relación entre médico y paciente. Freud le había dicho a Schur que no quería que le hiciera ningún descuento por sus servicios. Cuando Schur le presentó la factura de 1929, el primer año completo en que atendió a su nuevo y famoso paciente, Freud se quejó en el acto de que la cantidad era demasiado baja. «Creo que incumple el contrato en el que se basan

1. Martha Bernays, que creció cerca de Hamburgo en el seno de una familia judía ortodoxa, conoció a Sigmund Freud en 1882. Aquí aparecen un año antes de su boda, que se celebró en 1886. Tuvieron seis hijos.

2. La menor de los hijos de Freud, Anna, estaba especialmente unida a su padre. Nunca se fue de casa y se convirtió en una reconocida psicóloga infantil. También se enfrentó osadamente a la Gestapo. Esta foto es de 1913.

3. La estadounidense Dorothy Burlingham, miembro de la acaudalada familia Tiffany, llegó a Viena en 1925 para intentar que Anna tratara a sus hijos. Ella y Anna entablaron una «preciada relación» que duró hasta la muerte de Burlingham en Londres en 1979.

4. Freud con sus hijos Ernst y Martin (*derecha*), ambos ataviados con sus uniformes del Ejército austrohúngaro en 1916. Todos los miembros de la familia se consideraban unos «firmes patriotas» del Imperio de los Habsburgo.

5. En 1909, Freud realizó su única visita a Estados Unidos para impartir conferencias en la Universidad Clark de Worcester, Massachusetts. Estaba agradecido por el título honorífico y otros galardones que recibió, pero aun así calificó a Estados Unidos de «un error gigantesco». En la fila superior desde la izquierda: Abraham Brill, Ernest Jones, Sándor Ferenczi. Fila inferior: Freud, G. Stanley Hall, Carl Jung.

6. El congreso de Weimar de 1911 puso de relieve el rápido crecimiento del movimiento psicoanalítico. Freud y Jung aparecen en el centro en la segunda fila, pero pronto tomarían caminos separados.

7. En su despacho en Berggasse 19, Freud estaba rodeado de estatuillas y antigüedades, y acompañado a menudo de su querido chow chow. Foto de 1936.

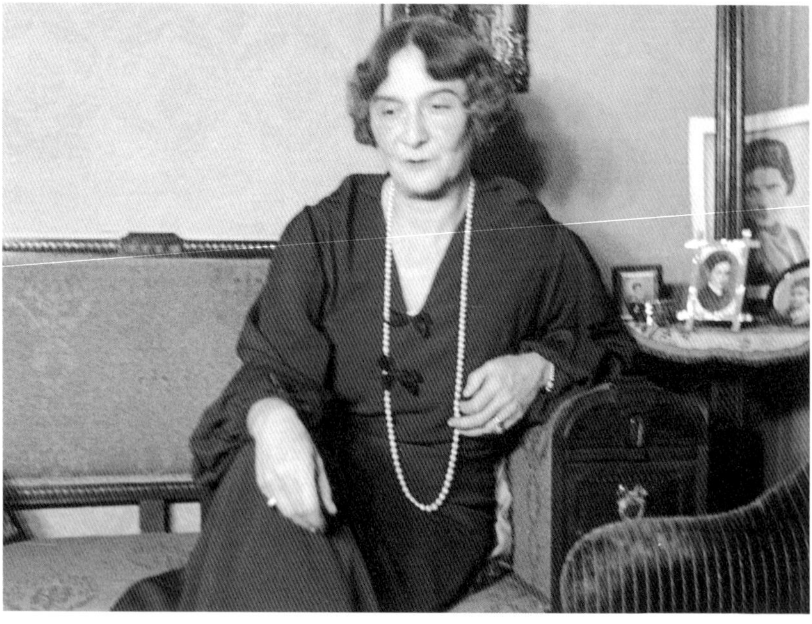

8. La sobrina nieta de Napoleón, Marie Bonaparte, pidió ayuda a Freud para superar su «frigidez» y fue uno de sus discípulos más fervientes. También fue un miembro muy valioso del grupo de rescate.

9. William Bullitt, que fue embajador de Estados Unidos en la Unión Soviética y después en Francia, escribió con Freud una mordaz biografía de Woodrow Wilson. También trabajó incansablemente para sacar a Freud de Viena.

10. El canciller Engelbert Dollfuss, el diminuto dictador derechista de Austria, trató de proteger la soberanía de su país ilegalizando el Partido Nazi. Los nazis locales lo asesinaron en 1934, preparando el terreno para que Hitler ocupara el país cuatro años después.

11. Tras enviar sus tropas a Austria en marzo de 1938, Hitler recibió una tumultuosa bienvenida en Viena y proclamó el *Anschluss*, la incorporación de su país natal al Tercer Reich.

12. Anton Sauerwald, aquí con uniforme en 1939, fue designado por los nazis para confiscar los bienes de Freud. Al principio actuó como el típico antisemita, pero luego desempeñó un papel sorprendente al permitir la partida de Freud.

13. Un Freud aliviado con Anna en el tren a su llegada a París. «Ahora somos libres», declaró.

14. Marie Bonaparte y William Bullitt se reunieron con Freud en París y lo escoltaron desde el tren. Tras alojarse durante un día en la casa de Bonaparte, los Freud continuaron su viaje a Londres.

15. Freud con su hija Mathilde y Ernest Jones en Londres. Jones había conseguido permisos de entrada británicos para todos los miembros del grupo de Freud, una proeza considerable.

16. Max Schur con Freud en Londres. El médico le había prometido a su famoso paciente que no permitiría que sufriera innecesariamente al final. Cumplió la promesa al inyectarle la morfina que le provocó la muerte el 23 de septiembre de 1939.

nuestras relaciones formales. No quiero pagar esta factura y le sugiero que me envíe una más apropiada», escribió.[12]

La primera tarea de Schur consistió en aprender cuanto pudo sobre el historial médico de su nuevo paciente. Freud, que se había preocupado casi obsesivamente por su salud incluso cuando era mucho más joven, estaba más que dispuesto a complacerle hablando detenidamente del tema. Sin embargo, necesitaron varias reuniones para revisarlo todo, ya que las operaciones en la mandíbula y la prótesis que Freud llevaba le impedían hablar mucho tiempo seguido.

Aparte de la mandíbula, había muchos otros temas de los que tratar. Freud había sido propenso a sufrir desvanecimientos, siempre, según señaló Schur, en situaciones «de estrés agudo». Uno de estos episodios tuvo lugar durante una comida en Múnich con Carl Jung en noviembre de 1912, cuando las tensiones entre ellos estaban a punto de provocar su ruptura total.[13] En aquella ocasión, Freud estaba convencido de que la creciente oposición de Jung a sus puntos de vista indicaba que albergaba un deseo de muerte dirigido contra él. Según Jones, que también asistió al almuerzo, de repente Freud «cayó al suelo inconsciente». Jung lo recogió y lo puso en un sofá, donde se recuperó enseguida. En una carta posterior a Jung, Freud, que todavía esperaba solventar sus diferencias con él, atribuyó el incidente a «elementos de neurosis».[14]

En los años noventa, cuando Freud escribía regularmente a Fliess, solía informarle de otros problemas de salud.[15] Se quejaba de «ataques de migraña» y, como sería habitual en décadas posteriores, de problemas gastrointestinales. Su mayor preocupación era lo que describió como «sufrimiento cardiaco». Todas estas preocupaciones a veces le minaban la moral. El 19 de abril de 1894 le escribió a Fliess en una carta: «Es doloroso para un médico, que se pasa cada hora del día intentando comprender las neurosis, no saber si él mismo padece una depresión justificable o hipocondríaca».

Basándose en las pruebas facilitadas por Freud, Schur concluyó que había sufrido «repetidos ataques de taquicardia», con una frecuencia cardiaca superior a las cien pulsaciones por minuto y una arritmia «muy violenta». Estos episodios, que podían durar varios días, le causaban un intenso dolor en el pecho y una sensación de ardor en el brazo izquierdo, lo que le sumía en algunos de sus estados de ánimo más sombríos. También le indujeron a renunciar al alpinismo «con el corazón apesadumbrado», según le escribió a Fliess. A este respecto, aún añadió en broma: «¡Qué de sentido tiene el lenguaje coloquial!».

No obstante, el problema más grave y crónico era el cáncer de mandíbula. Tras la primera operación en 1923, Freud se sometió a algunos tratamientos de rayos X, que tenían pocas posibilidades de éxito al tratarse de una zona muy sensible. «La radiación que recibió Freud solo causó daño tisular y un dolor violento», concluyó Schur.[16]

Cuando Schur consultó las extensas notas de Hans Pichler, el cirujano oral que comenzó a tratar a Freud en 1923 y continuó haciéndolo hasta que partió de Viena en 1938, descubrió cuánto tiempo y esfuerzo se dedicó a controlar el dolor en esta zona problemática.[17] «Consulté las notas de Pichler de 1926, un año "típico" sin procedimientos quirúrgicos importantes, solo el incesante intento de conseguir un mínimo de comodidad», escribió Schur.[18] Fue el año en que Freud cumplió setenta años. «Hubo cuarenta y ocho visitas al consultorio, una biopsia, dos cauterizaciones y experimentos constantes con tres prótesis diferentes que entrañaron intentos de preservar los dientes restantes», añadía.

Sin embargo, cuando Schur empezó a ejercer como médico personal de Freud, se sintió alentado por sus hallazgos iniciales. Aunque atribuyó los problemas digestivos de su paciente a «un colon espástico irritable» que Freud trató de calmar durante sus visitas regulares al balneario de Karlsbad, la noticia no era del todo mala. «El estado de Freud, salvo en su cavidad oral, era increíblemente bueno. Se había disciplinado para mantener una buena nutrición pese a su gran dificultad para masticar y tragar. Su corazón no mostraba secuelas de los episodios de angina. No había un agrandamiento marcado del corazón y la aorta. A pesar de que fumaba mucho, no tenía bronquitis crónica ni enfisema pulmonar», escribió Schur.[19]

Schur describía a Freud como un «paciente modélico», que rara vez se quejaba. El médico explicaba que habían establecido un «tipo de comunicación no verbal» en el que «solo una mirada de dolor ocasional, un gesto de súplica indicaban su sufrimiento». Añadía que Freud lo trataba como si fuera un miembro de su extensa familia y mostraba siempre su generosidad de espíritu. «Esa capacidad de amar, de dar, de sentir permaneció en él hasta el final», afirmaba Schur.

Aunque, como es comprensible, a Freud le preocupaba su salud, también hizo desde el principio un esfuerzo consciente por mostrar algún interés personal por la vida de su joven médico. Cuando Schur lo invitó a su boda en Viena en el verano de 1930, Freud le envió una carta desde Berlín, donde se estaba sometiendo a un tratamiento adicional, para hacerle saber que no podría asistir y expresar los mejores deseos de felicidad para la pareja. «Consciente de la amabilidad poco frecuente y la conciencia que ha demostrado en el cuidado de los restos de mi ser físico, me gustaría dotar a mis deseos del poder para hacer que se cumplan», escribió.[20]

Freud no evitaba del todo el tema de su salud, pero lo utilizaba para reiterar su satisfacción por cómo había asumido Schur sus cuidados. «Este no es el momento de molestarle con informes médicos. Solo quiero decirle que no olvidaré cuántas veces sus diagnósticos han resultado ser correctos en mi caso y que por esta razón soy un paciente dócil, incluso cuando no es fácil para mí.»

Pese a ser un paciente cooperativo, Freud tenía una grave adicción que había intentado combatir en repetidas ocasiones aunque siempre había fracasado: fumar. Como señalaba Schur, «pude darme cuenta de inmediato de que era una área en la que, como el propio Freud había comprendido, no podía establecer "el dominio del ego"».[21] No se trataba de que se negara a admitir los peligros del tabaco: Freud creía que sus primeros problemas cardiacos habían sido consecuencia de dicho hábito al menos en parte. Y las cirugías de la mandíbula servían de dolorosos recordatorios del creciente precio que estaba pagando por ello. Aun así, se resistía a la idea de que podía vivir, y sobre todo trabajar, sin sus queridos cigarros.

El 12 de febrero de 1929, poco después de que Schur aceptara ser su médico personal, Freud respondió a un cuestionario en el que le facilitó un resumen de sus antecedentes de tabaquismo. «Empecé a fumar a la edad de veinticuatro años, primero cigarrillos, pero pronto solo puros, sigo fumando ahora (a los setenta y dos años y medio) y soy muy reacio a abandonar este placer», escribió.[22] Le dijo que a los treinta años había dejado de fumar durante más de un año debido a los problemas de corazón, aunque concluía que los efectos persistentes de la gripe podrían haber contribuido a ellos. Y añadía: «Desde entonces he sido fiel a mi hábito o vicio, y creo que le debo al cigarro mi intensa capacidad de trabajo y mi autocontrol. Mi modelo en esto fue mi padre, que era un fumador empedernido y lo siguió siendo hasta los ochenta y un años», la edad a la que murió.

A una serie de amigos y médicos les aseguró que fumar era esencial para su productividad. «En opinión de Freud, basada en su propia experiencia y que más tarde yo pude confirmar, necesitaba nicotina durante los periodos de escritura creativa o de preparación para dicha actividad. ¿Y cuándo no estaba en esa etapa?», señalaba Schur.[23] En otras palabras, siempre necesitaba fumar porque siempre estaba trabajando.

Para Freud, la masturbación era la «adicción primaria» y las «demás adicciones, al alcohol, la morfina, el tabaco, etc.» aparecían en la vida «solo como sustituto y [síntoma de] abstinencia de esta».[24] Tal visión de la conexión entre las adicciones primarias y subsiguientes no le ayudaba, en cualquier caso, a dejar el hábito de fumar.

Al revisar su historial médico, Schur se encontró con los informes del patólogo que examinó las abscisiones de su boca durante las sucesivas operaciones y no escatimó palabras sobre la causa de sus problemas. «Especialmente notoria esta vez es la inflamación generalizada que cubre toda la membrana mucosa, y es consecuencia de fumar en exceso», escribió en uno de esos informes.[25]

Sin embargo, cuando Schur le mostró a Freud estas observaciones y la bibliografía médica que advertía de los peligros de la nicotina, este se limitó a encogerse de hombros. En una ocasión, Freud incluso le ofreció un habano, que Schur se sintió obligado a aceptar y encender.[26] Al ver que Schur no era fumador y no lo disfrutaba, mencionó lo caros que eran aquellos excelentes puros y nunca volvió a ofrecerle otro.

Freud le habló a su colega Max Eitingon de sus esporádicos intentos de dejar el hábito en las cartas que le envió a Berlín. «Llevo ya seis días sin fumar un solo puro y no se puede negar que le debo mi bienestar a esta renuncia, pero es triste», escribió el 1 de mayo de 1930. Las cartas posteriores atestiguaban lo poco que habían durado esas renuncias, ya que no tardaba en pedirle a Eitingon que le siguiera enviando las marcas de cigarros que no podía encontrar en Viena. «Vuelvo a pecar más», escribió, y añadía que su reserva de puros era «bastante escasa».

Pichler, el cirujano oral, también tendría que volver a actuar para eliminar las nuevas lesiones que él o Schur seguían encontrando. Algunas eran precancerosas, pero parecían claramente amenazadoras. Tras tomar nota de la aparición de un nuevo tumor «blando, irregular y parcialmente oscuro» que «supuestamente había crecido rápido y mucho» en abril de 1931, Pichler aconsejó una nueva «escisión e injertos». En las cartas a Eitingon de ese mismo mes, Freud admitía «un deterioro persistente de las condiciones alrededor de la prótesis y un marcado empeoramiento de mi estado general».

Sin embargo, en una carta escrita solo nueve días después, retomaba su tema favorito. «En cuanto a los cigarros, quiero informarle de que los pequeños, Pearl, resultaron ser muy satisfactorios», escribió, y añadía que volvía a necesitar que le reabasteciera. Si el suministrador habitual de Eitingon «no puede entregar los Soberanos, estoy dispuesto a aceptar los Reina-Cabana, bastante buenos, que le ofreció en una ocasión como sustitutos», concluía.

Eitingon atendía a sus peticiones, pero con cierta reticencia que no intentaba ocultar. En sus respuestas, Freud trataba de hacerle entender que era plenamente consciente de la concesión que estaba haciendo. «Su pregunta sobre los puros me induce a confesar que estoy fumando de nuevo. Teniendo en cuenta mi edad y la cantidad de molestias que tengo que soportar día tras día, la abstinencia y la posibilidad [de evitar nuevas lesiones] que conlleva no me parecen justificadas», escribió Freud el 1 de junio de 1931.

William Bullitt, que estaba trabajando con Freud en el libro sobre Woodrow Wilson, se enfureció al descubrir que su coautor todavía no había dejado de fumar.[27] Bullitt comentó que él también había sido un fumador de puros, pero había conseguido acabar con el hábito. Schur apreciaba estos intentos de convencer a Freud de que hiciera lo mismo, pero parecía resignarse al fracaso. Bullitt «logró tan poco como el resto de nosotros», escribió el médico.[28]

A veces, por su actitud hacia el tabaco, podía dar la impresión de que Freud se tomaba a la ligera su salud y estaba mucho más preocupado por disfrutar de sus cigarros que por su longevidad. Cuando era amigo de Wilhelm Fliess, que también intentó convencerlo de que dejara de fumar, Freud declaró sin rodeos en una carta del 17 de noviembre de 1893: «No estoy acatando la prohibición de fumar; ¿cree que es una gran suerte tener una vida larga y desgraciada?».[29]

Estas declaraciones conducían a engaño: estaba decidido a aferrarse a sus placeres simples aunque peligrosos, pero también era muy consciente de su mortalidad y albergaba la esperanza de tener una vida que durara el mayor tiempo posible antes de volverse desgraciada. Eso entrañaba pensar constantemente en su propia muerte, calcular cuándo podría ocurrir y realizar los preparativos pertinentes.

En algún momento de los años veinte escribió con su elegante caligrafía un borrador de su esquela que ahora se conserva en la Biblioteca del Congreso. «El xx de 192x en su año 7x murió aquí el Prof. Dr. Sigmund Freud. El cadáver fue cremado el (día) xx», se lee, seguido de un listado de los miembros de su familia.[30] Terminaba así: «Viena, xx de 192x». La idea era que su esposa o sus hijos simplemente rellenaran las «x».

Mucho antes de cumplir los setenta años, Freud ya había empezado a referirse a sí mismo como un anciano. Incluso cuando lo hacía en un tono sarcástico, no dejaba ninguna duda de que era así como se veía muchas veces. El 7 de mayo de 1900, un día después de su cumpleaños, le escribió a Fliess: «Bueno, ya tengo cuarenta y cuatro años, un viejo judío en bastante mal estado, como podrá ver por usted mismo».[31] Es evidente que sabía que tal cosa no era cierta y que en realidad no era viejo, pero su posterior prisa por ungir a Jung como su príncipe heredero mientras aún trabajaba a pleno rendimiento indicaba que se veía a sí mismo mucho mayor de lo que era.

Esa percepción se alimentaba de sus pensamientos sobre la muerte o, para decirlo con precisión, de sus intentos de calcular el tiempo que le quedaba. «No se puede caracterizar a Freud como un neurótico obsesivo, pero su preocupación por la posible fecha de su muerte tenía el carácter de un rasgo obsesivo», observó Schur.[32]

Entre las pruebas que respaldaban esta conclusión figuraba la carta que Freud le envió a Jung el 16 de abril de 1909, donde daba una idea detallada de su pensamiento. «Hace algunos años descubrí en mí la convicción de que moriría entre los sesenta y un y los sesenta y dos años, algo que entonces me parecía muy lejano. (A fecha de hoy, solo faltan ocho años.) Luego fui a Grecia con mi hermano y fue realmente extraña la frecuencia con que el número 61 o 60 en relación con el 1 o el 2 seguía apareciendo en todo tipo de objetos numerados, sobre todo en los relacionados con el transporte. Me doy cuenta conscientemente: me deprimió», escribió.[33]

Reconocía que la idea de que iba a morir a esa edad era una «idea supersticiosa» y suponía que Jung describiría sus reflexiones como «otra confirmación de la naturaleza específicamente judía» de su misticismo. Sin embargo, señalaba que coincidían «con la convicción» de que con *La interpretación de los sueños* había completado el trabajo de su vida, que ya no le quedaba «nada por hacer» y que ya podía acostarse y «morir».

Cuando ya estaba cerca de alcanzar la edad a la que había predicho su muerte, Freud le escribió a su colega húngaro Sándor Ferenczi en un tono resignado similar: «La superstición de que mi vida se va a terminar en febrero de 1918 me parece a menudo una idea bastante agradable».[34] Había determinado el mes exacto añadiendo los nueve meses desde que fue concebido a su sexagésimo primer cumpleaños, otra indicación de su peculiar método de cálculo, que había tomado antes de Fliess.

Freud estaba muy lejos de completar el trabajo de su vida, pero una parte de él parecía pensar lo contrario. Cuando su padre se estaba muriendo en 1896, le escribió a Fliess: «Por cierto, el estado del anciano no me deprime. No le reprocho el merecido descanso, ya que él mismo lo desea. Está sufriendo muy poco ahora y se está apagando con decencia y dignidad».[35]

Sin embargo, lo cierto era que Freud no podía imaginar su desaparición mientras pudiera reunir las fuerzas para mantenerse activo. «No puedo enfrentarme con comodidad a la idea de una vida sin trabajo», le escribió el 6 de marzo de 1910 en una carta a Oskar Pfister, un ministro luterano suizo que también era psicoanalista.[36] Y añadía: «El trabajo y el juego libre de la imaginación son para mí lo mismo, no disfruto de nada más. [...] Como decía el rey Macbeth, muramos con la armadura puesta». Aunque las operaciones de la mandíbula a veces alteraban su rutina, siempre intentaba retomar lo antes posible su costumbre de ver a seis pacientes al día.[37]

Una vez superado su sexagésimo segundo cumpleaños, a Freud se le ocurrió una nueva teoría sobre cuándo iba a morir. Tanto su padre como su hermanastro mayor Emanuel, que se había afincado en Mánchester y murió en un accidente de tren en 1914, habían vivido hasta los ochenta y un años y medio, por lo que se convenció de que le esperaba la muerte a esa misma edad.[38] Sin embargo, aunque había retrasado el reloj en su mente, no estaba en absoluto seguro de que esta maniobra fuera a tener éxito. En 1921, con ocasión de su sexagésimo quinto cumpleaños, escribió a Ferenczi y le confesó: «La idea de la muerte no me ha abandonado y a veces tengo la impresión de que siete de mis órganos internos luchan por tener el honor de poner fin a mi vida».[39]

Justo antes de que Freud cumpliera setenta y cinco años en 1931, Lou Andreas-Salomé describió su sensación de impotencia al escuchar que Pichler le había realizado otra operación en la mandíbula a Freud. «No estará libre de dolor ni de malestar físico, y este pensamiento es bastante intolerable. A uno simplemente le gustaría encontrar un chivo expiatorio en el que poder descargar su ira. Me doy cuenta de lo infantil que suena, pero hay un límite para todo. [...] Simplemente no puedo dedicarle una carta de cumpleaños adecuada», le escribió.[40]

Freud le respondió que estaba sorprendido y preocupado por su carta, ya que mostraba que se sentía violentamente indignada por su destino. «¿Por qué? ¿Porque yo he dado un paso más en el pedregoso camino de esta existencia?», preguntaba.[41] Añadió que las veces anteriores que había estado cerca de la muerte solo pusieron de relieve la idea obvia de que cada uno de aquellos procedimientos no hacía más que retrasar lo inevitable. «De hecho, el carácter provisional de la tregua y el carácter definitivo de la partida final nunca fueron tan claros para mí como ahora», escribió.

A Marie Bonaparte, que también le envió una felicitación por su cumpleaños, le respondió: «Todavía estoy en baja forma y esta vez es indudable que he dado un gran paso fuera del círculo de la vida».[42]

Freud hablaba libremente de la muerte, de los rituales y los mitos que inspiraba, y de cómo la mayoría de la gente evitaba por completo el tema. La muerte era «natural, innegable e inevitable», declaró en *De guerra y muerte*, los ensayos que escribió durante la primera guerra mundial.[43] «Sin embargo, lo cierto es que estábamos acostumbrados a comportarnos como si fuera de otra manera. Hemos demostrado una tendencia inconfundible a dejar a la muerte a un lado, a eliminarla de la vida. Hemos intentado silenciarla», afirmaba. Y añadía que, cuando el silencio ya no es posible, «tenemos la costumbre de hacer hincapié en la causalidad azarosa de la muerte (accidente, enfermedad, infección, edad avanzada) y de este modo delatamos nuestro empeño por reducir la muerte de una necesidad a un hecho fortuito».

Todos estos esfuerzos por negar la realidad de la muerte se intensifican al pensar en uno mismo. «Es realmente imposible imaginar nuestra propia muerte y cada vez que lo intentamos podemos percibir que, de hecho, seguimos estando presentes como espectadores. De ahí que la escuela psicoanalítica pueda aventurar la afirmación de que, en el fondo, nadie cree en su propia muerte o, por decirlo de otro modo, que en el inconsciente cada uno de nosotros está convencido de su propia inmortalidad», escribió.

Freud sostenía que el precio por aferrarse a esta ilusión era elevado: «La existencia se empobrece, pierde interés, cuando la máxima apuesta en el juego de la vida, que es la vida misma, no puede arriesgarse. Se vuelve tan superficial y vacía como, digamos, un coqueteo estadounidense, en el que se da por sentado desde el principio que nada va a suceder, a diferencia de una aventura amorosa continental, donde ambas partes deben tener en cuenta constantemente sus graves consecuencias».

Escrito solo seis años después de su viaje a Estados Unidos, este pasaje pone de relieve una vez más su visión condescendiente, incluso despectiva, de la vida estadounidense. Sin embargo, el mensaje principal tenía un alcance mucho más amplio: todo aquel que quiera tener una vida plena y con sentido debe aceptar la realidad de la muerte.

Freud recordaba que su madre le había instruido sobre la muerte a los seis años. «Se esperaba que creyera que todos estábamos hechos de tierra y que, por tanto, a la tierra debíamos regresar. No lo acabé de aceptar y expresé mis dudas sobre la doctrina.»[44] Para convencerle, su madre «frotó una contra otra las palmas de las manos, como cuando estaba haciendo albóndigas, excepto que no había masa entre ellas, y me mostró las escamas negruzcas de la epidermis que se desprenden con la fricción como prueba de que estábamos hechos de tierra».

Concluía diciendo que, desde entonces, había llegado a aceptar la idea expresada en el dicho «debes a la naturaleza una muerte», que era una versión ligeramente alterada de un verso de *Enrique IV*, de Shakespeare: «Debes a Dios una muerte». Como ateo, Freud no estaba dispuesto a invocar al Altísimo.

En su libro de 1927 *El porvenir de una ilusión*, Freud insistía en que la psicología, en lugar de lo que él llamaba creencias religiosas falsas, era el mejor medio para hacer frente a las fuerzas de la naturaleza, que incluyen las enfermedades y el «doloroso enigma de la muerte, contra la que no se ha hallado aún ninguna medicina, ni probablemente se hallará».[45] La idea era liberar a los individuos de su «ansiedad sin sentido» por cosas que escapaban a su control: «Todavía estamos indefensos, tal vez, pero ya no nos encontramos irremediablemente paralizados; podemos, al menos, reaccionar».

En otra ocasión, recordó la famosa advertencia «si quieres la paz, prepárate para la guerra», para ofrecer una nueva formulación: «Si quieres soportar la vida, prepárate para la muerte».[46]

Eso no significaba que minimizara el valor de la vida, todo lo contrario. «No pude decidirme a refutar la generalidad de lo perecedero. [...] En cambio, le negué al poeta pesimista que el carácter perecedero de lo bello involucrase su desvalorización», declaró en su breve ensayo *Lo perecedero*.[47] Argumentaba que era precisamente la naturaleza fugaz de la vida lo que la hacía aún más hermosa: «Una flor no nos parece menos encantadora porque florezca solo durante una noche».

Contrariamente a sus afirmaciones de que todo el mundo niega la realidad de la muerte, Freud no se hacía ilusiones sobre el tema. Sin embargo, también quería disfrutar de la belleza de la vida el mayor tiempo posible. Lo dejó perfectamente claro mientras Schur lo examinaba el 6 de mayo de 1933, el día de su septuagésimo séptimo cumpleaños.

En ese momento, Helene Schur, que también era médico, esperaba el nacimiento de su primer hijo. Ya había salido de cuentas y ella y su marido estaban comprensiblemente nerviosos, por lo que Freud le dijo a Max que se apresurara a ir a su lado. «Va usted de un hombre que no quiere dejar este mundo a un niño que no quiere entrar en él», le dijo.[48]

El niño nació tres días más tarde. Peter Schur, que creció en Estados Unidos y siguió los pasos de sus padres al estudiar y practicar la medicina, señaló con orgullo que Freud honró su nacimiento entregándole tres monedas de oro austriacas. «Sorprendentemente, todavía las tengo», dijo en 2013. Se guardó una para él y le dio las otras dos a cada una de sus dos hijas. De este modo, sus nietas recordarían «la relación entre Schur y Freud que, a su pequeña manera, contribuyó a forjar la historia», explicó.

En realidad, el papel que Max Schur desempeñó en la década final de Freud no fue en absoluto pequeño. Schur mantuvo a Freud lo suficientemente sano para que llegara a plantearse, aunque a regañadientes, huir de Viena cuando estaba indiscutiblemente en peligro y todavía parecía que merecía la pena vivir. Schur, que reconoció ese peligro mucho antes que su famoso paciente, también retrasaría la huida de su propia familia hasta que la seguridad de Freud estuvo garantizada.

9

Ceguera política

En los albores de los años treinta sobrevino la Gran Depresión, que revigorizó muchos de los movimientos políticos radicales que habían florecido durante la anterior crisis económica tras la primera guerra mundial, pero habían perdido ímpetu a finales de la década. En Alemania, el Partido Nazi de Hitler solo consiguió el apoyo del 2,6 % de los votantes en 1928, lo que se traduciría en doce escaños parlamentarios y confirmaría, aparentemente, su condición de partido marginal; en las elecciones de septiembre de 1930, se hizo con 107 de los 577 escaños y se convirtió en la segunda fuerza política en el Reichstag después de los socialdemócratas.[1] En julio de 1932, los nazis lograron el 37,3 % de los votos, una clara mayoría con la que obtuvieron 230 escaños. El terreno estaba preparado para los dramáticos acontecimientos que catapultarían a Hitler al poder el 30 de enero de 1933.

El presidente de Alemania, Paul von Hindenburg, un general de ochenta y cinco años que había conducido al Ejército de su país a la derrota en la primera guerra mundial, no estaba seguro de cómo gestionar el ascenso de los nazis y el caos acelerado de la República de Weimar.[2] Le confió la tarea de negociar un nuevo acuerdo con los partidos políticos enfrentados a Franz von Papen, que había sido canciller durante un breve periodo en 1932. Von Papen convenció a Hindenburg para que nombrara a Hitler canciller, satisfaciendo las aspiraciones de sus partidarios, mientras se suponía que su propio nombramiento como vicecanciller serviría para controlar al vehemente demagogo, que nunca había ocupado un cargo político. «Hemos contratado a Hitler», les dijo Von Papen a sus amigos.[3] En la larga letanía de errores de juicio sobre Hitler, este ocupa el primer puesto de la lista.

Para Freud, Alemania no era un lugar lejano. Como muchos de sus contemporáneos vieneses, se identificaba con Austria y Alemania. En una entrevista de 1926 con el escritor germano-estadounidense George Sylvester Viereck, declaró: «Mi idioma es el alemán. Mi cultura y mis logros son alemanes. Me consideraba intelectualmente alemán hasta que percibí el crecimiento de los prejuicios antisemitas en Alemania y en la Austria germana. Desde entonces prefiero considerarme judío».[4]

Aunque estas declaraciones indican que Freud era muy consciente de los vapores nocivos que emanaban de Hitler y los nazis que operaban justo en la puerta de al lado, su primer impulso fue minimizar el peligro, tanto para Alemania como para Austria. En el verano de 1923, recibió una carta de un joven veterano de guerra judío alemán llamado Leyens, que se consideraba un ferviente patriota, pero tenía sentimientos encontrados sobre el nacionalismo alemán. «Le aconsejaría que no malgastara sus energías en la inútil lucha contra el movimiento político actual. Las psicosis de las masas son inmunes a los argumentos. Son precisamente los alemanes quienes tuvieron la oportunidad de aprender esto en la guerra mundial, pero parece que son incapaces de ello. Déjelos», le respondió.[5]

Freud acompañaba este consejo con un mensaje personal más específico: «Dedíquese a las cosas que puedan elevar a los judíos por encima de esta locura y no se tome a mal mi consejo, que es producto de una larga vida. No esté demasiado ansioso por unirse a los alemanes».

Era algo más que una advertencia de no hacer causa común con los partidos nacionalistas alemanes; reflejaba la inclinación natural de Freud a rehuir la participación directa en política y su escepticismo sobre los movimientos revolucionarios en general. También ponía de relieve su convencimiento de que la gente necesitaba mirar hacia su interior, en muchos casos con la ayuda del psicoanálisis, para encontrar su camino en la vida. Creía que era probable que las cruzadas y los manifiestos políticos solo ofrecieran a los individuos soluciones ilusorias.

Cuando Max Eastman, el editor de *The Masses*, le visitó en 1926, la Revolución bolchevique seguía siendo un tema muy debatido. Eastman había vivido dos años en Rusia y defendía a los nuevos gobernantes, lo que intrigaba a su anfitrión. «Usted cree en la libertad y allí solo existe lo contrario», aseveró Freud.[6] Eastman le dio lo que más tarde admitió que era una «explicación simplista»: que los métodos dictatoriales de los bolcheviques solo eran una fase de transición a la que seguiría una «libertad más real y universal».

Freud no quedó impresionado. «La gente que promete libertad en algún momento del futuro es para mí lo mismo que la gente que te promete un lugar en un paraíso celestial. Vivo en el mundo real. Ese es el único mundo que me interesa», declaró.

Cuando Eastman le preguntó cómo se definía políticamente, Freud le respondió: «Políticamente no soy nada». Es evidente que estaba exagerando hasta qué punto se sentía alejado de las batallas ideológicas de su época, pero no del todo. No se trataba exactamente de que no estuviera interesado; más bien, estaba decidido a mantener la política a distancia mientras se centraba en su propio mundo.

El «mundo real» de Freud, sobre todo después de las múltiples operaciones de mandíbula que le incapacitaban casi por completo para viajar, se limitaba principalmente a los dos apartamentos en el entresuelo de Berggasse 19. La poeta estadounidense Hilda Doolittle, más conocida por su seudónimo H. D., se trasladó a Viena en 1933 para analizarse con Freud, un proceso que se extendió hasta el año siguiente. Como la mayoría de los pacientes y visitantes, se percató de inmediato del estricto orden que reinaba en su universo, incluido el horario que se le asignó. Veía a Freud cuatro días a la semana de cinco a seis y un día a la semana de doce a una.

La escalera de piedra situada en la planta baja del edificio conducía hasta un rellano con dos puertas. «La de la derecha era la puerta profesional del profesor; la de la izquierda, la de la familia Freud», comentaba Doolittle.[7] Esta distribución evitaba la confusión entre el Freud privado y el Freud que trataba a los pacientes. «Estaba el profesor que nos pertenecía [a los pacientes y los estudiantes] y estaba el profesor que pertenecía a la familia», añadía.

Otros visitantes también se dieron cuenta de lo mucho que la disposición de los espacios para la vivienda y el trabajo reflejaba la personalidad y los gustos de Freud. «Berggasse 19 era una casa grande y espaciosa llena de libros y de cuadros, con todo el suelo de la entreplanta cubierto por esas ricas alfombras gruesas en las que los pies se hunden como las patas de un camello en la arena. No me sorprendió ver al lado de la *Lección de anatomía*, de Rembrandt, sin la cual ningún consultorio médico sería reconocible, una reproducción de *La pesadilla*, con un monstruo horrible de risa semimalvada y mirada lasciva acuclillado sobre el pecho desnudo de una doncella dormida», escribió Eastman.[8]

Lo que los visitantes observaban era a menudo un reflejo de sus propios orígenes y expectativas. Si a Eastman, que era un radical, le llamaron especialmente la atención las mullidas alfombras, Joseph Wortis, un estadounidense que se estaba formando para ejercer como psiquiatra, recordaba haber tenido unas impresiones totalmente diferentes cuando comenzó a analizarse con Freud en 1934.[9] Señalaba que Berggasse 19 era una «casa corriente en una parte normal de Viena». Era también la dirección de una carnicería situada junto a la entrada que llevaba hasta la escalera que conducía a los apartamentos de Freud.[10]

Wortis añadía que aquella entrada «estaba en ruinas, como la mayoría de las entradas de Viena durante ese periodo». Las paredes de la desordenada sala de espera de la consulta de Freud «estaban cubiertas de fotografías, diplomas y títulos honoríficos de muchos países». Entre las imágenes había fotos grupales de Freud y Jung con sus anfitriones estadounidenses durante la visita a la Universidad Clark en 1909, lo que no dejaba ninguna duda de que estaba orgulloso del reconocimiento que había recibido allí, a pesar de sus quejas crónicas sobre Estados Unidos. También había libros en numerosos idiomas, «muchos de ellos con halagadoras dedicatorias a Freud». Todo ello daba fe de sus logros y su fama internacional.

Para los recién llegados como Wortis, Freud podía ser una figura intimidante. El joven estadounidense se refería a él como «mi actual señor y maestro», que se sentaba «como un severo Jehová del Antiguo Testamento y no parecía esmerarse en actuar de forma hospitalaria o tranquilizadora». Mientras Wortis estaba tumbado en el sofá y hablaba, Freud, que se sentaba como siempre detrás de él, por lo que no miraba al paciente a la cara, solía quejarse de que no hablaba lo suficientemente alto y claro. «Siempre está usted murmurando como hacen los estadounidenses. Creo que es una muestra de la laxitud general estadounidense en las relaciones sociales», le dijo. También creía que podía ser una forma de resistencia a su tratamiento. Wortis tenía una explicación más simple: estaba convencido de que Freud era «un poco duro de oído, pero no lo admitía».

Freud también era muy quisquilloso con la puntualidad. «*Herr Professor* es siempre *sehr punktlich* ("muy puntual") en todo lo que hace», le dijo una sirvienta a Wortis cuando acudió a su casa por primera vez. Fue una advertencia que Wortis ignoró en ocasiones, lo que Freud también atribuyó a su resistencia inconsciente al tratamiento.

Cuando se trataba de los pagos, sobre todo de los estadounidenses y de otros a los que cobraba las tarifas más elevadas, era igual de inflexible. Al ser un estudiante, Wortis tuvo que convencer a Freud de que su beca para estudiar psicoanálisis era lo suficientemente cuantiosa para solicitar los servicios de su fundador. Freud le propuso en su lugar a su hija Anna, a quien describió como una «analista muy buena» y mucho más asequible que él. Wortis tuvo que luchar para conseguir que los patrocinadores de su beca confirmaran que no era necesario cambiar y señaló con cierta irritación que Freud «no estaba dispuesto a comenzar antes de que se resolviera la cuestión financiera».

No obstante, pese a su severidad, *Herr Professor* aderezaba sus observaciones con toques de humor sardónico. Su chow chow solía estar presente durante las sesiones, acostada o sentada tranquilamente cerca de él. En una ocasión, se quedó fuera de la habitación y comenzó a arañar la puerta. Freud la dejó entrar y se acostó en la alfombra, donde empezó a lamer sus partes pudendas. Incapaz de conseguir que parara, Freud declaró: «Es como el psicoanálisis».

Pese a su escepticismo inicial hacia Wortis, Freud le tomó simpatía, como hizo con muchos de los que acudieron tanto para analizarse como para aprender de sus métodos. «Prefiero diez veces más a un estudiante que a un neurótico», le dijo Freud riendo.

Freud también podía ser comunicativo y exponer sus puntos de vista personales sobre temas que no fueran el psicoanálisis. Cuando se le presionaba, los explicaba de una manera que desmentía su afirmación de que no era «nada» políticamente y que no estaba al tanto de acontecimientos épicos como la Revolución bolchevique. «En realidad, todo es *terra incognita* para mí. No sé nada al respecto», insistía. Sin embargo, rebatió eficazmente la ingenua propaganda comunista de Eastman sobre la supuesta transición hacia una sociedad sin clases.

A Wortis, que como Eastman aceptaba a pies juntillas gran parte de la retórica izquierdista contemporánea, le mostró perspectivas aún más reveladoras de su pensamiento. «¿No cree que hay mucho idealismo admirable detrás de la Revolución rusa?», le preguntó Wortis. Freud respondió: «Por supuesto, pero es un idealismo vacío, se basa en abstracciones vagas. [...] Una persona debe tener algún incentivo para trabajar bien. No pueden esperar que un país sobreviva con un idealismo vacío. Un hombre quiere obtener algo por su trabajo». Y añadió: «El coste del comunismo para la libertad intelectual es demasiado grande. Comunismo significa dictadura intelectual; no es compatible con el psicoanálisis porque es demasiado dogmático».

Freud también admitía sin complejos su apoyo al sistema alternativo. «Encuentro el capitalismo bastante satisfactorio», afirmaba. «Creo que el descubrimiento del dinero fue un gran avance cultural», aunque reconocía que «hay que regular de forma más satisfactoria la producción y distribución de la riqueza». No obstante, insistía en que el Gobierno no debe reemplazar a la empresa privada. «Todo lo gestionado por el Gobierno es malo», declaró, y mencionó que el Gobierno italiano producía unas cerillas pésimas: «Tienes que usar tres para que se encienda una». Este asunto le importaba mucho, al igual que el monopolio del tabaco de Austria, que producía un producto de tan mala calidad que tenía que recurrir a otros lugares para conseguir buenos puros.

Cuando Wortis señaló que el Gobierno estadounidense hacía un buen trabajo gestionando el servicio de correos, Freud no se mostró convencido: «Puede, pero le aseguro que una empresa privada no lo haría peor».

En estos debates, Freud volvía a demostrar que su imagen popular de pensador revolucionario en su campo no solía concordar con sus puntos de vista tradicionales sobre una amplia variedad de temas. Su confianza en sí mismo también hacía que no se plegara a las opiniones que estaban de moda en ese momento, sobre todo entre los intelectuales.

Wortis observó que Freud era «sorprendentemente conservador en su moralidad» y trató de desafiarlo argumentando la necesidad de igualdad entre los sexos en el matrimonio.

«Eso es una imposibilidad práctica. Debe haber desigualdad, y la superioridad del hombre es el mal menor», respondió Freud. Culpó de la alta tasa de divorcios en Estados Unidos a la confusión de muchos maridos y esposas sobre sus respectivos papeles. «En Europa las cosas son diferentes: los hombres toman la iniciativa y así es como debe ser», le dijo. Sin embargo, Freud se sentía atraído por mujeres fuertes e intelectualmente seguras como Lou Andreas-

 Salomé y Marie Bonaparte, que no se supeditaban a los hombres.

Wortis también le preguntó por qué había tanta hostilidad hacia la homosexualidad. «Siempre ha sido así, incluso en la antigua Grecia», respondió Freud, y le explicó que todo el mundo tiene un componente homosexual. «La gente reprime su propia homosexualidad y, si la represión es lo suficientemente fuerte, adoptan una actitud hostil», añadió.

Describió la homosexualidad como «algo patológico» y una «inhibición del desarrollo», pero advirtió contra el mal uso del psicoanálisis en esos casos. «Los únicos homosexuales a los que se puede intentar curar son los que quieren ser cambiados», dijo. Y añadió sin un ápice de desaprobación: «Se tiene a menudo la experiencia de iniciar un análisis con un homosexual que luego encuentra tal alivio al ser y hablar tal como es que deja el análisis y sigue siendo homosexual».

En su temprano estudio de una paciente conocida como Dora, Freud explicaba sus puntos de vista con más detalle. «La incertidumbre sobre los límites de lo que se llama vida sexual normal, cuando se tienen en cuenta diferentes razas y épocas diversas, debería bastar para enfriar el ardor del fanático. Tampoco deberíamos olvidar que la perversión que nos resulta más repulsiva, el amor sensual entre hombres, no solo se toleró en un pueblo que hasta la fecha ha sido superior a nosotros en cultura como fue el de los griegos, sino que se le atribuían importantes funciones sociales.»[11]

Aunque al lector moderno le chirría el término *perversión*, lo cierto es que Freud lo utilizaba porque esa era la definición que empleaba la sociedad; sus ideas eran mucho más complejas que eso. «La vida sexual de cada uno de nosotros se extiende en un ligero grado, ahora en esta dirección, ahora en aquella, más allá de las estrechas líneas impuestas como patrón de normalidad», escribió.

Como a muchos de sus pacientes, a Freud no se le podía catalogar fácilmente: siempre trazaba su propio rumbo.

Una de las razones por las que Freud se sentía seguro de los pasos que debía seguir era que su fama seguía en ascenso y el psicoanálisis estaba firmemente establecido en numerosos países. El joven corresponsal estadounidense William Shirer, que se haría famoso por derecho propio, escribió rememorando su estancia en Viena a principios de los años treinta: «El psicoanálisis estaba irrumpiendo en el mundo en ese momento y Freud era su profeta. No cabe duda de que era un genio y de que tuvo una repercusión impresionante en el siglo XX, pero no podía tolerar las críticas de los hombres a los que había formado y que, desafiándolo, empezaban a distanciarse y cuestionar algunas de sus teorías y métodos».[12] Shirer se estaba refiriendo a Carl Jung, Alfred Adler y otros que habían tomado caminos diferentes.

En realidad, la rama del psicoanálisis de Freud había conseguido un amplio reconocimiento ya antes, en el periodo de entreguerras, a pesar de las rencillas internas. En Europa y América del Norte proliferaban los institutos y las sociedades psicoanalíticas, y las teorías y prácticas de Freud se debatían prácticamente en todas partes. También atrajeron a un buen número de imitadores que intentaban beneficiarse de su popularidad. Jones vio un anuncio de una sospechosa «compañía editorial psicoanalítica inglesa» que publicitaba: «¿Le gustaría ganar mil libras al año como psicoanalista? Podemos mostrarle cómo conseguirlo».[13]

También había artimañas similares en Estados Unidos. «Por desgracia para la reputación de Freud, sus teorías se prestan con terrible facilidad a los usos de la ignorancia y de la charlatanería», escribió *The New York Times* en 1926.[14] Freud no veía estas imitaciones como un halago: denunció a aquellos que, sin la formación adecuada, decían utilizar sus métodos, aunque reconocía que era inútil intentar impedir que todos aquellos a los que consideraba impostores se beneficiaran de su fama.

En general, el grado en que el psicoanálisis se había convertido en un tema habitual de conversación era una prueba convincente del poder de las ideas de Freud. Y también lo era el hecho de que esas ideas penetraran en la literatura de la época.

A H. G. Wells se le recuerda hoy en día sobre todo por su literatura de ciencia ficción, pero también escribió novelas cómicas sobre la sociedad británica. En 1922 publicó *The Secret Places of the Heart*, cuyo personaje principal, sir Richmond Hardy, trata de resolver sus problemas con su esposa y con otras mujeres viajando por todo el país con el doctor Martineau, un psiquiatra. Hardy es un doble de Wells, mientras que Martineau hace las veces de Freud, a quien el novelista conoció en 1931.[15] Al comienzo de su viaje, el médico le explicaba su enfoque a Hardy. «Si el problema está en la esfera mental, ¿por qué salir de la esfera mental para tratarlo? Hablar y pensar, esos son los remedios», declara. También dispensaba pepitas de sabiduría freudianas como «analizar un nudo mental es desatarlo».[16]

Otra consecuencia de la creciente fama de Freud era que otras celebridades de la época estaban deseando conocerlo. A finales de 1926, Freud y su esposa Martha viajaron a Berlín para visitar a sus dos hijos y a los familiares que vivían allí, y llegaron justo a tiempo para la Navidad y el Año Nuevo.[17] Era el primer viaje de Freud a Berlín desde que le habían operado de la mandíbula hacía más de tres años. Se quedaron con Ernst, que era arquitecto, y Albert Einstein aprovechó la ocasión para acercarse hasta allí con su esposa antes de que regresaran a Viena el 2 de enero de 1927.

Freud y Einstein hablaron durante dos horas y disfrutaron claramente de la compañía mutua. Freud describió a Einstein, que era veintitrés años más joven que él, como un hombre «alegre, seguro de sí mismo y agradable». Y añadió irónicamente: «Entiende tanto de psicología como yo de física, así que tuvimos una conversación muy placentera».

En realidad, es posible que Einstein supiera más de psicología de lo que dejó entrever, ya que su hijo Eduard, un estudiante de Medicina en la Universidad de Zúrich, tenía colgada la foto de Freud en su dormitorio e intentó aplicar sus teorías para analizarse a sí mismo.[18] Eduard, el menor de los tres hijos del primer matrimonio de Einstein, era frágil física y emocionalmente. «A veces es difícil tener un padre tan importante, porque uno se siente tan poco importante», escribió unos días antes del encuentro entre su progenitor y Freud.[19] Más tarde intentó suicidarse, le diagnosticaron esquizofrenia y acabó en un manicomio cerca de Zúrich.

Aunque estaba satisfecho con su encuentro con Einstein, Freud también reflexionó sobre las diferencias entre sus carreras. «El afortunado lo ha tenido mucho más fácil que yo. Ha contado con el apoyo de una larga serie de predecesores desde Newton en adelante, mientras que yo he tenido que abrirme paso solo por una jungla enmarañada. No es de extrañar que mi camino no sea muy amplio y que no haya llegado lejos en él», señaló. Lo que no se decía era que el joven Einstein había sido galardonado con un Premio Nobel en 1922, un honor que Freud nunca recibiría, pese a sus numerosas nominaciones.

Aunque nunca se volverían a ver después de ese encuentro en Berlín, Einstein se dirigió a Freud en el verano de 1932 en busca de ayuda. Con los nazis y otros movimientos radicales de nuevo en ascenso, el Instituto Internacional de Cooperación Intelectual de la Sociedad de Naciones le había pedido que eligiera a otra persona eminente para intercambiar ideas con él sobre el «más imperioso de todos los problemas que la civilización debe enfrentar», según lo expuso en la carta que le envió a Freud.[20] «Este es el problema: ¿hay alguna manera de liberar a la humanidad de la amenaza de la guerra?», añadía.

Einstein se declaraba pacifista y las opiniones de Freud habían evolucionado mucho desde el apoyo inicial a su bando en la primera guerra mundial, comenzando por su ensayo de 1915 *De guerra y de muerte*, en el que criticaba la «furia ciega» y la destrucción indiscriminada del conflicto. Poco antes de recibir la carta de Einstein aquel verano de 1932, había firmado un llamamiento del novelista francés Henri Barbusse, pacifista y miembro del Partido Comunista, en el que se pedía a los profesionales de la medicina que asistieran a un congreso cuya finalidad era evitar una nueva guerra mundial. «Como guardianes de la salud de los pueblos alzamos nuestra voz para advertir contra una nueva carnicería interminable a la que están siendo arrastradas las naciones y cuyas consecuencias son imprevisibles», declaraba.[21] Aunque Freud no asistió al encuentro, este contacto con el activismo político era muy poco habitual en él.

Freud, sin embargo, no se consideraba ni un activista político ni un pensador, lo que significaba que, para atraerlo, Einstein tenía que apelar a sus intereses primarios. El físico confesaba que no tenía ningún conocimiento «de las oscuridades de la voluntad y el sentimiento humanos», y le pedía a Freud que iluminase «el problema con la luz de su vasto saber acerca de la vida instintiva del hombre».

Einstein añadía que la solución más obvia era la creación de una «organización supranacional competente para emitir veredictos de autoridad incontestable e imponer el acatamiento absoluto de la ejecución de estos». Tal cosa exigiría la «renuncia incondicional» de todas las naciones a su soberanía «en cierta medida», pero reconocía que había en juego «fuertes factores psicológicos» que paralizaban «dichos esfuerzos», incluida la facilidad con que las pasiones nacionalistas pueden convertirse en una «psicosis colectiva» que desemboca en conflictos armados.

Einstein incluyó intencionadamente esta clase de términos en la carta porque temía que Freud pudiera declinar la petición alegando que se alejaba demasiado de su área de especialización. En realidad, Freud se sintió halagado y las probabilidades de que rechazara a Einstein por alguna razón eran escasas. No obstante, en su respuesta afirmaba que la pregunta sobre librar a la humanidad de la guerra le cogió «por sorpresa»: «Me quedé estupefacto al pensar en mi (a punto he estado de escribir "nuestra") incompetencia, ya que esto me pareció más un asunto de política práctica, el estudio propio del estadista».

Tras reconocer que Einstein no pedía propuestas políticas, sino que intentaba comprender «cómo afecta esta cuestión de prevenir la guerra a un psicólogo», Freud intentaba dar detalles de las teorías sobre las que había escrito anteriormente y abordar el «quid de la cuestión» que Einstein había expuesto en su carta: los obstáculos evidentes para facultar a una institución que impusiera la paz.

«Los conflictos de intereses entre los hombres se zanjan, en principio, mediante el recurso a la violencia», escribió Freud. Y añadía: «Ocurre lo mismo en el reino animal, del que el hombre no habría de excluirse». El nuevo armamento demostraba que la inteligencia era más importante que la fuerza bruta, pero el objetivo último, eliminar a los enemigos en cualquier disputa, seguía siendo el mismo. Muy a menudo significaba matarlos, lo que también «satisface un deseo instintivo», pero en otros casos podría desembocar en su esclavitud. «En ese caso, la violencia encuentra una salida no en la matanza, sino en la subyugación.»

En su opinión, en todos los seres humanos había dos tipos de pulsiones: la que busca conservar y unir, que llamamos «erótica» o «sexual»; y la que busca destruir y matar, también conocida como «pulsión de muerte». Remedando a Einstein, argumentaba que solo se podían evitar las guerras si existía, de común acuerdo, «un control central» que tuviese «la última palabra en todo conflicto de intereses» y al que se dotaría de la «fuerza ejecutiva adecuada».

Sin embargo, Freud era aún más directo que Einstein y concluía que ninguna institución de este tipo obtendría la aceptación suficiente para lograr su propósito: «Está muy claro que las ideas nacionalistas, de suma importancia hoy en día en todos los países, operan en sentido contrario. [...] No hay posibilidad alguna de que seamos capaces de suprimir las tendencias agresivas de la humanidad».

Freud no estaba pensando solo en los nazis y en otros grupos derechistas; mostraba el mismo desdén por los bolcheviques, que aspiraban «a acabar con la agresividad humana garantizando la satisfacción de las necesidades materiales e instaurando la igualdad entre los hombres». «Yo creo —añadía— que es una esperanza vana. Mientras tanto, se dedican a perfeccionar su armamento, y su odio hacia quienes no son de los suyos no es el menor de los factores de cohesión entre ellos.»

Aunque Freud hablaba de los «pacifistas como nosotros», que consideraban intolerable la guerra, en su carta no se mostraba plenamente comprometido con la causa pacifista. Y afirmaba que «no se pueden condenar indiscriminadamente todas las formas de guerra» mientras casi todas las naciones se preparan «cruelmente para exterminar a su adversario». Eso significaba que «todas por igual deben estar equipadas para la guerra».

El intercambio de correspondencia se publicó en forma de folleto en 1933, pero Freud reconocía que se trataba de uno de sus escritos menos impresionantes.[22] Su pesimismo sobre las posibilidades de acabar con la guerra estaba plenamente justificado y había revelado más acerca de su visión política de lo que solía, pero no había logrado satisfacer las expectativas de los lectores, que querían al menos cierta orientación sobre cómo se podía controlar la pulsión de muerte.

Al comprender que no había añadido mucho a las reflexiones iniciales de Einstein, Freud comentó que con este intercambio de cartas ni él ni Einstein iban a ganar el Premio Nobel, un intento de humor mordaz, dada su susceptibilidad con el tema del galardón, que se le seguía escapando. En un comentario posterior, aludió a esa correspondencia «tediosa y estéril a la que se dio en llamar discusión con Einstein».[23]

Todo ello no hacía más que resaltar que para Freud el psicoanálisis era el centro de su sistema solar y prácticamente todo lo demás era periférico. A veces podía desviarse un poco, como hizo a instancias de Einstein, pero no se sorprendía ni se mostraba visiblemente decepcionado cuando estos esfuerzos generaban escasos resultados. Su máxima prioridad era fortalecer la teoría y la práctica del psicoanálisis independientemente de lo que estuviera sucediendo en el plano político y económico. Así era como medía su éxito o su fracaso.

Esa era también la razón de que Freud pudiera dedicar tanto tiempo y energía a disputas aparentemente menores con algunos de sus seguidores mientras Europa se hundía cada vez más en la crisis. Su viejo colega húngaro Sándor Ferenczi había empezado a experimentar con técnicas nuevas en sus sesiones con los pacientes, y una de ellas consistía en interpretar el papel de un progenitor cariñoso que mostraba afecto por ellos.[24] Esto contradecía la idea de Freud de que había que evitar cualquier vínculo emocional entre analistas y pacientes, y advirtió a Ferenczi de que estaba procediendo «en todo tipo de direcciones» que no le parecían conducir a «ningún objetivo deseable». Preocupado por las señales de una incipiente ruptura entre ellos, Ferenczi viajó a Viena a finales de octubre de 1931 para que pudieran hablar de sus discrepancias.

La conversación fue amistosa, como siempre, pero no lograron resolver nada. Freud seguía estando descontento con el nuevo rumbo de Ferenczi y este no tenía ninguna intención de claudicar, como manifestó en una carta escrita varias semanas después de su encuentro. En su respuesta, fechada el 13 de diciembre de 1931, Freud dejaba igualmente claras sus objeciones: «Veo que las divergencias entre usted y yo están llegando a un punto culminante debido a un detalle técnico que merece la pena discutir. Usted no ha ocultado nunca el hecho de que besa a sus pacientes y les permite que le besen a usted; se lo he oído decir también a un paciente mío».

Anticipando una acusación en su contra, añadía: «Por supuesto, no soy una de esas personas que por mojigatería o por respeto a los convencionalismos burgueses habría de condenar pequeñas gratificaciones eróticas de esta índole». Sin embargo, argumentaba que Ferenczi podría estar abriendo la puerta a prácticas mucho más peligrosas: «Ahora imagine usted cuál sería el resultado de dar a conocer públicamente su técnica. No hay ningún revolucionario al que no desaloje de su campo otro todavía más radical que él. Muchos pensadores independientes en materia de técnica se dirían a sí mismos: ¿por qué detenernos en el beso? Sin duda, se consigue más cuando se recurre también al "manoseo", que, al fin y al cabo, no engendra un niño». Luego, contradiciendo su afirmación de que no le movía la mojigatería, imaginaba escabrosamente «espiar y mostrar» y «acariciar partes» como el paso siguiente si el proceso se descontrolaba.

A Ferenczi, esta dura reprimenda debió de caerle como un jarro de agua fría, pero Freud insistió en que su único propósito era instarlo a que acatara las normas de comportamiento básicas y evitara la tentación de experimentar de algún modo con ellas. «Hasta ahora, en nuestra técnica, nos hemos mantenido fieles a la conclusión de que a los pacientes se les deben negar las gratificaciones eróticas», declaraba. Freud se quejó a Max Eitingon, que estaba en Berlín y era el presidente de la Asociación Psicoanalítica Internacional en ese momento, de que Ferenczi se había ofendido «porque a nadie le gusta escuchar que juega a la madre y el hijo con sus pacientes mujeres».

Nada de esto provocó una ruptura abierta entre ambos hombres, pero su relación se enfrió claramente y se mantuvo así hasta que Ferenczi murió en Budapest el 22 de mayo de 1933.

Por mucho que Freud estuviera centrado en esta clase de disputas internas, era imposible ignorar la crisis económica y política que afectaba a Europa y proyectaba una oscura sombra por todas partes. Era especialmente visible en Alemania, un país que hasta entonces había desempeñado un importante papel en la difusión de sus enseñanzas y prácticas. El responsable de muchos de estos primeros éxitos, junto con Karl Abraham, que murió en 1925, fue Max Eitingon, el hijo de un acaudalado hombre de negocios que poseía una peletería en Nueva York.[25] En 1920 había cofundado y financiado la apertura del Instituto Psicoanalítico de Berlín, que trataba a pacientes y también formaba a psicoanalistas. El interior del centro lo diseñó el hijo menor de Freud, Ernst, que se había afincado en la capital alemana después de la guerra.[26]

Gracias a la generosidad con que Eitingon financiaba el Instituto Psicoanalítico de Berlín, al psicoanálisis le iba especialmente bien en esta ciudad. Según un informe, entre 1920 y 1930 se habían realizado en el instituto 1.955 consultas, de las que casi una tercera parte había desembocado en una terapia con psicoanálisis.[27] A los pacientes los habían tratado noventa y cuatro terapeutas, que, en su mayoría, acabaron siendo miembros de la Asociación Psicoanalítica Internacional. A medida que la reputación del instituto iba en aumento, se convirtió en un imán para los aspirantes a psicoanalistas, no solo de Alemania, sino también de Gran Bretaña, Francia, Suecia, Estados Unidos y otros países, lo que tuvo un efecto multiplicador, ya que algunos de los titulados pusieron en marcha sus propios institutos cuando regresaron a sus lugares de origen.

Cuando la bolsa de valores se desplomó en 1929, el padre de Eitingon perdió su fortuna y murió tres años más tarde. Max ya no pudo seguir haciendo generosas donaciones al instituto de Berlín y a la Verlag, la rama editorial del movimiento freudiano en Viena. Incluso las ventas de los libros de Freud, que habían sido una fuente considerable de ingresos, cayeron drásticamente. En enero de 1932, Eitingon visitó a Freud en Viena para hablar del futuro del instituto berlinés y del sello editorial. Estaba alarmado no solo por los problemas financieros, sino también por el creciente poder del movimiento nazi de Hitler, e incluso se planteaba trasladarse a Palestina. Freud estaba más centrado en los problemas financieros y en ese momento todavía no era consciente del grave peligro que se avecinaba. En consecuencia, le aconsejó a Eitingon que mantuviera el instituto de Berlín en funcionamiento durante el mayor tiempo posible y le instó a quedarse.[28]

Para mantener a flote la Verlag, el hijo mayor de Freud, Martin, asumió el cargo de gerente y pidió a los acreedores una moratoria de los pagos al tiempo que recortaba gastos.

En abril, Freud escribió a la Asociación Psicoanalítica Internacional y a las asociaciones nacionales para solicitar ayuda.[29] Como más o menos por esa misma época Eitingon sufrió lo que se describió como una «leve trombosis cerebral», el siempre enérgico Ernest Jones intervino para supervisar la traducción, la distribución y el seguimiento de las obras que se publicaban. Freud distaba mucho de ser optimista sobre lo que se podía lograr en medio de una depresión global. «No espero ningún resultado. Quizá solo estemos repitiendo el ridículo acto de salvar la jaula del pájaro mientras se quema toda la casa», afirmó.

Como señaló Jones, Freud no acertó con su predicción, ya que su llamamiento obtuvo una «respuesta inmediata y gratificante», sobre todo del otro lado del Atlántico. «Lo que salvó la situación fue la generosidad de los colegas estadounidenses, por lo que merecen todos los elogios», dijo.[30]

Esto permitió esquivar la amenaza inmediata de bancarrota, pero las perspectivas para el movimiento freudiano, sobre todo para los analistas judíos y los judíos en general, eran cada vez peores. Por mucho que Freud no quisiera pensar en el panorama político más amplio, tampoco podía ignorarlo del todo, aunque se seguía aferrando a la idea de que no había razones para el pánico. Durante la visita de Bullitt a Berlín en 1930 para trabajar en el libro sobre Wilson, Freud le dijo: «No es posible que una nación que ha dado a Goethe pueda encaminarse hacia el mal».[31]

Sin embargo, la situación no tardaría en afectar a su propia familia. En 1932, Oliver, que al igual que Ernst se había afincado en Berlín, perdió su trabajo como ingeniero civil y su padre tuvo que ayudarlo económicamente durante el resto del tiempo que se quedó en la capital alemana.[32] El éxodo de psicoanalistas judíos de Europa ya había empezado a cobrar impulso antes de que Hitler llegara al poder en enero de 1933, cuando algunos de ellos decidieron emprender una nueva vida en Estados Unidos, Palestina u otros lugares.

Pero Freud no tenía ninguna intención de mudarse. La razón principal era su apego a la vida en Viena y su convicción de que era demasiado viejo y estaba demasiado enfermo para pensar en algo por el estilo. Eso no significaba que rechazara el movimiento sionista, que estaba atrayendo más atención debido al aumento del antisemitismo en Europa. Al fin y al cabo, fue miembro, junto con Einstein, del primer consejo de administración de la Universidad Hebrea de Jerusalén y en principio apoyaba la idea de buscar un nuevo hogar para los judíos que lo necesitaran. A finales de los años treinta, le escribió al traductor de sus libros en Jerusalén: «El sionismo ha despertado en mí las más profundas simpatías».[33] Y añadía que era algo que la situación actual parecía «justificar», aunque le habría gustado equivocarse «al respecto».

No obstante, los sentimientos de Freud sobre el sionismo eran más encontrados de lo que dejaba entrever. Durante el año anterior se había producido un estallido de violencia entre árabes y judíos en Tierra Santa que les costó la vida a 130 judíos. Después, Chaim Koffler, el representante en Viena de Keren Hayesod, un grupo de recaudación de fondos organizado por el movimiento sionista para ayudar a los inmigrantes judíos en Palestina, escribió a Freud, pidiéndole que declarara su apoyo a su causa.[34] «No puedo hacer lo que usted desea. Quien quiera influir en las masas debe darles algo provocador e incendiario, y mi moderada opinión del sionismo no permite esto», le respondió Freud en una carta el 26 de febrero de 1930.

De forma educada pero firme, Freud le explicó que, aunque simpatizaba con las víctimas judías de los disturbios, «el infundado fanatismo de nuestro pueblo es en parte responsable del despertar de la desconfianza de los árabes». En términos más generales, declaraba: «No creo que Palestina pueda llegar a ser un Estado judío, ni que el mundo cristiano o islámico estén alguna vez dispuestos a permitir que sus lugares santos queden en manos judías. Para mí habría sido más sensato fundar una patria judía en un territorio nuevo, sin trabas históricas, pero sé que un punto de vista tan racional nunca se habría ganado el entusiasmo de las masas y el apoyo financiero de los ricos».

Esta no era la respuesta que Koffler esperaba y escribió a lápiz en la carta: «No mostrar esto a extranjeros». La Biblioteca Nacional de Israel conserva una copia de la carta, que permaneció inédita durante sesenta años.

El 27 de enero de 1933, tres días antes de que Hitler fuera nombrado canciller, Eitingon le hizo otra visita a Freud en Viena para hablar de las consecuencias para su movimiento.[35] Para entonces, Jones había sustituido a Eitingon como presidente de la Asociación Psicoanalítica Internacional, pero Freud todavía confiaba en este último, su hombre en Berlín, para tratar de preservar cuanto pudiera en Alemania. El 3 de abril instó a Eitingon en una carta a aguantar tanto tiempo como pudiera en Alemania mientras reconocía que el efecto dominó de la toma de poder nazi también se dejaba sentir en Viena. «No faltan los intentos de crear pánico, pero, al igual que usted, abandonaré mi puesto solo en el último momento, y es probable que ni siquiera entonces lo haga», escribió.[36]

Entonces era más fácil contener el pánico en Viena que en Berlín, donde el incendio del Reichstag el 27 de febrero sirvió de excusa para suspender las libertades civiles y otorgar a Hitler plenos poderes dictatoriales en virtud de una ley con un nombre inocuo, la Ley Habilitante. Como había escrito Jones a Freud el 3 de marzo, «debe alegrarse de que Austria no forme parte de Alemania».[37]

En el nuevo contexto, el antisemitismo se convirtió en política oficial y la profesión médica en un objetivo prioritario. Los médicos no arios, incluidos los psicoanalistas, ya no podían participar en los programas de seguros de salud públicos o privados, con lo que se les impedía ganarse la vida.[38] Eitingon también se vio obligado a renunciar al cargo de director del Instituto Psicoanalítico de Berlín y fue reemplazado por Karl Boehm, uno de los dos únicos miembros «arios» de la junta.

A finales de año, Eitingon emigró a Palestina, donde constituyó rápidamente la Asociación Psicoanalítica Palestina. La mayoría de los psicoanalistas judíos de Alemania también huyeron al extranjero. En Londres, Jones ayudó a organizar algunos de esos viajes e incluso pagó de sus ahorros el reasentamiento de la viuda y la hija de Karl Abraham. También estuvo en contacto asiduamente con Anna Freud, que seguía en Viena y era la secretaria de la Asociación Psicoanalítica Internacional, y escribió a colegas de otros lugares para dar la voz de alarma y buscar su ayuda. En abril, describió la situación general en una carta a Smith Ely Jelliffe, un psicoanalista de Nueva York:

> Estamos teniendo aquí una época agitada con los refugiados políticos. Unos setenta mil escaparon de Alemania mientras se producía el golpe. Entre ellos se encuentran la mayoría de los miembros de la Asociación Psicoanalítica Alemana... La persecución ha sido mucho peor de lo que usted parece pensar y su reputación ha estado a la altura de la Edad Media.[39]

La maquinaria de propaganda nazi apuntó directamente no solo a los psicoanalistas alemanes, sino también al movimiento en general y a su fundador. «El psicoanálisis es un magnífico ejemplo de que nada bueno puede venir de un judío para nosotros los alemanes, aunque [Freud] produzca "logros científicos". Incluso si nos dio un 5 % que era novedoso y aparentemente bueno, el 95 % de su doctrina es destructiva y aniquiladora para nosotros», se podía leer en el número de agosto-septiembre de 1933 de la revista *Deutsche Volksgesundheit aus Blut und Boden* («Salud Pública Alemana de la Sangre y la Tierra»).[40]

En la tarde del 10 de mayo, miles de estudiantes participaron en una marcha con antorchas que terminó en una plaza situada frente a la Universidad de Berlín.[41] Allí prendieron fuego a una enorme pila de libros y siguieron añadiendo más ejemplares de autores a los que los nazis odiaban, desde Thomas Mann, Erich Maria Remarque y Lion Feuchtwanger hasta H. G. Wells, Jack London y Helen Keller. Y, naturalmente, Freud también figuraba en esa lista. Antes de que sus libros fueran arrojados a la hoguera, un orador dio una explicación personalizada: «¡Contra la sobrevaloración de la vida sexual, destructora del alma, y en nombre de la nobleza del espíritu humano, ofrezco a las llamas los escritos de un tal Sigmund Freud!».[42]

El ministro de Propaganda Joseph Goebbels declaró dirigiéndose a los estudiantes: «El alma del pueblo alemán puede expresarse de nuevo. Estas llamas no solo iluminan el final definitivo de una vieja era; también iluminan la nueva».[43] En otras ciudades alemanas también hubo quemas similares de libros.

El primer impulso de Freud fue restar importancia a estos espectáculos escalofriantes. «¡Qué progresos estamos haciendo! En la Edad Media me habrían quemado a mí; hoy se contentan con quemar mis libros», le dijo a Jones.[44] En palabras de su biógrafo Peter Gay, «debe de ser la ocurrencia menos clarividente que jamás haya dicho».[45]

No obstante, Freud entendía al menos algunas de las implicaciones, en especial para sus allegados que aún vivían en Alemania. Apoyó las decisiones de Eitingon y otros colegas de irse antes de que el régimen nazi comenzara a limitar la emigración, sobre todo de los judíos. Y también respaldó plenamente la decisión de sus dos hijos de huir de Alemania. En una carta a su sobrino Samuel, que estaba en Mánchester, le informó de que para ellos «la vida en Alemania se había vuelto imposible».[46] Ernst, el arquitecto y diseñador de interiores, se mudó a Londres, mientras que Oliver, el ingeniero civil, fue a Francia.

Alarmados por los acontecimientos que se sucedían en Alemania, varios amigos y colegas de Freud comenzaron a instarle a que emigrara. «En nuestros círculos ya hay mucha inquietud. La gente teme que las extravagancias nacionalistas de Alemania puedan extenderse a nuestro pequeño país. Incluso me han aconsejado que huya de inmediato a Suiza o a Francia», le dijo a Marie Bonaparte en una carta el 16 de marzo de 1933.[47] Pero insistía en que todos esos consejos eran «tonterías». Y añadía: «No creo que exista peligro alguno aquí y, de llegar, estoy firmemente decidido a esperarlo aquí. Si me matan, bueno, es una clase de muerte como otra cualquiera. Pero probablemente solo son bravatas de poca monta».

Diez días más tarde respondió a una invitación de Bonaparte para que fuera a vivir a su casa de Saint-Cloud, a las afueras de París. Le daba las gracias, pero añadía, dando otra muestra más de su confusión entre el deseo y la realidad: «He resuelto no hacer uso de ella; difícilmente será necesario. Las brutalidades parecen estar disminuyendo en Alemania». No obstante, en la misma carta era lo suficientemente realista para reconocer que el «sojuzgamiento sistemático de los judíos, a quienes se está privando de todas las posiciones, apenas si ha comenzado». También aducía que «la persecución de los judíos y la restricción de la libertad intelectual» eran los únicos puntos del programa de Hitler que se podían «llevar a la práctica». Todo lo demás era «debilidad y utopía».

Sándor Ferenczi, en un último intercambio de cartas con Freud antes de su muerte en mayo, insistió desde Budapest en que Freud necesitaba huir de Viena lo antes posible, pero este fue igual de inflexible en su respuesta y rechazó lo que llamó el «motivo de la huida», como había hecho con Bonaparte. «Me alegra poder decirle que no pienso abandonar Viena», le escribió el 2 de abril. Y enumeraba varias razones prácticas que motivaban su decisión: «Tengo problemas para moverme y dependo demasiado de mi tratamiento, que me ayuda a sentirme mejor y más cómodo. Además, no quiero dejar aquí mis posesiones. De todos modos, probablemente me quedaría aunque disfrutara de plena salud y juventud».

El quid de la cuestión era que Freud quería creer que podría seguir viviendo en Viena el tiempo que le quedara de vida, sin importar lo que sucediera en Alemania. «No existe ningún peligro personal para mí, y cuando usted dice que la opresión a la que estamos sometidos los judíos nos depara una vida sumamente desagradable, no debe olvidar la incomodidad que supone reasentarse en el extranjero, ya sea en Suiza o en Inglaterra, donde acogen refugiados. En mi opinión la huida solo estaría justificada si existiera una amenaza de muerte directa», le dijo a Ferenczi.

Cuatro días después de que quemaran sus libros en Berlín, Freud le escribió a Lou Andreas-Salomé en un tono más reflexivo, insinuando que no era tan optimista como de costumbre sobre la supuesta ausencia de peligro inmediato: «Con nosotros las cosas son como cabría esperar en estos tiempos de locos. Incluso Anna está deprimida en algunos momentos».[48]

El popular escritor judío austriaco Stefan Zweig, cuyos libros también fueron arrojados a la hoguera en Berlín, habló con Freud en varias ocasiones de los «horrores del mundo de Hitler». «Como persona estaba profundamente conmovido, pero como pensador no le sorprendía en absoluto aquel escalofriante estallido de bestialidad», recordaba Zweig.[49] Como Freud «negaba la supremacía de la cultura sobre los instintos», el ascenso de los nazis confirmaba horriblemente, «y en verdad no estaba nada orgulloso de ello, su opinión de que la barbarie, el elemental instinto de destrucción, era inextirpable del alma humana».

Freud podía analizar los acontecimientos de esa manera tan desapegada, pero era incapaz de extraer las conclusiones lógicas que suponían para su situación. No era el único, sobre todo en Austria, donde persistía la ilusión de que se podrían mantener a raya los peligros de la barbarie y el instinto de destrucción. «Hoy todos recordamos con poco orgullo la ceguera política de aquellos años y vemos con horror hasta dónde nos ha conducido; quien quisiera explicarlo tendría que acusar, ¡y quién de nosotros tendría derecho a hacerlo!», escribiría Zweig más tarde.

Aunque algunos judíos alemanes como Einstein, que partió hacia Estados Unidos en diciembre de 1932, en vísperas del ascenso de Hitler, comprendieron pronto la magnitud del peligro, fueron la excepción más que la regla. Zweig escribió: «Tengo que confesar que en 1933 y todavía en 1934 nadie creía que fuera posible una centésima, ni una milésima parte de lo que sobrevendría al cabo de pocas semanas».

No obstante, Zweig también podría haber señalado que su ceguera política no duró tanto como la de Freud. A diferencia de este, no tardó en llegar a la conclusión de que Austria no iba a librarse de los horrores de Hitler y emigró a Inglaterra en 1934. En 1940, él y su segunda esposa se trasladaron brevemente a Estados Unidos antes de establecerse en Petrópolis, Brasil. Allí se sentía solo y aislado, deprimido por las primeras victorias alemanas en la guerra, y podía imaginar muy vívidamente lo que estaba ocurriendo en la Europa controlada por los nazis. El 22 de febrero de 1942 tanto él como su esposa tomaron una sobredosis de barbitúricos.[50] En la nota de suicidio, Zweig explicaba que ahora que su «patria espiritual, Europa, se ha destruido a sí misma», lo que incluía su mundo germanoparlante, él ya no tenía fuerzas para seguir adelante.

10

La celda austriaca

El convencimiento de Freud de que podía seguir viviendo y trabajando en Viena se basaba en una premisa: los dirigentes de Austria se habían comprometido a tomar su propio sendero, lo que significaba que iban a salvaguardar la independencia del país sin importar lo que estuviera sucediendo al lado. Hitler había consolidado su poder a una velocidad de vértigo, transformando Alemania en un Estado totalitario consagrado a imponer su doctrina de la pureza racial, y sus escritos y discursos no dejaban duda de que estaba decidido a intentar materializar su grandiosa visión de un nuevo Imperio alemán. Aun así, Freud decidió creer que Austria no iba a ahogarse en la creciente marea nazi.

«Pese a todas las noticias en los periódicos de turbas, manifestaciones, etc., Viena está tranquila, la vida transcurre sin perturbaciones. Cabe esperar con certeza que el movimiento de Hitler se extienda a Austria, de hecho ya está aquí, pero es muy poco probable que represente el mismo peligro que en Alemania», le escribía a Jones el 7 de abril de 1933.[1]

Freud sostenía que era probable que los nazis solo fueran una parte de una alianza de partidos de derechas que estaban empujando al país hacia una «dictadura derechista», lo que significaría la muerte de la «socialdemocracia», y añadía que, aunque esto no iba a hacer «la vida agradable a los judíos», cualquier «persecución legal» de estos provocaría la intervención de la Sociedad de Naciones. Además, como ya le había explicado a Marie Bonaparte, «nuestro pueblo no es tan brutal».[2] Y añadía que solo la anexión de

Austria por parte de Alemania podría poner en grave peligro a sus judíos, pero que Francia y sus aliados nunca lo permitirían.

En otra carta que le escribió a Jones el 23 de julio, afirmaba: «Nosotros también tendremos nuestro fascismo, la dictadura del partido, la eliminación de la oposición y el antisemitismo aplicado. Pero debemos mantener nuestra independencia y el tratado de paz hace que sea jurídicamente imposible despojar a las minorías de sus derechos».[3] Insistía en que eso le tranquilizaba lo suficiente para quedarse en Austria. *A posteriori*, su fe en el poder de los tratados resulta de una ingenuidad asombrosa, pero en aquel momento no era ni mucho menos el único en creer que era posible evitar el desborde del «caldero de la bruja en Alemania» y, en especial, de su líder.

No obstante, Freud dejaba escapar de vez en cuando que podía imaginar otras posibilidades más sombrías. «El mundo se está convirtiendo en una enorme prisión. Alemania es la peor celda. Lo que va a ocurrir en la celda austriaca es bastante incierto», le escribió a Bonaparte ese mismo verano.[4]

La celda austriaca, como Freud la llamaba, solía ser vista en la época como un Estado remanente, pues era todo lo que quedaba del antiguo y vasto Imperio austrohúngaro que los vencedores habían desmantelado al final de la primera guerra mundial. Austria, con una población de 6,5 millones de habitantes frente a los 50 millones que habían vivido bajo el dominio de los Habsburgo, había sufrido una derrota aún mayor que su aliado alemán, un país mucho más vociferante en sus protestas por las condiciones de paz impuestas por el Tratado de Versalles. Pese a la pérdida del 13 % de su territorio europeo y aproximadamente el 10 % de su población, Alemania se mantenía prácticamente intacta.[5]

Los dos antiguos aliados experimentaron muchos de los mismos problemas a comienzos del periodo de entreguerras: hiperinflación, malestar social generalizado y el auge de partidos políticos radicales de derecha e izquierda, respaldados por fuerzas paramilitares, que luchaban entre sí y socavaron los frágiles Gobiernos de coalición que intentaban mantener cierto orden. Los políticos de Berlín y Viena seguían turnándose al timón: los nuevos cancilleres ascendían y caían a una velocidad desconcertante, casi antes de que sus nombres se volvieran familiares.

Sin embargo, Austria tenía sus propias peculiaridades, y su dinámica política no seguía necesariamente la misma trayectoria que la de Alemania. Por un lado, los austriacos aún podían burlarse de su situación por muy terrible que pareciera. Según un dicho vienés de la época, «la situación en Alemania es grave, pero no desesperada; la situación en Austria es desesperada, pero no grave».[6] La supervivencia de ese tipo de humor irónico, junto con la sensación de que buena parte de la vida cotidiana en la capital seguía siendo civilizada y encantadora, contribuyó a alimentar en Freud la creencia de que podía soportar cualquier tormenta que se avecinara.

Ni siquiera las divisiones en la sociedad austriaca eran claramente paralelas a las de Alemania. La capital era conocida como la «Viena Roja» por ser el bastión de los socialistas, que disponían de una fuerza paramilitar conocida como la *Schutzbund*.[7] La mayoría de los 175.000 judíos de la ciudad, aproximadamente el 10 % de la población, figuraban entre sus partidarios más estables.[8] Las ciudades más pequeñas y el campo eran bastiones de los católicos conservadores, cuya fuerza paramilitar se llamaba la *Heimwehr*. En ocasiones, los dos grupos armados se enfrentaban directamente; otras veces, el pequeño ejército federal, cuyas lealtades estaban divididas, participaba en los conflictos. Después de que un tribunal absolviera a tres derechistas que habían disparado en julio de 1927 contra manifestantes socialistas y habían matado a un trabajador y a su hijo de siete años, los manifestantes incendiaron el Palacio de Justicia y trataron de impedir que los bomberos apagaran el fuego. La policía respondió con numerosas salvas, matando a ochenta y cuatro personas e hiriendo a otras quinientas.

Sin embargo, no estaba claro en modo alguno qué era lo que cada una de las partes esperaba conseguir, sobre todo en lo que respectaba a la cuestión esencial de la existencia de Austria. Los socialistas estaban más ligados a la idea de una identidad alemana común que los partidos conservadores. Karl Renner, el primer canciller de Austria después de la primera guerra mundial, fue un líder socialdemócrata y un apasionado defensor de la unificación con Alemania. «Los austriacos nunca fueron por sí mismos una nación y nunca podrían serlo», afirmó en 1928.[9] Alemania y Austria sugirieron la idea de una unión aduanera en 1931, lo que provocó la retirada de los créditos franceses a los bancos austriacos y agravó la crisis económica.[10] En ese momento, París todavía estaba decidido a que los dos países de lengua alemana permaneciesen separados.

Austria encadenaba una crisis tras otra y la tasa de desempleo se elevó al 27 % en febrero de 1933.[11] Al mismo tiempo, el ascenso de Hitler al poder en Alemania no presagiaba nada bueno para su tierra natal. En *Mi lucha*, el líder nazi había manifestado que su «ardiente amor» por su «patria austrogermana» iba acompañado de un «odio profundo por el Estado austriaco» y de la comprensión «de que solo se podía salvaguardar el germanismo con la destrucción de Austria».[12] Dicho de otro modo, el único resultado aceptable era el *Anschluss*, la anexión de Austria por parte de Alemania para formar un Estado alemán. El pequeño Partido Nazi de Austria sería la herramienta para alcanzar ese objetivo.

En teoría, la mayoría de los austriacos se mostraban receptivos a la idea del *Anschluss*. El corresponsal estadounidense John Gunther, que en ese momento estaba destinado en Viena, calculó que, en 1932, el 80 % de ellos estaban a favor, pero eso cambió rápidamente. «A finales de 1933, al menos el 60 % estaba en contra. La razón: el terror de Hitler», escribió.[13] En lugar de esperar para ganarse a la opinión pública austriaca, los nazis habían emprendido una campaña de terror que incluyó bombas, tiroteos y otros actos violentos, lo que alarmó a la mayoría de la sociedad austriaca, incluida la derecha, y desencadenó una fuerte reacción en contra.

Lo más significativo fue la aparición en Viena de un nuevo líder político que trató de liderar la creciente resistencia contra los nazis. En mayo de 1932, Engelbert Dollfuss, el ministro de Agricultura y Silvicultura, fue nombrado canciller por el Partido Socialcristiano.[14] En gran parte lo eligieron porque muchos de los políticos con más experiencia no querían asumir la tarea aparentemente imposible de intentar dirigir un país sumido en múltiples crisis. Dollfuss, que solo tenía cuarenta años, no era una figura imponente. Hijo ilegítimo en una familia campesina católica, pronunciaba torpemente los discursos y medía un metro y medio de estatura, lo que le convirtió en el blanco de numerosos chistes. Un ejemplo: la policía había frustrado un intento de golpe contra él al localizar y retirar una ratonera introducida clandestinamente en su habitación. Sin embargo, según Gunther, «se convirtió en David para el Goliat de los nazis».

Hitler había estado intensificando la presión sobre Austria, poniendo en peligro el turismo al imponer una nueva tasa a los alemanes que quisieran viajar al país, además de seguir promoviendo la campaña de terror por parte tanto de los nazis de dentro de Austria como de la Legión Austriaca, las fuerzas paramilitares nazis austriacas en Baviera que perpetraban ataques transfronterizos. El 19 de junio de 1933, una persona murió y veintinueve fueron heridas en un atentado con granada en Krems, en el valle vinícola de Wachau, a orillas del Danubio. Dollfuss respondió prohibiendo el Partido Nazi en Austria, y llamando a la unidad a sus compatriotas, incluidos los socialistas, para desafiar a Hitler y dejar de hablar de un *Anschluss*.

Esta medida nacía de la convicción. «Dollfuss creía realmente en Austria. No veía a su país como otra provincia alemana», escribió el autor judío George Clare, que creció en Viena antes del *Anschluss* y terminó luchando en el Ejército británico durante la guerra.[15]

El diminuto canciller se atrevió a tomar estas medidas tan decisivas por dos razones. En primer lugar, había aprovechado la dimisión de tres líderes del Parlamento el mes de marzo anterior para disolver este órgano y asumir plenos poderes dictatoriales. Ilegalizó todos los partidos políticos y creó el Frente Patriótico, que fue anunciado como un movimiento patriótico amplio. En segundo lugar, se había aliado con Benito Mussolini, su homólogo italiano, quien en ese momento estaba decidido a mantener a Austria como un Estado tapón entre su país y la Alemania de Hitler.

Los tres líderes reunían los requisitos para ser considerados fascistas, pero en aquel momento sus intereses no coincidían. Preocupado por la lealtad de sus súbditos germanoparlantes en Tirol del Sur, Mussolini no quería hacer nada que pudiera animarlos a buscar el respaldo de Hitler. En palabras de Gunther, eso supuso que el dictador italiano «se convirtiera a todos los efectos en el lord protector de Austria».

Dollfuss no era el único que quería animar a Mussolini a desempeñar ese papel. Muchos austriacos agradecían el apoyo de cualquiera que pudiera ayudar a frustrar los planes de Hitler en su país. Un incidente curioso sugiere que tal vez Freud fuera uno de ellos.[16] En 1933, el psicoanalista italiano Edoardo Weiss llevó a uno de sus pacientes a ver a Freud para una consulta. El padre del paciente, que lo acompañaba y era amigo íntimo de Mussolini, le pidió a Freud que le diera un obsequio para el dictador italiano con una dedicatoria. Freud accedió y le entregó un ejemplar de *¿Por qué la guerra?*, el intercambio epistolar con Einstein, que equivalía en sí mismo a un comentario mordaz. La dedicatoria decía: «Con el saludo devoto de un hombre anciano que reconoce al héroe cultural en el gobernante».

Weiss creía que Freud estaba aludiendo a las ambiciosas excavaciones arqueológicas que Mussolini había financiado en Italia, una alternativa diplomática preferible a decir algo que pudiera sonar a respaldo político. No obstante, aunque Freud no simpatizaba con los dictadores fascistas, hay otra interpretación posible: al igual que Dollfuss, Freud opinaba que Mussolini estaba del lado de Austria en aquel periodo, mucho antes de que el dictador italiano y Hitler formalizaran la alianza que los uniría durante la segunda guerra mundial. Freud también reconocía que, en la propia Austria, eran los políticos católicos de derechas los que estaban intentando parar a Hitler. Como le escribió más tarde a Lou Andreas-Salomé, «solo este catolicismo nos protege de los nazis».[17]

Dollfuss continuó enfrentándose a la oposición en dos frentes: los socialistas y los nazis. Tanto Mussolini como los líderes de la *Heimwehr*, a la que el canciller austriaco trataba como un ejército auxiliar, estaban deseando acabar primero con los socialistas. En febrero de 1934 estallaron nuevos enfrentamientos en Viena y las provincias, en los que la *Heimwehr*, el ejército federal y la policía se enfrentaron a las unidades paramilitares socialistas, la *Schutzbund*. El Karl-Marx-Hof y el Goethehof, dos enormes complejos de viviendas para trabajadores que había en la capital, fueron bombardeados; después de que los defensores se rindieran, ahorcaron a nueve líderes socialistas y encarcelaron a muchos más. En esos y otros enfrentamientos en todo el país murieron casi mil personas.

Con los socialistas derrotados, los nazis intensificaron su campaña de terror. Hitler estaba furioso por los llamados Protocolos de Roma, un acuerdo entre Italia, Austria y Hungría, también un país con un régimen autoritario, para coordinar sus políticas exteriores. El caudillo alemán creía que se trataba de un nuevo intento de Dollfuss de salvaguardar la independencia de Austria. El 25 de julio, los nazis austriacos intentaron derrocarlo si no con el apoyo directo de Hitler, al menos con su bendición tácita.

Tras ser alertado de que su Gobierno corría peligro, Dollfuss disolvió al mediodía una reunión de su gabinete en la Cancillería Federal. Cuando aún no había transcurrido una hora, durante un cambio de la guardia militar, irrumpieron 144 nazis que acorralaron a cuantos funcionarios pudieron encontrar. Dollfuss, que se encontraba en su despacho, logró ordenar al Ejército que se mantuviera leal y luego intentó escapar de los asaltantes, pero un grupo de ellos lo vio y su cabecilla, Otto Planetta, le disparó dos veces a quemarropa, hiriéndolo en la axila y en el cuello. Murió desangrado tras agonizar durante dos horas y media en las que sus asesinos se negaron a llamar a un médico o incluso a un sacerdote. Finalmente, la *Heimwehr* y la policía acudieron a ayudar, pero la confusión reinaba fuera de la Cancillería mientras discutían qué hacer sin saber lo que estaba ocurriendo dentro.

Paradójicamente, la muerte de Dollfuss no supuso una victoria para los golpistas nazis. Ampliamente superados en número y sin indicio alguno de que Hitler fuera a acudir en su rescate, pidieron un salvoconducto para marcharse a Alemania. Convencidos de que su petición había sido aceptada, se rindieron por la noche. Sin embargo, el ministro de Educación Kurt von Schuschnigg, un hosco partidario de Dollfuss que también había ocupado el cargo de ministro de Justicia y al que habían nombrado sucesor del canciller al día siguiente, tenía otros planes. Trece de los golpistas, incluido Planetta, fueron ahorcados, y el resto, encarcelados.

Con el ascenso de Schuschnigg, el Gobierno mantuvo su compromiso con las políticas de su predecesor asesinado: una dictadura derechista, pero que continuaría resistiéndose a que los nazis tomaran el poder. El nuevo canciller, que había comenzado su carrera como abogado en Innsbruck, era más ambivalente respecto a la idea de una identidad austriaca en oposición a una identidad alemana, y confiaba en llegar a algún tipo de acuerdo con Hitler. No obstante, seguía dependiendo de Mussolini para que le ayudara a evitar el *Anschluss* e incorporó a la *Heimwehr* en el Frente Patriótico para poner fin a las divisiones en el seno de las fuerzas armadas.

Para Freud y los demás judíos austriacos, la situación seguía siendo caótica e impredecible, pero no necesariamente alarmante. Durante los episodios de violencia de febrero de 1934, Freud le escribió a su hijo Ernst, quien seguía en Londres: «Probablemente no es fácil enterarse por los periódicos de lo que sucede de verdad en una ciudad donde sigue habiendo tiroteos».[18] Y añadía: «El futuro es incierto: o el fascismo austriaco o la esvástica. En este último caso, tendríamos que marcharnos; estamos dispuestos a aceptar el fascismo nativo hasta cierto punto, ya que difícilmente puede tratarnos tan mal como su primo alemán». Esta mención del «último caso» indicaba que sabía que no se podía descartar una ocupación alemana, pero seguía aferrándose a la idea de que no iba a suceder.

El escritor judío George Clare, que por entonces era un adolescente en Viena, escribió refiriéndose al destino de Dollfuss: «El asesinato del pequeño canciller fue una advertencia, pero para nosotros esta advertencia seguía siendo invisible. No fuimos mejores que los judíos de Alemania a la hora de interpretar los primeros signos que señalaban nuestro destino».[19]

La preocupación inmediata de Jones, Freud y otros era el peligro que corría su movimiento en Alemania. Aunque la mayoría de los psicoanalistas judíos habían huido del país, todavía quedaban algunos. En los primeros tiempos del régimen de Hitler seguían siendo miembros de la Sociedad Psicoanalítica Alemana, pero tenían cada vez más dificultades para practicar su profesión. En lugar de luchar contra esta tendencia, Jones, como presidente de la Sociedad Psicoanalítica Internacional, creyó que debía tratar de salvar cuanto pudiera del psicoanálisis en Alemania. El 1 de diciembre de 1933 voló a Berlín para presidir una reunión de la sociedad en la que, según dijo, «los pocos miembros judíos que quedaban se ofrecieron a renunciar para evitar que la sociedad fuera disuelta».[20]

Algunos de ellos aguantarían un poco más. Sin embargo, el 15 de septiembre de 1935, los nazis anunciaron las leyes raciales de Núremberg, que despojaban a los judíos de todos sus derechos y codificaban su doctrina racista.[21] Al mes siguiente detuvieron a Edith Jacobson, analista judía del Instituto de Berlín, por tratar a pacientes comunistas en lugar de denunciarlos a la Gestapo.[22] Jones volvió a viajar a Berlín, donde debatió no solo su caso, sino también qué debían hacer los demás psicoanalistas judíos, quienes, al igual que Jones, seguían sin tener claro si debían renunciar a la sociedad, pero, a su regreso a Londres, Jones envió un telegrama a uno de ellos: «Aconsejo urgentemente renuncia voluntaria».[23] Había llegado a la conclusión de que este paso podría salvar a la sociedad alemana.

Los últimos miembros judíos que quedaban renunciaron el 1 de diciembre.[24] Jacobson permaneció en prisión, pero en 1938, cuando enfermó y fue hospitalizada, logró escapar y más tarde emigró a Estados Unidos.[25]

Aunque los nazis despreciaban a Freud y sus teorías, estaban interesados en lo que llamaban psicoterapia. En particular, Matthias Göring, el primo del brazo derecho de Hitler, Hermann Göring, puso en marcha en Berlín el Instituto Alemán de Investigación Psicológica y Psicoterapia. Cuando Jones se vio con el Göring menos conocido en 1936, le pareció una «persona bastante amable y agradable»,[26] pero pronto llegó a la conclusión de que no estaba en condiciones de cumplir las promesas de respetar a todo aquel que no se sometiera plenamente a las doctrinas nazis.

Karl Boehm, el presidente de la Sociedad Psicoanalítica Alemana, visitó a Freud en enero de 1937 y trató de explicarle cuál creía que sería la forma más conveniente de que él y los demás psicoanalistas arios operasen en el nuevo entorno. Le informó de que tenían que reemplazar expresiones como «complejo de Edipo» para evitar recordar a las autoridades nazis que su profesión se basaba en las teorías de su fundador judío.

Después de que Boehm se hubiera explayado durante tres horas, Freud intervino de forma categórica: «¡Basta! Los judíos han sufrido a causa de sus convicciones durante siglos. Ahora ha llegado el momento de que nuestros colegas cristianos sufran por las suyas. No concedo ninguna importancia a que se mencione mi nombre en Alemania siempre y cuando mi trabajo se presente allí de la forma correcta», le dijo.[27]

En realidad, el instituto de Göring no tardó en engullir los restos de la Sociedad Psicoanalítica Alemana y su instituto. Una organización controlada por los nazis difícilmente iba a comprometerse a presentar correctamente las ideas de Freud o alguna aproximación de estas con una etiqueta nueva. Se suponía que debía promover un tipo de psiquiatría aria para tratar a los alemanes, rechazando las teorías de Freud, aunque subsistiría cierta influencia subyacente de este.

Los libros editados en los años anteriores por la Sociedad Psicoanalítica Alemana, que estaban almacenados en Leipzig e incluían publicaciones de la sociedad vienesa, fueron confiscados. Los quince psicoanalistas judíos que no habían podido unirse a los muchos colegas que habían huido de Alemania cuando todavía era posible no tardarían en morir en los campos de concentración.

Pese a todos los inquietantes acontecimientos que tuvieron lugar a principios y mediados de los años treinta, Freud no permitió que perturbaran su rutina diaria y sus actividades intelectuales. Siguió viendo a sus pacientes y, como de costumbre, no dejó de responder a prácticamente cualquier persona que le escribiera. En 1935, por ejemplo, recibió una carta anónima de una madre estadounidense que le pedía consejo sobre su hijo, a quien consideraba profundamente atormentado. Freud le respondió en inglés: «Deduzco por su carta que su hijo es homosexual».[28] Y añadía que le había sorprendido que hubiera evitado emplear ese término.

Tras preguntarle por qué era tan reacia a usarlo, repitió los argumentos que había formulado en una discusión anterior con su paciente estadounidense Joseph Wortis. «La homosexualidad no es, desde luego, una ventaja, pero tampoco es algo de lo que haya que avergonzarse, ni un vicio ni una degeneración», afirmó. En lugar de verla como una enfermedad, «la consideramos una variación de la función sexual originada por cierta detención del desarrollo sexual». Como en la ocasión anterior, mencionó a algunos homosexuales famosos de épocas anteriores: Platón, Miguel Ángel, Leonardo da Vinci. «Es una gran injusticia perseguir la homosexualidad como si fuera un crimen, y también es una crueldad», añadió.

La mujer le había pedido ayuda y Freud lo interpretó como que esperaba que pudiera «suprimir la homosexualidad» de su hijo y «hacer que la heterosexualidad normal ocupara su lugar». Le explicó que, aunque cada caso era diferente, «en la mayoría de los sujetos ya no es posible». No obstante, el análisis podía reportar a su hijo «armonía, paz mental y plena eficiencia, ya siga siendo un homosexual o cambie». Incluso se ofreció a aceptarlo para analizarlo, pero solo si lo llevaba a Viena, lo que sabía que era poco probable. «No tengo ninguna intención de marcharme de aquí», señalaba. En esta clase de intercambios epistolares estaba en su elemento; disfrutaba compartiendo sus opiniones y sus puntos de vista, sobre todo cuando creía que podían ayudar a personas como aquella madre estadounidense.

A Freud también le complacían más de lo que dejaba entrever los reconocimientos que le prodigaban desde muchos ámbitos. El 26 de mayo de 1935 informó a Jones de que la Real Sociedad de Medicina había votado unánimemente nombrarlo miembro honorario.[29] «Como no puede haber ocurrido "por mis hermosos ojos", debe de ser una prueba de que el respeto por nuestro psicoanálisis ha logrado grandes progresos en los círculos oficiales de Inglaterra», escribió. El tono jocoso acentuaba su alegría, intensificada por el hecho de que siempre había sido un anglófilo.

Sin embargo, por mucho que lo deseara, no podía aislarse en su propio mundo e ignorar las siniestras fuerzas que actuaban en casi todas partes a su alrededor. «Los tiempos son sombríos», le admitió el 2 de mayo al escritor alemán Arnold Zweig (sin relación con Stefan Zweig), pero añadía: «Por suerte, no es tarea mía iluminarlos».

A veces también daba consejos que sugerían que estaba especialmente preocupado por la rapidez con la que los alemanes, incluidos muchos intelectuales, estaban aceptando el régimen nazi. El novelista Thomas Mann había visitado por primera vez a Freud en Viena en 1932 y se había marchado de Alemania al año siguiente, cuando Hitler tomó el poder. Los dos hombres habían seguido en contacto y, en junio de 1935, Freud le escribió con motivo del sexagésimo cumpleaños de Mann. «Deseo expresar la certidumbre de que usted nunca hará o dirá nada cobarde o vil (después de todo, las palabras de un escritor son hechos) y de que incluso en un momento que extravía el juicio elegirá el camino recto y se lo enseñará a los demás», le dijo.

Al margen de sus dolencias físicas y sus preocupaciones políticas generales, la constante dedicación de su hija Anna animaba y hacía más fácil la vida de Freud.[30] «Por supuesto, cada vez dependo más de los cuidados de Anna», le escribió a Lou Andreas-Salomé dos semanas más tarde. Citando a Mefistófeles («Al final dependemos / de las criaturas que creamos»), declaraba que «fue un acierto crearla».

Jones sabía muy bien cuánto dependía Freud de su hija, por lo que consideró una buena señal que Anna se reuniera aquel verano con él y con Max Eitingon en París para discutir los métodos de capacitación. «Era evidente que Freud se encontraba lo bastante bien para arreglárselas sin sus cuidados durante un par de días, algo que no era frecuente», observó Jones.

A las puertas de su octogésimo cumpleaños el 6 de mayo de 1936, Freud intentó disuadir a los demás de planear cualquier clase de celebración lujosa. «No, los tiempos no son adecuados para una fiesta», le escribió a Jones.[31] Y añadió en una carta a Marie Bonaparte: «Los rumores que me llegan sobre los preparativos para mi cumpleaños me molestan tanto como los chismorreos de los periódicos sobre un Premio Nobel».[32] También afirmaba saber que la actitud hacia él y hacia su trabajo no era «más favorable que hace veinte años».

No tenía razón en absoluto: para entonces, la fama y la influencia de Freud se daban por sentadas, por mucho que él se quejara de ser poco apreciado. Y una ocasión tan señalada como su octogésimo cumpleaños no iba a pasar inadvertida. Freud recibió un sinfín de felicitaciones y de regalos: en especial, un homenaje firmado por 197 escritores y artistas, entre los que figuraban Thomas Mann, Romain Rolland, Virginia Woolf, H. G. Wells y Stefan Zweig.[33] Jones estaba convencido de que el estilo delataba «inequívocamente» que lo había redactado Mann.

El documento, un encomio palmario de Freud, lo describía como un «valiente vidente y sanador, [...] un guía de regiones del alma humana hasta ahora insospechadas». A partir de ahí, los elogios no hacían sino aumentar y alcanzaban su punto álgido en los párrafos finales:

> En todos los ámbitos de las ciencias humanas, en el estudio de la literatura y el arte, en la evolución de la religión y la prehistoria, la mitología, el folclore y la pedagogía, y, no menos importante, en la poesía misma, sus logros han dejado una profunda huella; y estamos seguros de que si hay un hito de nuestra raza que nunca será olvidado ese será su hazaña de penetrar en las profundidades de la mente humana.
>
> Nosotros, los abajo firmantes, que no podemos imaginar nuestro mundo mental sin la audaz obra de Freud, estamos muy felices de saber que este gran hombre, con su inagotable energía, todavía está entre nosotros y sigue trabajando con una fortaleza inquebrantable. Que nuestros sentimientos de gratitud acompañen durante mucho tiempo al hombre que veneramos.

Freud señalaba con frecuencia que su fortaleza no estaba «intacta», pero este adjetivo seguía siendo preciso para describir su determinación. Estaba decidido a mantenerse activo y productivo intelectualmente mientras pudiera sobrellevar sus dolencias y limitaciones físicas. Como le había dejado claro a Max Schur, no tenía ningún deseo de prolongar su existencia cuando esta se volviera demasiado difícil y dolorosa. En una carta a Thomas Mann en junio de 1935, escribió: «Mi experiencia más personal [...] tiende a hacer que considere algo bueno que el destino misericordioso ponga un oportuno final a nuestra vida».[34]

Sin embargo, había al menos un proyecto importante que Freud estaba ansioso por completar antes de encontrar su destino. Desde que en 1901 había visto por primera vez el *Moisés* de Miguel Ángel en la iglesia de San Pietro in Vincoli, en Roma, quedó fascinado por esta figura central de la historia del éxodo del pueblo judío.[35] En 1914 publicó un ensayo anónimo sobre la estatua en el que rechazaba la interpretación común de que el artista había presentado un Moisés «agitado por el espectáculo de su pueblo caído en desgracia y bailando alrededor de un ídolo [el becerro de oro]», y a punto de romper las Tablas de la Ley que había bajado de la montaña. En su lugar, el «enorme poder físico» de la estatua «se convierte únicamente en una expresión concreta del logro mental más elevado que es posible en un hombre, el de luchar con éxito contra una pasión interior en beneficio de una causa a la que se ha consagrado». Dicho de otro modo, Moisés ha dominado su ira para poder salvar a su pueblo.

No es de extrañar que fuera una interpretación psicológica de Moisés y de Miguel Ángel. «El artista sintió la misma fuerza de voluntad violenta en sí mismo [como mostró en su tema]», escribió Freud. Aunque confesaba ser «lego» en los aspectos técnicos de las obras de arte, también explicaba que ejercían «un poderoso efecto» en él, y era evidente que su apreciación de estas era mucho más sofisticada de lo que dejaba entrever.

También era evidente que el interés o, más exactamente, la obsesión de Freud con Moisés no tenía que ver únicamente con su afición por las artes. Había sopesado muchas veces la posibilidad de escribir más ampliamente sobre él, pero hasta los años treinta no comenzó a formular cómo abordar el tema. En una carta a Arnold Zweig el 30 de septiembre de 1934, le describió el que consideraba su momento eureka, que estaba vinculado con el creciente antisemitismo de la época.[36] «Ante las nuevas persecuciones, uno vuelve a preguntarse cómo llegó el judío a ser lo que es y por qué ha atraído sobre sí este odio inextinguible. Pronto hallé la fórmula: Moisés creó al judío», escribió. El resultado sería lo que al principio describió como una «novela histórica», que reinterpretaría lo relatado en la Biblia y ofrecería información sobre el contexto religioso e histórico más amplio.

Freud comprendía que los tres ensayos acerca de Moisés que había previsto, sobre todo el tercero, en el que expondría sus puntos de vista no solo acerca del judaísmo, sino también acerca de las otras religiones monoteístas (el cristianismo y el islam), serían «algo fundamentalmente nuevo y demoledor para los no iniciados». Más tarde le explicó a Zweig que, al vivir «en una atmósfera de ortodoxia católica», este documento podría desencadenar la prohibición del psicoanálisis en Viena y de todas sus publicaciones. Para evitar que esto sucediera, su plan era escribir los tres ensayos, pero no publicar el tercero, el más polémico, en un futuro próximo.

Los dos primeros textos, publicados en 1937 en alemán en la revista psicoanalítica *Imago*, fueron bastante controvertidos. En ellos Freud exponía su tesis de que Moisés no había sido un niño judío adoptado por la familia real egipcia, como lo presenta la Biblia, sino un egipcio que llegó a convertirse en el líder del pueblo judío. También se interesó por una teoría generalmente descartada que afirmaba que los judíos no solo se habían vuelto en contra de Moisés, sino que posiblemente lo habían matado, lo que encajaría a la perfección con su idea del parricidio y el consiguiente legado de culpabilidad. Freud sabía muy bien qué tipo de reacción podría esperarle. La primera frase es muy reveladora: «Negarle a un pueblo al hombre al que honra como el más grande de sus hijos no es un acto que deba emprenderse a la ligera, y menos aún si uno mismo pertenece a ese pueblo».[37]

Freud estaba dispuesto a aceptar que se trataba de una figura histórica, no mítica, pero concluía que Moisés se había inspirado en las creencias de Akenatón, un faraón egipcio que impuso un «monoteísmo estricto, el primer intento de este tipo en la historia universal», algo que contrastaba mucho con la actitud de todos los demás faraones, que exigieron rendir culto a múltiples deidades. En otras palabras,

Moisés no solo era egipcio; sus enseñanzas también eran egipcias incluso si reflejaban creencias que eran atípicas entre los egipcios de esa época. Esto contradecía la doctrina tanto judía como cristiana sobre los orígenes de su creencia en un único Dios.

El título del segundo ensayo, «Si Moisés era egipcio...», deja claro que Freud se dio cuenta de lo poco sólidas que eran algunas de sus suposiciones. Le atraía lo que describió como «probabilidades psicológicas», al tiempo que reconocía que «carecían de pruebas objetivas». Esto podía hacer que pareciera «un monumento de hierro con el pedestal de barro». Y añadía que, «aunque todas las partes de un problema parezcan encajar como las piezas de un rompecabezas, se ha de recordar que lo verosímil no es necesariamente verdadero y que la verdad no siempre es verosímil». Durante el resto del tiempo que pasó en Viena, estuvo dando vueltas a sus ideas para el tercer ensayo, que explicaría sus teorías más amplias sobre la religión, pero no lo escribió hasta llegar a Londres.

Independientemente de los aciertos y desaciertos de los ensayos de Freud sobre este tema, claramente inconformistas, idiosincrásicos y a veces laberínticos, el mero hecho de que le interesara tanto en los últimos años de su vida revela mucho sobre su estado de ánimo. No solo se trataba de completar su ensayo y sus reflexiones sobre Moisés; también era una manera de evadirse ante la creciente evidencia de que su mundo se sumía en una pesadilla.

En una carta a Arnold Zweig del 14 de octubre de 1935, Freud describió a Max Schur como un «médico muy competente, tan profundamente indignado por lo que sucede en Alemania que no va a recetar ningún medicamento alemán».[38] Schur y otro médico judío del hospital en el que trabajaba pidieron un boicot general de los medicamentos alemanes y elaboraron un listado de fármacos suizos, austriacos y franceses que se podían utilizar como sustitutos. Schur recordaba que esto hizo que la célula nazi de su hospital los incluyera en la lista negra. Según dijo, en caso de que los nazis ocuparan Austria, también supondría acabar «destinados a un campo de concentración».

Resulta llamativo que Freud se mostrara casi perplejo por la postura política de Schur. A su vez, su opinión de que sus compatriotas austriacos nunca iban a adoptar un comportamiento tan brutal como los alemanes desconcertaba a Schur. «Olvidaba que Hitler era austriaco», comentó con sarcasmo.[39] Y concluía, ya más en serio: «Parecía como si Freud, que había descubierto la fuerza de la pulsión agresiva en el individuo, fuera incapaz de creer que se pudiera desatar esta fuerza en toda una nación».

A diferencia de su paciente, Schur estaba realmente alarmado y no parecía dispuesto a dejar que los acontecimientos siguieran su curso sin tomar medidas al respecto. Empezó a sopesar las posibilidades de emigrar y buscó trabajo en el extranjero, incluso en El Cairo.[40] En 1937 solicitó visados para su familia con el objetivo de trasladarse a Estados Unidos. Gracias a que había nacido en una zona del Imperio austrohúngaro que se había incorporado a la Polonia de entreguerras, tenía la opción de hacerlo en virtud de la cuota polaca, y los visados llegaron. Sin embargo, como Freud insistía en permanecer en Viena, Schur se quedó allí con él y pospuso cualquier decisión sobre la huida mientras seguía intentando animar a su paciente a considerar un plan similar.

Schur no era el único, ni mucho menos, al que le preocupaba cada vez más que su paciente más famoso pudiera estar en peligro. William Bullitt, el coautor del libro aún no publicado sobre Woodrow Wilson, compartía el temor de Schur y estaba dispuesto a ayudar a protegerlo cuanto pudiera. Durante su estancia en Moscú como primer embajador de Estados Unidos en la Unión Soviética, entre 1933 y 1936, la brutalidad de aquel Estado totalitario había desbaratado pronto sus ilusiones. Cuando más tarde asumió el cargo de embajador de Estados Unidos en Francia, no hizo falta convencerlo de que la otra potencia totalitaria en ascenso en Europa, la Alemania nazi, también representaba una peligrosa amenaza.

En el verano de 1937, la enérgica recomendación de Bullitt propició el nombramiento de John Wiley, su antiguo número dos en la embajada en Moscú, como cónsul general de Estados Unidos en Viena.[41] Al menos visto en retrospectiva, parece una maniobra cuidadosamente planeada en el tablero de ajedrez europeo que permitió a Bullitt mover el caballo a una posición desde la que podría entrar en acción si Freud corría peligro. Mucho después, Bullitt le explicó a Schur cuáles eran sus intenciones.[42] Según el médico, Bullitt le dijo que había intervenido para que Wiley fuera destinado a Viena «con la "misión" especial de vigilar atentamente a Freud y a su familia y, dentro de los límites diplomáticos, tratar de protegerlo».

En una carta que Bullitt envió a Freud desde París el 7 de septiembre, le anunció la inminente llegada a Viena de su «amigo íntimo, el señor John C. Wiley».[43] Y añadía: «El señor Wiley trabajó conmigo como consejero en la Embajada de Estados Unidos en Moscú y encontrará en él a un tipo excepcional. Le he pedido al señor Wiley que vaya a hablar con usted en cuanto llegue a Viena».

Bullitt también mencionaba a la otra persona de París que era íntima de Freud. «De vez en cuando tengo noticias suyas a través de Marie Bonaparte y me dice que se encuentra usted en una forma excelente», escribió. Pese al tono ligero y alegre de Bullitt, había pocas dudas de que la misiva era algo más que una carta de presentación superficial. Era una señal de que, con la ayuda de Wiley, estaría listo para responder si la peligrosa cascada de acontecimientos que había precipitado Hitler exigía actuar para salvar a Freud.

A diferencia de su predecesor, que había pagado con su vida el desafío a los nazis, el canciller Schuschnigg estaba deseando llegar a un acuerdo con Alemania para aliviar la presión sobre su país. Franz von Papen, el político alemán cuyas desastrosas maniobras habían facilitado el ascenso de Hitler al poder, sobrevivió al posterior derramamiento de sangre y ejerció como embajador del régimen nazi en

 Viena. Como tal, se dedicó con diligencia a preparar el terreno para que la ocupación alemana pudiera producirse sin provocar el tipo de resistencia que había conducido al fracaso del intento de golpe de Estado de 1934. La idea era convencer a los austriacos para que hicieran concesiones, supuestamente en nombre de la paz y la avenencia, solo para atraparlos más tarde.

En junio de 1936, Freud pareció entender que el peligro era inminente. «El acercamiento de Austria al nacionalsocialismo parece imparable. Todos los hados conspiran con la chusma. Espero cada vez con menos pesar que caiga el telón para mí», le escribió a Arnold Zweig.[44] Sin embargo, seguía aferrándose a la esperanza de que Schuschnigg pudiera detener la deriva hacia la dominación nazi.

Y eso era justamente lo que creía estar haciendo el canciller austriaco cuando, el 11 de julio, firmó el acuerdo austro-alemán negociado con Von Papen. En teoría, ofrecía algo a ambas partes y normalizaba las relaciones entre los dos países, pero su redacción intencionadamente ambigua y algunas de las condiciones no dejaban duda de que Von Papen había conseguido casi todo lo que quería.

Una parte del acuerdo sonaba tranquilizadora: «Alemania no tiene ni la intención ni el deseo de interferir en los asuntos internos austriacos, de anexionarse Austria o de incorporarla al Reich alemán».[45] Otra parte debería haber resultado muy inquietante: «El Gobierno federal austriaco basará sus políticas en general y las relativas a Alemania en particular en el hecho fundamental de que Austria reconoce ser un Estado alemán». Una vez más, parecía que los propios austriacos no podían decidir qué querían ser realmente. Schuschnigg también accedió a liberar a la mayoría de los nazis encarcelados en Austria, unos diecisiete mil, y a ofrecer a algunos nazis en concreto la posibilidad de unirse al Frente Patriótico, lo que en la práctica les permitió infiltrarse en los órganos del Gobierno.[46] Como escribió John Gunther, fue un triunfo de la estrategia del «guante de seda» de Von Papen: «Su política se basaba en el hecho de que no tiene sentido violar a una chica con la que te vas a casar la semana siguiente».

Una de las razones de que Schuschnigg creyera que tenía que aceptar las condiciones de Von Papen era la certeza de que Mussolini no podía protegerlo. El dictador italiano siempre había defendido a su predecesor, pero el asesinato de Dollfuss asestó un golpe a su prestigio y, más importante aún, a sus aspiraciones de mantener a Austria como un Estado tapón. El creciente poder de Hitler hacía que Mussolini pareciera, en comparación, un dictador menor y más débil. La única esperanza que le quedaba a Schuschnigg era que esta ronda de concesiones todavía pudiera mantener a Austria como un Estado alemán separado, como prometía su acuerdo con Von Papen, por mucho que todo ello sonara intrínsecamente contradictorio y cada vez más ingenuo.

Incluso en aquellos momentos en los que Freud estaba más cerca de reconocer que los tiempos eran peligrosos, o quizá especialmente en esas ocasiones, se empecinaba en dirigir su mirada hacia otra parte. A finales de 1936, Marie Bonaparte le brindó la oportunidad de volver a hacerlo cuando le envió el manuscrito de un libro que más tarde se publicaría en inglés con el título de *Topsy: The Story of a Golden-Haired Chow*. Freud, que estaba muy unido a su chow chow Jofi, quedó fascinado de inmediato con el relato de Bonaparte de sus vínculos con Topsy y sus frenéticos esfuerzos por salvar al perro del cáncer.

«Me entusiasma; es conmovedoramente auténtico y cierto. No es, por supuesto, un trabajo analítico, pero se puede percibir la sed de verdad y conocimiento del analista detrás de esta creación», le escribió el 6 de diciembre.[47] Le fascinaban sus reflexiones sobre por qué ella o él podían amar a sus perros «con una intensidad tan extraordinaria». Freud resumía su tesis: los perros ofrecían la «simplicidad de una vida desprovista de los conflictos casi insoportables de la civilización». Y, pese a las diferencias de «desarrollo orgánico», generaban «ese sentimiento de íntima afinidad, de una solidaridad incuestionable».

 A Freud le gustó tanto el manuscrito que él y Anna se ofrecieron a traducirlo al alemán. Según explicó Anna, su padre estaba deseando hacerlo como un «favor en agradecimiento por la infatigable ayuda [de Bonaparte]».[48] La edición francesa se publicó en 1937 y los Freud terminaron su traducción en abril de 1938.

Pero a Freud había algo que le motivaba mucho más que el deseo de recompensar a Bonaparte por su lealtad y apoyo. El libro versaba tanto sobre la vida y la muerte, cualquiera que fuera la especie, como sobre los perros. Era un terreno conocido para Freud. Su primer chow chow, un regalo de Dorothy Burlingham en 1928, solo había vivido con él quince meses antes de perderse en la estación de tren de Salzburgo y aparecer muerta en las vías. Su siguiente chow chow, Jofi, fue sometida a una operación en enero de 1937 para extirparle dos quistes ováricos y murió repentinamente de un ataque al corazón una semana más tarde. Estas pérdidas fueron especialmente dolorosas, ya que, como señaló Jones, el afecto de Freud por los perros era una «sublimación de su gran afecto por los niños pequeños, que ahora ya no se podía ver satisfecho».[49] Y, como escribió Bonaparte, «los perros son niños que no crecen, que no se van».[50]

Al menos esa es la visión serena que aportan los perros hasta que enferman o mueren. Cuando Topsy desarrolló un tumor debajo del labio, que posiblemente iba a condenarla en pocos meses a la «más atroz de las muertes», Bonaparte tomó una decisión de inmediato: «Si Topsy puede ser curada, tiene tanto derecho a vivir como yo». Procedió a someterla a tratamientos de rayos X en el Instituto Curie, en París, un lugar que Bonaparte conocía muy bien. «Hace doce años otro cuerpo yacía también bajo los rayos: mi padre, a quien estaba destruyendo una enfermedad similar, aunque en un lugar diferente. Pero entonces sabía que los rayos penetraban en él en vano día tras día», escribió.

En el caso de Topsy, los rayos X la curaron, ofreciendo a su dueña nuevas esperanzas. «Un poder parece emanar de Topsy, como de un talismán de la vida», declaró Bonaparte. Toda esta experiencia la hizo reflexionar sobre su propia mortalidad: «Mi vida, como la tuya, Topsy, está en declive y, cuando ya no custodies la puerta de mi habitación, será la Muerte...».

Como respuesta a estos pasajes, Freud escribió: «Si usted, a la joven edad de cincuenta y cuatro años, no puede evitar pensar tan a menudo en la muerte, no le sorprenderá que yo a los ochenta y medio siga dándole vueltas a si llegaré a la edad de mi padre y de mi hermano...». En una carta del 13 de agosto de 1937, la instaba a permitirle «vivir en su amigable recuerdo, la única forma de inmortalidad que reconozco», pero como si quisiera aligerar esos pensamientos sobre la muerte, añadía: «¿Se da cuenta Topsy de que está siendo traducida?».[51]

Cuando décadas después de la muerte de su padre, Anna Freud habló de esta época con el psiquiatra infantil estadounidense Robert Coles, a quien expuso su punto de vista sobre los acontecimientos que se produjeron en aquel periodo tan crítico. «En 1936 era evidente que nada iba a impedir que Hitler se apoderara de Austria, o, debo añadir, que Austria se uniera a Alemania. No negábamos algo que era probable, pero no nos dejábamos vencer por el miedo y la aprensión», señaló, haciendo hincapié en que esta era la opinión de la familia en aquel momento, no algo que estuviera diciendo después de saber lo ocurrido.[52]

¿Por qué no se marcharon de Viena entonces? «La respuesta era bastante sencilla: mi padre estaba muy enfermo, tenía dolor la mayor parte del tiempo, se acercaba al final de su vida, con más de ochenta años y cáncer, y no podía imaginar una "nueva vida" en otro lugar. Sabía que quedaban pocos granos de arena en el reloj, y eso sería todo». Y agregaba un poco a la defensiva: «*A posteriori*, siempre es fácil saber qué hubiera sido lo correcto, qué se debería haber hecho y cuándo se debería haber hecho».

Anna tenía toda la razón al señalar los peligros de juzgar a toro pasado. También estaba en lo cierto al mencionar que la edad y la salud de su padre eran las principales preocupaciones de la familia. No obstante, es posible que exagerara, o al menos hiciera uso de la retrospectiva más de lo que estaba dispuesta a admitir, cuando afirmó que en 1936 Freud tenía claro que la Alemania nazi iba a engullir Austria. Es indudable que por entonces ya debía de ser evidente, pero Freud seguía siendo reacio a aceptar un desenlace que parecía inevitable.

O, para decirlo más exactamente, a veces Freud podía ser muy perspicaz en su diagnóstico político al tiempo que seguía intentando encontrar rayos de esperanza cada vez más ilusorios que tendían a distorsionar su visión de la realidad.

El 2 de marzo de 1937, en una carta a Jones, Freud admitía que «probablemente» no se podría detener «la invasión de los nazis» y que su esperanza era «no llegar a vivir para verlo».[53] Comparaba la situación con 1683, cuando las tropas turcas otomanas sitiaron Viena. La ciudad fue salvada por los húsares alados comandados por rey Juan Sobieski de Polonia, que derrotó a los invasores. Freud proseguía diciendo que no era probable que esa vez se produjera un milagro semejante y que nadie iba a acudir al rescate. «Si nuestra ciudad cae, los bárbaros prusianos inundarán Europa. Por desgracia, el poder que nos ha protegido hasta ahora, Mussolini, parece estar dando carta blanca a Alemania», concluía.

Sin embargo, el 6 de febrero de 1938, cuando Hitler ya estrechaba el cerco a Austria, Freud aún quería creer que el canciller Schuschnigg podría tener una oportunidad de evitar la sombría visión que le había expuesto a Jones. En una carta a Eitingon, afirmaba: «Nuestro Gobierno, valiente y decente a su manera, es ahora más enérgico que antes a la hora de mantener a raya a los nazis, aunque, en vista de los últimos acontecimientos en Alemania, nadie puede estar seguro de lo que va a suceder».[54]

Schuschnigg y sus compatriotas, incluido Freud, estaban a punto de averiguarlo.

11

Operación Freud

El 10 de marzo de 1938, aproximadamente un mes después de que Freud hubiera elogiado el «decente Gobierno» de Austria y sus esfuerzos por mantener a los nazis «a raya», sonó el teléfono en su casa de la calle Berggasse 19.[1] Cuando respondió Paula Fichtl, el ama de llaves, no reconoció la voz de la persona que llamaba, que no se presentó. «¡Dígale a *Herr Professor* que Hitler llega mañana!», dijo antes de colgar. Fichtl transmitió el conciso mensaje a Freud, cuya única respuesta fue: «Será malo, Paula».

En realidad, los esfuerzos de Schuschnigg por preservar la independencia de Austria habían comenzado a fracasar un mes antes, el 12 de febrero, para ser exactos, aunque la mayoría de sus compatriotas, incluido Freud, no se percataron de ello. Ese día, el canciller austriaco se reunió con Hitler en Berchtesgaden, el retiro alpino del dictador alemán. El visitante hizo algunos cumplidos típicos sobre el pintoresco entorno y el buen tiempo, pero Hitler lo cortó en seco diciendo: «No nos hemos reunido aquí para hablar de las hermosas vistas o del tiempo».[2]

En su lugar, Hitler arremetió con furia contra su invitado, al que acusó de hacer «todo lo posible para evitar una política amistosa». Tras dejar clara su indignación no solo con Schuschnigg, sino también por la existencia misma de un Estado austriaco, calificó la «historia completa de Austria» de «un acto ininterrumpido de alta traición». Y añadió amenazadoramente: «Estoy totalmente decidido a poner fin a todo esto. El Reich alemán es una de las grandes potencias y nadie va a alzar la voz si resuelve sus problemas fronterizos».

Aturdido por este ataque frontal, Schuschnigg trató de recordarle a Hitler la contribución de Austria a la historia de Alemania, pero Hitler la tildó de «absolutamente cero». También hizo caso omiso de los esfuerzos de su visitante por calmar la tensión que se palpaba en la habitación asegurándole que Austria intentaría «eliminar los obstáculos para lograr un mejor entendimiento» entre los dos países. Tras acusar a su invitado de haber ordenado la fortificación de su frontera con Alemania, Hitler procedió a proferir una amenaza directa: «Me basta con dar una orden y en una sola noche todos sus ridículos mecanismos de defensa saltarán por los aires. No creerá usted en serio que puede detenerme durante media hora, ¿verdad?».

En caso de que Schuschnigg esperara recibir ayuda externa, Hitler también tenía la intención de quitarle esa idea de la cabeza: «No piense ni por un instante que alguien en la Tierra va a frenar mis decisiones. ¿Italia? Mussolini y yo coincidimos. [...] ¿Inglaterra? Inglaterra no va a mover un dedo por Austria». En cuanto a Francia, señaló que no había logrado impedir que sus tropas entraran en Renania dos años antes, contraviniendo la disposición del Tratado de Versalles que designaba el territorio como zona desmilitarizada. Hitler admitió que las fuerzas armadas francesas fueron lo suficientemente fuertes para obligar a Alemania a retirarse, pero eso había cambiado. «Ahora es demasiado tarde para Francia», dijo.

El ministro de Asuntos Exteriores, Joachim von Ribbentrop, y Franz von Papen, que acababa de ser destituido como embajador de Alemania en Austria pero seguía queriendo participar en el juego de poder de Hitler, tenían una lista de exigencias que se suponía que Schuschnigg debía aceptar como parte de un «acuerdo» entre ambos Gobiernos. Entre ellas figuraban numerosas medidas que asegurarían el control nazi del Estado austriaco: el nombramiento de Arthur Seyss-Inquart, un abogado pronazi, como ministro del Interior, al que se entregaría el mando de la policía; el fin de la ilegalización del Partido Nazi austriaco; y la «asimilación» por parte de Alemania de la economía austriaca. Schuschnigg, convencido de que no tenía otra opción, aceptó las garantías claramente falsas de Von Papen de que este acuerdo evitaría «nuevas dificultades para Austria» y lo firmó.

Sin embargo, el canciller austriaco todavía se guardaba una carta. Como le dijo a Hitler, el acuerdo no tendría validez a menos que también lo aceptara el presidente, Wilhelm Miklas. El retraso causado por la oposición de Miklas a algunas de sus cláusulas permitió a Schuschnigg orquestar una última tentativa para frenar la ocupación alemana, o al menos retrasarla. Un enfurecido Hitler ordenó a sus generales que realizaran maniobras en la frontera e intensificó su retórica amenazante. En una intervención en el Reichstag el 20 de febrero, insistió en que no toleraría un ataque a los «derechos generales de autodeterminación» de los alemanes que vivían fuera de las fronteras de la Alemania nazi y a los que supuestamente estaban persiguiendo por su deseo de «unidad con toda la nación». Esta declaración iba dirigida tanto a Austria como a los Sudetes de Checoslovaquia, cuya población era mayoritariamente alemana.

Tras hacer acopio de la determinación que aún le quedaba, Schuschnigg respondió señalando que Austria estaba dispuesta a hacer concesiones, pero solo «hasta aquí y no más». El 9 de marzo también anunció que el país celebraría un plebiscito el día 13 de ese mismo mes. Se pediría a los austriacos que respondieran a la siguiente pregunta: «¿Está usted a favor de una Austria libre y alemana, independiente y social, cristiana y unida?». Al formularla de este modo se reconocía la ascendencia germánica del pueblo austriaco, pero su propósito era brindar a los austriacos la oportunidad de apoyar la continuidad de su propio Estado.

Hitler, que sabía que era probable que la mayoría de los austriacos respondieran afirmativamente, no tenía ninguna intención de esperar a que lo hicieran. Ordenó a las tropas que se prepararan para entrar en el país. Fue entonces cuando esa persona anónima llamó para advertir a Freud.

El 10 de marzo, el mismo día de la llamada telefónica, Freud anotó en su diario: «Wiley, de la embajada estadounidense».[3] Se refería a John Wiley, el diplomático cuyo puesto en Viena había concertado Bullitt. La visita de Wiley a Berggasse 19 fue la primera señal de que los miembros del incipiente grupo de rescate de Freud ya estaban preparándose para responder al peligro inminente.

Al día siguiente, las tropas alemanas cerraron la frontera con Austria y, cediendo a la intensa presión de los adláteres de Hitler, Schuschnigg desconvocó el plebiscito y decidió renunciar. En un mensaje de despedida difundido aquella noche por la radio, calificó de mentiras las noticias falsas de disturbios generalizados y el «derramamiento de ríos de sangre», en alusión a los pretextos que ya estaban aduciendo los nazis para justificar su inminente invasión. «No estamos dispuestos, ni siquiera en esta hora terrible, a derramar sangre. Hemos decidido ordenar a las tropas que no opongan resistencia», dijo. Terminó su breve alocución con una súplica: «¡Que Dios proteja a Austria!».

En la madrugada del 12 de marzo, las tropas alemanas cruzaron la frontera. En vista de la capitulación anterior del Gobierno austriaco, no es de extrañar que algunos de sus propios funcionarios de aduanas ayudaran a desmantelar las barreras fronterizas justo antes de que aparecieran los soldados de Hitler.[4] A las cuatro de la mañana, William Shirer, el corresponsal de la CBS en Viena, escribió en su diario personal: «¡Ha ocurrido lo peor! Schuschnigg está fuera y los nazis, dentro. Hitler ha roto una decena de solemnes promesas, compromisos y tratados. Y Austria está acabada. ¡La bella, trágica y civilizada Austria! Desaparecida».[5]

Shirer no daba crédito a las escenas que presenció en Viena incluso antes de que las tropas de Hitler entraran en la ciudad. Al salir del metro en Karlsplatz se vio «arrastrado por una muchedumbre de nazis vociferantes e histéricos. [...] ¡Las caras! Las había visto antes en Núremberg: aquellos ojos de fanático, las bocas jadeantes, la histeria».[6] Siguió a la multitud, que cantaba canciones nazis, y vio a un grupo de policías que observaban y que ya llevaban los brazaletes rojos, negros y blancos con la esvástica. «Ellos también han capitulado», señaló. Y de inmediato hubo ataques contra los judíos: «Jóvenes bravucones lanzaron adoquines contra los escaparates de tiendas judías. La muchedumbre rugía de alegría».

Shirer y un colega fueron a ver a Wiley a la legación estadounidense. Shirer comentó que el diplomático «estaba de pie ante su escritorio, sosteniendo como de costumbre su larga boquilla y con una extraña sonrisa en el rostro, la sonrisa de alguien que acaba de ser derrotado y lo sabe». Wiley dijo en voz baja a sus visitantes: «Se acabó». Los tres sabían que tenía razón.

Mientras las tropas alemanas entraban en Austria sin tener que enfrentarse a un solo disparo, Freud se hacía eco del suceso escribiendo su famosa anotación en el diario: «*Finis Austriae*». Esa misma tarde, los inquilinos de Berggasse 19 pudieron escuchar los gritos de emoción de los vendedores de periódicos que llegaban desde la calle. «Rápido, Paula, tráigame el *Abend*», le dijo Freud al ama de llaves, refiriéndose al periódico de la tarde que había apoyado de manera incondicional la independencia de Austria.[7] Cuando Fichtl regresó, Martin vio cómo su padre cogía el periódico, leía los titulares, lo arrugaba y, sin decir una sola palabra, lo arrojaba a un rincón de la habitación. Martin señaló que esta rara demostración de sus emociones ponía de relieve su «disgusto y decepción».

Cuando Martin recogió el periódico arrugado y volvió a estirarlo, comprendió al instante que aquella tragedia para el país tendría una repercusión más inmediata en un grupo de personas: «Nosotros, los judíos, seríamos las primeras víctimas». El periódico ya estaba repleto de estridente propaganda antisemita.

Al día siguiente, el domingo 13 de marzo, Alemania anunció por la tarde el *Anschluss*, la transformación de Austria en una «provincia del Reich alemán»,[8] según proclamaba la nueva ley. Ese mismo día, los miembros de la junta de la Asociación Psicoanalítica de Viena se reunieron en Berggasse 19 para decidir qué hacer. Llegaron a la conclusión de que debían huir todos de Viena y de sus nuevos amos nazis, y de que después había que trasladar la asociación al lugar donde terminara estableciéndose su fundador.

Freud respondió recordando la destrucción del Templo de Jerusalén a manos del emperador romano Tito y cómo el rabino Yohanan ben Zakai no estuvo de acuerdo con los fanáticos judíos que querían morir luchando en lugar de someterse al Imperio romano.[9] El rabino no solo sobrevivió, sino que logró convencer a los romanos para que le permitieran abrir una nueva escuela en Galilea en la que los judíos pudieran estudiar la Torá. «Vamos a hacer lo mismo. Después de todo, estamos acostumbrados a la persecución por nuestra historia, por la tradición y algunos de nosotros por experiencia personal», dijo Freud.[10] No estaba estableciendo una analogía exacta, ya que era consciente de que los nazis no iban a tolerar un nuevo centro para practicar el psicoanálisis; estaba haciendo hincapié en la necesidad de salvarse en lugar de sacrificarse.

Aunque todo parecía indicar que Freud estaba dispuesto a admitir la necesidad de abandonar su viejo hogar para poder proseguir con su actividad intelectual en otro lugar, Ernest Jones, el presidente de la Asociación Psicoanalítica Internacional, y sus demás colegas extranjeros no estaban para nada convencidos de que hubiera cambiado realmente de opinión o de poder conseguir que lo hiciera. «Sabiendo lo fuerte que era su rechazo a abandonar Viena y lo a menudo que había expresado en los últimos años su determinación de permanecer en la ciudad hasta el final, no albergaba muchas esperanzas sobre el resultado», recordaba Jones.[11]

Su pesimismo era comprensible. Como señaló Martin Freud, su padre «podría haberse ido de Viena en cualquier momento durante los muchos años seguros antes de que la sombra de Hitler comenzara a oscurecer el alegre cielo de la ciudad, pero no lo hizo, ni tampoco», hasta donde él sabía, «contempló seriamente la idea de emigrar».[12] Tras el *Anschluss*, el desafío de sacar a Freud de Viena era mucho mayor. El primer paso sería convencerlo para que aceptara un plan de este tipo, pero aun así era complicado. Jones comprendió que necesitaba toda la ayuda que pudiera conseguir para superar este primer obstáculo. Necesitaba movilizar a sus tropas.

Mientras Hitler hacía su entrada triunfal en Viena entre vítores de la multitud eufórica, Jones iniciaba una frenética ronda de llamadas telefónicas desde Londres a aquellos colegas que tal vez podrían ayudar. Habló con Dorothy Burlingham, quien, según sus palabras, «para entonces era ya casi un miembro de la familia Freud».[13] La heredera estadounidense de la fortuna de los Tiffany residía dos pisos encima del apartamento de Freud en Berggasse 19, donde podía estar cerca de Anna Freud, quien fue su pareja durante el resto de su vida. Burlingham estaba en contacto no solo con Jones, sino también con Marie Bonaparte en París y, lo más importante, con John Wiley, el hombre de Bullitt en Viena.[14]

La escena en las calles el 14 de marzo, el día que Hitler llegó a la ciudad, dejaba claro que era necesario prepararse para lo peor. El escritor judío Georg Klaar, que en ese momento tenía diecisiete años y pronto sería conocido como George Clare, escribió posteriormente sus impresiones sobre la acogida que tuvo el dictador alemán. «La ciudad se comportó como una mujer excitada: vibrando, retorciéndose, gimiendo y suspirando con lujuria por el orgasmo y la liberación», escribió.[15]

En esa época, Burlingham estaba enferma y casi siempre postrada en cama, pero se encontraba perfectamente preparada para ejercer de intermediaria y de sistema de alerta temprana de la «Operación Freud», como se la podría llamar. Al haber instalado una línea telefónica directa entre su dormitorio y el de Anna, en el piso de abajo, esta o Paula, el ama de llaves, podían contactar con ella o con uno de sus hijos al instante y Dorothy, a su vez, podía transmitir la información a los demás cada vez que creyera que Freud estaba en peligro.

El 15 de marzo, el día en que Hitler se dirigió a una enorme multitud desde el balcón del Hofburg, el palacio imperial de Viena, y los grupos de nazis saquearon tiendas judías y persiguieron a los judíos por las calles, Jones viajó a toda prisa a Viena, según explicó, «para hacer un último esfuerzo por persuadir a Freud de que cambiara de opinión». Burlingham le había dicho que Freud seguía oponiéndose a irse y el galés estaba convencido de que si se lo pedía en persona lo convencería. Marie Bonaparte prometió seguirlo a Viena en breve.

Como ese día no había vuelos desde Londres a Viena, Jones voló a Praga y alquiló allí un pequeño monoplano en el que realizó el resto del viaje hasta una ciudad que ya no era la capital de una Austria independiente. Según el discurso de Hitler en el Hofburg, ahora era el «baluarte más joven de la nación alemana». Las primeras impresiones de Jones confirmaron el alcance de la ocupación nazi. «El aeropuerto estaba lleno de aviones militares alemanes y en el aire también abundaban las aeronaves, que intimidaban constantemente a los vieneses», recordaría. Los tanques alemanes retumbaban por las calles, donde eran frecuentes los gritos de «*Heil Hitler!*».

Después de ponerse en contacto con Anna Freud, Jones siguió su consejo y se dirigió directamente a la Verlag, la editorial psicoanalítica internacional, que tenía su sede en Berggasse 7 y ya era un objetivo de los nuevos gobernantes. Martin Freud, que era el gerente de la empresa, había ido allí esa mañana con el propósito de destruir cualquier documento que pudiera utilizarse como prueba incriminatoria contra su padre y contra otros clientes que utilizaban sus servicios como abogado.[16] En particular, había gestionado para ellos cuentas bancarias en otros países, invirtiendo en monedas extranjeras que eran más estables que la austriaca. Martin explicaba que esto había sido perfectamente legal hasta el *Anschluss*, «pero sabía que sería un delito para los nazis hambrientos de dólares».

Un cliente había acudido en persona esa mañana para recuperar su documentación y Martin apenas tuvo tiempo de acceder a los demás archivos. Antes de que el joven Freud pudiera hacer gran cosa, una decena de matones armados irrumpió en las oficinas. Eran un «extraño grupo harapiento», la mayoría de ellos llevaba rifles y no había un líder claro. El miembro más agresivo era un hombrecillo demacrado que iba armado solo con una pistola. Cada vez que Martin parecía reacio a cumplir sus órdenes, el hombre «exhibía su espíritu sediento de sangre sacando la pistola, y quitando y poniendo ruidosamente el cargador mientras gritaba: "¿Por qué no le disparamos y terminamos con él? Deberíamos matarlo ahora mismo"».

Dos de los hombres mantuvieron los rifles presionados contra el estómago de Martin mientras el resto sacaba el dinero de la caja fuerte y de las gavetas de efectivo. Poco después, la mesa estaba llena de billetes y monedas de diferentes países. Sin embargo, los documentos que Martin había conseguido coger justo antes de que llegara la banda seguían intactos en un estante, donde pasaban totalmente desapercibidos. Aunque necesitaba deshacerse de ellos, los nervios lo tenían paralizado, principalmente a causa del miembro del contingente que blandía la pistola y que, según sus palabras, «podía ser dominado por un impulso histérico si no se lo trataba con cuidado».

Cuando Jones se presentó en la Verlag, se encontró con unos asaltantes armados de «aspecto canallesco» que contaban el dinero de una caja mientras Martin estaba sentado cerca bajo custodia. El recién llegado esperaba poder impresionar a los matones explicando que la editorial era una empresa internacional, pero también fue retenido. Su petición de que le permitieran comunicarse con la embajada británica fue rechazada con desdén, lo que le hizo reflexionar sobre «cuánto había disminuido el prestigio» de su país «tras los triunfos de Hitler». Sin embargo, al cabo de una hora aproximadamente quedó en libertad y se encaminó a toda prisa hacia Berggasse 19 para ver cómo estaban Freud y el resto de la familia.

Martin siguió retenido en la Verlag, aunque el número de hombres que desvalijaban el lugar se fue reduciendo a lo largo de la tarde a medida que no encontraban nuevos alijos de dinero. Cuando solo quedaba un guardián, que, según Martin, parecía un jefe de camareros andrajoso y desempleado, el clima amenazador comenzó a disiparse. El guardián dejó de apuntarle con el rifle y le permitió levantarse y estirar las piernas. Luego empezó a hablar de su difícil situación económica y Martin captó de inmediato una indirecta nada sutil. Buscó en sus bolsillos, que los otros no se habían molestado en revisar, y le entregó algunos billetes y monedas de oro.

Tras ganarse la gratitud de su captor, Martin le pidió que le dejara ir al baño. El hombre accedió y lo escoltó por un pasillo en el que se amontonaban los documentos que Martin quería destruir. Mientras lo cruzaban, Martin fue cogiendo subrepticiamente cuantos pudo y, una vez dentro del baño, los rompió y tiró por el inodoro. Tras arreglárselas para hacer varias visitas más al baño, consiguió repetir esta maniobra unas cuantas veces.

Durante aquellos viajes por el pasillo, en ocasiones regresaban otros matones y se llevaban parte del dinero que antes habían amontonado sobre la mesa. Resultó que un vecino nazi estaba observándolo todo por la ventana y alertó al cuartel de las SA, los camisas pardas paramilitares, que estaba cerca de allí. El comandante del distrito acudió a toda prisa y se aseguró de que el captor de Martin no se quedara con el dinero, aunque no se lo devolvió a este. En aquel caótico primer día de allanamientos, hubo más improvisación que planificación, más intimidación y robo de objetos de valor que extorsión organizada. En cuanto a los objetivos de estas redadas, también fue improvisación.

Mientras Martin estaba retenido en la Verlag, un grupo de camisas pardas armados se presentó en la cercana residencia de los Freud. En un intento de proteger a su marido, que estaba descansando, Martha decidió tratar a los intrusos como si fueran huéspedes, y los invitó a sentarse y a dejar sus rifles en el mueble del pasillo reservado para los paraguas. Rechazaron la oferta, pero su cortesía, y más aún su maniobra posterior, los descolocaron. Cogió algo de dinero que tenía en casa, lo puso sobre la mesa y les preguntó educadamente: «¿No quieren servirse, caballeros?». A continuación, Anna los llevó hasta la caja fuerte, que estaba en otra habitación, la abrió y sacó 6.000 chelines que contenía, el equivalente a 840 dólares. Los intrusos estaban encantados con el botín.

En medio de todo este trasiego, Freud apareció en el umbral. Su aspecto era frágil, pero les lanzó una de sus miradas fulminantes. Jones, que seguía en el apartamento después de haber dejado a Martin en la Verlag, comentó: «Tenía una manera de fruncir el ceño con los ojos resplandecientes que cualquier profeta del Antiguo Testamento podría haber envidiado». Este grupo de intrusos era más disciplinado que el de la Verlag, pero se pusieron nerviosos al ver al imponente anciano. El cabecilla se dirigió a Freud como «*Herr Professor*» y abandonaron enseguida el apartamento, no sin antes prometer: «Volveremos».[17]

Tras su marcha, Freud se enteró de cuánto dinero se habían llevado y volvió a hacer gala de su sardónico sentido del humor: «Yo nunca he cobrado tanto por una sola visita».[18]

Mientras tanto, Martin había quedado en libertad y había ido directamente a ver a sus padres. Se sintió aliviado al ver que los camisas pardas «no se habían comportado en absoluto mal», aparte de incautar el dinero en efectivo de la familia y confiscar sus pasaportes; incluso dejaron un recibo por la cantidad que se habían llevado. No obstante, estaba claro que ambos allanamientos no eran más que el principio de las acciones que pretendían llevar a cabo las nuevas autoridades.

Jones lo sabía muy bien y mantuvo de inmediato una «conversación íntima» con Freud. «Tal y como yo había temido, estaba empeñado en quedarse en Viena», recordaba Jones. Cuando el galés respondió que no estaba solo en el mundo y que había mucha gente preocupada por él, Freud le dijo: «¡Solo! Si yo estuviera solo, ya hace mucho tiempo que habría terminado con la vida».

250 Tras reconocer que Jones tenía razón al afirmar que debía pensar también en los demás, expuso otros argumentos para quedarse. Dijo que estaba demasiado débil para viajar y, lo que es más revelador, que, dada la fuerte oposición a aceptar inmigrantes en casi todas partes de Europa, nadie iba a querer acogerlo. Jones señaló que, debido al desempleo generalizado, todos los países se mostraban «ferozmente inhospitalarios» con los posibles inmigrantes; lo que omitió fue que gran parte de esa agresiva falta de hospitalidad iba dirigida contra los judíos que buscaban un refugio seguro. Jones le dijo a Freud que regresaría a Inglaterra para ver si podía convencer a las autoridades de que hicieran una excepción en su caso.

Aunque Freud no rechazó la propuesta directamente, esgrimió otro argumento para justificar su reticencia a emigrar: no podía marcharse de Austria, al igual que un soldado no podía abandonar su puesto. Jones respondió invocando el caso Charles Lightoller, el segundo oficial del *Titanic.*[19] Se salvó de morir ahogado mientras el barco se hundía cuando estalló una caldera y una ráfaga de aire caliente salió de un respirador y lo impulsó hasta la superficie. Como explicó durante el interrogatorio posterior, «yo nunca dejé el barco, señor; él me dejó a mí».[20] Jones creía que este sería el argumento definitivo con Freud y que le iba a convencer para que aceptara emigrar si se podía organizar su marcha.

En aquel momento esta era una gran incógnita, pero ya no cabían dudas sobre la urgencia del asunto. Un poco antes ese mismo día, el 15 de marzo, John Wiley, que no tardó en enterarse de los allanamientos en la Verlag y en casa de Freud, envió un escueto telegrama a Bullitt en París: «Miedo Freud, pese edad y enfermedad, en peligro».[21]

Bullitt actuó de inmediato. Llamó al presidente Roosevelt en Washington y al día siguiente el secretario de Estado, Cordell Hull, envió un telegrama a Wiley.[22] Escribió que, «de conformidad con las instrucciones del presidente», le había encomendado a Hugh Wilson, el embajador de Estados Unidos en Berlín, la misión de «tratar este asunto con las autoridades alemanas competentes y manifestar la esperanza de que las autoridades competentes de Austria puedan adoptar las medidas necesarias para que se permita al doctor Freud y su familia viajar a París, donde el presidente está informado de que sus amigos están deseando recibirlo».[23] Hull añadía que entendía que «probablemente [era] imposible» que Wiley adoptara medidas similares en Viena, pero le instaba a proporcionar información actualizada sobre la situación de Freud y sobre «qué arreglos» se estaban haciendo, si los hubiera, o se podían hacer para que salieran «de Austria».

Al mismo tiempo, Bullitt escribió un telegrama personal a Wilson en Berlín: «Si Wiley le telefonea o telegrafía hablándole del profesor Freud y su familia inmediata, que podrían buscar refugio en París, preste, por favor, toda la ayuda posible, incluida la financiera, de la que yo seré responsable».[24] La última parte del mensaje indicaba que Bullitt sabía muy bien que era probable que los nazis exigieran dinero por el rescate y que estaba dispuesto a pagar lo que fuera necesario.

En vista de la creciente sensación de peligro, Bullitt y Wiley querían asegurarse de que los nazis entendieran que cualquier acto deliberado contra Freud podría ser contraproducente, ya que su caso estaba recibiendo atención al más alto nivel. Bullitt llamó al conde Johannes von Welczeck, el embajador alemán en París, para advertirle de que cualquier maltrato que se infligiera a Freud podría provocar un escándalo internacional. Según Jones, Welczeck, que era un «hombre culto y humanitario», transmitió el mensaje a sus superiores.

Alentados por Bullitt, Wiley y sus diplomáticos en Viena insistieron en dejarse ver cerca del apartamento de Freud.[25] Cada vez que Burlingham señalaba un posible peligro, Wiley, su esposa Irena u otros miembros de la legación visitaban a la familia Freud, y fuera solía estar aparcado uno de sus vehículos oficiales, adornado llamativamente con la bandera estadounidense. Sabían que la Gestapo estaría observando y supusieron acertadamente que, en aquella primera etapa de sus ambiciones imperiales, Hitler quería evitar enfrentamientos directos con los diplomáticos estadounidenses.

 El 17 de marzo se presentó en Viena otro visitante de perfil alto con el fin de apoyar los esfuerzos para proteger a Freud y su familia. Al ser princesa de Grecia y Dinamarca, Marie Bonaparte representaba a la realeza y su apellido era conocido en todas partes; también podía aprovechar su amplia red de relaciones personales y su considerable riqueza para ayudar a la causa. Se alojó en la embajada griega y contactó con diplomáticos de otras delegaciones extranjeras, a los que instó a que la mantuvieran al tanto de cualquier información relevante que pudieran conseguir.[26] Y, sobre todo, sus frecuentes visitas a Berggasse 19 brindaban a Freud, Anna y el resto de la familia un gran apoyo moral, además de una garantía de respaldo económico, y volvían a avisar a las autoridades de que Freud no estaba en absoluto solo.

Para subrayarlo, Bonaparte a veces se situaba físicamente entre los Freud y cualquiera que tratara de irrumpir en su casa, para lo que se sentaba en la fría escalera que conducía hasta el apartamento. Fichtl, el ama de llaves, recordaba que se apostaba allí con un abrigo de visón negro sobre los hombros, sosteniendo unos guantes de ante de un color claro, con un delicado sombrero en la cabeza y un bolso de piel de cocodrilo a su lado, envuelta en el potente aroma de su perfume.[27] De vez en cuando, Fichtl le llevaba una taza de té o de chocolate caliente mientras ella hacía guardia. El ama de llaves creía que Freud no estaba enterado de este acto concreto de entrega, ya que nunca se aventuró a salir fuera, pero es indudable que sí sabía que Marie estaba haciendo todo lo posible para protegerlo a él y a la familia. En sus propias palabras, «la princesa tiene un valor incalculable para nosotros».[28]

Jones explicó que la llegada de Bonaparte le permitió ausentarse de Viena con algo más de tranquilidad en aquel momento peligroso y regresar a Londres «para la urgente tarea de obtener permisos en Inglaterra». La importancia de su misión era enorme: debía llevarla a cabo con éxito para que Freud y su familia pudieran salvarse.

Nada más llegar a Londres el 22 de marzo, Jones pasó a la ofensiva. El hombre clave al que quería dirigirse era sir Samuel Hoare, el ministro del Interior. Casualmente, los dos pertenecían al mismo club de patinaje sobre hielo, así que ya se conocían, pero no mantenían una relación estrecha. Consciente de que debía atenerse al protocolo, Jones decidió no contactar con él directamente. En su lugar, primero le pidió a su cuñado, Wilfred Trotter, un cirujano que pertenecía a la Real Sociedad de Medicina que había nombrado a Freud miembro honorario en 1935, una carta de recomendación para sir William Bragg, un físico que era el presidente de la prestigiosa sociedad. A su vez, Jones planeaba pedirle a Bragg una carta de recomendación para Hoare, quien tenía la potestad de decidir a quién se concedía permiso para entrar en Gran Bretaña.

La estrategia parecía perfectamente coreografiada, aunque Jones se sorprendió cuando Bragg demostró su pasmosa ingenuidad al preguntarle: «¿De verdad cree que los alemanes tratan mal a los judíos?». No obstante, el físico le entregó la carta de recomendación para Hoare. Cuando lo llamó, se sintió aliviado de que el ministro del Interior hiciera gala sin dudarlo «de sus habituales cualidades filantrópicas» y le diera «carta blanca para cumplimentar las solicitudes de permisos, incluido el de trabajo, para Freud, su familia, sus sirvientes, sus médicos personales y varios discípulos suyos junto con sus familias».

En palabras de Anna Freud, Jones «logró algo casi imposible»[29] al conseguir permisos de entrada a Gran Bretaña para un total de dieciocho adultos y seis niños. El resultado superó incluso las expectativas del galés. El 25 de marzo, después de reunirse con el ministro Hoare y confirmar los detalles, escribió exultante en su diario: «¡Éxito!».[30]

Jones había obtenido la aprobación para que el grupo de Freud entrara en Gran Bretaña mucho antes de lo esperado, pero no era más que una victoria parcial. Lo más difícil sería convencer a los nazis para que les permitieran salir de Viena, y las señales no parecían prometedoras.

Tras los primeros allanamientos de la Verlag y el apartamento, los nazis iniciaron una campaña más sistemática de intimidación y extorsión. Estaban decididos a obtener la mayor cantidad de dinero posible de cualquier familia judía que solicitara un permiso de salida, pero no había la menor garantía de que fueran a permitirles emigrar, ni siquiera después de haber sorteado el laberinto de trámites cambiantes y pagado las sumas exigidas.

El 22 de marzo, el mismo día que Jones regresó a Londres, la Gestapo ordenó comparecer a Anna, y Martin esperaba una citación similar en cualquier momento. Los dos hermanos fueron a ver a Max Schur para pedirle algo que pusiera fin a sus vidas si se sentían desesperados. «Temían ser torturados, y no sin razón», recordaba el doctor.[31] Les proporcionó una «cantidad suficiente de veronal, un fuerte barbitúrico», algo que ni Schur ni ellos dos le contaron a su padre.

De vuelta en Berggasse 19, Martin vio por la ventana cómo cuatro hombres de las SS fuertemente armados se llevaban a Anna en un vehículo descubierto. «Su situación era peligrosa, pero lejos de mostrar miedo, o siquiera mucho interés, iba sentada en el coche como podría ir una mujer en un taxi para disfrutar de un día de compras», escribió más tarde.[32] Lo cierto es que la petición que le habían hecho ella y Martin a Schur demostraba que estaba asustada y, sobre todo, que le preocupaba decir sin querer algo durante el interrogatorio que pudieran utilizar contra su padre. Aun así, estaba decidida a no mostrar su temor ni a los nazis ni a su angustiada familia.

La anotación en el diario de Freud de ese día rezaba simplemente: «Anna con la Gestapo».[33] Schur se acercó hasta Berggasse 19 para hacerle compañía y tranquilizarle asegurándole que su querida hija iba a volver. «Ese fue el peor día. Las horas fueron interminables. Fue la única vez que vi a Freud profundamente preocupado. Iba de un lado para otro fumando sin cesar», recordaba. Dos pisos más arriba, Dorothy Burlingham, igual de angustiada en su lecho de enferma, intentaba conseguir por teléfono información de lo que estaba sucediendo.[34] Wiley, siempre alerta, envió un telegrama a Bullitt a través del Departamento de Estado con la noticia del arresto de Anna.[35]

Aunque Anna y Martin serían víctimas de más interrogatorios, este fue el más largo. Tras ser acribillada a preguntas sobre su papel en la Asociación Psicoanalítica Internacional, no le permitieron regresar a casa hasta bien entrada la noche. Schur escribió con un exceso de comedimiento: «Freud, que rara vez demostraba su afecto, aquella noche manifestó hasta cierto punto sus sentimientos». Según al menos una fuente, se sintió tan aliviado cuando la vio que rompió a llorar.[36] Este fue, casi con toda seguridad, el momento en el que quedó disipada cualquier duda sobre la necesidad de emigrar. Freud reconoció que debía huir si era posible, sobre todo por el bien de Anna, que tenía mucha vida por delante y no iba a dejarlo bajo ninguna circunstancia.

El drama de Berggasse 19 era solo una parte de una tragedia mayor. Al igual que Freud, muchos judíos austriacos habían creído que sus compatriotas nunca iban a expresar su antisemitismo con tanta saña como habían hecho los alemanes desde un principio con Hitler. Sin embargo, las escenas que Shirer y otros corresponsales presenciaron en las calles después del *Anschluss* se repitieron en diversos lugares y despojaron de inmediato a los judíos de aquellas falsas ilusiones.

Edith Laub, que por entonces tenía dieciséis años, recordaba que algunos de sus compañeros de clase, incluso los que creía que eran sus amigos, gritaban: «Abre las ventanas, apesta a judío».[37] Ella y su madre, al igual que a otras mujeres judías, no tardaron en recibir órdenes de fregar los suelos de un cuartel nazi, otro acto intencionado de humillación.

El adolescente judío Georg Klaar presenció desde la ventana del apartamento de su familia un acto violento que le resultó especialmente escalofriante. Un policía del vecindario, que siempre había sido cortés con su padre y con él, estaba golpeando a «un pobre hombre» que se había atrevido a protestar al ver a la muchedumbre dar la bienvenida a las tropas de Hitler. «En cuestión de minutos [...] aquel policía, el protector de ayer, se había transformado en el perseguidor y torturador de mañana», escribió.[38]

Estos dos adolescentes figuraban entre los afortunados que lograron huir de Austria. Laub terminó en Estados Unidos, donde en los años setenta se convirtió en redactora jefe de la revista *Mademoiselle* utilizando su nombre de casada: Edie Locke. Klaar se instaló en Inglaterra, pasó a llamarse George Clare y escribió una autobiografía muy aclamada, *Last Waltz in Vienna*.

Muchos otros judíos no tuvieron tanta suerte. Cuando Egon Friedell, un ensayista e historiador de la cultura de sesenta años que también era artista de cabaret, oyó el 16 de marzo a las tropas de asalto subir por las escaleras a su apartamento, se tiró por la ventana y se mató.[39] Aquella primavera, unos quinientos judíos austriacos eligieron el suicidio en lugar de la detención, pues esta última suponía un billete de ida a un campo de concentración o cualquier otra cosa que las nuevas autoridades, quienes normalmente empezaban por confiscar sus bienes, pudieran tener en la mente para ellos. Los nazis estaban preocupados por la rápida propagación de los rumores que hablaban de una cifra aún mayor de suicidios, de modo que hicieron público un revelador desmentido: «Entre el 12 y el 22 de marzo se suicidaron noventa y seis personas en Viena y solo cincuenta casos estaban directamente relacionados con el cambio de la situación política en Austria».

Para que tuviera visos de legitimidad, el 10 de abril los nazis celebraron un plebiscito para conseguir la aprobación del *Anschluss*, compensando aparentemente la cancelación forzosa del plebiscito anterior de Schuschnigg. Ahora que tenían el control absoluto, no había riesgo de que los votantes los rechazaran. Shirer informó de que, en un colegio electoral de Viena que visitó, «las amplias rendijas en la esquina de las cabinas de votación permitían al comité electoral nazi que estaba sentado a pocos metros de distancia tener una buena visión de lo que se votaba».[40] Y añadía que, en los distritos rurales, la mayoría de la gente ni siquiera se molestaba en entrar dentro de una cabina y optaba por depositar su voto a la vista de todos. Como cabía esperar, las autoridades informaron de que el 99,75 % de los austriacos había votado a favor del *Anschluss*.

Muy seguros de que su poder estaba consolidado, los nazis intensificaron su campaña contra los judíos de Viena, sobre todo contra los ricos. «El trato recibido por los judíos ha superado a todo lo ocurrido en Alemania. Ha sido un pogromo económico; un robo de uniforme», escribió en un telegrama Wiley a Bullitt.[41]

Los registros e interrogatorios a los que sometieron a los Freud demostraban que los nazis los consideraban uno de sus objetivos más importantes.

Tras el *Anschluss*, los nazis nombraron a las personas que debían supervisar el saqueo de los bienes de los judíos al que se refería Wiley. Conocidos como fideicomisarios o comisarios, eran asignados a familias judías y supuestamente solo podían proceder si su riqueza y sus negocios habían sido «adquiridos indebidamente», según había explicado el periódico nazi *Der Angriff* cuando Hitler llegó al poder en Alemania.[42]

Sin embargo, aunque eso significaba que las propiedades de los judíos eran una presa fácil, aún no estaba claro qué iba a sucederles a los judíos ricos. En el periodo anterior a que se pusiera en marcha toda la maquinaria del Holocausto, los comisarios eran quienes determinaban su destino. Podían hacer que a los judíos les resultara relativamente fácil pagar un soborno para salir del país o podían poner tantos obstáculos adicionales en su camino que estarían abocados al fracaso, lo que a largo plazo significaba no solo la pérdida de sus bienes, sino también de sus vidas. La asignación de un comisario en particular podía suponer la vida o la muerte.

El 15 de marzo, Anton Sauerwald asumió sus funciones como comisario de la familia Freud, lo que significaba que debía supervisar sus propiedades, incluida la Verlag.[43] La primera impresión que causó no podría haber sido más aterradora y Schur, el médico de Freud, recordaba que se presentó como el «bruto duro».

En su primera reunión con la junta directiva de la Verlag, Sauerwald se comportó básicamente como el típico nazi que profería insultos antisemitas. Tras señalar a dos psicoanalistas no judíos, exigió saber por qué estaban en compañía de «cerdos judíos». Anunció que se iba a hacer cargo de la editorial y ordenó al grupo que le mostrara todos los datos financieros. Había pocas razones para esperar alguna indulgencia por parte del nuevo jefe.

Sin embargo, Sauerwald, que en aquel momento tenía treinta y cinco años, no tardó en empezar a demostrar que no era un representante ordinario del régimen nazi. Hijo de un farmacéutico, había estudiado química en la Universidad de Viena con Josef Herzig, un amigo de Freud.[44] Pese a su aceptación aparentemente acrítica del antisemitismo de Hitler, Sauerwald había admirado a su anciano profesor judío, que había muerto en 1924. Jones creía que tal vez había transferido algunos de esos sentimientos a Freud, que era solo tres años más joven que Herzig. Después de una de las visitas de la Gestapo a Berggasse 19, Sauerwald se disculpó sinceramente por lo que consideró un comportamiento grosero. «¿Qué se puede esperar? Estos prusianos no saben quién es Freud», le dijo a Anna.

Lo que en realidad estaba diciendo Sauerwald era que él sí comprendía la importancia de Freud; al fin y al cabo, era un alemán austriaco, no un prusiano, y muy instruido. No obstante, seguía bajo presión para sacar todo el dinero que pudiera a la editorial y a la familia Freud. Por ejemplo, en abril, Matthias Göring, el primo de Hermann, que tenía la intención de difundir su propia marca de «psicoterapia», le explicó en una carta a Sauerwald que necesitaban dinero para volver a formar a los psicólogos vieneses, a quienes consideraba contaminados por su entorno. «Creo que también en los círculos arios de Viena aún se nota la influencia judía sin que la gente sea consciente de ello», escribió, aludiendo claramente a las enseñanzas de Freud.[45]

Sin embargo, durante las largas jornadas que pasó en la sede de la Verlag y en el apartamento, Sauerwald leyó metódicamente muchas de las obras de Freud y quedó cada vez más impresionado por su erudición y sus teorías sobre el psicoanálisis. Según Schur, «como consecuencia de ello, se volvió extremadamente útil y empleó toda su considerable influencia con los nazis para facilitar la emigración de Freud, su familia y su grupo inmediato».

¿Cómo se explicaba el comportamiento contradictorio de Sauerwald, es decir, que asumiera por un lado las doctrinas raciales nazis y, por otro, tratara a Freud con respeto? Schur estaba especialmente interesado en entenderlo y en 1939 habló en Londres de esta cuestión con Alexander, el hermano menor de Freud. Sauerwald había visitado la ciudad después de que los Freud y los Schur se hubieran instalado allí y había conocido a Alexander. Según el resumen de Schur de lo que le contaron de la conversación, Sauerwald seguía manteniendo que los judíos no eran un «elemento fiable de la población», por lo que tenían que ser «eliminados»; y añadía que «esto podía ser deplorable, pero el fin justifica los medios». Sin embargo, un nazi en particular sí que podía «aliviar las penurias en ciertos casos». Con ello, Sauerwald estaba aludiendo claramente a su propio proceder con Freud.

Esa no sería la única sorpresa que afloró en aquella charla. Sauerwald, que había dirigido un laboratorio químico en Viena a principios de la década, le dijo supuestamente a Alexander que la policía de la ciudad le había utilizado como experto en explosivos durante el periodo anterior al *Anschluss*, cuando los atentados terroristas nazis eran comunes. También hizo la asombrosa afirmación de que había sido él quien había proporcionado a los nazis las bombas para perpetrar esos ataques y por esa razón había podido identificar fácilmente el tipo de explosivos utilizados en ellos, congraciándose a un tiempo con los nazis y con la policía. Daba la impresión de que Sauerwald disfrutaba mucho con la duplicidad, algo que siguió haciendo cuando los nazis lo pusieron a cargo del caso Freud. Sin embargo, un estudio reciente de la historiadora austriaca Christiane Rothländer señala que no existe ninguna prueba documental que respalde esta versión de los hechos dada por Schur y de la que también informó la prensa austriaca después de la guerra.[46] Los Archivos Municipales y Provinciales de Viena confirman que no tienen esos documentos.[47]

Independientemente de lo que Sauerwald hubiera hecho hasta ese momento, acabaría desempeñando un papel decisivo cuando el destino de Freud pendía de un hilo después del *Anschluss*. No tardó en encontrar la clase de pruebas que podrían haber impedido a Freud emigrar, lo que habría supuesto casi inevitablemente que muriera más tarde en el Holocausto. Todo dependía de lo que hiciera Sauerwald, de su deseo de permitir a Freud escapar del Tercer Reich.

Durante su irrupción en la sede de la Verlag el 15 de marzo, los nazis se habían apoderado de varios documentos que Martin Freud sabía que se considerarían incriminatorios y que le convertirían, según sus propias palabras, en «un candidato seguro a un campo de concentración».[48] Sin embargo, logró volver a comprar algunos de ellos a un exconvicto al que habían nombrado vicepresidente de la fuerza policial; en los caóticos primeros tiempos del *Anschluss*, los judíos ricos todavía podían pagar sobornos para eludir una serie de situaciones peligrosas. El mismo flamante oficial de policía corrupto prometió avisar a Martin cada vez que pudiera ser objeto de un arresto.

No todos los problemas se podían resolver de este modo. Martin y Marie Bonaparte intentaron negociar un acuerdo para salvar la mayoría de los libros de la Verlag, conscientes de que las nuevas autoridades tenían la idea de quemarlos, pero no lo consiguieron. «En realidad, los nazis no se contentaron con destruir los libros que quedaban en

Viena y lograron que les devolvieran una cantidad mucho mayor que yo había enviado a Suiza para mantenerlos a salvo», recordaba Martin. Fue particularmente irritante que el funcionario que lo ordenó mostrara un «extraño sentido del humor al cargar en la cuenta de mi padre el considerable coste del transporte de los libros hasta su pira funeraria en Viena».

Cualquier judío que quisiera salir de Austria en ese momento tenía que pagar un «impuesto de salida» y satisfacer una larga lista de requisitos, algunos de ellos aplicados arbitrariamente. Los factores principales eran la cantidad de dinero de que disponían y si había pruebas de que estuvieran incumpliendo las nuevas normas. Al revisar los documentos de la Verlag y del hogar de Freud, Sauerwald encontró información que habría constituido una prueba más que suficiente de ello.

Según Jones, en el testamento de Freud, que Martin no había logrado destruir, se mencionaban los fondos que tenía en el extranjero. En una carta que Anna escribió después de la guerra a su primo Harry, el hijo de su tío Alexander, le explicaba que Sauerwald también había conseguido los documentos sobre lo que ella llamaba «nuestros asuntos en Suiza».[49] Esto sugería que, además de los libros, también había escondido allí otros fondos. Le decía que Sauerwald mantuvo aquellos documentos «guardados de forma segura» hasta que se fueron y añadía que «no abusó de su poder» y que muy pocas personas eran «capaces de resistirse a semejante tentación». Lo que quería decir era que Sauerwald podría haber intentado impresionar a sus jefes nazis denunciando dicha actividad, pero no lo hizo.

No obstante, en aquel momento los Freud no podían estar seguros de que Sauerwald fuera a guardar silencio. Con la ayuda de su abogado, también tuvieron que lidiar con los complicados trámites que se exigía realizar a cualquiera que pretendiera emigrar. Anna tomó la iniciativa en aquellas batallas con los burócratas nazis y con los matones que siempre estaban dispuestos a aportar la fuerza bruta, y trató en todo momento de evitar que su padre participara directamente alegando que era demasiado viejo y estaba demasiado enfermo para hacerlo; también intentó ayudar a conocidos que se encontraban en circunstancias similares. Como lo expresó su padre en una carta a Jones, «Anna despliega una actividad incansable, no solo por nosotros, sino también por incontables personas».[50]

Adolf Eichmann, que ya estaba en alza como supuesto experto en la «cuestión judía», reconocía que la situación en Viena en ese momento era especialmente confusa. «Debido a lo complicado que es el sistema, se puede tardar hasta dos o tres meses en conseguir la documentación necesaria para el pasaporte. Por ejemplo, hacen falta entre seis y ocho semanas para obtener un certificado que confirme que no se tienen antecedentes penales, por lo que los judíos ricos contratan a abogados arios para conseguir los papeles», señalaba.[51] Y agregaba que algunos de los documentos exigidos expiraban antes de que los judíos pudieran conseguir otros documentos necesarios. «Estos judíos tuvieron que pasar por el mismo proceso varias veces antes de poder emigrar», escribió después de crear en Viena aquel verano la Oficina Central para la Emigración Judía. Añadía también que «esto ocasionaba fuertes cargas de trabajo a las autoridades», dejando muy claro que, para él, esto era mucho más preocupante que el calvario por el que tenían que pasar los propios judíos.

Mientras intentaban lograr avances con esas autoridades, Anna y Marie Bonaparte revisaron la enorme colección de documentos y correspondencia de Freud, y quemaron los documentos que consideraron prescindibles para tratar de reducir el volumen a una cantidad manejable para la que esperaban que fuera una partida inminente. Bonaparte también miraba regularmente en la papelera de Freud y recuperaba a menudo documentos que él había descartado.[52] No solo estaba decidida a salvar a Freud, sino también cuanto pudiera de su legado. Según Fichtl, la princesa sacó a escondidas objetos del apartamento en repetidas ocasiones. «Se lo metía todo bajo la falda e iba cada día a la embajada [griega] con ello», recordaba el ama de llaves.[53] Esos documentos eran enviados a París por valija diplomática, lo que los protegía de la inspección y, probablemente, de la confiscación.

Incluso Sauerwald participó. Junto con Bonaparte, empaquetó algunos de los libros sobre psicoanálisis que se habían salvado en las redadas anteriores y los llevó a la Biblioteca Nacional de Austria, donde el director accedió a almacenarlos en lugar de destruirlos. Allí sobrevivieron milagrosamente a la guerra.[54]

El 12 de mayo, Freud le mandó una carta a su hijo Ernst, que vivía en Londres con su esposa y sus hijos desde que habían huido de Berlín en 1933: «Te escribo sin ningún motivo en particular porque estoy aquí sentado, inactivo e impotente, mientras Anna va de aquí para allá lidiando con las autoridades y ocupándose de todos los detalles del negocio».[55] Añadía que la familia esperaba conseguir «luz verde» en las cuestiones fiscales y otros asuntos, y no dejaba duda de que la incertidumbre causada por la larga espera le estaba pasando factura: «En estos tiempos sombríos, dos esperanzas me mantienen vivo: reunirme con todos vosotros y morir en libertad».

Freud se tomaba con filosofía lo que le esperaría en un nuevo país, suponiendo que lograran marcharse de Viena. «En comparación con sentirse liberado, no existe nada que pueda considerarse importante. Sin duda, Anna se las arreglará bien y eso es lo principal, ya que si se tratara solo de nosotros, ancianos de entre setenta y tres y ochenta y dos años, todo este esfuerzo no tendría sentido.» Con «ancianos» se refería a su cuñada Minna, a su esposa y a sí mismo.

Bonaparte y Bullitt querían ayudar con los pagos que los nazis exigían antes de que Sauerwald firmara los visados de salida; Bullitt estaba dispuesto a aportar 10.000 dólares, una suma enorme en aquel entonces.[56] Sin embargo, como el estadounidense seguía en su puesto de embajador en París, era más fácil que Bonaparte gestionara cualquier transacción que resultara necesaria. Para entonces, los fondos locales de Freud o habían sido confiscados o estaban congelados, mientras que Sauerwald seguía guardando silencio sobre el capital que tenía en el extranjero. Según recordaba Fichtl, «la princesa [Bonaparte] lo pagó todo», aunque Freud insistió en devolvérselo cuando estuvieran a salvo.[57]

Incluso sin contabilizar sus cuentas en el extranjero, los bienes de Freud, que incluían todo, desde el dinero y los muebles hasta las obras de arte y los libros, estaban valorados en 125.318 marcos imperiales, unos 50.000 dólares que, ajustados a la inflación, equivaldrían a unos 950.000 dólares en la actualidad. Una vez aplicado el impuesto de salida del 25 %, la suma que debían pagar ascendió a 31.329 marcos imperiales. Bonaparte fue su salvadora, pero no solo por aportar la mayor parte del dinero que necesitaban, también les levantaba el ánimo. En palabras de Martin Freud, «creo que nuestras últimas tristes semanas en Viena [...] habrían sido insoportables sin la presencia de la princesa».

Algunos miembros de la familia salieron de Viena antes de que Freud pudiera hacerlo, aprovechando que les habían expedido nuevos pasaportes alemanes para sustituir a los austriacos. Minna fue la primera en recibir un visado de salida, el 4 de mayo, y, como estaba enferma, Dorothy Burlingham la llevó a Suiza; más tarde, continuarían viaje hasta Londres. Tras ser advertido por su contacto en la policía de que planeaban detenerle, Martin tomó el tren a París el 14 de mayo para reunirse con su esposa y sus dos hijos, a los que había enviado allí unos días antes. Su hermana Mathilde y el marido de esta, Robert, harían lo mismo el 24 de mayo. Freud seguía atrapado en Viena a la espera de la declaración que certificara que no tenía nada pendiente con las autoridades.

Luego estaba la cuestión de las cuatro hermanas mayores de Freud que quedaban en Viena (otra hermana, Anna, había emigrado a Estados Unidos de joven). Según Martin, Freud y su hermano Alexander «les habían facilitado amplios medios para vivir cómodamente durante el resto de sus vidas», con toda probabilidad con la ayuda de Bonaparte. Esto sugiere que estaban decididas a quedarse, tal vez debido a la falsa impresión de que correrían menos peligro que su famoso hermano. Una explicación más sencilla podría ser que no había tiempo suficiente para lidiar con los trámites burocráticos y negociar los pagos por separado que les habrían exigido para conseguir el permiso de salida. En cualquier caso, se quedaron, aunque Bonaparte no tardó en alarmarse lo suficiente para tratar de sacarlas. Por desgracia, el intento fracasó.

Una vez que quedó claro que Sauerwald tenía la intención de aprobar la salida del grupo de Freud, Bonaparte regresó a París y los demás siguieron ocupándose del resto de los preparativos. Como de costumbre, Martha fue un modelo de eficacia y se encargó de todos los detalles de la casa. Incluso ayudó a Fichtl, el ama de llaves que viajaba con ellos, a ocultar las monedas de plata y oro que había recibido a lo largo de los años como regalo de la familia cosiéndolas al abrigo, ya que no quería desprenderse de sus «tesoros».

El 2 de junio Freud recibió por fin la *Unbedenklichkeitserklärung*, la «declaración de no objeción», que confirmaba que había satisfecho todas sus obligaciones con las autoridades fiscales, pero los nazis le exigieron también que atestiguara que le habían tratado bien. Para ello, le entregaron una declaración que debía firmar:

> Yo, el profesor Freud, confirmo por la presente que después del *Anschluss* al Reich alemán he sido tratado por las autoridades alemanas, y en particular por la Gestapo, con todo el respeto y la consideración debidos a mi reputación científica, que he podido vivir y trabajar en plena libertad, así como proseguir con mis actividades en todo lo que deseara, que encontré pleno apoyo en todos los que han intervenido a este respecto y que no tengo el más mínimo motivo de queja.[58]

Freud sabía que no tenía otra opción, pero no pudo resistirse a preguntarle al funcionario nazi que esperaba su firma si podía añadir una frase: «Puedo recomendar encarecidamente la Gestapo a todo el mundo».[59]

Fichtl oyó por casualidad la conversación y contuvo la respiración, pero recordaba que «el policía se limitó a mirar con enojo al profesor y, sin decir una sola palabra, salió corriendo por la puerta».[60]

El 4 de junio Fichtl sirvió a Freud, Martha y Anna su último desayuno en Berggasse 19. Tenían billetes para el *Orient Express*, que partía hacia París aquella tarde. La última petición de Anna durante el desayuno fue que Fichtl sirviera a su padre un vaso de vermut que lo fortaleciera para el viaje. En el último minuto, Max Schur, que se suponía que iba a viajar con su familia en el mismo tren que los Freud para poder controlar a su paciente, no pudo unirse a ellos al tener que someterse a una apendicectomía de urgencia.[61] Anna le dijo que era demasiado peligroso que su padre esperara y resolvieron que otro médico, Josefine Stross, ocupara su lugar. Schur, que todavía se estaba recuperando de la operación, consiguió salir con su familia el 10 de junio. Según sus propias palabras, «probablemente justo a tiempo».

Los Freud tenían dos compartimentos del tren a su disposición: uno para Sigmund, Martha y Anna, junto con su querido chow chow Lün, y el otro para Fichtl y la doctora Stross. Mientras el tren salía de la estación, Fichtl se sobresaltó cuando un hombre se le acercó para preguntarle si formaba parte del grupo de Freud; lo primero que pensó fue que se trataba de un nazi, pero resultó ser un miembro de la embajada estadounidense que debía vigilar a los Freud hasta que llegaran a salvo a Francia; se mantuvo a una distancia prudencial de ellos durante el viaje y luego desapareció. Sin duda, era cosa de Wiley, que una vez más cumplía los deseos de Bullitt de proteger a la familia.

Mientras el tren atravesaba Alemania, vía Múnich y Dachau, la tensión era palpable en ambos compartimentos. «Aquellas fueron las peores horas del viaje», recordaba Fichtl. A la doctora Stross le preocupaba especialmente el anciano paciente que tenía a su cargo y la capacidad del corazón de Freud para soportar el estrés. Dos días más tarde, Sigmund le escribió a su amigo Max Eitingon: «Me cuidó bien, pero en realidad las dificultades del viaje me provocaron una dolorosa fatiga cardiaca, para la que tomé grandes dosis de nitroglicerina y estricnina».[62]

Cuando a las 3.30 de la madrugada el tren se aproximaba a la frontera con Francia, Martha les pidió a Stross y Fichtl que se unieran a ella, Sigmund y Anna en su compartimento. «La esposa del profesor quería que estuviéramos todos juntos», señaló Fichtl. La temida inspección de aduanas nunca se produjo, quizá porque las autoridades alemanas sabían que en el tren viajaba un representante de la embajada estadounidense. Asimismo, los guardias fronterizos hojearon brevemente los pasaportes y los demás documentos que los Freud les entregaron.

El tren cruzó el Rin y entró en Francia. Freud, visiblemente aliviado, se reclinó en el asiento. «Ahora somos libres», dijo.

12

Esta Inglaterra

Cuando el *Orient Express* entró en la Gare de l'Est de París a primera hora de la mañana del 5 de junio de 1938, Marie Bonaparte, William Bullitt y Ernst Freud, que habían acudido desde Londres, esperaban en el andén para recibir a los pasajeros procedentes de Viena. Fichtl recordaba que Bonaparte llevaba un vaporoso vestido de diseño y una estola de marta sobre los hombros, mientras que Bullitt lucía una elegante corbata y un pañuelo en el bolsillo delantero de su traje gris recto, junto con un sombrero de fieltro ladeado con gracia que completaba su imagen de diplomático consumado.[1]

El comité de bienvenida iba acompañado por una nube de periodistas y fotógrafos que comenzaron a disparar frenéticamente sus cámaras en cuanto los Freud, un tanto aturdidos, se bajaron del tren. Bonaparte, con la ayuda de Bullitt y Ernst Freud, que iban despejando el camino, los fue guiando a través de los periodistas y de un número creciente de personas que se paraban para ver a qué se debía aquel tumulto. Frente a la estación aguardaban dos coches con chófer propiedad de Bonaparte, un Bentley y un Rolls-Royce, que los trasladarían hasta su mansión en Saint-Cloud, en el extremo occidental de la ciudad.

Los Freud pasaron el día en su casa descansando, charlando, jugando con los perros y saludando a las visitas, casi siempre en la terraza o en el jardín, donde habían colocado un sofá para el invitado de honor, junto con mantas de lana para que estuviera abrigado. Freud estaba flanqueado por Martha y Anna, sentadas en cómodas sillas. Al día siguiente le escribió a Eitingon hablándole del excelente trato que les había dispensado la princesa: «Se superó a sí misma prodigándonos tiernos cuidados y atenciones, nos devolvió parte de nuestro dinero y se negó a permitirme continuar el viaje sin unas nuevas terracotas griegas».[2] También filmó el encuentro, captando imágenes memorables de los Freud, que por fin podían relajarse tras meses de tensión. (Las películas de Bonaparte se conservan en la Biblioteca del Congreso.)

Mucho antes del *Anschluss*, Freud, cuyos ahorros había devorado la hiperinflación tras la primera guerra mundial, había estado guardando monedas de oro como un seguro por si se repetía aquella situación. Bonaparte, además de sacar clandestinamente documentos y otros artículos personales de Berggasse 19, también había cogido parte de ese dinero y lo había enviado fuera del país en la valija diplomática de la legación griega. En París, informó a Freud de que su situación económica era mejor de lo que suponía, lo que explicaba que este dijera que Marie les había devuelto «parte de nuestro dinero». Las figuras de terracota que también mencionaba hacían referencia a las estatuillas y antigüedades de las que le gustaba rodearse. Bonaparte lo sorprendió aún más al entregarle la estatuilla romana de bronce de Atenea que decoraba su escritorio en Viena y que también había conseguido llevarse de Berggasse 19.

«El único día que pasamos en su casa en París nos devolvió el buen humor y la sensación de dignidad. Después de haber estado rodeados de afecto durante doce horas, nos marchamos orgullosos y ricos bajo la protección de Atenea», le escribió Freud más tarde a Bonaparte.

Esa misma noche, el grupo de Freud emprendió la última etapa del viaje cruzando el canal en un ferry nocturno. En aquella época, los vagones de tren se cargaban directamente en el ferry, lo que permitió a Freud quedarse en el mismo sitio durante toda la travesía. Vio el mar por primera vez en el trayecto cuando estaban desembarcando en Dover, donde tuvo que separarse de Lün, su chow chow, debido a la cuarentena de seis meses que Gran Bretaña imponía a todos los perros que llegaban de fuera del país. No obstante, habían tomado medidas especiales con antelación para que un «veterinario amigo» se ocupara de Lün, de modo que Freud pudiera disfrutar de derechos de visita siempre que tuviera la ocasión de hacer uso de ellos.

Para evitar otro tumulto en Victoria Station, en Londres, el tren de Freud fue desviado a un andén diferente al habitual, en el que esperaba un nutrido grupo de periodistas. De La Warr, el lord del Sello Privado, también había dispuesto para los Freud prerrogativas diplomáticas para que no tuvieran que pasar por la aduana. En su lugar, Ernest Jones y su esposa Katherine, junto con los hijos de Freud Martin y Mathilde, los recibieron a su llegada y llevaron a Sigmund y Martha hasta un vehículo que esperaba «para salir a toda prisa».

Jones condujo a los Freud a través de la ciudad hasta la casa amueblada que Ernst había alquilado en el número 39 de Elsworthy Road, a los pies de Primrose Hill; sería un hogar temporal hasta que llegaran sus muebles y pudieran encontrar algo permanente. Al pasar por lugares tan emblemáticos como el Palacio de Buckingham, Piccadilly Circus y Regent Street, Sigmund se los señaló con entusiasmo a Martha. Sin embargo, la emoción que Freud sintió al regresar a una ciudad que había visitado y admirado por primera vez en su juventud se vio atenuada por las circunstancias que le habían obligado a marcharse de Viena. En una carta a Eitingon le habló abiertamente de estos sentimientos encontrados: «La sensación de triunfo por estar libre se mezcla demasiado intensamente con la tristeza, porque, pese a todo, sigo sintiendo un gran cariño por la prisión de la que acabo de salir».[3]

En cualquier caso, su humor iba mejorando. En la carta proseguía diciendo que, desde la ventana de su habitación en la casa, no veía más que vegetación, que comenzaba «con un pequeño y encantador jardín rodeado de árboles». Y añadía, aludiendo a su querido barrio rústico en las afueras de Viena: «Así que es como si estuviéramos viviendo en Grinzing». Ni siquiera le desanimó el hecho de que, como los dormitorios estaban en el piso de arriba, Anna, Paula y su hijo Ernst, que vivían cerca, tuvieran que bajarlo por las escaleras todos los días y luego volver a subirlo por la noche porque estaba demasiado débil para recorrer ese trayecto por su cuenta.

El indicador de que su estado de ánimo había mejorado mucho era su revitalizado sentido del humor. Su primer paseo por el jardín lo dio con Jones, quien se convirtió en un visitante habitual. «Casi estoy tentado de gritar "*Heil Hitler*"», bromeó. Fichtl, el ama de llaves, escuchó a Freud decirle algo parecido a Jones en otra ocasión: «Agradecemos a nuestro Führer que nos haya obligado a emigrar aquí».

El entusiasmo de sus anfitriones no hacía sino reforzar estos sentimientos. La llegada de Freud tuvo una gran repercusión en la prensa británica y las revistas médicas fueron especialmente efusivas a la hora de darle la bienvenida. *The Lancet* señaló que sus enseñanzas siempre habían sido extremadamente controvertidas y que suscitaban a menudo emociones hostiles, como había ocurrido con Darwin. «Ahora, a su vejez, hay pocos psicólogos de cualquier escuela que no reconozcan la deuda que tienen con él. La profesión médica de Gran Bretaña se sentirá orgullosa de que su país haya ofrecido asilo al profesor Freud y de que él lo haya elegido como su nuevo hogar», añadía.

Freud le escribió a Bonaparte diciéndole que como consecuencia de toda aquella cobertura recibió una avalancha de flores y cartas. Le explicó que algunos de los autores de las cartas querían un autógrafo, pero que la mayoría eran «de desconocidos» que solo deseaban expresar «lo felices» que estaban de que hubieran ido a Inglaterra y de que estuvieran «a salvo y en paz».

El 22 de junio le escribió a su hermano Alexander, que seguía en Suiza. Freud parecía algo aturdido por tanta adulación: «El recibimiento fue extremadamente cordial. Estuvimos flotando en las alas de una psicosis colectiva».[4] Aunque numerosas asociaciones académicas y judías le habían ofrecido nombrarlo miembro honorario, también mencionaba que estaba asediado por «hordas de coleccionistas de autógrafos, chiflados, lunáticos y hombres piadosos que envían tratados y textos de los Evangelios que prometen la salvación». Más perplejo que irritado, escribió: «En suma, por primera vez, y al final de mi vida, he experimentado lo que es ser famoso». No era del todo exacto, ya que hacía mucho tiempo que lo era; sin embargo, la mayoría de los vieneses se habían tomado su fama con calma, sin la fanfarria que encontró en Londres.

En la misma carta a Alexander, reflexionaba de forma más general, y más seria, sobre la nueva situación de su familia. «El hecho es que las cosas nos van muy bien y hasta diría que demasiado bien si no fuera por mi corazón enfermo y por una vejiga irritada que me recuerdan la impermanencia de la felicidad humana», escribió. Y añadía que Anna, «como de costumbre», trabajaba «en beneficio propio y de los demás», mientras que Martha estaba «disfrutando en grande de la vida». Jones confirmó el comentario de Freud sobre Martha: «La señora Freud nunca volvía la vista atrás, a Viena, solo se centraba en su nuevo modo de vida como si tuviera veintisiete años en lugar de setenta y siete».[5] Como en Berggasse 19, insistía en hacer sus propias compras y no tardó en entablar buenas relaciones con muchos de los tenderos. En palabras de Jones, «era a un tiempo un ama de casa competente y amable, una compañera encantadora y la anfitriona más hospitalaria».

Sobre todo, Freud creía que había quedado demostrado que tenía razón al creer que había ido a parar al único lugar excepto Viena en el que se podía sentir casi como en casa. «Esta Inglaterra [...] es, a pesar de todo lo que nos sorprende por extraño, peculiar y difícil [...], un país bendito y feliz habitado por personas bienintencionadas y hospitalarias», afirmaba.

Una vez instalado, Freud rechazó rutinariamente casi todas las invitaciones para salir de la casa. Sin embargo, el 10 de junio, poco después de su llegada a Londres, se presentó en la perrera donde Lün estaba en cuarentena.[6] Con la ayuda de Anna, un Freud visiblemente fatigado llegó hasta la puerta principal con mucha dificultad. Según Kevin F. Quin, el jefe de la perrera, a su llegada Lün lo recompensó por su esfuerzo con saltos de alegría. «Era difícil decir quién estaba más encantado. Nunca he visto tanta felicidad y comprensión en los ojos de un animal», le dijo Quin a un reportero australiano. Y añadió que Freud jugó y habló con el perro durante toda una hora, y prometió regresar tan a menudo como le fuera posible. Más tarde cumpliría esa promesa.

Freud no hacía esa clase de excepciones a menudo, ni siquiera con la Real Sociedad de Medicina, que le había nombrado miembro honorario dos años antes. El 23 de junio, tres de sus representantes visitaron a Freud en su casa para que pudiera firmar el libro de sus estatutos. Según informó *The Times* en un artículo titulado «Honour for Professor Freud», fue una «ocasión excepcional», ya que el libro salió de la sede de la Sociedad debido a que Freud no estaba lo bastante bien para acudir él en persona. Normalmente, esta excepción estaba reservada al rey, el patrono de la sociedad, que firmaba el libro en el Palacio de Buckingham.

Marie Bonaparte, que estaba de visita en Londres, y Anna Freud fueron testigos de la ceremonia. Anna le señaló a su padre la otra firma que aparecía en la página en la que se le pidió que estampara su rúbrica: era la de Charles Darwin, alguien a quien consideraba un héroe intelectual. Otros de los firmantes era Isaac Newton. «¡Buena compañía!», comentó más tarde.[7] Según las *Notes and Records* de la Sociedad, «la dignidad y emoción de la sencilla y familiar ceremonia provino del sincero agradecimiento del psicólogo exiliado a la Sociedad que le había concedido el honor».

Los visitantes ilustres seguían llegando. A algunos ya los conocía de antes, como al escritor británico H. G. Wells, que lo había visitado en Viena. El escritor austriaco Stefan Zweig, que había emigrado a Inglaterra cuatro años antes, también estaba deseando reanudar su amistad. «Durante todos aquellos años, conversar con Freud fue para mí uno de los mayores placeres intelectuales», señaló.[8] Al mismo tiempo, sabía que Freud estaba ya muy mayor y enfermo, y no estaba muy seguro de qué podía esperar. «En mi fuero interno tenía un poco de miedo de encontrarlo amargado o trastornado después de los dolorosos momentos que debía de haber pasado en Viena; todo lo contrario: lo vi más libre y feliz que nunca», recordaba. Y añadía: «Tan pronto como uno entraba en su habitación, quedaba excluida de ella, por decirlo así, la locura del mundo exterior».

En una visita el 19 de julio, Zweig llevó consigo a Salvador Dalí, el pintor surrealista, que admiraba enormemente a Freud. Mientras Dalí le dibujaba, Freud comentó: «En las pinturas clásicas busco lo subconsciente; en una pintura surrealista, lo consciente». Una vez terminado el boceto, Zweig se dio cuenta de que revelaba una dura realidad de la que no se había percatado en aquel momento: «Nunca me atreví a enseñárselo a Freud porque Dalí, clarividente, había incluido ya la muerte en él».

No obstante, Freud apreció mucho la visita. «Debo agradecerle realmente que haya traído al visitante de ayer, porque hasta ahora yo me había inclinado a considerar a los surrealistas, que al parecer me han adoptado como su santo patrono, como chiflados absolutos (digamos en un 95 %, como ocurre con el alcohol). Este joven español, con sus cándidos ojos fanáticos y su innegable maestría técnica, ha logrado que cambie de opinión», le escribió más tarde a Zweig.[9]

Freud todavía podía ser un anfitrión animado y provocador. Cuando el filósofo Isaiah Berlin fue a visitarlo en octubre de 1938, le abrió la puerta él mismo y lo llevó hasta su estudio.[10] Berlin, nacido en Riga en 1909 en el seno de una familia judía que emigró a Gran Bretaña después de la Revolución bolchevique, fue el primer judío en ser elegido para una beca en All Souls, Oxford, y pronto se convirtió en una estrella intelectual. Obviamente, sentía curiosidad por el recién llegado de Viena.

Ya fuera fingiendo ignorancia o también por verdadera curiosidad, Freud le preguntó a su joven invitado a qué se dedicaba. Berlin le explicó que intentaba enseñar filosofía. «Entonces debe de pensar que soy un charlatán», dijo Freud, lo que llevó a Berlin a negar que albergara semejantes pensamientos. Cuando Freud le explicó que había escapado de Viena gracias a la ayuda de la princesa Marie Bonaparte, Berlin admitió que no sabía nada sobre la familia real griega. «Veo que no es usted un esnob», comentó Freud con evidente aprobación. La conversación continuó mientras tomaban el té en el jardín, donde se unieron a ellos Martha y Lucian, su nieto adolescente. Berlin se sintió cómodo de inmediato.

Durante estas visitas, Freud intentaba que no repararan en su decadencia física, aunque cada vez era más difícil. Pese a todo, seguía siendo una figura imponente. La legendaria pareja literaria formada por Virginia y Leonard Woolf lo vieron solo una vez, el 28 de enero de 1939, después de haberle preguntado si estaría dispuesto a recibirlos.[11] Pertenecían al grupo de escritores y artistas conocido como el Círculo de Bloomsbury. Aunque Virginia era más famosa como escritora, Leonard era el principal responsable de Hogarth Press, la editorial que publicaba las obras de Freud y otros libros sobre psicoanálisis en inglés. Cuando Freud los invitó a su casa, Leonard confesó sentir cierta inquietud. «Casi todos los hombres famosos son decepcionantes o aburridos, o ambas cosas. Freud no era ni lo uno ni lo otro; tenía un aura no de fama, sino de grandeza», escribió más tarde Leonard. El cáncer de mandíbula le estaba pasando factura y «no fue un encuentro fácil», continuaba Leonard. Sin embargo, Freud era «extraordinariamente cortés de un modo formal a la antigua usanza; por ejemplo, casi ceremoniosamente le regaló una flor a Virginia». A Leonard le parecía que tenía algo de «volcán a medio extinguir, algo sombrío, reprimido, reservado».

Sin embargo, por mucho que Freud estuviera sufriendo físicamente, seguía muy activo desde el punto de vista intelectual. Cuando la conversación derivó inevitablemente hacia Hitler y los nazis, Virginia afirmó que ella y Leonard se sentían algo culpables de que el bando británico hubiera vencido en la primera guerra mundial. Aventuró que tal vez un desenlace diferente habría impedido el ascenso de Hitler, pero Freud discrepó con rotundidad y argumentó que Hitler y los nazis habrían llegado al poder de todos modos y que una victoria alemana solo habría empeorado mucho la situación general.

Todo ello causó una fuerte impresión a los visitantes. «Me transmitió una sensación que he tenido con muy pocas de las personas que he conocido, una sensación de gran dulzura, pero, detrás de esta, también una gran fuerza», escribió Leonard. Cuando abordó el tema de la popularidad de sus libros, Freud le dijo que lo habían vuelto infame, no famoso. «Un hombre formidable», concluyó Leonard.

Ernst, el arquitecto de la familia, que se había establecido antes en Londres, estaba decidido a ayudar a sus padres a encontrar una residencia permanente que pudiera reformar cuanto fuera necesario para que se adaptara a sus necesidades y a hacerlo de un modo que reprodujera el ambiente y las características principales de Berggasse 19, donde habían pasado la mayor parte de sus vidas. El 28 de julio de 1938, la familia compró una casa en el número 20 de Maresfield Gardens, en Hampstead, una zona de Londres popular entre los psicoanalistas.[12] Gracias a una hipoteca de 4.000 libras del Barclays Bank pudieron cubrir el coste total de 6.500 libras. «Se puede usted imaginar cuánto ha incidido su compra en nuestros menguantes ahorros», le escribió a Jeanne Lampl-de Groot, una colega holandesa.

No obstante, Freud, que vio el que sería su nuevo hogar por primera vez dos semanas más tarde y no se mudó a él hasta finales de septiembre, estaba encantado con lo que definió como «¡nuestra propia casa!». La vivienda de ladrillo rojo, construida alrededor de 1920 en el estilo arquitectónico Reina Ana, era más espaciosa que Berggasse 19, con habitaciones grandes y «demasiado bonita para nosotros», según le explicó Freud en su carta a Lampl-de Groot, y añadía que Ernst había «transformado esta casa en una ruina para reconstruirla de nuevo de un modo más adecuado» para ellos. Una de las comodidades que añadió Ernst fue un ascensor para que su padre pudiera desplazarse entre los dormitorios de arriba y la planta baja, donde se encontraban su despacho y la biblioteca, y que le resultó igual de práctico a su tía Minna, cuya salud se había ido deteriorando paulatinamente.

Freud calificó la restauración y, en algunos casos, reconfiguración de la casa que realizó su hijo de «pura brujería en términos arquitectónicos». En una carta remitida a Eitingon también elogiaba a Ernst por lo «espléndidamente» que se había ocupado de todo. «Estamos incomparablemente mejor que en Berggasse e incluso que en Grinzing. "De la pobreza al pan blanco", como reza el proverbio», escribió. Un ejemplo del trabajo de Ernst era la librería desde el suelo hasta el techo que diseñó para que albergara la mayor parte de la colección de libros de su padre, que habían llegado desde Viena junto con los demás enseres de la familia. Dos de las vitrinas Biedermeier que Freud había utilizado para exponer muchas de sus antigüedades fueron incorporadas a las estanterías.

Otras piezas de su considerable colección de estatuillas, incluidos los objetos nuevos que había recibido como regalo, fueron depositadas sobre una mesa o expuestas en otras vitrinas. Paula Fichtl colocó meticulosamente las que provenían de Viena del mismo modo en que habían estado en Berggasse 19. Todo ello indujo a Leonard Woolf a comentar que el estudio de Freud era «casi un museo», aunque todo «parecía muy luminoso, brillante, limpio, con una agradable vista a través de las ventanas a un jardín».

Cuando Freud inspeccionó por primera vez su nueva vivienda y su despacho una vez instaladas allí sus pertenencias, declaró: «Está todo aquí excepto yo».[13] El comentario contenía una mezcla típica de ironía y humor autocrítico, con el que reconocía que su envejecido cuerpo no se podía rehabilitar tan fácilmente como su nueva morada. Y, a pesar del tremendo esfuerzo de Ernst, Paula y los demás para reproducir algo parecido a sus condiciones de vida en

Viena, Freud era muy consciente de su condición de forastero, por muchos elogios que recibiera.

Apreciaba mucho a Inglaterra y su gente, pero ahora era un exiliado, ya no vivía en el país al que siempre había llamado su hogar. «Todo aquí es bastante extraño, difícil y a menudo desconcertante, pero, en cualquier caso, es el único país en el que podemos vivir», le escribió a Marie Bonaparte el 4 de octubre.[14] Estos sentimientos conflictivos no eran inusuales en los exiliados más ancianos y Freud no era una excepción en ese sentido.

Además, Freud estaba más preocupado de lo que solía dar a entender por los acontecimientos en Alemania. En septiembre, parecía que la beligerante retórica de Hitler sobre Checoslovaquia podría desencadenar una nueva guerra. Como recordaba Dorothy Burlingham, que también se había mudado a Londres para estar cerca de Anna: «Debería haber visto los parques, de repente estaban salpicados de armas apuntando a los cielos [...]. Puede imaginar a nuestros amigos, los inmigrantes, todos tan infelices de haber elegido Inglaterra, todos tan asustados por lo que les podría ocurrir».[15]

El 30 de septiembre, el primer ministro Neville Chamberlain regresó de su encuentro con Hitler en Múnich jactándose de haber logrado la «paz para nuestro tiempo» al ceder los Sudetes a Alemania, lo que fue recibido con júbilo por la mayoría de sus compatriotas. Sin embargo, Freud señalaba con pesadumbre en su carta a Bonaparte: «Ahora que la embriaguez de la paz ha remitido, tanto el pueblo como el Parlamento están recobrando el juicio y enfrentándose a la dolorosa verdad. Naturalmente, nosotros también agradecemos un poco de paz, pero no podemos disfrutar de ella».

Las noticias que llegaban de Alemania no hacían sino empeorar. El 10 de noviembre anotó simplemente en su diario: «Pogromos en Alemania».[16] Se refería a la *Kristallnacht*, la «Noche de los cristales rotos», cuando los ataques contra los judíos y sus tiendas, negocios, sinagogas y hogares en todo el país representaron una importante escalada de la campaña antisemita de Hitler, que era cada vez más violenta.

Al igual que otros exiliados, a Freud le preocupaban especialmente los miembros de su familia a los que había dejado atrás, cuatro de sus hermanas. «Los últimos y aterradores acontecimientos registrados en Alemania agravan el problema de qué hacer con las cuatro ancianas de entre setenta y cinco y ochenta años», le escribió a Bonaparte el 12 de noviembre. Le recordaba que les había entregado una suma de dinero considerable, pero le inquietaba que se lo hubieran podido confiscar. También especulaba sobre si habría una manera de llevarlas hasta el sur de Francia. «Pero ¿sería esto posible?», preguntaba. No parecía muy optimista.

Freud no vivió lo suficiente para saber lo que les sucedió a sus hermanas. En el verano de 1942, las cuatro fueron deportadas de Viena a Theresienstadt, que se hacía pasar por un gueto modelo, pero funcionaba principalmente como un campo de tránsito para prisioneros que solían ser asesinados en otros lugares.[17] Tres de las hermanas (Rosa, Marie y Pauline) fueron enviadas en un transporte al campo de exterminio de Treblinka II el 23 de septiembre, donde murieron en las cámaras de gas. Adolfine, o Dolfi, como se la conocía, permaneció en Theresienstadt durante algunos días más, pero falleció allí el 29 de septiembre. Martin Freud escribió que murió de inanición.

Como de costumbre, a Freud también le preocupaba su trabajo y lo que, en su opinión, era una enorme reducción de su productividad como consecuencia del deterioro de su estado físico, aunque seguía tratando a pacientes, que se tumbaban en el famoso sofá que lo había acompañado desde Viena. Una vez que estuvo instalado en su nueva casa, podía atender hasta a cuatro pacientes al día cuando se sentía lo suficientemente bien para ello. También seguían acudiendo las visitas y, según contaba Schur, continuaba siendo un ávido lector.

Aunque Anna no dejó de cuidar a su padre, también asistió al XV Congreso Psicoanalítico Internacional organizado en París en el verano de 1938, el último que se celebraría hasta después de la segunda guerra mundial.[18] Jones presidió los actos, y la presentación de un fragmento de la obra en curso de Freud *Moisés y la religión monoteísta* permitió al fundador estar presente en espíritu.

Freud, que sabía que se estaba quedando sin tiempo, quería terminar sus proyectos inacabados. Cuando William Bullitt lo visitó en Londres poco después de haberse establecido allí, el estadounidense llevó consigo el manuscrito de su biografía de Woodrow Wilson con la esperanza de que resolvieran las diferencias que aún existían.[19] En concreto, Bullitt quería que su coautor accediera a retirar los pasajes que había añadido anteriormente. Para su alivio, Freud aceptó y dio el visto bueno al texto sin ellos. Como también habían acordado no publicar el libro mientras siguiera con vida la viuda del presidente, Edith Wilson, Freud sabía que no llegaría a verlo, pero al menos podía confiar en que se publicaría algún día.

Tenía diferentes sentimientos acerca de su libro sobre Moisés. Las dos primeras partes del proyecto, que se basaba en la controvertida premisa de que Moisés era egipcio, las había publicado la revista psicoanalítica alemana *Imago* en 1937, lo que significaba que ya había captado la atención de la crítica, pero necesitaba escribir la tercera parte para preparar su publicación como libro. Sin embargo, solo unos días después de su llegada a Londres, Abraham Shalom Yahuda, un famoso biblista, llamó a Freud para intentar convencerlo de que no debía publicarlo.[20]

Yahuda no era el único, ni mucho menos, que estaba en contra. En una misiva, Freud le mencionó al escritor germano-judío Arnold Zweig que había recibido una carta de un joven judío estadounidense en la que le pedía que no privara «a su pobre y desventurado pueblo del único consuelo» que le quedaba «en su desdicha».[21] Le explicó que esta carta «bienintencionada» sobreestimaba su influencia. «¿Debo creer realmente que mi ensayo debilitaría la fe de siquiera una [...] persona?», preguntaba. En vista de su importancia no solo como fundador del psicoanálisis, sino como destacado pensador, no era, por decirlo suavemente, el argumento en contra más convincente.

Aunque Freud no estaba dispuesto a ceder ante estos intentos de amordazarlo, puede que sí influyeran en las dificultades que tuvo para abordar la última parte sobre las religiones monoteístas. Antes de partir de Viena, le había confesado en una carta a Jones que el libro le atormentaba «como un fantasma insepulto».[22] Escribió estas tres últimas palabras en inglés; es de suponer que intentaba decir algo así como «un fantasma al que no puedo espantar». En el propio texto aludió a las «dudas internas, así como los obstáculos externos» que le acosaban mientras trabajaba en el libro sobre Moisés.[23]

No obstante, estaba decidido a terminar el manuscrito lo antes posible después de su llegada a Londres. El 15 de julio escribió en su diario «Moisés vendido a Estados Unidos», lo que le resultó muy alentador por dos razones: las ventas en Estados Unidos eran cruciales para el éxito de la versión en inglés y confiaba en que le reportaran dinero para ayudar a sufragar los gastos de la familia. Dos días más tarde, anotó en su diario: «Moisés terminado».[24]

Freud había comenzado a escribir la sección final en Viena cuando aún no estaba seguro de si alguna vez la publicaría. En la parte que escribió en Londres, sintió la necesidad de explicar por qué había cambiado de forma de pensar. «En aquel tiempo vivía bajo la protección de la Iglesia católica y temía que al publicar el ensayo perdiera dicha protección y que a los practicantes y discípulos del psicoanálisis se les prohibiera trabajar en Austria. Entonces, de pronto, sobrevino la invasión alemana y el catolicismo resultó ser, en palabras de la Biblia, "una caña cascada"», escribió. Al saber que sería perseguido no solo por su «trabajo», sino también por su «raza», se había visto obligado a buscar refugio en Inglaterra.

En el país que le había brindado la «más cálida acogida» volvió a sentirse libre para presentar a los lectores una obra que sabía que difícilmente iba a recibir el aplauso universal. «Me atrevo ahora a publicar la última parte de mi trabajo», anunciaba. Sabía que ofendería a muchos de sus compañeros judíos, pero puso mucho empeño en explicar que no rechazaba el judaísmo en su conjunto. Como respuesta a una carta del Comité del Instituto Científico Yiddish, escribió: «Sin duda, saben que reconozco mi judaísmo con alegría y orgullo, aunque mi actitud hacia cualquier religión, incluida la nuestra, sea críticamente negativa».[25] En otra carta añadía: «Nosotros, los judíos, siempre hemos sabido respetar los valores espirituales. Hemos preservado nuestra unidad a través de las ideas y gracias a ellas hemos sobrevivido hasta nuestros días».

Aunque Freud admitía en *Moisés y la religión monoteísta* que la creencia en un solo Dios era fundamental para los valores y la supervivencia del pueblo judío, yuxtaponía esa creencia, no solo de los judíos sino también de otros credos, a lo que veía como la realidad de que ese Dios no existe. «El argumento religioso se basa en una premisa optimista e idealista. No se ha demostrado en otros campos que el intelecto humano posea un olfato muy fino para la verdad ni que la mente humana muestre una disposición especial a aceptarla», escribió.

Stefan Zweig visitó a Freud poco después de la publicación de su libro sobre Moisés. Según explicaba, encontró a Freud arrepentido de que el libro hubiera salido «en la hora más funesta para el judaísmo».[26] Zweig mencionaba las palabras de Freud: «Ahora que todo se les quita, yo les quito a su mejor hombre», en alusión al argumento de que Moisés era egipcio. Sin embargo, los actos y las palabras de Freud sugerían que, al ser de nuevo un hombre libre, en realidad no se arrepentía de confrontar a otros con lo que él veía como la verdad mientras todavía tenía fuerzas para hacerlo.

Moisés y la religión monoteísta resultaría ser su última obra completa, pero también comenzó un nuevo libro breve titulado *Esquema del psicoanálisis* con el propósito de resumir sus ideas sobre su especialidad. Fue publicado póstumamente, aunque no pudo terminarlo. Sus enfermedades comenzaron a agravarse antes de que pudiera hacerlo.

 Seis días después de que el grupo de Freud partiera de Viena, Max Schur acudió con su esposa y sus dos hijos a la estación de tren de esta ciudad.[27] El médico de Freud todavía iba en silla de ruedas, envuelto en vendajes después de su apendicectomía de última hora, y tuvieron que ayudarlo a subir al tren con destino a París, algo que su hijo Peter, que entonces tenía cinco años, todavía recuerda. También los recibió Marie Bonaparte en la capital francesa y Schur pasó tres días en su casa recuperándose. «Naturalmente, recuperarse significaba algo más que la curación de mi herida abdominal. ¡Qué increíble contraste estar fuera de un mundo de locos!», recordaba Max Schur.

Tras llegar a Londres y ponerse al día con Freud, Schur retomó su habitual papel como médico de cabecera. El Ministerio del Interior británico le permitió hacerlo incluso antes de superar los exámenes médicos obligatorios. Al principio, se sintió animado por la «asombrosa» manera en que Freud había soportado el viaje de Viena a Londres y le complació verlo entregado al trabajo aquel verano, pero Schur también sabía que su paciente sufría de nuevas lesiones en la boca. En el pasado, la mayoría habían sido precancerígenas, pero, según señaló, «la tendencia en los últimos dos años había sido hacia la malignidad propiamente dicha».

En agosto, Schur estaba tan preocupado por la aparición de nuevas lesiones que se puso en contacto con Hans Pichler, el cirujano oral que había operado a Freud en Viena, y le pidió que viajara a Londres para volver a tratar a su famoso paciente. Anna Freud respaldó totalmente la idea, aunque al principio su padre creía que estaban siendo excesivamente alarmistas.

Pichler llegó el 7 de septiembre y operó a Freud al día siguiente. «Extirpación de grandes porciones de tejido muy duro y firme», anotó. Aunque la cirugía tuvo éxito, la recuperación de Freud fue lenta y dolorosa. En una carta a Marie Bonaparte del 4 de octubre, escribió: «Esta operación ha sido la peor desde 1923 y me ha dejado abatido. Estoy terriblemente cansado y me siento débil cuando me muevo».[28] Y añadía que se suponía que tardaría seis semanas en recuperarse, lo que significaba que aún faltaban dos. No obstante, había comenzado a tratar pacientes de nuevo.

Schur creía que este periodo marcó el «fin de la actividad creativa de Freud», que era como describía su escritura. En otra carta a Bonaparte del 12 de noviembre, Freud parecía estar de acuerdo: «Todavía soy bastante improductivo. Puedo escribir cartas, pero nada más». Incluso su voz delataba su debilitamiento. El 7 de diciembre, la BBC grabó unas declaraciones suyas en su casa.[29] Esperaban que leyera la introducción de uno de sus libros, pero solo habló brevemente con voz apagada. Sus palabras finales fueron: «A la edad de ochenta y dos años abandoné mi hogar en Viena como consecuencia de la invasión alemana y vine a Inglaterra, donde espero terminar mi vida en libertad».

Tras el descubrimiento de una lesión oral inoperable en febrero de 1939, Freud comenzó a recibir radioterapia, que lo debilitó aún más. El 28 de abril informó a Bonaparte de que Anna ya no podía viajar a París para las reuniones: «Cada vez soy más incapaz de cuidar de mí mismo y más dependiente de ella. Algún tipo de intervención que abreviara este cruel proceso sería muy deseable». No obstante, aún logró disfrutar de su octogésimo tercer cumpleaños el 6 de mayo paseando por el jardín, donde se habían reunido familiares e invitados.[30] Fichtl, la siempre entregada ama de llaves, ataba felicitaciones al cuello de los perros y estos se las entregaban a Freud.

Aunque Freud aceptaba el hecho de que ya no le quedaba mucho tiempo de vida, todavía tenía una ambición: quería convertirse en ciudadano británico. En palabras de su hijo Martin, «mi padre amaba a Inglaterra».[31] En una carta dirigida a H. G. Wells del 16 de julio de 1939, Freud le explicaba: «Desde que vine a Inglaterra siendo un muchacho de dieciocho años, nació en mí un intenso deseo de establecerme en este país y convertirme en inglés».[32]

Wells presionó a favor de una ley del Parlamento que habría concedido a Freud ese deseo, pero los parlamentarios no estaban dispuestos a eximir del requisito de haber residido cinco años a quien quisiera obtener la nacionalidad. En su opinión, se trataba de no sentar un precedente. Tanto Wells como Freud sabían que no tenía posibilidades de vivir lo suficiente para reunir las condiciones.

Aunque Schur se dedicaba a cuidar a su famoso paciente, también tenía sus propias aspiraciones. Al no aprovechar de inmediato los visados que Estados Unidos les había concedido a él y a su familia en 1937, y al posponer después repetidamente cualquier decisión al respecto, se arriesgaba a poner en peligro sus posibilidades de afincarse en ese país.[33] A diferencia de Freud, no se contentaba con vivir el resto de su vida en Inglaterra y no compartía el desdén de Freud por Estados Unidos. Después de la crisis de Múnich, volvió a solicitar visados estadounidenses y se enteró de que los anteriores todavía seguían en vigor, pero había un problema: tenía que usarlos a finales de abril o los perdería.

Cuando parecía que la radioterapia estaba comportando una mejoría del estado de Freud, Schur decidió viajar con su familia a Estados Unidos y zarparon el 21 de abril de 1939. Planeaba conseguir los «documentos iniciales» para establecerse allí, hacer los exámenes para obtener la licencia médica del estado de Nueva York y regresar lo antes posible a Londres para retomar los cuidados de Freud hasta el fin de sus días, que parecía inminente.

Schur lo organizó todo para que le sustituyera otro médico durante el tiempo que iba a estar fuera, pero sabía que Freud «no aprobaba del todo» el viaje. «Estaba acostumbrado a mí y, en cierto modo, dependía de mí, y es probable que creyera que lo estaba abandonando o, lo que es peor, que me daba por vencido», escribió Schur más adelante. Aun así, Freud le ayudó con algunas formalidades y le deseó que tuviera éxito en su propósito. Desde Nueva York, Schur se mantuvo en contacto con el médico sustituto y con Anna, y al principio consideró alentadoras las noticias que le llegaban de que la radioterapia seguía ayudando a Freud.

Sin embargo, en una carta dirigida a Bonaparte el 28 de abril, Freud mostraba su desacuerdo con esta opinión: «La gente trata de animarme diciéndome que el carcinoma se está reduciendo y que los síntomas de la reacción al tratamiento son temporales. No les creo y no me gusta que me engañen».

Decidido a cumplir su promesa de regresar cuanto antes a Londres junto a Freud, Schur recurrió a todos los contactos que pudo para agilizar el proceso burocrático en Estados Unidos. Gracias a la intervención de Julian Mack, un juez federal que era el padre de Ruth Mack Brunswick, una psiquiatra estadounidense que había estudiado y trabajado con Freud en Viena, le concedieron los «documentos iniciales» el 15 de junio. A finales de ese mismo mes obtuvo la licencia para ejercer la medicina y zarpó con su familia a bordo del *Île de France* rumbo a Inglaterra, adonde llegó el 8 de julio.

Schur acudió sin demora a Maresfield Gardens y se sorprendió al ver a su paciente. «Encontré a Freud muy desmejorado. Había perdido peso y estaba algo apático, al menos en comparación con su vigor mental normal», recordaba.[34] Se le había decolorado la piel en el pómulo derecho y había perdido parte de la barba a causa de la radiación. Al examinar la boca, a Schur le impresionó la sensibilidad del hueso en la zona afectada y el mal olor que emanaba de ella. Los dos hombres se conocían demasiado bien para pretender que la situación no era extremadamente grave. «Él sabía lo que pensaba yo y yo sabía lo que él pensaba», señaló Schur.

No había mucho que se pudiera hacer excepto tratar de paliar el dolor. Como Freud «odiaba los barbitúricos y los opiáceos», y solo pensaba en la morfina «como último recurso», según Schur, él y Anna le aplicaban ortoformo, un polvo que actuaba como anestésico local, pero no servía para reparar el hueso dañado de la boca. Anna, que además compaginaba sus consultas con los esfuerzos para rescatar a más analistas que seguían en el continente, tenía que atenderlo durante la noche. Seguía aplicándole ortoformo porque el dolor lo despertaba.

En agosto, Freud ya no podía recibir pacientes, lo que le obligó a poner fin a la ocupación a la que había dedicado toda una vida.[35] Necesitaba cada vez más reposo; dormía en su estudio y ya no subía al piso de arriba por las noches. Desde allí podía ver el jardín y sus flores, lo que suponía un pequeño consuelo, pero ni siquiera su adorada chow chow quería estar a su lado. Schur recordaba que la perra «no podía tolerar el olor» que emanaba de las heridas de la boca de su dueño y se acurrucaba en el rincón más apartado cuando la llevaban a la habitación. Freud sabía por qué y «miraba a su mascota con una tristeza trágica y consciente», escribió Jones.

Marie Bonaparte visitó a Freud por última vez a principios de agosto y más adelante ese mismo mes también viajó desde Francia su nieta de quince años, Eva, la hija única de su hijo Oliver. Como escribió Schur, «trató a aquella encantadora muchacha con una ternura especial», sabiendo muy bien que no volvería a verla. Jones y otros también le visitaron por última vez.

El 1 de septiembre, Alemania atacó Polonia, desencadenando la segunda guerra mundial. Schur se mudó a la casa de los Freud y envió a su familia a un lugar seguro fuera de Londres. El 3 de septiembre, cuando Gran Bretaña y Francia declararon la guerra a Alemania, Martha, Minna y Anna se reunieron con Schur en el estudio de Freud, que se había convertido en algo parecido a una habitación de hospital. Fichtl señaló que, en los primeros días de la guerra, los ancianos de la familia mantuvieron una calma estoica, mientras que los miembros más jóvenes solían estar prácticamente aterrorizados cuando empezaban a sonar las primeras sirenas antiaéreas.[36]

El patriarca observaba las precauciones que todo el mundo tomaba en aquellas ocasiones, sobre todo las destinadas a poner a salvo sus manuscritos y su colección de arte. Pero, en palabras de Schur, ya estaba «lejos», cada vez más desconectado del torbellino de acontecimientos que se producían a su alrededor. Cuando Schur le preguntó qué pensaba de la vieja afirmación acerca de la primera guerra mundial, utilizada de nuevo en una retransmisión radiofónica para hablar sobre el nuevo conflicto, de que aquella sería la «última guerra», respondió: «En cualquier caso, es mi última guerra».

Jones recordaba que, en su batalla personal contra el dolor crónico, Freud nunca mostró el menor signo de impaciencia: «La filosofía de la resignación y la aceptación de una realidad inalterable triunfaron hasta el final». Cuando Jones lo visitó por última vez el 19 de septiembre, Freud estaba dormitando, pero abrió los ojos y levantó la mano, lo que el galés interpretó como un saludo y una señal de despedida.

Dos días después, Freud agarró la mano de su médico y le dijo en alemán: «Mi querido Schur, seguro que recuerda nuestra primera conversación. Me prometió entonces que no me abandonaría cuando llegara mi hora. Ahora solo es tortura y ya no tiene ningún sentido».

Schur le aseguró que no había olvidado su promesa y Freud le dio las gracias. También le dijo: «Hable de esto con Anna». Así lo hizo y, a la mañana siguiente, con la aprobación de esta, le inyectó a Freud dos centigramos de morfina que le sumieron en un «sueño tranquilo», según recordaba Schur. Doce horas más tarde le administró una segunda dosis y entró en coma. Murió a las tres de la madrugada del 23 de septiembre de 1939.

Su familia se resignó a este desenlace. Como le explicó Anna a un amigo más tarde, «creo que no hay nada peor que ver que las personas más cercanas pierden las cualidades por las que uno las ama. No experimenté esto con mi padre, que fue él mismo hasta el último momento».[37]

En una carta a Paul Federn, un antiguo colega de Freud que había sido vicepresidente de la Asociación Psicoanalítica de Viena antes de huir también en 1938, Martha también se lo tomaba con filosofía: «Ni siquiera puedo quejarme, porque se me ha concedido más de una vida en la que se me ha permitido cuidarlo, protegerlo de los problemas de la vida cotidiana. Que mi vida ahora haya perdido el sentido y el contenido es algo natural».[38]

La mañana del 26 de septiembre, los familiares y amigos que pudieron llegar a Londres se reunieron en Golders Green, donde el cuerpo de Freud fue incinerado. Sus cenizas se depositaron en una urna griega, otro regalo de Marie Bonaparte, quien acudió desde París para la ceremonia.

Ernest Jones pronunció la oración fúnebre. Habló de los logros de Freud y de que su legado le sobreviviría mucho tiempo. «Su espíritu creativo era tan fuerte que se infundió a sí mismo en otros. Si hay un hombre del que se pueda decir que derrotó a la muerte misma y la sobrevivió a pesar del Rey de los Terrores, que a él no le provocaba ningún terror, ese fue Freud».

El calculado realismo de Freud no explica por sí solo su ecuanimidad ante la muerte. El otro factor decisivo fue la devoción de sus salvadores, los hombres y mujeres que hicieron posible que muriera en libertad.

Epílogo

Tras la muerte de Freud, W. H. Auden escribió un poema que trataba de captar el significado de su vida y cómo todavía se sentía su presencia. Este es el pasaje clave de «En memoria de Sigmund Freud»:

> *para nosotros ya no es más una persona,*
> *sino todo un clima de opinión.*[1]

Esto era especialmente cierto en el caso de los miembros del grupo de rescate de Freud, cuyas vidas continuaron estando marcadas por el «clima de opinión» que dejó tras de sí. Sus ideas, enunciadas en sus escritos, en sus conferencias, en su correspondencia y en interminables sesiones de terapia y conversaciones, siguieron rondando, dejándose entrever cada vez más en su pensamiento. Su muerte les dio un nuevo impulso para tratar de continuar con su legado.

Veamos qué ocurrió con los personajes principales de esta historia:

ANNA FREUD vivió el resto de su vida en la casa del número 20 de Maresfield Gardens en la que murió su padre.[2] Al principio, se quedó allí con su madre, Martha, y su tía enferma Minna, y sin su pareja, Dorothy Burlingham, que se había marchado a Nueva York por el nacimiento de su primer nieto en agosto de 1939. Debido al estallido de la segunda guerra mundial, no pudo regresar a Londres hasta abril de 1940.

Mientras Minna estuvo viva, Dorothy residió en la misma calle que Anna, pero en una casa diferente, en Maresfield Gardens 2. Cuando Minna murió en 1941, Dorothy se mudó con Anna. Martha Freud falleció en 1951 a la edad de noventa años, dejando que las dos mujeres (que, como escribió el biógrafo y nieto de Dorothy Michael Burlingham, se parecían «mucho a una pareja casada») pasaran juntas los veintiocho años siguientes de su vida, hasta la muerte de Dorothy en 1979.

En 1941, Anna y Dorothy fundaron los albergues infantiles de Hampstead para cuidar y tratar a niños que se habían quedado sin hogar como consecuencia de la guerra. Basándose en esas experiencias, Anna escribió *Young Children in Wartime* y otros ensayos que incrementaron aún más su reputación como una autoridad en su campo. Después de la guerra, ella y Dorothy abrieron la Clínica de Terapia Infantil de Hampstead, que, tras su muerte, pasó a llamarse Centro Nacional Anna Freud para Niños y Familias. También viajó con frecuencia para impartir conferencias en Yale y otras universidades estadounidenses.

La clínica atrajo a estudiantes de todas partes que la admiraban por ser una personalidad importante por derecho propio, pero también por ser la hija del fundador del psicoanálisis. Jonathan Tobis, un estudiante de Medicina estadounidense, recordaba su paso por la clínica a principios de los años setenta, sobre todo las sesiones generales en las que Anna Freud hablaba de su trabajo: «Era como sentarse a los pies de Buda. Unas sesenta personas en la sala escuchaban con gran atención y admiración mientras hablaba de los matices entre "vergüenza" y "culpa"».[3]

Anna murió en 1982 a los ochenta y seis años y sus cenizas reposan en lo que se conoce como el «rincón de los Freud» en el crematorio de Golders Green, junto a la vasija griega que contiene las cenizas de su padre y su madre. La casa del número 20 de Maresfield Gardens es ahora el Museo Freud de Londres. La casa de Berggasse 19 en la que vivió la familia Freud en Viena también alberga ahora el Museo Sigmund Freud de esta ciudad.

Ernest Jones fue presidente de la Asociación Psicoanalítica Internacional hasta 1949, cargo que había ejercido desde 1932 (y anteriormente entre 1920 y 1924).[4] Durante la posguerra, siguió tratando a pacientes, pero su principal aspiración fue escribir una biografía completa de Freud que examinara no solo su vertiente profesional, sino también su vida personal.

«Este libro no podría haber contado con la aprobación de Freud», señalaba Jones en el prólogo al primero de los tres volúmenes que escribió en los años cincuenta.[5] Y explicaba que Freud creía que ya «había divulgado bastante de su vida personal» en sus propios textos y quería «mantener en privado el resto». Para escribir una biografía verdaderamente autorizada, Jones tenía que convencer a los familiares de Freud para que le brindaran todo su apoyo al tiempo que era consciente de que la persona sobre la que versaría no habría deseado nada de eso.

Jones logró ganarse a la familia por dos razones principales.[6] En primer lugar, su elocuente panegírico en el funeral de Freud causó una gran impresión, sobre todo a Anna y Martha. En segundo, las biografías y artículos publicados en los diez años posteriores a la muerte de Freud molestaron a menudo a los miembros de la familia, que creían que tergiversaban su figura, distorsionaban sus ideas y facilitaban información inexacta. Anna, Ernst, Mathilde y Martin, los hijos de Freud que seguían en Inglaterra, decidieron que Jones, que había conocido y trabajado con su padre durante tanto tiempo, era la única persona que podía intentar dejar las cosas claras.

Aunque Jones ya había cumplido setenta años en 1949, acometió el nuevo proyecto con la excepcional energía y el entusiasmo que le caracterizaban. Dio prioridad a entrevistar a Martha, quien antes de morir en noviembre de 1951 le facilitó mucha información sobre los primeros años de la pareja. También reunió todas las cartas de Freud que pudo y le pidió a Anna copias de la correspondencia de sus padres durante su largo noviazgo a distancia, en la que se detallaban asuntos profundamente personales.

Para convencerla de que accediera, Jones le mostró el borrador del primer capítulo poco después de la muerte de Martha. «Estoy maravillada del planteamiento objetivo, factual y científico de todo el tema», le escribió a uno de los amigos de su padre.[7] Después de eso, le ayudó en todo lo que pudo. Cuando Jones publicó su obra, la dedicatoria rezaba: «A Anna Freud, verdadera hija de un señor inmortal».

Jones completó los tres volúmenes antes de que le diagnosticaran un cáncer de hígado. Hospitalizado y con dolor, era muy consciente de lo que sucedía. El 11 de febrero de 1958 pidió ayuda a su médico para poner fin a su vida. Al igual que Freud, insistió en tomar él mismo esa última decisión. Su esposa Kitty estaba a su lado cuando le fue concedido ese deseo.

Marie Bonaparte no pudo salvar a las cuatro hermanas de Freud, pero trabajó sin descanso para ayudar a otros judíos a huir del régimen alemán.[8] Financió a asociaciones judías que organizaban la huida de científicos y médicos, y presionó a políticos franceses para que les concedieran visados de tránsito o permisos de residencia. Su biógrafa, Célia Bertin, calcula que ayudó a rescatar a unos doscientos judíos, aunque nunca hizo publicidad de su participación en esos casos. También planteó ideas mucho menos prácticas; por ejemplo, le propuso a William Bullitt, el embajador de Estados Unidos en París, que su país comprara tierras en México para fundar allí un Estado judío.

Durante la posguerra, Bonaparte prosiguió con su doble vida como psicoanalista y miembro de la alta sociedad. Al ser princesa de Grecia y Dinamarca, asistió a la coronación de la reina Isabel II en 1953. Ese mismo año se publicó la edición en inglés de su libro sobre el tema que siempre fue su principal preocupación. Su título: *Female Sexuality*.

Regresó a Londres para ocasiones como la inauguración de la clínica fundada por Anna Freud y Dorothy Burlingham, y para el acto en el que Ernest Jones descubrió una placa en honor a Sigmund Freud en el número 20 de

Maresfield Gardens. También participó en las principales reuniones de sus colegas. En 1957, en el XX Congreso Internacional de Psicoanálisis celebrado en París, dio algo parecido a un discurso de despedida sobre todos los logros de Freud. Declaró que el psicoanálisis había propiciado la «liberación de los instintos sexuales irreprimibles; mayor franqueza con nuestros hijos, mayor libertad sexual para las mujeres». Como consecuencia, la humanidad se había vuelto «un poco menos hipócrita y, quizá, un poco más feliz».

En la misma ponencia que leyó en el congreso, argumentó que el psicoanálisis animaba a todos a afrontar la realidad, incluida la de la existencia. En vez de buscar refugio en religiones que negaban la realidad de la muerte, las personas harían bien en aprender de Freud, que mostró una «gran aceptación y, por tanto, valor ante la muerte, ese enemigo ineludible que es mejor afrontar que negar».

Sin embargo, no se tomaba con la misma filosofía la existencia de la pena capital y presionó frenéticamente a favor de Caryl Chessman, un violador, secuestrador y ladrón convicto que pasó doce años en el corredor de la muerte de San Quintín antes de ser ejecutado en 1960.

A los ochenta años, Bonaparte supo que padecía leucemia y compartió el diagnóstico con su hija. Marie expresó su esperanza de poder vivir más tiempo, pero, al parecer, estaba lista para aceptar el desenlace. Murió el 21 de septiembre de 1962.

William Bullitt siempre había sido extremadamente ambicioso y, tras la caída de Francia en 1940, abandonó su puesto de embajador en París y regresó a Estados Unidos con la esperanza de desempeñar un papel destacado en la Administración Roosevelt.[9] Contaba con partidarios, como el asesor presidencial Harold Ickes, quien instó sin éxito a su jefe a que lo nombrara secretario de Estado. «Habla demasiado y es demasiado impetuoso», respondió Roosevelt. El hecho de que Bullitt hubiera abandonado drásticamente la delegación estadounidense que acudió a las conversaciones de paz de París al final de la primera guerra mundial, seguido de sus estridentes críticas a Woodrow Wilson y el Tratado de Versalles, le valieron esta clase de reputación.

Aunque Roosevelt se negó a nombrar a Bullitt para alguno de los puestos más relevantes, siguió pidiéndole consejo sobre diversos asuntos internacionales y podría haber seguido desempeñando un papel significativo en Washington. Sin embargo, después de que se comenzara a difundir el rumor de que el subsecretario de Estado Sumner Welles había hecho proposiciones a dos revisores varones durante un viaje en tren de regreso a la capital, Bullitt cometió un error fatal: el 23 de abril de 1941 advirtió al presidente que silenciar el incidente podía provocar un «terrible escándalo público» y le instó a despedir a Welles. No ayudó que la percepción fuera que Bullit envidiaba la posición de Welles. A Roosevelt le indignó más el lado vengativo, a su juicio, de Bullitt que el comportamiento de Welles, quien logró conservar su puesto otros dos años.

Bullitt no tardaría en quedar totalmente marginado. En 1943, se presentó como candidato demócrata a la alcaldía de Filadelfia, pero perdió las elecciones. Al no conseguir ingresar en el Ejército estadounidense debido a su edad, se alistó en las Fuerzas Francesas Libres bajo el mando del general Charles de Gaulle. Fue asesor del comandante del Primer Ejército de Francia y fue herido por un vehículo durante la batalla de Alsacia. En París, regresó a la Embajada de Estados Unidos, de la que había sido embajador, y abrió las puertas, que llevaban cerradas cuatro años.

Sin embargo, no había heroísmo que pudiera salvar su carrera diplomática una vez de vuelta en Estados Unidos. Tras oponerse a las concesiones de Roosevelt a Stalin en la conferencia de paz de Yalta que permitió al Kremlin controlar Europa del Este, se convirtió en un crítico del presidente tan vehemente, incluso después de su muerte el 12 de abril de 1945, como él y Freud lo habían sido con Wilson. Bullitt creía que ambos presidentes estadounidenses habían cedido a la presión extranjera y preparado el terreno para que volviera a crecer la inestabilidad y, posiblemente, para una nueva conflagración. En su libro de 1946, *The Great Globe Itself*, advertía del peligro del arma más reciente, la bomba atómica: «Después de la siguiente guerra mundial [...] puede que no haya un después», escribió.[10]

El libro de Bullitt y Freud sobre Wilson se publicó finalmente en diciembre de 1966 y la inmensa mayoría de las reseñas fueron negativas. Bullitt no las vio porque en ese momento estaba en París, luchando una batalla perdida contra una leucemia linfática crónica. Murió a los setenta y seis años, el 15 de febrero de 1967, profundamente amargado. A diferencia de Freud y la mayoría de los demás miembros del grupo de rescate, nunca hizo las paces con su destino.

ANTON SAUERWALD, el comisario nazi encargado de tratar con Freud en Viena después del *Anschluss*, sigue siendo uno de los personajes más misteriosos de esta historia.[11] Tras la partida de Freud a Londres, visitó a las hermanas de este, que se habían quedado en Viena, sin duda para protegerlas de sus jefes. Pero, cuando fue llamado durante la guerra para servir como experto técnico en la Luftwaffe, ya no fue capaz de ayudarlas.

Tras ser capturado por los estadounidenses en marzo de 1945 e internado en un campo de prisioneros de guerra, lo liberaron en junio, un mes después del fin de la guerra en Europa. Pero cuando regresó a Viena descubrió que sus problemas estaban lejos de terminar. El Tribunal Popular recién formado juzgó su caso a instancias, en parte, de Harry Freud, un oficial del Ejército estadounidense que culpaba a Sauerwald de la persecución de su famoso tío. La fiscalía acusó a Sauerwald de pertenecer al Partido Nazi antes del *Anschluss*, cuando el partido estaba ilegalizado; también lo acusaron de fraude financiero durante el periodo en que expropió propiedades judías.

Anna Freud escribió a Harry Freud en octubre de 1945 y contradijo su versión de los acontecimientos. «Realmente debemos nuestras vidas y libertad a Sauerwald», afirmó. El

22 de julio de 1947 escribió a Marianne Sauerwald, que había estado buscando ayuda desesperadamente para su marido, y le aseguró que ella y su madre «no habían olvidado en absoluto» lo que había hecho para proteger a su padre «en una situación muy precaria».

La carta ayudó a sacar a Sauerwald de la cárcel, pero el juicio se prolongó hasta 1949, cuando el tribunal por fin lo absolvió. Murió en Innsbruck en 1970.

MAX SCHUR llevó a su familia a Estados Unidos casi inmediatamente después de que muriera Freud, cumpliendo así sus antiguos planes de establecerse allí. Sin embargo, en octubre de 1939 era extremadamente peligroso cruzar el Atlántico.[12] «Recuerdo que recogimos a supervivientes que habían huido en botes salvavidas de un submarino que se hundía y luego vimos barcos de guerra británicos rodeando un barco en llamas», dijo Peter Schur, que en ese momento solo tenía seis años, en un discurso sobre su padre ante la Asociación Psicoanalítica de Viena en 1994. Luego el barco sufrió el embate de un huracán y su madre, que era médica, tuvo que practicar una apendicectomía de urgencia a uno de los miembros de la tripulación mientras su padre administraba la anestesia.

En Nueva York, Schur retomó la práctica privada de la medicina y trabajó inicialmente en la División de Psicología y Dermatología del Hospital Bellevue. También fue miembro de la Asociación Psicoanalítica de Nueva York, y enseñó y practicó el psicoanálisis en el Centro Médico Downstate de la Universidad Estatal de Nueva York.

También mantuvo el contacto con otros miembros del grupo de rescate (Anna Freud, Marie Bonaparte y Ernest Jones) que habían ayudado a salvarlo a él y a Freud. En 1964 dio una conferencia a la Asociación Psicoanalítica de Nueva York con el título «The Problem of Death in Freud's Writings and His Life». Animado por Anna Freud, escribió una crónica más completa de su relación con Freud y terminó el manuscrito antes de morir en 1969 a los setenta y dos años.

El libro, *Freud: Living and Dying*, fue publicado en 1972. Además de aportar mucha información nueva sobre el fundador del psicoanálisis, reflejaba la admiración que Schur profesaba a su paciente. «Siempre fue un hombre profundamente humano y noble, en el sentido más pleno de la palabra. Y le vi enfrentarse a la agonía y la muerte con tanta nobleza como había afrontado la vida», escribió.

Agradecimientos

Un colega escritor me dijo en una ocasión que la parte más difícil de escribir libros es el tiempo que pasa entre uno y otro. A menos que se sea de esas personas que siempre van varios pasos por delante, uno se siente a la deriva, desorientado, mientras busca el próximo proyecto, y nunca está seguro de que se le vaya a ocurrir algo tan atractivo como lo anterior. Sin embargo, cuando alguien o algo dan pie a una idea que no solo parece plausible, sino realmente convincente, de pronto uno se siente lleno de energía, con un nuevo objetivo renovado, y le está inmensamente agradecido a esa persona o ese algo que le puso en marcha de nuevo.

Recuerdo con exactitud lo que hizo que surgiera la idea de *Salvar a Freud*. Howard Estrin, a quien hacía poco que conocía por aquel entonces, me envió un ejemplar de *El mundo de ayer*, de Stefan Zweig, unas memorias bellamente escritas sobre su vida en Viena a principios del siglo pasado. Me fascinó la forma en que Zweig evocaba la atmósfera intelectual de los círculos mayoritariamente judíos en los que se movió y me impresionaron especialmente las descripciones de sus encuentros con Freud en Viena y más tarde en Londres. Estaba enganchado; si hubo un momento eureka para *Salvar a Freud*, fue este.

Freud es un personaje famoso, pero muchas personas, entre las que me incluyo, sabían muy poco sobre el círculo de amigos que acabaron sacándolo de Viena o acerca de su interesante combinación de teorías revolucionarias y opiniones conservadoras. Para contar esta historia, me basé especialmente en los muchos escritos y la abundante correspondencia de Freud y sus contemporáneos, que documentaron tantas de sus experiencias, además de en sus biógrafos.

Estoy especialmente agradecido a Randolph Bernays Randolph, el bisnieto de Anna, la hermana de Freud (a la que no se debe confundir con la hija de Freud, que se llamaba igual), quien me facilitó la traducción al inglés inédita de las memorias de su bisabuela. Nos presentó Teresa Radzinski, una amiga de St. Augustine, donde vivimos ambos. También me encantó descubrir que Peter Schur, el hijo del doctor de Freud, Max Schur, vive y sigue ejerciendo la medicina en Boston; compartió conmigo los recuerdos de su padre, junto con el texto del discurso que pronunció, «The Freud-Schur Connection», en la Asociación Psicoanalítica de Viena en 1994.

En la capital austriaca, me beneficié de la generosa ayuda de Daniela Finzi y Natascha Halbauer, del Museo Sigmund Freud, y de Karoline Gattringer y Niki Schobesberger, de los Wiener Stadt und Landesarchiv (Archivos Municipales y Provinciales de Viena). También quiero dar las gracias a Edward Serotta, Reinhard Engel y Marta Halpert, todos ellos antiguos colegas periodistas y residentes en Viena desde hace mucho tiempo.

En Londres, Bryony Davies, del Museo Freud (sí, hay dos museos Freud, uno en Viena y otro en Londres), y el archivo de la Real Sociedad de Medicina atendieron mis solicitudes de ayuda para investigar varios aspectos de la historia. Lo mismo hizo la Biblioteca Nacional de Israel. En una época en la que el COVID restringió los viajes, agradecí especialmente su ayuda.

En Estados Unidos, quiero dar las gracias a Margaret McAleer, de la Biblioteca del Congreso, que alberga una enorme colección de Freud, y a Michael Frost, de la Sterling Memorial Library de la Universidad de Yale, donde se conservan los documentos de William Bullitt.

Revisé regularmente mis traducciones de documentos y libros en alemán con Margrit Kuehn, que domina el idioma mucho más que yo. El psicólogo John J. Hartman compartió conmigo su investigación sobre Anna Freud, y Jonathan Tobis, que fue mi compañero de clase en Amherst, recordaba vívidamente sus impresiones sobre ella cuando estudió en su clínica de Londres.

Durante casi dos décadas hasta su muerte a principios de 2020, mi editora en Simon & Schuster fue la maravillosa Alice Mayhew; estaré siempre en deuda con ella. Los escritores se ponen comprensiblemente nerviosos cuando tienen que cambiar de editor y yo no soy una excepción, pero, en cuanto empecé a trabajar con Bob Bender en este libro, me di cuenta de que no había ninguna razón para preocuparse. Es el proverbial editor de la vieja escuela, amable y perspicaz, y siempre acertado en sus sugerencias. Como me gusta pensar que también soy un escritor de la vieja escuela, considero este el mejor halago. También ha sido un placer trabajar con su talentosa colega Johanna Li. Quiero dar las gracias a varios miembros más del extraordinario equipo de Simon & Schuster: Alison Forner, Rebecca Rozenberg, Julia Prosser, Stephen Bedford, Phil Metcalf y Carly Loman, además de a la correctora Kate Lapin.

Robert Gottlieb, mi agente desde hace mucho tiempo, ejerció, como siempre, de caja de resonancia de mis ideas en cuanto empecé a pensar en un nuevo proyecto, y el entusiasmo que mostró de inmediato me dio la confianza necesaria para lanzarme a él. Sus colegas de Trident Media Group, Erica Silverman, Nora Rawn y Marianna Sharp, también me prestaron su apoyo.

De los amigos que me ofrecieron ayuda, me gustaría destacar a David Satter, quien, como en el pasado, fue uno de los primeros lectores de los capítulos. También me gustaría dar las gracias a Greg Dent, Michael Traison y Frank Denton por sus sugerencias. Hay muchas otras personas a quienes quiero agradecer su amistad: Ardith y Steve Hodes, Eva y Bart Kaminski, Francine Shane y Robert Morea, Ania Bogusz y Ryszard Horowitz, Alexandra y Anthony Juliano, Sandra y Bob Goldman, Jerzy Kozminski, Grzegorz Jedrys, Grazyna y Bogdan Prokopczyk, Halina y

 Wojtek Wyczalkowski, Barbara y Antoni Moskwa, Monika y Frank Ward, Michael Keh, Cece y David Drysdale, Martha Poitevent, Peter Brown, Bill Faehnle, Michael Salley, Sarah Stern, Arlene Getz, Fred Guterl, Jeff Bartholet y Carl Spadaro.

Cuando se trata de mi familia, la lista puede ser prácticamente igual de larga. Incluye a mi hermana Maria y su marido, Roberto, mi otra hermana Terry, mis primos Barbara Wierzbianski y Christine Nagorski, Tom Nagorski y Anne Heller, junto con sus hijos, Natalie y Billy, Adam Wierzbianski y Gail Mallen. Y, entre mis parientes políticos, a Eva Kowalski, Sylwia y Marek Socha y su hija Kinga. Como en el caso de mis amigos, dista mucho de ser una lista completa.

Mi esposa Christina, o Krysia, como todo el mundo la llama, y yo tenemos cuatro hijos (Eva, Sonia, Adam y Alex), que han ejercido como lectores y críticos, ofreciendo un aliento inquebrantable. Nuestros ocho nietos también han enriquecido nuestras vidas: Stella, Caye, Sydney, Charles, Maia, Kaia, Christina e Isabel. A la octava, Isabel, la dio a luz la esposa de Adam, Agustina, justo cuando estaba terminando mi octavo libro, una maravillosa coincidencia. No podríamos estar más felices de tener a Agustina como nuera, y a Eran y a Shaun como yernos.

El centro de esta familia, y el ancla de mi vida, es Krysia. La conocí cuando era estudiante de intercambio en Cracovia y no puedo imaginar las décadas siguientes sin ella. Tampoco puedo imaginar escribir este libro, o cualquiera de los anteriores, sin que ella sea mi primera editora. Me ofrece consejos y un apoyo constante, y su punto de vista sobre casi todo. Una vez que me adentré en el universo de Freud, incluso toleró mis intentos de analizar sus sueños, aunque se apresuró a recordarme que no represento la menor amenaza para el maestro.

Notas

Epígrafe

1. Stefan Zweig, *The World of Yesterday*, 383 [hay trad. cast.: *El mundo de ayer: memorias de un europeo*, Acantilado, 2011].

Capítulo 1. Morir en libertad

1. Y sobre Hitler en Viena: Gordon Brook-Shepherd, *The Austrians: A Thousand-Year Odyssey*, 328.

2. Peter Gay, *Freud: A Life for Our Time*, 619-622 [hay trad. cast.: *Freud: una vida de nuestro tiempo*, Paidós, 2004]. (En las notas posteriores en las que se mencione «Gay» se referirá a su biografía, no a *The Freud Reader*, que editó.)

3. Eric Kandel, cita de su discurso de aceptación del Premio Nobel en 2000: https://www.nobelprize.org/prizes/medicine/2000/kandel/biographical/.

4. Michael Molnar, ed., *The Diary of Sigmund Freud 1929-1939*, 229.

5. Y sobre el resto de los acontecimientos que tuvieron lugar en el apartamento, incluida la aparición de Freud: Ernest Jones, *The Life and Work of Sigmund Freud*, volumen 3, 218-219 [hay trad. cast.: *Vida y obra de Sigmund Freud*, Anagrama, 2003]. (En las notas posteriores en las que se cite esta biografía aparecerá como «Jones», seguido del número de volumen.)

6. Martin Freud, *Sigmund Freud: Man and Father*, 210-211. (En las notas posteriores en las que se cite esta biografía aparecerá como «Martin Freud».)

7. Martin Freud, 207-208.

8. Gay, 622.

9. Martin Freud, 210-211.

10. Sigmund Freud, *Civilization and Its Discontents*, 40-42. [hay trad. cast.: *El malestar en la cultura*, Alianza Editorial, 2019].

11. John Gunther, *The Lost City*, 327-328.

12. Las fuentes sobre cada uno de ellos, junto con la cita completa sobre «morir en libertad», se facilitan en los siguientes capítulos.

13. Gunther, *The Lost City*, 68.

14. Y para todo lo referido al caso Waldheim: Andrew Nagorski, *The Nazi Hunters*, 266-288 [hay trad. cast.: *Cazadores de nazis*, Turner, 2017].

Capítulo 2. Laboratorio del apocalipsis

1. Peter Kurth, *American Cassandra: The Life of Dorothy Thompson*, 60.

2. Arthur Schnitzler, *My Youth in Vienna*, ix (prefacio de Frederic Morton) [hay trad. cast.: *Juventud en Viena*, Acantilado, 2004].

3. Peter Gay, ed., *The Freud Reader*, introducción, xvii. (En las notas posteriores en las que se mencione este libro aparecerá como *Freud Reader*.)

4. Molnar, xxv.

5. Sigmund Freud, *An Outline of Psycho-Analysis*, 13-16 [hay trad. cast.: *Esquema del psicoanálisis y otros escritos de doctrina psicoanalítica*, Alianza Editorial, 2016].

6. Y para otros datos biográficos de sus primeros años, incluidas las citas: Peter Gay, *Freud: A Life for Our Time*, 3-54; Jones, volumen 1, 1-26.

7. Jones, volumen 1, 2.

8. Gay, 8.

9. *Ibid.*, 9.

10. *Ibid.*

11. *Ibid.*

12. *Ibid.*, 16-17; Jerry Victor Diller, *Freud's Jewish Identity: A Case Study in the Impact of Ethnicity*, 35-36.

13. https://www.bh.org.il/jewish-spotlight/austria/modern-era/demography/.
14. *Freud Reader*, 3-4.
15. *Ibid.*
16. Jones, volumen 1, 6.
17. Y para los demás comentarios sobre sus orígenes judíos: *Freud Reader*, 3-4.
18. David Cohen, *The Escape of Sigmund Freud*, 34.
19. Anna Freud-Bernays, *Mother's Memoirs*, 3. (Traducción inédita de Hella Freud Bernays, cortesía de Randolph Bernays Randolph.)
20. Diller, 65.
21. Y para el resto de la carta a Emil Fluss: Gay, 19.
22. *Ibid.*
23. Schnitzler, 63.
24. Jones, volumen 1, 22.
25. *Ibid.*, 5.
26. Y para el viaje a Inglaterra: Gay, 30-31; Jones, volumen 1, 24; Diller, 80-81.
27. Y para el resto de la estancia en Trieste: Gay, 31-32; https://www.historytoday.com/archive/natural-histories/sexual-eeling.
28. *Freud Reader*, 4-5.
29. Y para el cortejo: Gay, 37-54; Jones, volumen 1, 98-138.
30. Y para Martha y el *sabbat*: Diller, 85-86.
31. *Freud Reader*, 4-5.
32. Y para las citas de las cartas a Martha, a menos que se indique lo contrario: Ernst L. Freud, ed., *Letters of Sigmund Freud*, 1-3, 13, 22-23, 56-57, 76, 96, 110, 184-206.
33. Diller, 85-86.
34. Y para las crónicas de viajeros y la suerte que corrió Ernst von Fleischl-Marxow: Howard Markel, *An Anatomy of Addiction: Sigmund Freud, William Halsted, and the Miracle Drug Cocaine*, 46-50, 66-84.
35. Gay, 74.
36. Martin Freud, 32.
37. Jones, volumen 1, 152-153.

38. *Freud Reader*, 8-9.

39. *Ibid.*, 17.

40. Y sobre el complejo de Edipo: Gay, 103, 112-114.

41. Y para las ventas del libro: Sigmund Freud, *An Outline of Psycho-Analysis*, xi-xii (introducción biográfica de Peter Gay).

42. *Freud Reader*, 30.

43. https://blogs.scientificamerican.com/mind-guest-blog/step-aside-freud-josef-breuer-is-the-true-father-of-modern-psychotherapy/.

44. Y para la relación entre Freud y Fliess, incluidas las citas de su correspondencia: Gay, 55-61, 102.

45. *Freud Reader*, 30.

46. Schnitzler, 6-7.

47. *Ibid.* 63.

48. Amos Elon, *Herzl*, 38-39.

49. Y para el resto del incidente en el tren: Ernst L. Freud, 78.

50. Martin Freud, 70-71.

51. Elon, 71.

52. Y para la biografía, las citas y las experiencias en la fraternidad de Herlz: Elon, 44-63.

53. Schnitzler, 128-129.

54. *Ibid.*

55. Avner Falk, Freud y Herzl, *Contemporary Psychoanalysis*, volumen 14, n.º 3 (1978).

56. Diller, 13.

57. Zweig, 83-84; Brook-Shepherd, 101-103.

58. Elon, 163.

59. *Ibid.*

60. George Clare, *Last Waltz in Vienna*, 26, 72.

61. Zweig, 84.

62. Paul Hofmann, *The Viennese: Splendor, Twilight and Exile*, 143.

63. George Clare, 26, 72.

64. Martin Freud, 16.

65. https://www.holocaust.cz/en/database-of-victims/victim/50260-adolfine-freud/. (En otras fuentes se cita 1943 como el año de su muerte, pero el certificado de defunción muestra

claramente la fecha del 29 de septiembre de 1942. Martin Freud informó de que la causa fue la inanición.)

CAPÍTULO 3. ¡UN CELTA DE GALES!

1. Gay, 136-137.
2. *Ibid.*
3. *Ibid.*
4. Martin Freud, 73.
5. Y para las citas de Hitler sobre Viena: Adolf Hitler, *Mein Kampf*, 3, 8, 15, 20-24, 53, 38, 64, 109, 123-125.
6. Ian Kershaw, *Hitler: 1889-1936, Hubris*, 26 [hay trad. cast.: *Hitler: 1889-1936*, Ediciones Península, 2002].
7. Y para los demás detalles sobre las visitas de Hitler a Viena: Brigitte Hamann, *Hitler's Vienna: A Portrait of the Tyrant as a Young Man*, 26-33.
8. Y para los siguientes comentarios de Kubizek: August Kubizek, *The Young Hitler I Knew*, 126, 157, 218-221.
9. Kershaw, *Hitler: 1889-1936, Hubris*, 23-24; Hamann, 32-33.
10. Kershaw, *Hitler: 1889-1936, Hubris*, 54.
11. Hamann, 84.
12. Para la rutina de Freud, los comentarios de Martin sobre sus padres y la vida familiar, incluida la cita de la carta de su padre a Fliess sobre Viena: Gay, 157-158, 173-175; Martin Freud, 25, 45-48, 58, 132.
13. Y para las demás citas de Anna Freud: Anna Freud-Bernays, 4, 6, 119.
14. «Analysts Abroad: Sigmund Freud's Travel Letters», reseña de Richard H. Armstrong de *Sigmund Freud: Unser Herz zeigt nach dem Süden, Reisebriefe 1895-1923*. https://www.euppublishing.com/doi/pdfplus/10.3366/pah.2005.7.1.147.
15. https://freudsbutcher.com/psychology/7-little-known-facts-about-sigmund-freud-including-the-prescription-of-his-glasses/.
16. Gay, 179.
17. Y sobre las personalidades clave mencionadas, que incluyen a Bleuler, Jung, Eitingon, Abraham y Ferenczi: Jones,

 volumen 2, 30-53; Gay, 178-183, 197-206; https://www.ncbi.nlm.nih.gov/pmc/articles/PMC3339235/.

18. Y para las demás cartas: William McGuire, ed., *The Freud/Jung Letters: The Correspondence Between Sigmund Freud and C.G. Jung*, xvi-xvii, 8-9, 13, 16-18 [hay trad. cast.: *Correspondencia*, Trotta, 2012].

19. Y para las demás citas: Jones, volumen 2, 30-53; Gay, 178-183, 197-206; https://www.ncbi.nlm.nih.gov/pmc/articles/PMC3339235/.

20. Frank McLynn, *Carl Gustav Jung*, 97.

21. Martin Freud, 108-109.

22. McGuire, 39.

23. Y para la biografía temprana de Jones: Ernest Jones, *Free Associations: Memoirs of a Psychoanalyst*; Brenda Maddox, *Freud's Wizard: Ernest Jones and the Transformation of Psychoanalysis*.

24. Jones, *Free Associations*, 78.

25. Maddox, 30.

26. *Ibid.*, 31-36; Jones, *Free Associations*, 111-125.

27. Y para el resto de la polémica sobre la conducta de Jones en 1906: Maddox, 41-46; Jones, *Free Associations*, 145-147.

28. Jones, *Free Associations*, 137-140.

29. Maddox, 47.

30. *Ibid.*, 54.

31. Y para las respuestas de Freud sobre Jones: McGuire, 48-49, 70, 81.

32. Y para el resto del incidente en el hospital: Jones, *Free Associations*, 150-52; Maddox, 58-60.

33. Y para las interacciones de Jones con Freud y los viajes: Jones, *Free Associations*, 166-175.

34. Gay, 263.

35. Jones, *Free Associations*, 167.

36. *Ibid.*

37. Y para las demás citas de las cartas entre Jones y Freud: R. Andrew Paskauskas, ed., *The Complete Correspondence of Sigmund Freud and Ernest Jones, 1908-1939*, 4, 13-28.

38. Y para el resto de la información sobre Jones en Canadá, así como sobre la visita de Freud a Estados Unidos: Jones, *Free Associations*, 176-200.

39. Maddox, 71-73.

40. Y para otros datos sobre el viaje a Estados Unidos: Gay, 206-213; Maddox 76-79.

41. *Freud Reader*, 32-33.

42. McGuire, 100-101.

43. Jones, *Free Associations*, 176-200.

44. *Freud Reader*, 32-33.

45. Gay, 212-213.

46. Maddox, 83.

47. Paskauskas, 58.

48. Y para el resto de las acusaciones contra Jones: Maddox, 90-91.

49. Gay, 50.

50. McGuire, 101.

51. Maddox, 81.

52. Y para el resto de la carta a Freud y su respuesta: Paskauskas, 110-112.

53. Maddox, 105.

54. *Ibid.*, 109.

55. *Ibid.*

Capítulo 4. Una larga noche polar

1. Jones, volumen 2, 66.

2. Gay, 192-193; https://www.britannica.com/biography/Lou-Andreas-Salome; Ernst Pfeiffer, ed., *Sigmund Freud and Lou Andreas-Salomé Letters*, introducción, 1.

3. Jones, volumen 2, 176-177.

4. *Ibid.*, 66.

5. Martin Freud, 156.

6. Maddox, 83.

7. Gay, 201.

8. Paskauskas, 52.

9. McGuire, 153.

10. Gay, 221-225.

11. Y para las demás cartas entre Freud y Jung: McGuire, 173, 160, 101-102, 139.

12. Gay, 221-225.

13. Gay, 196.
14. Ernst L. Freud, 308.
15. *Ibid.*
16. Deirdre Bair, *Jung: A Biography*, 158, 181, 184.
17. *Ibid.*, 164.
18. *Ibid.*
19. Gay, 238.
20. Bair, 203-204.
21. *Ibid.*
22. *Ibid.*, 201.
23. *Freud Reader,* 481.
24. https://medium.com/mysticaltalk/carl-jung-and-mysticism-c45e01fe50ed.
25. Y para las demás citas de la correspondencia entre Jung y Freud: McGuire, 183-184, 253-254.
26. Jones, *Free Associations*, 215.
27. *Ibid.*, 165.
28. Ernst L. Freud, 299.
29. Y para los comentarios de Freud sobre Jung: Gay, 235, 240-242.
30. https://www.nytimes.com/2004/02/08/books/l-jungs-anti-semitism-177490.html.
31. Bair, 119.
32. McLynn, 352-353.
33. Bair, 418.
34. Jones, *Free Associations*, 210.
35. Martin Freud, 29.
36. *Ibid.*, 65.
37. Anna Freud-Bernays, 9.
38. https://wwi.lib.byu.edu/index.php/The_Austro-Hungarian_Ultimatum_to_Serbia_(English_translation).
39. Y para los demás comentarios de Freud sobre la guerra desde julio hasta septiembre de 1914: Gay, 346-350.
40. Y para el servicio durante la guerra, la correspondencia y las reflexiones de Martin Freud: Martin Freud, 180-186.
41. *Ibid.*, 39.
42. Helen Fry, *Freud's War*, 50-57; Martin Freud, *Any Survivors? A Lost Novel of World War II*, del prólogo de Helen Fry, 7.

43. Helen Fry, *Freud's War*, 50-57; Martin Freud, *Any Survivors? A Lost Novel of World War II*, del prólogo de Helen Fry, 7.

44. *Ibid.*

45. Fry, 34-35.

46. https://www.ipa.world/IPA/en/IPA1/ipa_history/history_of_the_ipa.aspx; Gay, 350.

47. Y para las relaciones entre Jones y Freud en este período: Jones, volumen 2, 168-206.

48. Y para el resto de la correspondencia entre Jones y Freud durante la guerra: Paskauskas, 297-326.

49. Jones, volumen 2, 171.

50. Gay, 353.

51. *Ibid.*, 192.

52. *Ibid.*, 353-354.

53. https://www.sas.upenn.edu/~cavitch/pdf-library/Freud_War_and_Death.pdf.

54. Jones, volumen 2, 151.

55. Gay, 362-371.

56. *Ibid.*

57. *Ibid.*

58. Jones, *Free Associations*, 248.

59. *Ibid.*

60. Y para todo lo relativo a sus intentos de alistarse y los primeros tiempos de la guerra, incluido D. H. Lawrence: *ibid.*, 244-252; Maddox, 117-123.

61. Paskauskas, 315.

62. Jones, volumen 2, 179.

63. Paskauskas, 308.

64. Maddox, 119.

65. Jones, volumen 2, 79-80.

66. Jones, *Free Associations*, 251-252.

67. Maddox, 122-123.

68. Paskauskas, 312.

69. Y para el resto de la correspondencia entre Freud y Jones sobre Owen y los talentos de Owen: Paskauskas, 322, 324; Maddox, 130-137.

70. Jones, *Free Associations*, 254.

71. Paskauskas, 326-329.

72. Paskauskas, 326-329.
73. *Ibid.*
74. Maddox, 150-151.
75. *Ibid.*, 151-155.
76. *Ibid.*
77. https://psychoanalysis.org.uk/our-authors-and-theorists/ernest-jones; Gay, 393.
78. *Freud Reader*, 34.
79. Maddox, 163.
80. https://encyclopedia.1914-1918-online.net/article/war_losses_austria-hungary.
81. Y para los demás comentarios de Kaltenborn: H. V. Kaltenborn, *Fifty Fabulous Years, 1900-1950: A Personal Review*, 95-97.
82. Kurth, 61.
83. Y para otras citas de Martin Freud: Martin Freud, 188-189.
84. Maddox, 158.
85. Martin Freud, 188.
86. Jones, *Free Associations*, 257.

Capítulo 5. Vestal

1. Y sobre su viaje a Inglaterra: Uwe Henrik Peters, *Anna Freud: A Life Dedicated to Children*, 21-27; Elisabeth Young-Bruehl, *Anna Freud: A Biography*, 64-70; Jones, volumen 2, 169-173.
2. Young-Bruehl, 66-67.
3. *Ibid.*
4. Paskauskas, 294-295.
5. *Ibid.*
6. Young-Bruehl, 68.
7. Paskauskas, 297.
8. Martin Freud, 180.
9. Gay, 352.
10. Peters, 3.
11. *Ibid.*, 10-11.
12. Y para las citas que siguen: Young-Bruehl, 29, 36-37, 39, 42-43, 55-58.

13. Peters, 10-11.

14. https://www.encyclopedia.com/psychology/dictionaries-thesauruses-pictures-and-press-releases/halberstadt-freud-sophie-1893-1920.

15. Ernst L. Freud, 328.

16. Gay, 421.

17. *Ibid.*

18. https://www.encyclopedia.com/psychology/dictionaries-thesauruses-pictures-and-press-releases/freud-ernst-1892-1970.

19. Young-Bruehl, 49-54.

20. Y sobre los idiomas y las lecturas: *ibid.*

21. Peters, 22-23.

22. *Ibid.*

23. Robert Coles, *Anna Freud: The Dream of Psychoanalysis*, 4-5.

24. Peters, 30.

25. Coles, 6-7.

26. *Ibid.*

27. Young-Bruehl, 81.

28. Gay, 436-437; Young-Bruehl, 59-60.

29. Coles, 9.

30. Young-Bruehl, 110-111.

31. *Ibid.*, 117.

32. Y para la descripción del calvario de Freud en la clínica: Jones, volumen 3, 90-91.

33. Ernst L. Freud, 343.

34. Young-Bruehl, 120.

35. *Ibid.*

36. Detlef Berthelsen, *Alltag bei Familie Freud: Die Errinerungen der Paula Fichtl*, 27-28.

37. Michael John Burlingham, *The Last Tiffany: A Biography of Dorothy Tiffany Burlingham*, 179.

38. Y para los comentarios de Fitch: *ibid.*, 34-41, 55-56.

39. McLynn, 99-100.

40. *Ibid.*

41. Max Eastman, *Great Companions*, 188-189.

42. Young-Bruehl, 124.

43. *Ibid.*

44. Peters, 66-71.
45. *Ibid.*
46. Ernst L. Freud, 397-398.
47. Paskauskas, 677.
48. Peters, 66-71.
49. Paskauskas, 91-93.
50. Young-Bruehl, 129-130.
51. *Ibid.*, 127.
52. https://www.encyclopedia.com/psychology/dictionaries-thesauruses-pictures-and-press-releases/lampl-hans-1889-1958.
53. Young-Bruehl, 121.
54. *Ibid.*, 137.
55. Burlingham, 210.
56. Berthelsen, 31.
57. *Ibid.*, 50.
58. Young-Bruehl, 197.
59. Y para el resto de la información, incluidas sus expectativas de quedarse en Europa: *ibid.*, 132-139; Gay, 540; Burlingham, 151-152.
60. Burlingham, 156-159.
61. Peters, 119-120.
62. Cohen, 72.
63. Burlingham, 203.
64. Gay, 540.
65. *Ibid.*
66. Berthelsen, 39; Jones, volumen 3, 141.
67. Y para el resto de la carta a Eitingon: Young-Bruehl, 133.
68. Coles, 10-11.
69. Young-Bruehl, 136.
70. Burlingham, 177, 205-206.
71. Y para lo relativo a la compra de la granja: *ibid.*, 207-209, 216.
72. *Ibid.*, 223.
73. Peters, 120.
74. Young-Bruehl, 138-139.
75. Y para lo relativo a la apertura de la escuela y la contratación de Blos y Erikson: Burlingham, 183-188; Lawrence J.

Friedman, *Identity's Architect: A Biography of Erik H. Erikson*, 59-67.

76. Peter Heller, *A Child Analysis with Anna Freud*, 288.
77. *Ibid.*, 300.
78. Burlingham, 210.
79. *Ibid.*
80. *Ibid.*
81. Friedman, 65-67.
82. *Ibid.*
83. *Ibid.*, 79.
84. Young-Bruehl, 193.
85. Coles, 13-15.
86. Friedman, 60.
87. Coles, 13-15.
88. *Ibid.*

Capítulo 6. Un hombre de mundo

1. Will Brownell y Richard N. Billings, *So Close to Greatness: A Biography of William C. Bullitt*, 113-114.
2. *Ibid.*, 120.
3. Jones, volumen 2, 86-87.
4. George F. Kennan, *Memoirs: 1925-1950*, 79.
5. Orville H. Bullitt, ed., *For the President Personal and Secret: Correspondence Between Franklin D. Roosevelt and William C. Bullitt*, introducción de George F. Kennan, xv.
6. *Ibid.*
7. Y para el resto de la información sobre la familia: Brownell y Billings, 8-18; Alexander Etkind, *Roads Not Taken: An Intellectual Biography of William C. Bullitt*, 3-4.
8. Brownell y Billings, 19-21.
9. *Ibid.*
10. *Ibid.*
11. *Ibid.*, 29-33.
12. Etkind, 4.
13. «Prof. R. B. Angier at Yale for 35 Years», *The New York Times*, 26 de junio de 1946.

14. Brownell y Billings, 34-36.

15. Y para el resto del viaje de Bullitt con su madre, incluida la cita: *ibid.*, 36-41; Etkin, 4-5.

16. Y para los partes de la misión de paz de Ford: Brownell y Billings, 41-49.

17. *Ibid.*

18. *Ibid.*, 49-61.

19. *Ibid.*

20. Etkind, 6-9.

21. Y para otras citas del diario de Ernesta: Ernesta Drinker Bullitt, *An Uncensored Diary from the Central Empires*, 3, 7-8, 26, 152, 160. (Orville Bullitt menciona el cabello castaño ondulado de Bullitt en el prólogo biográfico de *For the President*.)

22. Brownell y Billings, 63.

23. *Ibid.*, 65.

24. Y para las citas de Bullitt que siguen: *ibid.*, 64-67.

25. Etkind, 11.

26. https://www.britannica.com/event/Fourteen-Points.

27. Brownell y Billings, 67-69.

28. *Ibid.*

29. Y para el resto de la crónica de Bullitt sobre Wilson en el barco: Patricia O'Toole, *The Moralist: Woodrow Wilson and the World He Made*, 305, 334-337; Brownell y Billings, 74-77.

30. Y para todo lo relativo a la misión de Bullitt en Rusia, su regreso a París y su dimisión: Orville Bullitt, 3-14; William C. Bullitt, *The Bullitt Mission to Russia*, 14-15; Brownell y Billings, 82-95.

31. William C. Bullitt, *The Bullitt Mission to Russia*, 36-37.

32. Brownell y Billings, 98.

33. *Ibid.*, 105-106.

34. Y para las demás citas de la novela: William C. Bullitt, *It's Not Done*, 201, 208-209, 98.

35. *Ibid.*, 105-106.

36. Mary V. Dearborn, *Queen of Bohemia: The Life of Louise Bryant*, 52-53.

37. *Ibid.*, 202.

38. *Ibid.*, 208-209.

39. *Ibid.*

40. Brownell y Billings, 110-113.

41. Virginia Gardner, *«Friend and Lover»: The Life of Louise Bryant*, 236-237.

42. Dearborn, 207.

43. Etkind, 71; Dearborn, 234-235.

44. Etkind, 56.

45. William C. Bullitt, *It's Not Done*, 56.

46. Gardner, 246.

47. Etkind, 78.

48. Gardner, 256.

49. Ralph G. Martin, *Cissy: The Extraordinary Life of Eleanor Medill Patterson*, 217.

50. Y para el divorcio y la enfermedad: Dearborn, 260-270; Gardner, 267, https://rarediseases.org/rare-diseases/dercums-disease/.

51. Gardner, 255.

52. Dearborn, 213.

53. Jones, volumen 3, 150.

54. Y para el resto del relato de Bullitt: Sigmund Freud y William C. Bullitt, *Thomas Woodrow Wilson: A Psychological Study*, prólogo de William C. Bullitt, vii-x.

55. Gay, 554-555.

56. John Maynard Keynes, *The Economic Consequences of the Peace*, 25 [hay trad. cast.: *Las consecuencias económicas de la paz*, Austral, 2013].

57. Etkind, 81-83.

58. Y para el resto de las citas: Freud y Bullitt, xi, 137, 147, 205-206, 211, 219.

59. Y para su visita a Freud: Max Eastman, *Heroes I Have Known*, 261-273.

Capítulo 7. Ningún pudor

1. Para los datos biográficos de Marie Bonaparte (salvo que se indique lo contrario): Célia Bertin, *Marie Bonaparte: A Life* [hay trad. cast.: *Marie Bonaparte*, Tusquets, 2013].

2. Rudolph Maurice Loewenstein, ed., *Drives, Affects, Behavior*, prólogo de Ernest Jones.

3. Bertin, 153-154.

4. *Ibid.*

5. Ernst L. Freud, 368-369.

6. Y para las menciones de Bonaparte en el diario: Molnar, 48.

7. Y para la historia familiar, la infancia, la adolescencia y los pretendientes (incluidas las citas): Bertin, 3-77.

8. Y para el matrimonio y las primeras aventuras: *ibid.*, 82-111.

9. *Ibid.*, 111-141.

10. *Ibid.*

11. *Ibid.*

12. Y para Laforgue y Freud, y los orígenes de Laforgue: *ibid.*, 145-159; https://www.encyclopedia.com/psychology/dictionaries-thesauruses-pictures-and-press-releases/laforgue-rene-1894-1962.

13. Y para el sueño recurrente de Freud: Gay, 541-543.

14. El texto en inglés contiene errores gramaticales y ortográficos que no se reflejan del todo en la traducción: «*I am sad, It is because I am sad, Poor me? No, so sad, never I was... Wery sad am I! oh! Papa console me I will work I will... Oh! My leg! it hearts me very much!*». (*N. de la t.*)

15. Bertin, 176.

16. Martin Freud, 202-203.

17. Fry, 35.

18. Bertin, 174-175.

19. Y para Loewenstein y Lindbergh: *ibid.*, 166-184.

20. *Ibid.*

21. Gay, 541-543.

22. Bertin, 166-184.

23. *Ibid.*

24. Y para lo relativo a la gestión de la correspondencia de Fliess: *ibid.*, 196-197; Gay, 613-614.

Capítulo 8. Dolor violento

1. Y para el resto de las primeras interacciones entre Schur y Freud: Max Schur, *Freud: Living and Dying*, 1-2, 305-307.

2. Y para el papel de Marie Bonaparte: *ibid.*, 2, 407-408.
3. *Ibid.*, 407-408.
4. *Ibid.*
5. *Ibid.*, 352-353.
6. https://www.theatlantic.com/health/archive/2014/09/how-sigmund-freud-wanted-to-die/380322/.
7. *Ibid.*
8. Jones, volumen 3, 93.
9. *Ibid.*, volumen 2, 407-408.
10. *Ibid.*, 145.
11. *Ibid.*, 407-408.
12. Y para la discusión por la factura y la primera tarea de Schur: Schur, 409-410.
13. Gay, 233.
14. *Ibid.*
15. Y para las cartas a Fliess y la conclusión de Schur: Schur, 40-51.
16. *Ibid.*, 357.
17. *Ibid.*, 5.
18. *Ibid.*, 389.
19. *Ibid.*, 410, 413.
20. Ernst L. Freud, 396-397.
21. Schur, 410-413.
22. *Ibid.*, 61-62.
23. *Ibid.*
24. *Ibid.*
25. Y para las notas de Pichler y las cartas de Freud a Eitingon sobre el tabaco: Schur, 424-427.
26. Ponencia de Peter Schur, «The Freud-Schur Connection», febrero de 1994, Asociación Psicoanalítica de Viena (cortesía de Peter Schur).
27. Schur, 423.
28. *Ibid.*
29. Jones, volumen 1, 309.
30. Box 48, Sigmund Freud Papers, Manuscript Division, Biblioteca del Congreso, Washington, D. C., https://www.loc.gov/resource/mss39990.04818/?sp=4.

31. Schur, 207.
32. *Ibid.*, 233.
33. McGuire, 104-106.
34. Schur, 313.
35. *Ibid.*, 105.
36. *Ibid.*, 259.
37. *Ibid.*, 343.
38. *Ibid.*, 356.
39. *Ibid.*, 377.
40. Pfeiffer, 192-193.
41. *Ibid.*
42. Schur, 429.
43. https://www.sas.upenn.edu/~cavitch/pdflibrary/Freud_War_and_Death.pdf.
44. Sigmund Freud, *The Interpretation of Dreams*, 226.
45. *Freud Reader*, 693.
46. Schur, 299.
47. Schur, 302-303.
48. Y para la historia de Peter Schur: «Three Coins from Freud», de Peter Schur, *Harvard Medicine*, otoño de 2013 (https://hms.harvard.edu/maga zine/handed-down/three-coins-freud); Jones, volumen 3, 179.

Capítulo 9. Ceguera política

1. https://www.historylearningsite.co.uk/modern-world-history-1918-to-1980/weimar-germany/weimar-elections-1928-to-1932/.
2. Andrew Nagorski, *Hitlerland: American Eyewitnesses to the Nazi Rise to Power*, 94.
3. *Ibid.*
4. Gay, 448.
5. Jones, volumen 3, 98.
6. Eastman, *Heroes I Have Known*, 264.
7. H. D., *Tribute to Freud*, 3-4.
8. *Ibid.*, 269-270.
9. Y para sus recuerdos de Berggasse 19 y sus primeros

encuentros: Joseph Wortis, *Fragments of an Analysis with Freud*, 15-28, 55-56, 76, 87, 104-108, 164-165.

10. https://www.psychologytoday.com/us/blog/freud-s-world/201809/did-freud-eat-kosher-without-knowing-it.

11. *Freud Reader*, 197-198.

12. William L. Shirer, *Twentieth Century Journey: The Start, 1904-1930*, 436.

13. Gay, 453.

14. *Ibid.*

15. Jones, volumen 3, 160.

16. H. G. Wells, *The Secret Places of the Heart*, 18-25.

17. Y para los comentarios de Freud sobre el encuentro con Einstein: Jones, volumen 3, 131.

18. Walter Isaacson, *Einstein: His Life and Universe*, 365-368 [hay trad. cast.: *Einstein: su vida y su universo*, Debate, 2008].

19. *Ibid.*, 417.

20. Y para el resto del intercambio epistolar entre Einstein y Freud sobre la guerra: *Why War?* (1932, carta de Einstein a Freud y respuesta de este).

21. Jones, volumen 3, 171.

22. Jones, 175.

23. *Ibid.*

24. Y para las cartas de Freud a Ferenczi y a Eitingon: *ibid.*, 163-165, 171.

25. Y sobre la bancarrota del padre: https://www.encyclopedia.com/psychology/dictionaries-thesauruses-pictures-and-press-releases/eitingon-max-1881-1943.

26. Volker M. Welter, *Ernst L. Freud, Architect: The Case of the Modern Bourgeois Home*, 56.

27. Gay, 462-463.

28. Y para el consejo de Freud a Eitingon: Diller, 201.

29. Jones, volumen 3, 167-169.

30. *Ibid.*

31. *Ibid.*, 151.

32. https://www.encyclopedia.com/psychology/dictionaries-thesauruses-pictures-and-press-releases/freud-oliver-1891-1969.

33. Gay, 598.

34. Y para la respuesta de Freud: https://blog.nli.org.il/en/freud_on_zionism/. En su biografía de Freud, Gay cita la misma carta (p. 598) y afirma que era para Einstein. La copia que conserva la Biblioteca Nacional de Israel no deja dudas de que estaba dirigida a Koffler.

35. Y para la emigración a Palestina: Jones, volumen 3, 182-183.

36. *Ibid.*

37. Paskauskas, 715.

38. Y para la renuncia de Eitingon: Geoffrey Cocks, *Psychotherapy in the Third Reich: The Göring Institute*, 90.

39. Y para la ayuda a la viuda de Abraham: Maddox, 215-216.

40. *Ibid.*

41. William L. Shirer, *The Rise and Fall of the Third Reich: A History of Nazi Germany*, 241 [hay trad. cast.: *Auge y caída del Tercer Reich*, Planeta, 2011].

42. Schur, 446.

43. William L. Shirer, 241.

44. Gay, 592-593.

45. *Ibid.*

46. *Ibid.*

47. Y para el resto de las citas de las cartas a Bonaparte y Ferenczi: Jones, volumen 3, 175-178.

48. Pfeiffer, 200.

49. Y para el resto de los comentarios de Zweig: Zweig, 389-390, 419, 450.

50. Y para la nota de suicidio: https://www.newyorker.com/magazine/2012/08/27/the-escape-artist-3; https://web.nli.org.il/sites/nli/english/collections/personalsites/archive_treasures/pages/stefan-zweig.aspx.

Capítulo 10. La celda austriaca

1. Paskauskas, 716.
2. Jones, volumen 3, 176.
3. Paskauskas, 725.

4. Jones, volumen 3, 181-182.

5. https://encyclopedia.ushmm.org/content/en/map/german-territorial-losses-treaty-of-versailles-1919.

6. Gunther, *Inside Europe*, 313.

7. Y para los sucesos de 1927: Brook-Shepherd, 254-262.

8. *The Vienna Jewish Sourcebook: A Centropa Reader*, volumen 2, 9.

9. *Ibid.*, 254.

10. Gunther, *Inside Europe*, 314.

11. Gay, 591.

12. Hitler, 16.

13. Gunther, *Inside Europe*, 320.

14. Y para las sagas de Dollfuss y Schuschnigg, incluidas las batallas de 1934 y el asesinato de Dollfuss: Brook-Shepherd, 263-294; Gunther, *Inside Europe*, 316-354.

15. Clare, 148.

16. Gay, 448-449.

17. Pfeiffer, 205.

18. Ernst L. Freud, 419-420.

19. Clare, 157.

20. Y para el encuentro de Boehm con Freud y la confiscación de libros: Jones, volumen 3, 186-188.

21. https://encyclopedia.ushmm.org/content/en/article/the-nuremberg-race-laws.

22. Maddox, 224-225.

23. *Ibid.*

24. Cocks, 90-91.

25. https://www.nytimes.com/1978/12/13/archives/dr-edith-jacobson-81-years-old-a-psychoanalyst-and-professor.html.

26. Jones, volumen 3, 186-188.

27. *Ibid.*

28. Y para las cartas a Arnold Zweig, Lou Andreas-Salomé y Thomas Mann: Ernst L. Freud, 423-426.

29. Paskauskas, 743.

30. Jones, volumen 3, 198-202.

31. *Ibid.*

32. *Ibid.*

33. *Ibid.*, 205-206.

34. Ernst L. Freud, 426.

35. Y para las opiniones de Freud sobre el *Moisés* de Miguel Ángel: *Freud Reader*, 522-541.

36. Ernst L. Freud, 421-423.

37. Y para sus teorías: Sigmund Freud, *Moses and Monotheism*, 11, 29-35 [hay trad. cast.: *Moisés y la religión monoteísta: y otros escritos sobre judaísmo y antisemitismo*, Alianza Editorial, 2015].

38. Y para el boicot: Schur, 459.

39. *Ibid.*, 444.

40. Y para los visados estadounidenses: ponencia de Peter Schur, «The Freud-Schur Connection»; entrevista del autor con Peter Schur.

41. https://photos.state.gov/libraries/estonia/99874/History%20stories/Bearing-Witness.pdf.

42. Schur, 496.

43. William C. Bullitt Papers (MS 112), Manuscritos y Archivos, Sterling Memorial Library, Universidad de Yale.

44. Gay, 616-617.

45. Clare, 169.

46. Y para las condiciones del acuerdo: Brook-Shepherd, 302; Gunther, *Inside Europe*, 353-354.

47. Ernst L. Freud, 434.

48. Y para la historia de Freud con los perros: Marie Bonaparte, *Topsy: The Story of a Golden-Haired Chow*, introducción a la edición de Transaction, 1-26.

49. Jones, volumen 3, 141.

50. Y para otras citas de *Topsy*: Bonaparte, 55, 75, 124,164.

51. Ernst L. Freud, 436-437.

52. Coles, 17.

53. Paskauskas, 756-757.

54. Ernst L. Freud, 441.

Capítulo 11. Operación Freud

1. Berthelsen, 69.

2. Y para el resto del encuentro entre Hitler y Schusch-

nigg, y los sucesos posteriores, incluido el discurso de despedida de Schuschnigg: Shirer, *The Rise and Fall of the Third Reich*, 325-341 [hay trad. cast.: *Auge y caída del Tercer Reich*, Planeta, 2013]; https://www.historyplace.com/worldwar2/triumph/tr-austria.htm; Brook-Shepherd, 307-310. 327

3. Molnar, 229.

4. Brook-Shepherd, 323.

5. William L. Shirer, *Berlin Diary: The Journal of a Foreign Correspondent, 1934-1941*, 95-98.

6. *Ibid.*

7. Y para el resto del relato de Martin Freud sobre el 12 de marzo: Martin Freud, 205-206.

8. Shirer, *The Rise and Fall of the Third Reich*, 347.

9. Jones, volumen 3, 218-221; http://murals.wbtla.org/destruction-of-the-second-temple--the-survival-of-judaism.html.

10. Jones, volumen 3, 218-221.

11. *Ibid.*

12. Martin Freud, 48.

13. Y para el viaje de Jones a Viena, la irrupción de los matones en la vivienda el 15 de marzo, la conversación con Freud y el regreso a Londres, incluidos Bragg y Hoare: Jones, volumen 3, 218-223.

14. Y para los preparativos con Wiley: Burlingham, 260; Cohen, 163.

15. Clare, 230.

16. Y para su relato de lo ocurrido el 15 de marzo: Martin Freud, 207-213.

17. Berthelsen, 71.

18. Y para todo lo relativo al regreso de Martin a Berggasse 19: Martin Freud, 210-211.

19. https://www.history.co.uk/article/the-second-officer-who-survived-titanic-and-saved-130-lives-at-dunkirk.

20. Gay, 624.

21. Sigmund Freud Papers, Manuscript Division, Biblioteca del Congreso, https://www.loc.gov/resource/mss39990.04911/?sp=3.

22. Etkind, 81.

23. Sigmund Freud Papers, Manuscript Division, Biblioteca del Congreso, https://www.loc.gov/resource/mss39990.04911/?sp=5&r=-1.03,0.03,3.06,1.445,0.

24. *Ibid.*, https://www.loc.gov/resource/mss39990.04911/?sp=4&r=-0%20.969,0,2.939,1.387,0.00.

25. Cohen, 163.

26. Molnar, 231-232.

27. Berthelsen, 79.

28. Cohen, 163.

29. Molnar, 231-232.

30. *Ibid.*

31. Y para el relato de Schur: Schur, 498.

32. Martin Freud, 212.

33. Molnar, 232.

34. Burlingham, 260-261.

35. Gay, 625.

36. Young-Bruehl, 227.

37. https://www.wsj.com/articles/edie-locke-refugee-from-nazis-edited-mademoiselle-magazine-11601647202?mod=searchresults_pos1&page=1.

38. Clare, 211.

39. Y para la cifra de suicidios y el desmentido: Gay, 621-622.

40. Shirer, *The Rise and Fall of the Third Reich*, 350.

41. https://www.smithsonianmag.com/history/what-drove-sigmund-freud-write-scandalous-biography-woodrow-wilson-180970042/.

42. Cohen, 13-14.

43. *Ibid.*, 14, 164-165; Schur, 498-499.

44. Y para otros datos biográficos de Sauerwald: Mitchell G. Ash, ed., *Materialien zur Geschichte der Psychoanalyze in Wien 1938-1945*, capítulo de Christiane Rothländer, «Die Liquidation der Wiener Psychoanalytischen Vereinigung 1938 and der Raub des Vermögens der Familie Freud», 49-143; https://www.thejc.com/lifestyle/features/how-a-nazi-saved-sigmund-freud-1.13679; Schur, 498-499 (incluido el comentario de Sauerwald a Anna); Jones, volumen 3, 222-223; Cohen, 80-82.

45. Ash, 82.

46. Capítulo de Rothländer Ash, «Die Liquidation der Wiener Psychoanalytischen Vereinigung 1938 and der Raub des Vermögens der Familie Freud».

47. Wiener Stadt und Landesarchiv (Archivos Municipales y Provinciales de Viena); carta al autor, 29 de junio de 2021.

48. Y para los actos y comentarios de Martin: Martin Freud, 214-217.

49. Cohen, 181-182.

50. Molnar, 235.

51. https://www.jewishvirtuallibrary.org/adolf-eichmann-report-on-activity-in-vienna-august-1938.

52. Bertin, 200.

53. Berthelsen, 80-81.

54. Cohen, 183.

55. Ernst L. Freud, 442-443.

56. Y sobre los bienes de Freud, el impuesto de salida y las partidas anteriores: Cohen, 167; Molnar, 236-37; Gay, 625.

57. Berthelsen, 80-81.

58. Jones, volumen 3, 226.

59. *Ibid.*

60. Y sobre el viaje en tren a París: Berthelsen, 83-86.

61. Max Schur, 502; Peter Schur, «The Freud-Schur Connection».

62. Molnar, 237.

Capítulo 12. Esta Inglaterra

1. Y para los detalles sobre París, la travesía del canal y los primeros días en Londres: Berthelsen, 86-89; Molnar, 237-239; Jones, volumen 3, 227-229.

2. Ernst L. Freud, 444-446.

3. *Ibid.*

4. Y para el resto de la carta a Alexander: *ibid.*, 447-448.

5. Jones, volumen 3, 232-233.

6. Y para la visita a Lün, la del 23 de junio y la publicación en *The Times*: Molnar, 240-242.

7. Schur, 507.

8. Y para el resto de los recuerdos de Zweig y el encuentro con Dalí: Zweig, 446-450; Molnar, 244.

9. Jones, volumen 3, 235.

10. Y para el resto de la visita de Isaiah Berlin: Michael Ignatieff, *Isaiah Berlin: A Life*, 91 [hay trad. cast.: *Isaiah Berlin: su vida*, Taurus, 2018].

11. Y para la descripción de la visita de Leonard y Virginia Woolf, y sus impresiones: Leonard Woolf, *Downhill All the Way: An Autobiography of the Years 1919 to 1939*, 168-169.

12. Y para la descripción de la casa y los muebles, y la correspondencia de Freud: Molnar, 244-248; Welter, 150-154.

13. Berthelsen, 94.

14. Y para las demás citas de cartas a Bonaparte: Ernst L. Freud, 452, 455.

15. Burlingham, 269.

16. Molnar, 251.

17. Y sobre la suerte que corrieron las cuatro hermanas: https://www.holocausthistoricalsociety.org.uk/contents/jewishbiographies/sigmundfreudandhissisters.html; Museo Freud de Londres, catálogo de la exposición «Leaving Today: The Freuds in Exile 1938», 108-109; Martin Freud, 16. Como ya se ha mencionado anteriormente, algunas fuentes señalan que Adolfine murió en 1943, pero la fecha que aparece en el certificado de defunción es el 29 de septiembre de 1942.

18. Y sobre el XV Congreso Psicoanalítico Internacional: Molnar, 245.

19. Etkind, 83.

20. Molnar, 240

21. Schur, 506.

22. Molnar, 240.

23. Y para las citas de su ensayo sobre Moisés: Sigmund Freud, *Moses and Monotheism*, 92-93, 203-204.

24. Molnar, 242-243.

25. Y para la cita siguiente: Jones, volumen 3, 237.

26. Zweig, 450-451.

27. Y para Max Schur en París y Londres: entrevista del autor a Peter Schur; Peter Schur, «The Freud-Schur Connection»; Max Schur, 501-510.

28. Y para otras cartas a Bonaparte: Ernst L. Freud, 451, 455, 458.

29. Molnar, 252.

30. *Ibid.*, 259.

31. Martin Freud, 218.

32. Y sobre el fracaso de los esfuerzos de Wells: Museo Freud de Londres, catálogo de la exposición «Leaving Today», 96-97.

33. Y para los visados de Schur y su viaje a Estados Unidos: Peter Schur, «The Freud-Schur Connection»; Max Schur, 522-524.

34. Y sobre el ortoformo: Schur, 525-529; https://pubs.asahq.org/anesthesiology/article/127/3/407/17788/New-Orthoform-for-Old-Freud-Insoluble-Numbing-for.

35. Y para el resto de ese periodo y la muerte, incluida la oración fúnebre: Schur, 526-529; Jones, volumen 3, 245-248.

36. Berthelsen, 98.

37. Young-Bruehl, 239.

38. Molnar, 264.

EPÍLOGO

1. W. H. Auden, *Collected Poems*, 273-276.

2. Burlingham, 271-291; https://psychoanalysis.org.uk/our-authors-and-theorists/anna-freud, https://www.newworldencyclopedia.org/entry/Anna_Freud, https://www.verywellmind.com/anna-freud-biography-1895-1982-2795536.

3. Correo electrónico de Tobis al autor, 7 de agosto de 2020.

4. https://www.ipa.world/IPA/en/IPA1/officers_past_and_current/ipa_officers
_past_and_current.aspx.

5. Jones, volumen 1, xi.

6. Y para su gestión de la biografía: Maddox, 259-279.

7. Maddox, 265.

8. Y para las citas del XX Congreso: Bertin, 202-265.

9. Etkind, 180-237; Brownell y Billings, 247-332.

10. William C. Bullitt, *The Great Globe Itself: A Preface to World Affairs*, vii.

11. Schur, 498-499; Cohen, 11-15, 234-241; Wiener Stadt

und Landesarchiv (Archivos Municipales y Provinciales de Viena), carta al autor, 29 de junio de 2021.

12. Peter Schur, «The Freud-Schur Connection»; https://www.encyclopedia.com/psychology/dictionaries-thesauruses-pictures-and-press-releases/schur-max-1897-1969; Max Schur, 1-16.

Bibliografía

FUENTES DE ARCHIVO

Biblioteca del Congreso, Washington, D. C.
Manuscrito y archivos, Sterling Memorial Library, Universidad de Yale, New Haven, CT.
Biblioteca Nacional de Israel, Jerusalén.
Royal Society of Medicine Library & Archives, Londres.
Wiener Stadt und Landesarchiv (Archivos Municipales y Provinciales de Viena).

FUENTES INÉDITAS

Anna Freud-Bernays, *Mother's Memoirs*, traducción de Hella Freud Bernays (cortesía de Randolph Bernays Randolph).
Ponencia de Peter Schur, «The Freud-Schur Connection», febrero de 1994, Asociación Psicoanalítica de Viena (cortesía de Peter Schur).

PUBLICACIONES

Ash, Mitchell G., ed., *Materialien zur Geschichte der Psychoanalyse in Wien 1938-1945*, Frankfurt a. M., Brandes & Apsel, 2012.
Auden, W. H., Edward Mendelson, ed. *Collected Poems*, Nueva York, Vintage International, 1991.

Bair, Deirdre, *Jung: A Biography*, Boston, Little, Brown, 2003.

Berthelsen, Detlef, *Alltag bei Familie Freud: Die Erinnerungen der Paula Fichtl*, Hamburgo, Hoffman und Campe, 1987.

Bertin, Celia, *Marie Bonaparte: A Life*, San Diego, Harcourt Brace Jovanovich, 1982.

Bonaparte, Marie, *Topsy: The Story of a Golden-Haired Chow*, New Brunswick, NJ, Transaction Publishers, 1994.

Brook-Shepherd, Gordon, *The Austrians: A Thousand-Year Odyssey*, Nueva York, Carroll & Graf, 1998.

Brownell, Will y Richard N. Billings, *So Close to Greatness: A Biography of William C. Bullitt*, Nueva York, Macmillan, 1987.

Bullitt, Ernesta Drinker, *An Uncensored Diary from the Central Empires (1917)*, Nueva York, Doubleday, Page & Company, 1917 (Kessinger's Legacy Reprints).

Bullitt, Orville H., ed., *For the President Personal and Secret: Correspondence Between Franklin D. Roosevelt and William C. Bullitt*, Boston, Houghton Mifflin, 1972.

Bullitt, William C., *The Bullitt Mission to Russia*, Washington, D. C., transcripción del Comité de Relaciones Exteriores del Senado de Estados Unidos, 12 de septiembre de 1919.

—, *It's Not Done*, Nueva York, Harcourt, Brace & Company, 1926.

—, *The Great Globe Itself: A Preface to World Affairs*, Nueva York, Charles Scribner's Sons, 1946.

Burlingham, Michael John, *The Last Tiffany: A Biography of Dorothy Tiffany Burlingham*, Nueva York, Atheneum, 1989.

Clare, George, *Last Waltz in Vienna*, Londres, Pan Books, 2002.

Cocks, Geoffrey, *Psychotherapy in the Third Reich: The Göring Institute*, Nueva York, Oxford University Press, 1985.

Cohen, David, *The Escape of Sigmund Freud*, Nueva York, The Overlook Press, 2012.

Coles, Robert, *Anna Freud: The Dream of Psychoanalysis*, Reading, MA, Addison-Wesley, 1991.

Dearborn, Mary V., *Queen of Bohemia: The Life of Louise Bryant*, Boston, Houghton Mifflin, 1996.

Diller, Jerry Victor, *Freud's Jewish Identity: A Case Study in the Impact of Ethnicity*, Rutherford, NJ, Farleigh Dickinson University Press, 1991.

Doolittle, Hilda (H. D.), *Tribute to Freud*, Nueva York, New Directions, 2012 [hay trad. cast.: *Tributo a Freud*, El Cobre, 2004].

Dunn, Dennis J., *Caught Between Roosevelt and Stalin: America's Ambassadors to Moscow*, Lexington, University Press of Kentucky, 1998.

Eastman, Max, *Heroes I Have Known: Twelve Who Lived Great Lives*, Nueva York, Simon & Schuster, 1942.

—, *Great Companions: Critical Memoirs of Some Famous Friends*, Nueva York, Farrar, Straus & Cudahy, 1959.

Edmundson, Mark, *The Death of Sigmund Freud: The Legacy of His Last Days*, Nueva York, Bloomsbury USA, 2007.

Elon, Amos, *Herzl*, Nueva York, Holt, Rinehart & Winston, 1975.

Etkind, Alexander, *Roads Not Taken: An Intellectual Biography of William C. Bullitt*, Pittsburgh, University of Pittsburgh Press, 2017.

Fest, Joachim, *Hitler*, San Diego, Harcourt Brace Jovanovich, 1992 [hay trad. cast.: *Hitler. Una biografía*, Planeta DeAgostini, 2006].

Freud, Ernst L., ed. *Letters of Sigmund Freud*, Nueva York, Basic Books, 1960.

Freud, Martin, *Sigmund Freud: Man and Father*, Nueva York, The Vanguard Press, 1958.

—, *Any Survivors? A Lost Novel of World War II*, Stroud, Gloucestershire, The History Press, 2010.

Freud, Sigmund, *Moses and Monotheism*, Londres, The Hogarth Press, 1939 [hay trad. cast.: *Moisés y la religión mo-*

noteísta: y otros escritos sobre judaísmo y antisemitismo, Alianza Editorial, 2015].

—, *An Outline of Psycho-Analysis*, Nueva York, W. W. Norton, 1989 [hay trad. cast.: *Esquema del psicoanálisis y otros escritos de doctrina psicoanalítica*, Alianza Editorial, 2016].

—, *Civilization and Its Discontents*, Mineola, NY, Dover Publications, 1994 [hay trad. cast.: *El malestar en la cultura*, Alianza Editorial, 2019].

—, *The Interpretation of Dreams*, Nueva York, Basic Books, 2010 [hay trad. cast.: *La interpretación de los sueños*, Alianza Editorial, 2011].

Freud, Sigmund, y William C. Bullitt, *Thomas Woodrow Wilson: A Psychological Study*, Londres, Weidenfeld & Nicolson, 1967.

Friedlander, Saul, *The Years of Extermination: Nazi Germany and the Jews, 1939-1945*, Nueva York, Harper Perennial, 2008.

Friedman, Lawrence J., *Identity's Architect: A Biography of Erik H. Erikson*. Nueva York, Scribner, 1999.

Friedman, Susan Stanford, *Analyzing Freud: Letters of H.D., Bryher, and Their Circle*, Nueva York, New Directions, 2002.

Fry, Helen, *Freuds' War*, Stroud, Gloucestershire, The History Press, 2009.

Gardner, Virginia, *«Friend and Lover»: The Life of Louise Bryant*, Nueva York, Horizon Press, 1982.

Gay, Peter, *Freud: A Life for Our Time*, Nueva York, W. W. Norton, 1988 [hay trad. cast.: *Freud: una vida de nuestro tiempo*, Paidós, 2004].

Gay, Peter, ed., *The Freud Reader*, Nueva York, W. W. Norton, 1989.

Gunther, John, *Inside Europe*, Nueva York, Harper & Brothers, 1938.

—, *The Lost City*, Nueva York, Harper & Row, 1964 [hay trad. cast.: *La ciudad perdida*, Grijalbo, 1972].

Hamann, Brigitte, *Hitler's Vienna: A Portrait of the Tyrant as a Young Man*, Nueva York, Tauris Park Paperbacks, 2010.

Heller, Peter, *A Child Analysis with Anna Freud*, Madison, WI, International Universities Press, 1990.

Hitler, Adolf, *Mein Kampf*, Boston, Houghton Mifflin, 1971.

Hodgson, Godfrey, *Woodrow Wilson's Right Hand: The Life of Colonel Edward M. House*, New Haven, Yale University Press, 2006.

Hofmann, Paul, *The Viennese: Splendor, Twilight and Exile*, Nueva York, Anchor Books, 1988.

Ignatieff, Michael, *Isaiah Berlin: A Life*, Nueva York, Metropolitan Books, 1998 [hay trad. cast.: *Isaiah Berlin: su vida*, Taurus, 2018].

Isaacson, Walter, *Einstein: His Life and Universe*, Nueva York, Simon & Schuster Paperbacks, 2008 [hay trad. cast.: *Einstein: su vida y su universo*, Debate, 2008].

Johnson, Paul, *A History of the Jews*, Nueva York, Harper & Row, 1987 [hay trad. cast.: *La historia de los judíos*, B de Bolsillo, 2006].

Jones, Ernest, *The Life and Work of Sigmund Freud, Volume 1, The Formative Years and the Great Discoveries, 1856-1900*, Nueva York, Basic Books, 1953.

—, *The Life and Work of Sigmund Freud, Volume 2, Years of Maturity, 1901-1919*, Nueva York, Basic Books, 1955.

—, *The Life and Work of Sigmund Freud, Volume 3, The Last Phase, 1919-1939*, Nueva York, Basic Books, 1957.

—, *Free Associations: Memoirs of a Psychoanalyst*, Nueva York, Basic Books, 1959.

Kaltenborn, H. V., *Fifty Fabulous Years, 1900-1950: A Personal Review*, Nueva York, G. P. Putnam's Sons, 1950.

Kandel, Eric R., *The Age of Insight: The Quest to Understand the Unconscious in Art, Mind, and Brain, from Vienna 1900 to the Present*, Nueva York, Random House, 2012 [hay trad. cast.: *La era del inconsciente: la exploración del inconsciente en el arte, la mente y el cerebro*, Paidós, 2013].

Kennan, George F., *Memoirs: 1925-1950*, Boston, Little, Brown, 1967.

Kershaw, Ian, *Hitler: 1889-36: Hubris*, Londres, Penguin, 1998 [hay trad. cast.: *Hitler, 1889-1936*, Península, 2007].

—, *Hitler: 1936-45: Nemesis*, Nueva York, W. W. Norton, 2000 [hay trad. cast.: *Hitler II, 1936-1945*, Península, 2007].

—, *Hitler, the Germans, and the Final Solution*, New Haven, Yale University Press, 2008.

Keynes, John Maynard, *The Economic Consequences of the Peace*, Heritage Illustrated Publishing, 2014 [hay trad. cast.: *Las consecuencias económicas de la paz*, Crítica, 2002].

Kubizek, August, *The Young Hitler I Knew*, Londres, Greenhill Books, 2006.

Kurth, Peter, *American Cassandra: The Life of Dorothy Thompson*, Boston, Little, Brown, 1990.

Loewenstein, Rudolph M., ed., *Drives, Affects, Behavior*, Nueva York, International Universities Press, 1953.

Maddox, Brenda, *Freud's Wizard: Ernest Jones and the Transformation of Psychoanalysis*, Boston, Da Capo Press, 2007.

Markel, Howard, *An Anatomy of Addiction: Sigmund Freud, William Halsted, and the Miracle Drug Cocaine*, Nueva York, Vintage, 2012.

Martin, Ralph G., *Cissy: The Extraordinary Life of Eleanor Medill Patterson*, Nueva York, Simon & Schuster, 1979.

McGuire, William, ed., *The Freud/Jung Letters: The Correspondence Between Sigmund Freud and C. G. Jung*, Princeton, Princeton University Press, 1994.

McLynn, Frank, *Carl Gustav Jung*, Nueva York, St. Martin's Press, 1997.

Molnar, Michael, ed., y The Freud Museum, Londres, *The Diary of Sigmund Freud, 1929-1939: A Record of the Final Decade*, Nueva York, Charles Scribner's Sons, 1992.

Mowrer, Edgar Ansel, *Triumph and Turmoil: A Personal History of Our Times*, Nueva York, Weybright & Talley, 1968.

Nagorski, Andrew, *Hitlerland: American Eyewitnesses to the Nazi Rise to Power*, Nueva York, Simon & Schuster, 2012.

—, *The Nazi Hunters*, Nueva York, Simon & Schuster, 2016 [hay trad. cast.: *Cazadores de nazis*, Turner, 2017].

O'Toole, Patricia, *The Moralist: Woodrow Wilson and the World He Made*, Nueva York, Simon & Schuster, 2018.

Paskauskas, R. Andrew, ed., *The Complete Correspondence of Sigmund Freud and Ernest Jones: 1908-1939*, Cambridge, The Belknap Press of Harvard University Press, 1993 [hay trad. cast.: *Sigmund Freud; Ernest Jones: correspondencia completa 1908-1939*, Síntesis, 2001].

Peters, Uwe Henrik, *Anna Freud: A Life Dedicated to Children*, Nueva York, Schocken Books, 1985.

Pfeiffer, Ernst, ed., *Sigmund Freud and Lou Andreas-Salomé Letters*, Nueva York, W. W. Norton, 1985.

Rice, Emmanuel, *Freud and Moses: The Long Journey Home*, Albany, State University of New York Press, 1990.

Sanders, Marion K., *Dorothy Thompson: A Legend in Her Time*, Boston, Houghton Mifflin, 1973.

Schnitzler, Arthur, *My Youth in Vienna*, Nueva York, Holt, Rinehart & Winston, 1970 [hay trad. cast.: *Juventud en Viena*, Acantilado, 2012].

Schur, Max, *Freud: Living and Dying*, Nueva York, International Universities Press, 1972.

Sherborne, Michael, *H. G. Wells: Another Kind of Life*, Londres, Peter Owen, 2012.

Shirer, William L., *The Rise and Fall of the Third Reich: A History of Nazi Germany*, Nueva York, Simon & Schuster, 1960 [hay trad. cast.: *Auge y caída del Tercer Reich*, Caralt, 1971].

—, *Twentieth Century Journey: The Start, 1904-1930*, Nueva York, Simon & Schuster, 1976.

—, *Twentieth Century Journey: The Nightmare Years, 1930-1940*, Boston, Little, Brown, 1984.

—, *Berlin Diary: The Journal of a Foreign Correspondent, 1934-1941*, Nueva York, Galahad Books, 1995 [hay trad. cast.: *Diario de Berlín*, Debate, 2022].

Steffens, Lincoln, *The Autobiography of Lincoln Steffens*, volumen 2, Nueva York, Harcourt, Brace & World, 1931.

Szasz, Thomas, *Anti-Freud: Karl Kraus's Criticism of Psychoanalysis and Psychiatry*, Syracuse, Syracuse University Press, 1990.

Toland, John, *Adolf Hitler*, 2 vols., Nueva York, Doubleday, 1976.

Wells, H. G., *The Secret Places of the Heart*, publicado de forma independiente, 2020 (publicado originalmente en 1922).

Welter, Volker M., *Ernst L. Freud, Architect: The Case of the Modern Bourgeois Home*, Nueva York, Berghahn Books, 2012.

Woolf, Leonard, *Downhill All The Way: An Autobiography of the Years 1919 to 1939*, San Diego, Harcourt Brace Jovanovich, 1967.

Wortis, Joseph, *Fragments of an Analysis with Freud*, Nueva York, Simon & Schuster, 1954.

Young-Bruehl, Elisabeth, *Anna Freud: A Biography*, Nueva York, Summit Books, 1988.

Zweig, Stefan, *The World of Yesterday*, Lincoln, University of Nebraska Press, 2013 [hay trad. cast.: *El mundo de ayer*, Acantilado, 2018].

Índice analítico

Créditos de las fotografías

1. ©Ullstein bild/Getty Images
2. © API/Gamma-Rapho/Getty Images
3. © API/Gamma-Rapho/Getty Images
4. © Brandstaetter images/Getty Images
5. © Brandstaetter images/Hulton/ Getty Images
6. © Sigmund Freud Copyrights/ullstein bild/Getty Images
7. © Sigmund Freud Copyrights/ullstein bild/Getty Images
8. © Brandstaetter images/Hulton/Getty Images
9. © Bettmann/Getty Images
10. © Roger Viollet Collection/Getty Images
11. Keystone-France/Gamma-Keystone/Getty Images
12. WStLA, Gauakten, A1 - «Gauakten»: Personalakten des Gaues Wien: 4496.
13. © Hulton-Deutsch/Hulton-Deutsch Collection/ Corbis via Getty Images
14. Hulton Archive/Getty Images
15. Sigmund Freud Copyrights/ullstein bild via Getty Images)
16. Collection Bourgeron / Bridgeman Images /Album

Índice